[鹿 小 姐 书 系]

本 书 内 容 纯 属 虚 构

天津出版传媒集团

天津人民出版社

图书在版编目（CIP）数据

局中人. 1 / 刘誉著. --天津：天津人民出版社，2019.11

ISBN 978-7-201-15418-3

Ⅰ. ①局… Ⅱ. ①刘… Ⅲ. ①长篇小说－中国－当代 Ⅳ. ①I247.5

中国版本图书馆CIP数据核字（2019）第255618号

局中人. 1

JU ZHONG REN 1

刘誉 著

出　　版　天津人民出版社
出 版 人　刘　庆
地　　址　天津市和平区西康路35号康岳大厦
邮政编码　300051
邮购电话　（022）23332469
网　　址　http://tjrmcbs.com
电子信箱　reader@tjrmcbs.com

出　　品　大周互娱
总 策 划　周　政
出版监制　曾筱佳
项目总监　冯　娟
责任编辑　玮丽斯
特约编辑　猫懒懒
封面设计　袁　芳　刘春瑶
版式设计　李映龙

制版印刷　湖南天闻新华印务有限公司
经　　销　新华书店
开　　本　880毫米×1230毫米　1/32
印　　张　9
字　　数　340千字
版次印次　2020年7月第1版　2020年7月第1次印刷
定　　价　45.00元

图书如出现印装质量问题，请致电联系调换（022）23332469

目录

CONTENTS

目录

CONTENTS

第一章

CHAPTER 1

INSIDE MAN 1

身份惹怀疑，独闯空城计

1945年6月，南京城上空又开始飘荡这个季节常见的蒙蒙细雨，整个城市弥漫着萧瑟破败的气息。

天空被层层乌云笼罩着。法国梧桐树下的南京街头行人稀少，路过的人也都步履匆匆，偶尔有车辆行驶过去溅起地上的一摊泥水。

一个身形消瘦，裹着一件深灰色风衣的男人出现在细雨中，头上的礼帽和竖起的衣领挡住了他大半张脸，只露出些许阴郁的眼神，宛若在这暗夜中随时会消失的幽灵。

路过一个街角时，男人敏锐地看了看四周，朝着一边的街巷内走去。继而像兜圈子一般在雨中的街巷内左右穿行，意图甩掉可能存在的跟踪者。最后在转过一个街巷的时候，他意料之中地瞧见巷口的隐蔽处躲着两个身影。

两个人与他打扮相同，同样是穿风衣、戴礼帽，是汪伪政权南京政治保卫部的特务，此刻正躲在墙角监视巷子里一间西式洋楼，见到男人过来，他们马上直了直身子。

其中一个人道："沈科长。"

男人是他们的科长——沈放。

沈放点点头并没说话，脸上的神色凝重，跟着向街巷里那个西式洋楼的门口看了看，问道："什么情况？"

"我们守了半天了，一直没人出来。"方才那人继续回话道。

这间洋楼的主人是南京城有名的睿华商行的老板方达生，前些日子日本人得知他是对方的一名情报人员，于是下令抓捕，沈放便是被派来执行抓捕计划的人。

那人话音刚落，另一个一直盯着的男人眼睛亮堂，瞧见巷子的那一头忽然有两个身影一闪，躲进了角落里。

是他们自己人。

他忙抬手示意沈放往边上靠，说道："有动静了。"

天光不亮，乌云遮月，墙根之下更是隐蔽的好地方。沈放忙将身子往里挤了挤，视线却并未离开那洋楼的门口。

只见沉寂寂的巷子里头，突然间有个人探出个脑袋来。十分机警地四下里瞧了瞧，出来时顺手将衣领高高地竖了起来，只是好似并没有发现什么异样，便往沈放这边匆匆走过来。

人影在路面上被拉长，察觉对方靠近之后，沈放忙背身贴着墙面小心隐藏着，那人脚步匆匆而过，也并未发现有人藏在他刚刚经过的街巷转角。

沈放瞧见那张脸，隐隐记得在哪儿见过，好像那个人的名字叫作陈伟奎。

三个人在暗处对视了一眼，沈放点了点头示意，紧接着他身边的两个黑影即刻闪身出去。暮色下，其中一人朝着街巷另一头的人摆了个手势，瞧着那头的身影匆匆跑向那栋西式洋楼后，他俩忙翻身尾随着陈伟奎追踪而去。

沈放将礼帽的沿儿又往下低了低，将手伸进衣裳的内兜里，掏出一把枪，上膛，回身瞧了一眼，接着便朝着陈伟奎的方向去了。

阴暗的巷子里能够听见蛐蛐的鸣叫，陈伟奎很快便察觉到夹杂在那鸣叫中的脚步声。他登时内心一凛，神色紧张，脚步频率越来越快，急促地朝前快速逃走。

只是他慌张之下走了一条绝路，刚一转弯便瞧见这道儿是一条死胡同，他心上陡然一慌，继而忙转身要冲出巷口，却见身后那两名特务已经追了过来，将他堵在了里头。

陈伟奎面色惊恐，正要往前扑的身子又接连往后退了两步，连声音都在颤抖着："你们想干什么？"

两个特务互相瞧了一眼，其中一个回道："我们是政治保卫部的，你被捕了。"

这话正说着，两人面色上忽然涌出来一股狠戾，迈着步子向前逼近。

陈伟奎浑身都在颤抖着，他左右躲闪，被逼到角落的时候差不多已经被控制住。可就在他身子一缩将头埋进怀里时，却听见两声异常的动静，紧接着那种束缚感便消失了。

他抬头一瞧，巷口出现了一个影子，手里握着一把手枪，应该是装了消音器。

巷内光线昏暗，他依稀可以看到沈放面无表情。转瞬间的变化让陈伟奎当场呆立，紧张得说不出话。

巷内一片安静，只有细细的雨声。

良久之后，才听沈放用低沉的声音打破了肃静，说道："离开这儿，我就当你从来没有出现过。"

说完沈放转身而去。陈伟奎这才缓过神来，跨过两个特务的尸体，向另一个方向跑去。

解决了这一边，沈放迅速赶了回去。他拿着手枪从西式洋楼门口闪身而入，举着枪一步步走上楼梯。

上了二楼，他看见里头一个房间的房门虚掩着。房门口的地上躺着两具尸体，打扮与他相同，应该就是方才在巷子的另一头被下了任务进来的那两个。

那门缝里头隐隐露出些许光亮。

沈放顿了顿，跨过尸体，一只手紧紧握着门把手，忽然间猛地推门而入。

他立在房子里头快速扫视面前的一切，一眼便瞧见有个人影。对面那人本是正对着一个火盆烧着文件，听到开门声马上警觉，举枪对着沈放。

"别，是我！"

沈放将手往肩上一举，身子挺立着。那人定睛一瞧他那张脸，神色倏然缓和了下来，接着将持枪的手落下来，语气十分随意："把门关上。"

说完继续着方才的动作，忙着向火盆里扔文件。

房间里的灯亮着，但光线依然昏暗，气氛有些压抑。沈放瞧着眼前的人，眉头紧紧皱了起来。

眼前这人正是本次抓捕行动的主角方达生，沈放接到消息后便通知了他，可到了现在他居然还在南京城里。

地上火盆里的火烧得不旺，火光忽明忽暗的，照亮了方达生的脸。

沈放搁下枪面色焦急，问他："你怎么还在这儿？"

方达生却是不紧不慢："那你说我应该在哪儿？"

说完他抬头又瞧了一眼沈放，见沈放面色疑惑，他扬了扬手上正准备烧的东西，这才解释道："这是必须销毁的文件，我要处理掉。有人没有联络上，我得一个个通知他们，否则他们就会暴露。不该来的是你，我是你的上线，我暴露了对你很危险。"

沈放眉头微蹙："我不来，你怎么办？你走得掉吗？"

方达生依旧烧着文件，没有理他，他心中已经明白了方达生此刻的想法，方达生是想要掩护他撤退。

僵持片刻，沈放说道："我都准备好了，今晚8点的船，日本人很快就会追到这里，你必须马上走。"

方达生却笑，觉得他这想法太过幼稚，反问道："你觉得我走得了？"

到了现在这个时候，整个南京城对他来说都是危机四伏，要想逃出去，除非能插上翅膀飞天，否则怎么做都是笼中困兽。

沈放无奈，他一向对这种倔强的人无计可施："无论如何也要试试，我总不能看着你被他们抓住吧？"

他如今已经是而立之年，可在方达生这个历经了沧桑的人面前，还是一星半点的力气也用不上。方达生一副视死如归的模样，叹了一口气："抓捕我的情报泄露，日本人是不会善罢甘休的，我走了，你就完了。而且我现在也走不了了。"

两个人将话来回翻着说，就在沈放的忍耐力要被耗尽的时候，外头忽然间传来一阵整齐的军靴落地声。

沈放小心翼翼地持枪在手，贴在窗户边朝底下望着。视线中是一层银灰色的地面，一群日本宪兵快步涌入街巷，在一个约莫是少佐军衔的人指挥下将这栋楼给团团围住，一排排黑洞枪口都对准过来。

随后有一辆黑色轿车缓缓地开了过来。有人立在外头开门，即便是这样的小雨，也还是撑着一把黑色的雨伞。雨伞之下，一个戴着眼镜的小个子日本军官从车上走了下来。

来者是日本派遣中国的军司令部情报处高级情报科科长田中贤二。

田中站定之后，转身亲自拉开后座的车门，一个高鼻梁、脸颊消瘦的男子随后跟了下来，他是田中的上司，情报处处长加藤毅一。

沈放的目光从窗边移开，看着方达生，他强忍着心中的不解和愤怒："这就是你想要的？现在我只能亲手把你抓起来，可落在日本人手里，你必死无疑。"

方达生从头到尾都十分笃定，此刻依旧不见畏惧，语气淡然："我知道，所以我压根就没想走。"

沈放目光充满疑惑，不知他究竟还有什么打算。他烧掉手中最后一份文件后便站起身来，然后他转过身，握住里屋的门把手，往下一按。

他在开门时说道："我之所以留下来，就是为了做一个局，一个为你做的局。”

为了他做一个局？如今他们两个就像砧板上两块任人宰割的肥肉，就算再怎么做局，今天也都是插翅难逃了，沈放想着。

不过沈放还是好奇，他从窗边往前走了两步，视野随着门被推开渐渐宽广，只见门内有一个男子被五花大绑在一把椅子上，嘴里被棉布紧紧塞住，此刻正恐惧万分地看着他和方达生。

沈放有些意外，惊道：“乔主任。”

沈放是伪政府军事委会政治保卫总监部南京直属区情报科科长，而里头这人是他的上级，南京直属区的主任乔宇坤。

他越来越不明白方达生究竟想要做什么。方达生知道如今时间甚是宝贵，也不再与他兜圈子，直接说明：“原先我打算清除好一切，与他同归于尽，然后给你留下消息，让你去查乔宇坤的住所，你一定会找到他通敌的证据。但是你来了，那这个局只好变一变。”

“你什么意思？”

“很简单，乔宇坤是对方在政治保卫部的卧底，也是给我送情报让我撤离的人，而你发现了我们……”

这是个什么局？还不是要将他自己往死路上逼？沈放正要说话，桌子上的电话忽然响了起来。

屋中一下子寂静了下来，方才烧了东西留下些烟气儿，这会儿才觉得有些不舒服，他们两个人都瞧了一眼电话，接着又对视一眼，都是不明所以的神色。

方达生接过电话，那头自报了姓名，是加藤毅一。他有些意外，看了看沈放，没有说话。

他眼珠子滴溜一转，又瞧了一眼内屋里的人，嘴角噙着一丝笑回话：“知道了又能怎么样？那你可清楚你们的人在我手上吗？”

这个时候倒是像在比谁先着急一样，沈放凑近了一点儿，隐隐听见加藤在电话那端语气松弛的声音：“哦？那方先生的手段倒真让我出乎意料。”

方达生表现出一些不耐烦，厉声道：“少废话，让你的人撤走，要不你见到的只会是死人。”

“这个可以考虑，但首先我得确认我的人是安全的。”

那头提了要求，方达生将电话递给了沈放。

沈放接过电话来，回答了加藤两个问题，加藤知道了方达生劫持的人并非沈放而是乔宇坤。他示意沈放尽快劝说方达生投降，并说道：“请你转告方达生，如果不放下武器，五分钟后，我会带着宪兵队发动强攻。”

加藤语气很冲，说完便挂断了电话。

沈放的目光一直盯着方达生，他其实觉得用乔宇坤来做筹码有些不大可靠，不过见着方达生不再准备牺牲自己来保他周全，他还是觉得可以一试。

方达生一听那头没了声，便迈步子朝着里屋走去。

“所有可能会发生的情况，我都想过了。现在这样未尝不是一个更好的办法。”

他一边走一边说着，里屋中的乔宇坤看见他变得一脸惊恐，沈放紧跟着一同进来，情绪比方达生更激动：“好办法？这房子就是个死地，谁也走不出去！”

方达生能做打算，自然是已经想好了法子，他立在乔宇坤面前，忽然转身看向沈放说：“不一定。”

“组织被破坏，必须尽快查清楚。你跟我说过抓捕我的行动只有你和乔宇坤知道，如果我走了那泄密的不是你就是乔宇坤，只要……”

“只要你和乔宇坤永远闭嘴？”沈放顺着说出他要说的话。谁都明白死无对证这个道理，也明白能永远保守秘密的是死人。

方达生看向沈放一笑，果然孺子可教，说：“所以，你可以开枪了。”

“你让我打死你和乔宇坤？”沈放被他这个念头一惊。

外头如今还不知道是个什么动静，方达生深知，一会儿若是有人冲上来，那一切就都晚了。

“是的，只有这样，日本人才不会怀疑你，你才能像钉子一样扎下来。”他一把拽过沈放的手，用力攥着。沈放却扬臂将他摆脱开。

“不行，这不可能。”

方达生耐心与他解释：“这是唯一的办法。你别忘了，只有利用你的身份才能接触日本人所掌握的情报。重庆方面的人潜伏到了南京，我怀疑是他们和日本人在串通对我们的组织进行渗透破坏。而且在你踏进这个房间的时候，你就已经别无选择了。你比我重要，为了保护你，我的死是值得的。”

方达生的这段话比较长，沈放一边听着一边使劲地晃着脑袋，有些慌张：“不，一定还有别的办法！”

方达生见他软话不进耳，干脆也不再指着他，突然举起枪对着乔宇坤。

“我就知道你下不了手。”

一句话说完，两声枪响震得人耳膜微痛，响声顺着黑夜向四周蔓延。

沈放身子一颤，亲眼瞧着子弹嵌入乔宇坤的前额，血水快速地顺着弹痕淌出来，流成两道痕迹。

“你干什么？这是你唯一的筹码！外面的日本人随时会冲进来！”

沈放本以为还有商量的余地，却不想方达生如此坚决。他不理沈放，解开乔宇坤身上的绳子，拿出乔宇坤嘴里塞的布条，随后对着沈放说：“你退后。”

沈放焦急地看着方达生：“你到底在干什么？”

他有些害怕了，眼前这个人此刻的行为像疯癫了一样，神色看上去却十分冷静。

“退后！”说着方达生举起枪对着沈放脚边放了一枪，接着是厉声大叫，“退后！”

“你是疯了吗！”沈放无奈，只得在他一声声命令里退了又退。

这时楼里传来一阵踩在楼梯上吱吱呀呀的声音，听声音有不少人。

方达生语气急促，说话太多，嘴唇已经干裂起皮，他喉咙一动咽了一口唾沫后，声音这才低了下来：“他们冲进来了。记住我的话，乔宇坤是卧底，也是给我送情报让我撤离的人，所谓的动持不过是个假象，被你发现了后，乔宇坤要杀你，你没办法只能干掉我和乔宇坤，随后你会在乔宇坤家里发现他通敌的证据，这些就是你写在这次行动报告上的内容。”

沈放看着方达生，突然瞳孔放大了……

他不知方达生从何处掏出了一枚手雷，此刻已经拿在了手中，他惊得张着嘴一句话也说不出来，方达生一字一顿竟有些平静地说：“同志，再见了，你还有事情要做。”

他一松手，手雷落下，掉在乔宇坤与他中间。沈放想要冲上去做什么已经来不及了，他将沈放一把推出门外并关上了房门。

巨大的爆炸声响起，顿时热浪四起，那扇房门都被炸飞了，沈放也被爆炸的气浪掀翻，重重地砸到身后的墙壁上。

翌日，细雨暂时停歇，天还是灰蒙蒙的，迟迟不肯放晴。

乔宇坤的公寓楼外拉起了警戒线，一群人在公寓里进进出出地搜查着东西，一辆黑色的轿车停在门口的长街上，沈放就坐在车里。

他完完全全按照方达生的意思交代了整件事情的始末缘由，今日便是来找方达生口中那留在乔宇坤家里的通敌证据。

昨日在那场爆炸之中留下的细碎伤痕已经结成了疤痕，但直到现在，他耳朵里依旧嗡嗡作响。

车子后视镜中，他目不斜视地打量自己的这张脸，左右晃动了两下，没一会儿便有人凑了上来，从车窗外头递进来一堆东西。

“沈科长，这是在乔主任家壁炉里发现的文件和密码本。”

沈放转过头来接下，应付地瞧了两眼，语气深沉低闷：“送到情报科去。”

那人应下，转身刚走，坐在沈放边上的司机怯怯地说道：“没想到这乔主任真的通敌了。”

沈放面无表情，继续将目光移向镜中：“敌方的渗透本来就很厉害。”

边上人吸了一口气，晃了晃脑袋，若有所思，复又说道：“我说这乔主任最近可有点奇怪呢。”

沈放听了这话动作一僵，做情报的人就是这么敏感，一点点风吹草动在这紧要关头都可能成为扭转局面的关键。

他将头扭过去看向那人，忙问：“怎么，你听到了什么？”

那人挠挠后脑勺，讪笑道：“也没啥，就是前几天乔主任撤掉了几个对重庆方面潜伏据点的监视，那些据点我们都盯好久了。”

“是吗？我怎么不知道。”

“乔主任说有特殊情况不让声张。哎，连乔主任都搞这么多小动作，看来这仗是真的打不下去了。”

如今乔宇坤已死，手下的人说话都没了顾忌。沈放淡淡提点他两句：“有些事说太多，没有好处。”

那人谄媚一笑道：“是，是。”

沈放回头瞧了一眼乔宇坤的别墅，如今证据也寻到了，自己的嫌疑也摆脱了，在这儿坐着也是白耗光阴，不如去瞧一瞧这个乔宇坤生前究竟在搞什么鬼，于是他扭头对司机说道：“开车！”

“去哪儿？”

沈放一笑：“哪儿的监视被撤掉了，就去哪儿。”

车子飞速行驶着，最后停在了青帮的一个堂口。表面上是个堂口，但其实是中统在南京的一个秘密据点。

今儿青帮六爷做东，下帖子请加藤吃酒，实则是安排了中统特别调查处处长沈林与加藤见面，意在依靠日本人的力量将敌对在南京建立的地下情报系统尽数破除，以及得到日军在华的军事部署和行动情况。

沈放到的时候加藤正沉着脸从别墅里出来，副官开门，他上了一辆车后扬长而去。

开车那人见着加藤十分惊诧，他自然知道这是什么地方，说话都开始结巴起来："那栋楼，加藤长官怎么会……"

沈放脸上闪过一丝冷笑："没想到的事儿太多了，是吗？日本、重庆政府、南京政府，三国演义啊。"

那人凝眉紧蹙，有些担心地问："可如果加藤长官跟重庆方面的人接触，那我们……"

沈放瞥了他一眼，觉得他并没有听懂自己方才的话，声音更加阴冷下来："我们是南京政府的人，更需要掌握这样的情况，不过你不能乱讲，明白吗？"

那人忙点头："是。"

沈放盯着那栋小楼，眼睛微微一眯，一声嗤笑，觉得这游戏越来越好玩了。他小声地自言自语道："这天，是说变就要变了。"

递交了关于乔宇坤的通敌证据，沈放彻底洗脱了嫌疑。不仅如此，这件事情上他算是有功之人，虽说政治保卫总监部的人为了面子，对外称乔宇坤是因公殉职，但拉下了乔宇坤，如今这位子自然是由他来坐。

晋升仪式就在几天之后。

这一天阳光普照，立在高处望上一眼，整个南京城都沐浴在晨曦之下，给那份古朴凭空添了几丝金碧辉煌的感觉。政治保卫总监部南京直属区所属别墅正厅里稀稀拉拉地坐着几个高级情报官，众人面朝一侧，台上站着的两个人，一个是政治保卫总监部部长，还有一个便是沈放。

部长的声音洪亮大方，宣读着委任状："现宣布，沈放晋升为南京军事委会政治保卫总监部南京直属区代理主任，兼任情报科科长。"

宣读过后，在场的人纷纷鼓掌，接过委任状，沈放的脸上并没有表现出高升的喜悦，始终面无表情。

他仍旧在想着，中统的人约加藤见面究竟所谓何事。

如今德军已经投降，战争的局势不可逆转，日本人和南京政府已经不成气候，那么他们这次的见面，恐怕是针对地下党。

"恭喜沈主任高升。"

"是啊，以后还得靠沈主任多多关照。"

几个同僚凑上来祝贺，沈放折腾了这一阵已经有些意兴阑珊，忙摆手示意他们停下："行了，祝贺的话我心领了，希望以后大家精诚团结，继续为政府效力。”

这边沈放跟众人寒暄着，坐在下面的几个人嘴巴也不停歇，开始议论着。

一个人说：“这沈科长成了代理主任怎么还看着不大高兴啊？”

另一个人扑哧一笑，一脸的轻蔑，嘲笑他看不清局势：“高兴什么，这主任是好当的吗？目前的战局日本人节节败退，咱们的日子自然更不好过。”

还有人似乎有些不服气，语气酸溜溜的：“要说这沈放也真是可以，从情报科科长一下成为代理主任，听说行动科潘科长也没少活动，给日本人的好处可不少。”

又有一个人老到地回答他：“你以为当上主任这么容易啊？人家沈放可是差点命都没了，别忘了上一任主任是怎么死的。”

几人身后的墙上挂着政治保卫总监部主要成员的照片，上一任主任乔宇坤的遗像还在墙上挂着，正被人用沈放的替换下来。

方才说话的人停了一会儿，声音变得小了些，继续说着：“听说了没有，乔主任私底下可是跟重庆方面的人接触过啊。日本人就要不行了，他这是给自己找后路呢。”

话音刚落，身后忽然有两声咳嗽，几个人一回头，瞧见沈放不知道什么时候已经立在了身后，忙尴尬一笑：“沈科长，不，沈主任好。”

沈放眯了眯眼皮儿，严肃道：“不管你们现在怎么想、对时局怎么看，只要一天是政治保卫总监部的人，就要给我尽忠职守。”

众人异口同声地答道：“是，是，一定一定。”

乔宇坤如今已经死了，当初活着的时候他同重庆方面究竟有过什么交易已经不得而知，如今最要紧的便是搞清楚青帮弄堂里头，加藤究竟得到了中统的什么东西，不过重庆方面也不得不防着。

于是他干脆回身对着在场的所有人放话说道：“从现在开始，我要求所有部门加强对重庆方面情报的侦查工作，任何线索都不可以放过，重庆方面潜入的人做了什么、接触了谁，我都要知道。”

说完话他抿了抿嘴，皱着眉头颇有心事地大步向着大厅外走去，经过一处玄关后便出了大楼。

一直到傍晚时分，沈放才驾车去了一趟日本派遣军的司令部大楼。

车子停在门口，他推开车门下地立定，十分自然地抬头望了一下，瞧见二楼的一间办公室的窗户半掩着，并没有关严。

随即他便收回目光，迈步走向司令部大楼门口，脑袋都不曾歪一下，直接掏出证件向门口的日本宪兵守卫出示，脚步不停地迈进大门。

天光还没有完全暗下来，头顶上一轮月亮却早已经在了。沈放左右瞧了一眼没发现人，哪想着刚上了走廊，后头就有个声音喊他："沈先生。"

沈放回头，瞧见身后头走过来个日本副官，忙笑着寒暄道："井上君，今天是你值班啊！"

井上晃了晃脑袋，又皱了一下眉，模样很不快道："没办法，石川病了，我给他代两天班。"说完忽然又露出些喜色，"听说沈先生荣升政治保卫总监部的代理主任了，恭喜啊。"

沈放点头一笑："哎哟，我今天刚接到委任状你就知道了，你们司令部的消息够快的。"

井上走过来搭住沈放的肩，与此同时回话说："那是，你们政府的情报我们必须掌握。只是沈先生，高升了是不是应该喝酒庆祝一下？"

"随时可以，跟井上君喝酒我是求之不得。"沈放也学他，回了个礼将手也往他肩膀上一搭，以示亲昵。不过沈放这一遭乃是奔着加藤来的，忙又问："对了，加藤处长在不在？"

井上思量了好一会才想起来："加藤处长去司令长官的官邸开会去了。"

人不在司令部，那眼下倒是个好时机。沈放佯装出一副意外的样子来，忙交代这一趟的来意："可加藤君约我这两天来做我们情报科的工作汇报。"

"这样，要不要我打电话帮你问问？"

井上倒是十分热情，沈放却忙推却道："不必了，我等会儿他吧，他正跟司令长官开会呢，打搅他不太好。"

说着两个人已经走到了楼梯口，司令部情报处在三楼，沈放脱身要迈步上楼，井上与他话别说："也好，那就辛苦沈先生了，别忘了请我喝酒啊。"

沈放一笑："放心，忘不了。"

沈放转身上了楼，穿过走廊，在靠近走廊一侧的一扇门前停下，然后推门走了进去。

这是个套间办公室，外面是公共办公区，有几个日本情报官在处理着文件。

一个情报副官看到沈放进来向沈放敬礼。

“我来找加藤长官。”

“对不起，加藤长官不在。”那人如是说。

沈放点点头：“我知道，他不在没关系，我可以等一会儿。”

说完他就随身在屋子边的木长椅上坐下，一双目光看向套间的房门，瞧见门上悬挂着一个牌子，上面写着“部长室”。

这时候另一个日军情报官推门走进来递送文件：“这是司令部转给加藤长官的文件。”

沈放目不转睛，瞧着那情报副官接了文件后直接推开部长室的门走进去，把文件放到里面的办公桌上，别的什么都没做，然后走出来再次把门关上。

正正好好，就在那副官开门关门的那段时间，沈放瞧见部长室里的一扇窗户半掩着，这跟他在楼下观察到的一致。

沈放坐了一会儿，实在是不宜拖得太久，他决定动手，便起身向那副官说着：“抱歉，我需要去一下洗手间。”

那副官点头，沈放随即出了情报处。

三楼的洗手间内，沈放打开每一扇门，确定了每个隔间都没有人，随即进入最靠窗的隔间。他把隔断门锁上，继而拿出一早准备好的薄羊皮手套，打开了隔间里的一扇窗，翻了出去。

从卫生间的窗口到那扇半掩着的窗户之间有一处正好脚掌宽窄的墙沿能够容人通过，距离并不算长。可偏偏其间夹着另一间办公室，里头灯亮着，该是有日本军官在办公。

而且司令部的院落里，不时有日本军官巡逻路过，一旦不小心弄出什么动静让人瞧见，恐是片刻时间他的身子便会被乱枪射成一个蜂窝。

沈放神经紧绷，一颗心脏在胸膛里怦怦直跳。他将身子紧紧地贴着墙面，一寸一寸缓缓挪动着，到中间那办公室时他歪着身子朝里面一瞧，趁着里头那人抬起杯子喝水的空隙快步穿过了那间办公室。

因为动作猛烈，他险些没有站稳，身子晃动了两下，忙拽住那扇半掩的窗户才稳住重心，回身时喘息声已经有些粗重，脑袋里的那根弦也已经绷到了极限，他忙推开另外半扇窗户翻了进去。

他立在加藤的部长室里平息了呼吸，张望一番后发现了屋中的保险柜，忙掏出听诊器对着保险柜的门，一边听着一边旋转着保险柜的密码锁。

在几次轻微的嘀嗒声之后他总算将那柜门给打开了，继而从里面取出了一份文件，忙翻阅两眼，发现竟真的是关于南京地下党的消息。

沈放拿出微缩相机，将其拍下。就在这时，门外有人声传来。

“请问加藤长官在不在？”

方才在门口办公的那个人回话：“加藤长官出去了。”

“这是军部传来的电文。”

紧接着是越来越近的脚步声，然后是门把转动的声响，沈放忙将身钻进身边的办公桌下面。

日本副官推门进来，此刻窗外已经完全黑了，屋内光线暗淡、空无一人，只听得“砰”的一声，那人将什么东西丢在了办公桌上，而此时此刻，沈放就在他腿边。

外头巡逻的灯光此时正好洒进来，沈放瞧着那人本已经转身要出去了，却又好似发现了什么将步子停了下来，他猛地屏住了呼吸，连大气也不敢出一口，手掌渐渐出了不少的虚汗，将微缩相机紧紧握住。

只见那日本副官又往前迈了几大步，朝着那大开着的窗户而去，倾身出去将窗扇扯了回来关严实，便退身出去重新将门阖上了。

沈放长舒一口气，悄然起身出来，把那份刚来的电文用微缩相机拍了下来，随后走到那扇窗户边，打开窗户又翻了出去。

他回到原来的地方佯装又等待了一会儿，然后低头看看腕上的表，立起身来准备走。正在办公的那副官问他：“沈科长，怎么了？有什么可以帮你的？”

沈放看着那人笑着：“看来加藤长官一时半会儿回不来，我就不等了，政治保卫总监部还有会议。”

说完他转身出了门，走出大楼上了自己的车，将车开出了派遣军司令部。

夜色如墨，天上的星子若隐若现，沈放这时候才敢大口喘息。手里的东西越攥越紧，几乎都开始颤抖了起来。

事情紧急，而且路上又宽敞，他干脆一脚油门踩到底，最后将车停在了一条街巷边上，然后下车走进了一条巷子。

从这头穿进，一路健步如飞，后打那头又穿出来，在巷子口他瞧见街对面停着一辆黄包车。

他对车夫招手示意：“黄包车。”

路上还算沉寂，稀稀拉拉能瞧见几个人影，一阵窸窸窣窣的声响之后那人拉着车到了沈放跟前。

沈放与那人对视一眼，接着点了点头便直接坐上了车：“去狮子桥。”

“好嘞。”车夫答一句话，拉着黄包车向前跑。

沈放坐在黄包车上，神色自如，他一只手搭在车扶手上，缓缓拧下扶手的前端，原来就在那扶手的地方藏着一个暗格。

他将在加藤办公室中拍下资料的微型胶卷放了进去，接着又悄无声息将扶手前端拧了上去。一面拧，他一面身子向前倾着，故意压低声音对那车夫说道：“这份情报很重要，尽快传递出去。”

车夫小蔡低声：“知道了。”

沈放正起身来，忽然间大声说道：“师傅，快点，我赶时间。”

“好嘞，您坐稳了。”

那一声吆喝几乎穿透了整个南京城一般，之后那车夫忽然加速奔向前方。

沈放掏出怀表看了看，已是八点半，他身子往后靠着，目光往天上一瞧，想着这份情报是急迫的，是组织上需要的，也是方达生的临终遗命。

做完这一切之后，他整个人似乎都舒了一口气。

第二章

CHAPTER 1

那天在青帮的弄堂里头，沈林希望得到日军在华的军事部署和行动情况，交换的好处是，日本战败以后，即使站在中国法庭的被告席上，跟他合作也许能够被优先送回日本。加藤却坚信战事还未结束，他们越强势，筹码就会越多。

战事越来越吃紧，日军的粮食物资极度缺失。就在这天，加藤搞了一场鸿门宴，召集了江浙一带的商界代表，想要从他们手上搜刮点物资钱粮。

古老的南京城夜色并不妩媚，有雨淅淅沥沥地落下，路上湿漉漉的。

中央饭店门口的车里，沈放西装革履，头发梳得一丝不乱，显然是精心准备过了。副官为他开门，他跨步下车，正要朝门里走去，突然一个孩子从旁边冲了过来，朝沈放身上扔了个什么东西。沈放没注意所以没来得及躲开，那东西正中他衣领处，炸裂开来后还有汁水溅到他的脸上。

沈放的鼻子稍微吸了一口气，那味道臭气熏天，几欲让人窒息。

是臭鸡蛋。

孩子情绪激动，做着鬼脸骂道："日本人的狗腿子！"

也不知这话是谁教他的，那孩子一句话说完忙背身跑开，跟着沈放的副官动作迅速准备掏枪，却被沈放白了一眼后拦住。

"跟小孩也要这样吗？"

副官动作一僵，瞪了瞪眼，有些不知所措，沈放苦笑："行了，收起来吧。"

他又马上掏出手帕递过来，沈放一把握住，开始在自己的衣领处擦拭着。

还未解决，有另一辆车驶了过来停在跟前，是加藤。

加藤下车凑过来与沈放招呼："沈先生。"

沈放忙收起手帕拱手回礼："加藤兄。"

加藤目光从沈放脸上往下挪着，鼻息间似乎也闻到了怪味，一眼便瞧见他衣领处的污渍，接着一笑，面目伪善："沈先生为帝国的事业受苦了，帝国不会忘记你的付出。"

"这没什么，加藤兄客气了。"沈放脸色有些尴尬，他将那手帕匆忙塞进口袋里，回头朝副官使了个眼色。

气氛许是有些尴尬，加藤也不再多言，抬手道："请。"

中央饭店的宴会厅里，南京的众多商界名流纷纷落座，沈放陪同加藤走了进来，一阵嘈杂之后，即刻归于安静。

沈放扫视了一下在场的众多中国商人，发现青帮的六爷果然也在下面坐着。加藤对六爷点了点头，咧着嘴角露出个假笑来，随后又转身冲着在座的众位商人说道："感谢大家赏脸来参加今天的宴会，你们都是江浙一带的商界代表，我代表日本驻南京派遣军深感荣幸，我想沈主任也是一样。"

他故意带着沈放套近乎，沈放便知道今日没有什么好事情。不过加藤转眼朝他看了看，他忙恭谦一笑点头示意赞同。

底下有人即刻就不高兴了，小声说："日本人请客谁敢不来。"

加藤却像没有听到，只自顾说着："在座的各位都应该知道，这些年你们的生意都是在帝国的庇护下才得以存在的，帝国给了你们很多方便，很多机会。"

说完了好处，后面便要引出重点来："为了完成大东亚共荣的壮举，现在到了你们回报帝国的时候了。"

加藤说完话扫视了台下众人，沈放立在边上皱了皱眉头。话语顿了片刻，加藤继续说道："我说的回报很简单，希望各位能尽自己的力量，提供物资钱粮，帮助帝国渡过难关。"

果然，沈放猜得一点也没错。台下突然像是炸开了锅一般，个个都是叫苦不迭。

"这不还是跟我们要钱吗？这么多年的苛捐杂税，我们现在哪儿还有钱？"

"就是啊，哪次征粮、征税少得了我们？这都不知道被扒了多少层皮了。"

"别人都以为做生意的有钱，但我们也是普通人，早就吃不消了！一家老小连活下去都不容易。”

几个人一唱一和的，个个皱着眉头露出一副厌弃又为难的表情，场面陷入一片混乱。

加藤见状想要阻止，红着脸高喊一句：“好了！”

可效果不佳，并没有人对他这话有所回应。加藤便有些发怒了，直接掏出手枪对着天花板放了一枪。因为是在屋中，所以枪响的动静震耳欲聋，吓得众人身子都哆嗦了一下，倏然安静下来。

加藤面色铁青，瞧着底下个个缩着身子的狼狈模样，沉默了片刻，复又将声音提高，厉声道：“我的意思很清楚，如果今天我没有得到满意的答复，恐怕这顿饭你们只能一直吃下去了。”

他说完一挥手，接着门口冲进来一队荷枪实弹的日本兵，像早有准备，将这宴会厅团团围了起来。

下面一众商人脸上的惧色更甚了，沈放却面无表情地瞧着眼下发生的一切，似乎跟自己没有关系。

这时，有一名日本兵上前向加藤耳语几句，加藤点了点头，随即又说：“请各位好好用餐，好好地想一下。”

说完话，他朝着沈放使个眼色，让他跟上来，便转身出了大厅。

身后头有几个中国商人想起身说什么，一边荷枪实弹的日本兵举枪示意他们回到位置上去，众人只得又乖乖坐下。

沈放跟着加藤来到门外头的走廊，两个人身后跟着加藤的副官。

加藤看了一眼旁边的沈放，脸上的厉色稍稍温和了些，问道：“沈主任，刚才我是不是有点失态了？”

沈放对他这一副假模假式的把戏向来无语，不过也不敢表露出分毫来，赶忙否认：“哪里哪里，加藤兄的任何举动都是合理的。”

加藤这会儿才笑，可笑得似有深意，连话中似乎都有别的意思：“哈哈，要说举止得体我还是比不上沈主任，永远都是那么衣着精致，不像我只有一身军装，古板得很。你的西服是在荣昌号定做的吗？”

沈放隐约觉得有些不大对劲：“不，是九同章的一个裁缝做的。”

加藤点头：“怪不得，很合适沈主任的身材。”

说着他目光一转，看到了沈放手里拿着的那副薄薄的羊皮手套。

“这幅手套也不错，我能看看吗？”

沈放不知道对方葫芦里卖的是什么药，虽有些意外，依然将手套递给了加藤。

加藤看着那副手套微微一笑：“皮质细腻，应该是意大利产的。沈先生真的很有品味。”

“加藤兄过奖了。您要是喜欢，我可以送您一副。”

“不，我就喜欢这副。”

加藤的目光忽然凌厉，说完并没有把手套还给沈放，而是把手套交给了一边的副官。

沈放眉头微微一蹙，对加藤的动作有些诧异。

加藤笑着，想说的话还没有说完，继续又说着：“沈先生，我非常佩服你，从1940年开始，你担任南京情报科的科长，我们合作到现在，整整五年，你是一个特别聪明的人，我们一起破除了很多国民党和地下党的情报体系，你的机智让我不得不叹服，无论怎样看似没有线索的事情，经你抽丝剥茧，最终也会水落石出。”

一阵莫名其妙的夸奖，弄得沈放有些晕头转向，不知道加藤究竟要做什么。

“加藤兄谬赞了，如果说沈某真的在情报工作上有所突破，那也离不开加藤兄的提点与照顾。”

不过接下来加藤的话让沈放似乎察觉出了一丝端倪。

他说着：“沈先生不用客气，能在中国遇到像你这样的精英，是我的幸运。还记得吗？几年前我们获悉在南京潜伏着地下组织的关键人物，代号‘风铃’。但是这个人我们始终没有找到，你们政治保卫总监部对这个‘风铃’也毫无线索，对此我一直觉得很不可思议。”

风铃，加藤突然提到了风铃。

这个代号，沈放再熟悉不过了，因为这个人就是他。

“惭愧，惭愧，对这件事我们政治保卫总监部还得多下点功夫。”

沈放嘴里说着，心里却打了个鼓，他不明白加藤说了这么多，底牌究竟是什么，难道已经开始怀疑他了不成？

他不露声色，眉头却很快地抽动了一下，加藤没有察觉。

加藤顺着他的话说：“是啊，不过你们保卫总监部好像对我们情报处了解很多。”

沈放眉头一皱，意思是不懂，加藤又笑着继续解释道：“国民党的人跟我接触过，你应该知道了。”

沈放一愣，没想到加藤会突然说这个。可加藤看一眼他的面色后又故作轻松地说道：“别担心，你们的担心我能理解，日本人如果跟另一个政府合作了，对你们是不利的。不过国民党方面只是想请我们帮助他们摧毁南京的地下党情报系统。”

沈放本还想着应该如何解释，可听加藤既然这样说，脸上僵意也便松了些，随声附和着："加藤兄理解就好，毕竟我们才是一体的。"

加藤说了这么多也没见沈放露出什么端倪来，干脆直说："我们是朋友，所以我要告诉你一件事。国民党交给我的情报是他们掌握的南京地下组织的情况，那份文件就在我办公室的保险柜里，只有内部的人才有机会接触。而地下党一定会对这份情报很感兴趣。我就是很好奇谁会接近这份情报。"

沈放顿了顿，没想到加藤居然已经有所发觉，这会儿他脑子里快速回忆自己行动的过程，生怕留下什么痕迹来，嘴上却缓缓说道："加藤兄是怀疑情报处有问题？"

他的心里更加紧张起来，一直垂着的手捏了捏，脸上表情带着一点慎重，却依旧不动声色。

加藤皱着眉头，却带着一丝神秘的笑容："也许，我不能断定，所以我在我的保险柜上涂了荧光粉，只要接触保险柜的人就会留下痕迹。今天走进情报处的人我都调查了一遍。"

说完他将目光停在沈放身上："刚刚有人告诉我，沈先生今天也去过情报处，不过我的副官说你并没有进入我的办公室，但为了排除嫌疑，沈先生的手套，我也要拿去验证一下，当然，我相信沈先生一定不会有问题。"

沈放此刻的手握得更紧了些，心里咯噔一下，心想着恐怕他很快就会暴露，又怕这只是加藤的计谋，想要试探他。

"加藤兄的主意巧妙得很啊！"他依旧笑着。

加藤也笑："多谢沈先生夸赞。"

此时此刻，沈放已经能够想象到那个画面，黑暗中，加藤拿着沈放的手套对着紫外线灯一照，上面全是荧光粉。渐渐地，他的额头上冒出了汗珠。

"沈先生怎么出汗了？我觉得六月的南京还是很凉爽的。沈先生不会是紧张吧？"加藤问他。

"加藤兄说笑了，我紧张什么？"

沈放虽这么说，语气从容，心里却更加紧张凝重起来。

加藤见他终于有了些反应，便不打算放过，又问："沈先生还记得方达生的案子吗？"

沈放点头。

"有些事情正着想是一回事，反着想就是另外一回事，真的只有乔宇坤有地下党的可能吗？我看未必，你说呢，沈先生？”

沈放没有接话，只是微微一笑。从方才一出来，他的每一句话都话里有话，装糊涂这活儿着实有些累。

加藤的声音突然提高了一些，试探的语气也更深了，像已经要准备庆功了一样：“也许今晚我会找到藏在我们身边的那个鼹鼠？我很希望这个人能出现。其实国民党给的那份文件用处并不大，因为他们掌握的情况远远没有我掌握的多，南京地下组织隐藏得非常好，变化也非常多，所以国民党的情报并没什么价值。但恰恰窃取这个情报的人的出现，会像一把钥匙，打开我们需要打开的那扇门，也许南京的地下网络会因此一览无余。”

两人眼神交换，暗波汹涌。

沈放的面色没有丝毫变化，内心却在飞快地思考着。

加藤明明已经怀疑他了，他的手套就是明显证据。他这样告诉自己就是在等着看他如何行动，如果今晚逃走，那么加藤便会跟踪他将组织的人全部挖出来。可如果他不逃，手套的事情败露，他是否能扛得住那些可怕的刑具，他自己也不知道。

夜雨蒙蒙，天色已经不早了，饭店门口有一排日伪高官乘坐的汽车。

立在廊间交谈完毕，加藤带着副官与沈放一起走出中央饭店。副官抢先走到加藤的车旁边，准备为加藤拉开车门。加藤紧随其后走了两步，突然又停下，回头对沈放说：“希望今晚沈先生能睡个好觉，也许明天我们需要再谈一谈。”

“随时恭候加藤兄。”

沈放的头脑飞速地盘算着，如今不管怎么想自己都已经陷入了危局。不过在没有证据之前，他还有机会，因为加藤不会公开对他的怀疑，只要公开了，组织上的人就会知道，跟他联络的所有据点和人员都会转移，那么加藤的计划也将落空，加藤那么精明，不会做这么蠢的事情。

可是，他应该怎么办呢？

就在他思考的时候，加藤微笑着点头，回身向自己的轿车走去，副官握紧把手正要将车门拉开。

沈放的视线一直向前扫着，可就在车门被拉开的一刹那，一声剧烈的响动连带着地面的震感，眼前便喷出一股巨大的火浪来。副官瞬间便葬身火海。

与此同时，四周枪声大作，街道上卖糖葫芦的、牵手散步的情侣、

卖香烟的，纷纷扔掉手中的东西，拿起藏匿的枪支对加藤和门口的日本兵开枪，

突如其来的枪林弹雨，让日本人猝不及防，中央饭店门口顿时乱作一团。

加藤离沈放不过两步距离，沈放忙将他一扯，两个人迅速躲在旁边的汽车后面，都掏出手枪来还击。

对面人不少，火力威猛，加藤刚开了一枪，就被射击过来的子弹击中肩头，疼得倒在地上哀号着。沈放忙往上凑着，可突然间一颗子弹擦着他脸颊飞过，他连忙俯身，刚要举枪还击，只见街对面有个人影一边开枪一边朝着他冲了过来。

沈放本可以直接开枪放倒他，却稍稍枪口一偏，子弹从那刺客头上飞了过去。那人还在向前冲，不过突然腿上挨了一枪，身子一歪斜，扑通一下跪在了地上。沈放将目光挪向身边，发现是旁边的一个日本宪兵开的枪，下一秒，两个人持枪对射，双双倒地。

沈放长长地松了口气，刚要起身，混乱中突然后肩一阵刺痛，有子弹打了进来。他手腕无力，手枪落在地上，回头一瞧，发现是加藤靠在一旁的车身上，此刻正举着枪，面色冷峻地看着沈他，刚才那一枪明显是他开的。

“你做什么，加藤君？”沈放喊了一声，试图用另外一只手去捡枪。

加藤的枪一垂，指着沈放的额头：“不要动。”

一句话后沈放的动作即刻停下了，两人四目相对，似乎周围空气都凝滞了。

加藤因为受了伤，喘息声有些重，喉间一动咽了口唾沫。眼睛死死盯着沈放。

“这是你安排的？”

沈放快速地摇头，急于解释：“不，想让你死的人很多，还用不着我动手。”

他知道来的人是军统的人，但这确实不是他安排的。

加藤听罢苦笑：“那你可以告诉我真相了，你到底是什么人？”

他话尾音忽然间咬牙切齿，沈放看着他反问：“你想知道？”

加藤没有说话，一直举着枪，看着沈放。

“可惜，你没有机会了，你的副官和我的手套都已经变成灰烬。你永远没办法证明我的身份。”

肩上的伤口一直在淌着血，胳膊微微一动便有痛意传来，沈放反手捂

着肩膀的伤口，声音低沉，强忍疼痛道。

加藤听了之后面目忽然狰狞起来。

“不能证明也没关系。”

这话有些吓到了沈放，他闭口沉默，眼睛直愣愣朝前看着，此刻那黑洞洞的枪口直指他的眉心。

加藤狞笑着：“我相信我的怀疑是对的，不管你是不是那个‘风铃’，我都得让你死。”

沈放眼瞧着他说完话后扣在扳机上的手便要用力，只是还来不及躲，一颗手雷突然被扔过来，在两人旁边爆炸了。像之前一样的场面，掀起的巨大热浪将他和加藤都掀翻开来。

沈放摔在地上，除了之前的伤口以及骨头在坠落之后的痛意之外，额间的那股感觉似乎更加猛烈，有什么东西深深地嵌了进去，他耳边全是啸音，视线模糊，几欲昏死。

光晕重叠的场景里面，沈放瞧见一个身穿日本军官服装的人走到加藤身边。

加藤以为来了救兵往上凑着，而看到那军官的脸的一瞬间又开始往后退。

那身影沈放再熟悉不过了，是他的哥哥沈林。

沈林看着血肉模糊的加藤，垂手轻轻托着他此刻已经布满鲜血的脸。他说：“你让我很失望，因为你的不合作，我很遗憾不能在战犯审判时看到你了。”

加藤嘴角流出鲜血，用颤抖着的手指向沈放的方向。沈林却未曾察觉，只瞧着他狼狈的模样轻轻咂舌：“我提醒过你，让你想想我为什么敢到南京来，你说你怎么就这么蠢呢？”

加藤还努力地想说些什么，沈林这时才察觉到他手上的动作，顺着他的手看过去，沈林瞧见了沈放。

加藤终究支撑不住，手落了下去，咽下最后一口气。

瞧见沈放的一刹那，沈林表情僵住了，他不由自主地把手里的枪举了起来，对着沈放……

满脸是血的沈放看着沈林，视线越来越模糊，随后脖颈间失力，彻底晕死了过去。

这时，有个同沈林一样扮成日本军官的人跑过来提醒沈林：“宪兵队的人来了，咱们得赶快撤。”

沈林看了看沈放，收起枪。

“走。”

离开现场的沈林要去见一个人。

他的车子停在了一座日式洋楼的外面，方才提醒他撤离的秘书李向辉下车为他打开车门，两个人快步跨进了大门。

正厅里面，田中坐在一旁的桌子边上，微闭着眼睛，一边站着两个日本军官。

桌子上摆着一张通行证，是沈林此行的目标。

敲门声铛铛响了几声，田中惊觉后睁开眼睛，让一边的副官去开门，嘴角不自觉露出一丝笑意。

沈林和秘书走了进来，径直走到田中面前。

“沈先生，你很准时。”田中说道。

沈林在他面前坐下，冲他礼貌地鞠了个躬：“当然，我做任何事都不想耽误时间。”

“这次行动已经如你所愿了，我也希望你能兑现你的承诺。”

说着田中将桌子上的通行证推给沈林：“这是你要的东西，你拿到它，就可以出城了，城关的哨卡都是我安排的人，不会有任何问题。”

沈林看了看那张通行证却没动，对面的田中显得有些意外。他身子往后一靠，一脸的老谋深算，继而说道：“我估计根本等不到出现在城门口，在门外的这条街道里，我就可能会被你安排的狙击手打死。”

目光交汇中，田中脸色变了，随即恢复正常。

沈林随之一笑，沈林冲旁边的李向辉点头，与此同时说道：“幸好你没提前动手，否则你就看不到我给你准备的东西了。”

说完后李向辉从包里抽出一沓照片交给了他，他又将那些照片扔在桌子上。

“这些是不是可以保证我的安全？”

田中有些惊奇，神色凝重，拿起来一看，发现居然是沈林与自己接头的照片。

且还不止这些，沈林随后又将一份录音带扔在了桌子上，再一次向他施压：“这是我们接头的内容，只要我今晚出不了城，这些东西就会出现在你们总参谋长小林浅三郎中将的办公桌上。”

田中脸色铁青，一双眼睛静静望着沈林，沈林却是神色悠然：“你既然可以出卖加藤，就可以出卖我，所以我必须留这么一手，保证我自己的安全。当然你也可以选择杀了我，我们同归于尽。”

田中依旧面无表情，只是有件事情他想不通：“沈先生果然厉害，是我小看了你。只是，你怎么能拍到这些？”

沈林冷冷一笑：“我们见面的地点是你选的，时间是你选的，你还搜过我的身，但我还是得到了这些东西，很奇怪是吗？”

田中没有说话，似乎在等着答案。

“你可以被我买通，别人就不会吗？”

田中闻言先是愣了几秒，接着抬头看了看自己的副官，两名副官均没有任何表情。

他像是心领神会了一般：“佩服佩服，这一局我甘拜下风，希望沈先生以后能记得我们今天的合作。”

“那要看你了。”说完沈林拿起桌上的通行证，“我想，现在我可以安全地出城了。”

沈林拿着通行证，转身带着李向辉离开。走到门口，他又想起了沈放，于是停下步子回头说道：“对了，那个政治保卫总监部的代理主任沈放，你要保证他活着，如果他死了，也许你不想出现的东西会再次出现。”

加藤到死也不知道，是田中出卖了他，沈林口中那个敢叫他来南京的原因，便是田中。

加藤不愿意投降，一直硬撑着，田中却知道日军已无回旋之地，继续顽抗只有死路一条。

加藤一死，又得到了田中的帮忙，日军的溃败已是指日可待。

终于，1945年10月，抗日战争全面胜利。

南京回到了国民党政府的控制之下，而日伪任职人员等疑似叛国人士锒铛入狱，在身份得到确认后，等待他们的将是军事法庭的重刑。

六个月后，在南京老虎桥监狱牢房中，有狱警打开了一扇监狱的门朝着里面喊道：“1563号，接受审讯。”

监狱内陈设简洁却有窗和桌椅，里面关押的犯人较为高级。陈设两张床，但只有一个人坐在那里。

那人站了起来，光线落在他的脸上。虽然身陷囹圄，身穿病号服，但精神依旧尚好，面部胡子拉碴，略显消瘦，额头上多了一道很深的疤痕。

他正是沈放。

1563便如同“风铃”一般，如今是沈放的新代号。

他闻讯跟着狱警走了出来。穿过走廊，走进了审讯室。

审讯他的叫李向辉，是沈林的秘书。在李向辉的身边坐着军统、中统其他陪审人员。

“据我们了解到的情况，加藤毅一一直和你称兄道弟，关系非常不错，你是哪一年进入汪伪政府特务委员会的？你说你的真实身份是军统的潜伏人员，有什么证据？”

他停下来若有所思，接着问：“如果你是军统的人，你的上线是谁？你的联系方式是什么？”

李向辉瞧着他，这并非第一次提审了，面色上有些不耐烦。沈放抬着头看着他却是沉默。

没错，他是地下党的情报人员“风铃”，但他是在军校期间秘密加入的，后来学业出众被军统吸收，变成军统特工。卢沟桥事变之后，他以军统特工的身份潜进汪伪南京政府。

“自从开始对你审讯，你就只说自己是军统潜伏人员，其他一概不谈，你是不是觉得我只会这样问你？”

李向辉走到一边的刑具面前，随手拿起一件刑具把玩着，以作威胁：“这些刑具我一直没有想过用在你的身上，但这并不代表我不会用，明白吗？”

沈放动作没变，依旧还是没说话，完全不将他放在眼里。

李向辉见他态度轻蔑，撇了撇嘴，把一个锤子扔在他面前的桌上，将声音压了压：“难不成你真希望我换个方式问你？我的忍耐是有限度的！”

沈放看看李向辉,又看看眼前的锤子。这样永无止境地浪费时间实在对他是一种折磨。他身子缓缓前倾着，在李向辉还没有反应过来的时候一把拿起锤子，一咬牙将心一横，猛地向自己的手指上敲了下去。

审讯室里十分安静，锤子打击到桌面的时候，能听见夹着清晰的骨头碎裂声，沈放闷着叫了一声，挪开锤子再看那左手，小拇指已经应声断了，血肉模糊。

李向辉被他这举动吓了一跳，一下呆住了，双眼怔怔地看着沈放，结结巴巴说不出话来：“你……”

沈放扔了锤子，缓缓将左手举起来对着李向辉，皱着眉头，忍着疼痛说道：“这就是你说的方式？省省吧，这是我玩剩下的，你审不了我，找你上司来。”

这话说完，他明显看见李向辉的脸色变了，紧接着他的目光不由自主地看向旁边审讯室的一个大玻璃窗。

沈放冷笑，也转头跟着他望过去，他痛苦的脸上忽然一阵阴笑，一副胸有成竹的模样："我知道你在这块玻璃的后面一直盯着我，我也知道你找了我很久，但一直不肯跟我正面接触，你怕什么？想知道真相，没必要站在幕后看着这一切。"

他说完话十分恣意地兀自退了出去，等再被召进来的时候，里头只坐着一个人。

他得逞了，沈林决定亲自审他。

审讯室里，沈放已经处理了左手的伤口，他缓步走进来和沈林坐了个对面，四下安静极了，他们就那样互相盯着对方，两人死死盯着对方，似乎要把对方看穿。

随后还是沈放先开了口："你终于出现了？"

沈林点头，瞧着这张已经有些陌生的脸，说出了他不露面的原因："八年没见了，我怕我不能清醒地判断你说的每一句话。"

沈放轻笑，纠正他："不，不是八年，六个月前，我们曾经见过一次。"

那天在中央饭店门口，他虽然意识已经有些不大清醒，但他还是笃信，那一天，他确实看到了沈林。

沈林迟疑了片刻，也不否认："是，只是那一次，我们并没有说话。"

"你应该希望杀掉加藤的那次我也死了才好。那时候在你的眼里，我就是一个汉奸吧？"

沈放冷笑着，如今的沈林瞧上去风光无限，却还是像以前一样，沉默寡言，枯燥无趣，却又心思极密。

他是一个原则秩序至上的人，他心里认定了任何人都不应该危及国家秩序，就算是身边至亲之人犯了错，他也一定会秉公执法。

这是他的信条，也是职业操守。

沈林却回他："你错了，我不会冤枉任何一个人，尤其是你。"到这儿顿了顿，他目光存疑，"你说你是军统派过去的潜伏人员。"

"当然。"

"你说了不算，必须通过甄别。"

沈林依旧冷冰冰的。

沈放脸色一僵，忽然间暴跳如雷，开始咆哮："甄别？你知道我在那边是怎么过来的吗？我根本不想在日本人那儿待下去，好不容易熬过来了，还要被甄别？”

沈放火发完了后又沉静下来，将目光往沈林凑近了些：“甄别什么？甄别我身上这些伤口是在哪儿留下的吗？”

沈林不为所动，铁面无私：“你是日伪部门的情报官，你说你是潜伏人员，但时间太长了，你必须证明自己。而且地下党的渗透是无孔不入的，你的身份太值得怀疑。”

“你怀疑我是地下党？”

“有可能。”

“那你干吗不直接打死我？你手里不是有枪吗？别告诉我，你们文职的枪里是没有子弹的。”

一番对话后，两个人表情严肃地对视着，屋子里头静得能听见心跳，以及隔壁用刑后的惨叫声。

沈林目光一沉，复又抬起来：“你的情绪太激动，我需要你冷静下来再跟我说话。”

“冷静？我没办法面对着你冷静，别忘了你不只是中统的处长，我也不只是你甄别的犯人。”

沈放面目狰狞，接下来的话一字一字徐徐说道：“我是你弟弟！你是我哥！”

沈林说话依旧没有温度：“所以我才希望你还是党国的人，那么一切都没有变。”

“不可能不变，当年我决定离开南京的时候一切就都已经不一样了。”

沈放根本不敢想那一年，就是在那一年，他的母亲病逝了。

沈林轻轻咳嗽两声，许是也有些不适，过了一会儿才说：“那就把你身上发生的一切全部告诉我。”

第三章

CHAPTER 3

狱友存蹊跷，身份露端倪

从老虎桥监狱回来的沈林满脸愁容，今天在中统的会议室里有一场关于他的委任仪式，因为在对日行动中成功击毙日本情报高官加藤毅一，他从特别调查处副处长一职调任为党政调查处处长。

他并没有什么好心情，静等着宣读完委任状后将那张纸给接了过来，寒暄两句便草草离开回了办公室。

随手将那张委任状往桌上一扔，他整个人倒身在椅背之上。正在苦思冥想间，李向辉敲门而入，引得他重新抬头。

李向辉道："处长，'苦菊'已经回到南京，正等着您见他。"

沈林点了点头："让他暂时不要在中统露面，今晚我去旅馆见他。"

沈林口中的旅馆叫作悦来旅馆，位于南京中山路，是一家不起眼的小旅馆。

是夜，他坐了一辆黄包车，在旅馆门口，他给了钱下车，瞧了一眼四周，大步朝门口迈去。

上了楼梯，在二楼的走廊中寻到了217号房门，他用手背轻扣两下房门，里头的人将门打开，他跻身闪了进去。

客房内光线阴暗，有一个看上去略显瘦弱的男子，他从书桌抽屉里十分熟练地拿出一沓资料来，示意沈林与他同坐，接着将资料递了过去，说道："这是我掌握的地下党苏北根据地的一些情况。"

沈林接过来，翻看了两眼，后忽然间抬起视线重新看那人，有些怀疑地问道："你能确定这次能够回来，不是对方故意放走你的？"

那人晃晃脑袋："我是看到镇上我们的联络点被他们的人破获后，直接逃走的，他们暂时还没有发现我。但是联络点的人已经暴露，发现我也是迟早的事情。"

沈林短暂地思考了下，不过他将头低了下去，对方没有察觉到。

接着他说："你们花圃特工组是中统行动科成绩最出色的行动小组，你能平安归来，很难得，行动科吕科长已经向叶局长为你们请功了，只是目前任务紧急，你的身份暂时还不能公开，也不可以用原来的名字跟外界联络。"

那人表现得格外忠诚："我只有代号，没有名字。"

沈林拿了资料回到办公室的时候,夜已经深了，李向辉还在等他。

看着沈林走过来，李向辉抬手将他递过来的资料接住，草草阅读过后，又重新递了回去。

沈林问他："你对'苦菊'带回来的这些资料怎么看？"

李向辉摇了摇头："'苦菊'获得的苏北根据地情报价值并不大。"

沈林一笑，又向他点头："他并没有进入苏北要害部门，能获得这些已经不容易了，更重要的是在他的资料里，可以印证一个名字是真实存在的。"

"您是说'风铃'？"

"对，一直以来都有传言，在汪伪高层内，有一名潜伏很深的地下党用'风铃'这个代号在活动。"沈林愁眉紧锁。

李向辉说："不过只有一次，是去年5月，日军联合苏浙皖绥靖军对苏北根据地进行围剿，正是因为这个'风铃'提供的情报，才使日军的整个围剿计划落空。"

沈林一笑："一次就足以证明了这个人是存在的，而且那次围剿不单是针对他们，同时也是针对苏北以及皖北地区的袭击，我们也事先获得了情报使日军无功而返。"

李向辉一惊，有些诧异："您是觉得这个情报是同一个人泄露出来的？"

"有可能，否则就太巧合了？"

沈林陷入一阵沉思，复又说道："去查一下，那次情报我方获取的来源和渠道。"

李向辉："是。"

对沈放的再一次审问是在第二天。这一回，李向辉等军统、中统陪审人员坐在旁边，有人做笔录。

沈林就坐在沈放的正对面，他的语气总算有些关怀的意思："昨晚睡得好吗？"

沈放瞧了他一眼，并没说话。

沈林方才涌起的一丝情绪复又泄了气，重新变得冰冷："希望你可以很清醒地回答我的问题。"

"我在任何时候都非常清醒，包括当年我做的选择。"

沈林知道，他决定要说，只是希望直切正题而已。继而仰了仰脑袋，随了他心意。

"你以前叫沈枫，为什么要用沈放的名字去军校？"

"我要和过去断得干干净净，用新名字去军校，就没人会找到我，特别是我父亲，我不喜欢他给我安排的婚姻。"

沈林知道，他极其反对这种包办婚姻的约束，而且他口中的那个父亲脾气狂躁暴怒，几乎在他心里留下了阴影。不过迟疑片刻，又问道："不想让人找到你，也包括我吗？"

沈放点了点头："当然。"

沈林也不再自讨没趣。

"到了军校之后呢，什么时候去汪伪政府的？"

"在军校没多久，就被军统发展，经考验合格后，加入军统，卢沟桥事变以后，军统安排我潜伏在汪伪政府特务委员会。目的是获取情报，为正面战场获取更多的有利信息。"

"你的代号是什么？"

"狼牙。"

沈放是快问快答，瞧上去应对自如，没有经过半分的思考。

"你应该知道凭空说这些是没有用的，抗战这么多年，有太多的地下党混到了伪政府里面。"

他这意思是说沈放说的这些事情都是可以编造出来的。沈放即刻了然，继续说道："我的上线代号'狼眼'，他的对外身份是鼓楼大街美华洋行的经理，叫魏有成，我一直是通过他传递的信息。他可以替我证明。"

沈林看着沈放："还有吗？"

"当年我加入军统，是由军统一处的孙副处长发展的，打入汪伪政府内部后，也继续受他的领导。"

沈林表情凝重，他自然希望沈放说的话有用，不过显然没有做到。

"你说的这两个人都在行动中因公殉职，一处的处长已经换成了罗立忠。死人是没有办法为你证明的。"

沈放见这样他依旧不信，双眼怔怔盯着他："你就那么不相信我？"

“这不是我相不相信，你要让党国相信你。”

他身后头坐了那么多人，决非他一个人说了算。

沈放声音低了些：“我只问你信不信？”

两人对视良久，沈林才缓缓地说道：“我要证据。”

于是又是一次不欢而散的谈话。沈放被送了回来，有些疲惫，正躺在床上养神，却见两个狱警押着一个犯人走了过来。

这牢房是两个人的，只是如今只有他一个人住罢了，难道今天来人与他作伴了不成?

沈放目光盯着正作响的牢房门，一阵窸窸窣窣的钥匙摩擦声之后,牢房门打开了，有个身影被推了进来，他脚步踉跄，显得身体虚弱。

狱警目光凌厉，表情肃然：“伍元朴，你以后就在这个号儿里，老实点。”

叫伍元朴的那人咳嗽着点头，等狱警走了，他才转过身来,脚步蹒跚地摸到那边空着的床上躺了下去，接着是不断的咳嗽声，整个过程连看都没看沈放一眼。

可沈放倒是看清楚他了。

从他一进来沈放便在打量着他，他戴着一副眼镜，一副看上去敦厚老实的模样，脸上有淤青，是很明显的被刑讯过的痕迹，不过他很快便将脸对着墙转了过去，沈放听着那咳嗽声有些不舒服，但也没说什么。

果然，当晚他的这个狱友便发了病。

深夜，监狱外头雾色浓重，一片漆黑，只有探照灯黄晕的光不停地来回闪着。沈放是被浓重的喘息声和咳嗽声吵醒的，他起身看向伍元朴，相较于下午，他咳嗽得更厉害了，在床上辗转反复，似乎还在胡言乱语。

沈放皱了皱眉又躺下了，不过脸刚别过去，突然间听到“扑通”一声。他回身再一看，是那个伍元朴从床上掉到了地上。

伍元朴还在呻吟着，他嘴唇干裂，脸色苍白，额头上都是汗珠。

沈放本想不管，可看伍元朴在地上，又于心不忍，还是起身下床，凑了过去。

“你怎么了？”沈放问。

伍元朴却跟没有听到一样，还是之前的模样。

沈放觉得不大对劲，他抬手摸了下伍元朴的额头。

额头滚烫，他在发高烧。

他连忙去把自己的水罐拿过来给伍元朴喝了点水，瞧着伍元朴病得不轻，他扒着牢门喊了起来："来人啊，有人病了，来人啊！"

没人回应，他回头瞧一眼，开始疯狂地砸着门。

敲击声和沈放的叫喊声一下让监狱里热闹起来。所有牢房里的犯人都起来了，叫着，敲着，闹哄哄一片。

两个狱警闻声而至，用警棍敲着牢房的门叫骂着："干什么？你们都给我老实点！"

之前将伍元朴押进来的那个狱警来到了沈放的牢房门口，气冲冲地问："大晚上不睡觉，鬼叫什么？"

探照灯打在那狱警的脸上，他困意十足，满脸写满了不耐烦。

沈放指着地上的伍元朴说："他病了，必须得看医生。"

"这都几点了，看什么医生？明天再说。"

那狱警面色严厉，显然他这理由不能被接受。

沈放见他不想理会，有些着急："明天？你知道他是什么病，如果是瘟疫或者是疟疾，明天这牢房里得倒一片。"

他并非吓唬那狱警，这太有可能了，如今这天气，在这样的环境下，一切都太有可能了。

狱警闻话先是一愣，想了一会儿，却还是隐隐有些心虚地拒绝："吓唬谁呢，给我老实睡觉。"

沈放无奈，他已经在这儿关了有六个月了，深知这些人的脾性，干脆将沈林搬了出来："不管他是吗？别忘了这几天是谁在问我话，你要不管，就想想如果中统的沈林处长知道了，他会怎么管你！"

这话可不中听，那狱警即刻恼了："关在这儿你还有脾气了？"

他说着摘下警棍就要动手，旁边另一个与他相同打扮的人忙将他挡下，小声与他说道："你这是干吗，中统那个沈处长可不是好惹的，闹大了咱犯不上。不就是看病吗？往医务室一扔不就完了。"

那人想了想，点了点头，将手上挥的警棍放下了，口中却仍念念有词："都给我惹麻烦。"

他说着摘下腰间的钥匙开牢门，正要俯下身去碰触伍元朴，动作到一半却又停下来，应该是害怕真是什么传染病。

他复又直起身来瞧了一眼沈放，方才沈放横冲的态度叫他十分不舒畅，干脆命令他道："你，把他背起来送医务室。"

沈放坐在床上，看了一眼那人却没动身。直到那人将警棍重新举了起来，他才俯下身把伍元朴背了起来，被狱警押着出了牢房。

直到第二天的清晨，伍元朴才醒了过来。

医务室中，沈放坐在椅子上意兴阑珊地扯着一张报纸看着，旁边病床上躺着伍元朴，脑袋上还捂着一块凉毛巾。

他睁开眼睛，左右看看，想坐起来，沈放忙撂下报纸阻止他，提醒道："别动，你刚退烧。"

伍元朴问他："是你送我来的？"

沈放嗤笑："还能有谁，那些狱警不敢碰你，怕你是瘟疫霍乱。"

"那你不怕？"

"都关在一个牢房里了，怕还有用吗？"他如是回答道。

伍元朴冲他一笑："谢谢。你是好人。"

沈放显然不受用："好人不敢当，谢谢用不着。幸好你只是发烧，要真是什么传染病，我可不想你死在我旁边。"

沈放倒是一句假话没有，半分也不藏着掖着。

伍元朴尴尬一笑："我叫伍元朴，希望以后能还你这个人情。"

沈放瞧他，目光停留了一阵子才说："还不还的以后再说吧，在牢里一切都谈不上。"

他瞧着伍元朴，着实有些好奇，他都已经被折磨成了这个样子，竟还想着还自己的人情，怎么还？

只是他也有些没有想到，伍元朴的第二次刑讯来得也十分快。

这天，沈放一个人躺在监狱里的床上，思绪放空的时候，他自然而然地想起了加藤死时候的画面，头开始疼得厉害，耳边出现了啸音，眼前的画面也晃动模糊起来。

突然"哐当"一声响动，监狱大门被撞开了。

沈放努力睁开眼睛，他看到走进来的伍元朴脸上有伤，眼镜镜片已经裂了，步履蹒跚比初来时候还要厉害些，没走两步便无力地靠在自己床上喘息着。

沈放站起身来，把自己的水杯递了过去："先喝口水。"

伍元朴端起杯子刚凑在嘴边上，喉咙忽然一阵涌动，继而又猛烈地咳嗽起来。

沈放皱着眉头习惯性地掩了掩口鼻，发觉似乎无用，后又将手放了下来，问道："你不会是又要病了吧？"

伍元朴摇了摇头，停住咳嗽喝了口水，长叹一口气回他的话："现在还好，再打我几顿，可就不好说了。"

他脸上有些血迹，喝起水来半边脸都是麻木的，唇间给沈放的杯子挂了一丝血痕。

沈放疑问深重，终于忍不住说出口："他们干吗老收拾你？"

"还能为什么，那些中统的人觉得我有通敌的嫌疑。"

得，敢情他和自己一个罪名。若非有沈林在上面兜着，恐怕自己也就是面前的这副样子，沈放想。

这会儿总算是消停了，伍元朴用手轻轻捏着自己的筋骨，疼得皱了皱眉头。

喘息好多了，接而把水杯还给沈放。

他看沈放十分精神，笑道："还是你好，看来没受什么罪。"

沈放接过杯子有些嫌弃地搁在边上，不知道怎么接话："那可不一定，没准下次挨打的就是我。"

"不会的，要挨打你早就不是这样了。一看就知道你是上面有人，就算是到了这个地方，还能一个人住单间。"

伍元朴毫不留情地揭穿他，沈放表情一怔，看来这人倒也机灵。

"观察得够细的，能看出来这个房间一直是我一个人住。"

伍元朴听了话后一脸的无奈，感觉沈放完全将他当作一个傻子，他语气散漫地解释着："只有一床铺盖，水杯用具我来之前也只有一个人的。关在这片牢房里的都是汪伪政府的人，有的待遇好，有的待遇差，重庆那边有人的自然好过。"

沈放被说中，将身子往后头的墙上一倒，仰着头看着屋顶子，若有所思："好过不好过又怎么样？都是被当成汉奸的人。"

伍元朴却忙更正他："不一样，有关系的不一定就不是汉奸，没关系的也不一定真是日本人的走狗。"

沈放扭头看向伍元朴："这么说你不是汉奸？"

他觉得这个人还蛮有趣的。

"人心里都有杆秤，只可惜是不是汉奸自己说了不算。"伍元朴有些怅然。

虽然不会动刑，但审问还是必不可少的。

沈林对沈放说的话做了些调查，关于沈放的审问又重新开始了。

审讯室里，沈放依旧坐在原地，沈林正在盘问他。

"1940年10月，日本军方通过伪满洲国满铁公司从国外运送制作假币的纸张，是我从日伪的印刷厂内获得了纸张样品，通过组织的人传递出去的。这些资料你们中统应该有。"

“1941年在国统区日本军方伪造的大量假钞被破获，伪钞所涉及的面额和编号被禁止兑换和使用。各地的汉奸商人被抓，还包括部分潜入国统区的日本商人。这些在南京伪政府内政部的档案室里也有记录。你们可以看看是不是跟我说的一致。”

“1944年12月，日军通过内地货运公司运送军用物资，也是我事先获得了消息，然后由军统潜伏下来的行动小组炸毁了铁路，导致日军战事补给短缺，得以延缓他们在华北的作战。”

沈放一一列举，最后补上一句：“类似这样的行动，还有很多。这些你都可以查到资料，看看我是否说错了一个字。里面的细节，你也可以拿出来考验我，如果有问题，你大可以把我当成汉奸定罪。”

对面的沈林却依旧板着一张脸：“还有吗？”

沈放有些不可思议：“这些还不够？我获得的情报并不算少。”

沈林看着沈放，向他解释：“你说的这些行动的确对党国有利，可以排除你是汉奸的嫌疑，但是这些行动和消息对地下党也同样有利，而且，地下党有可能比我们还要先得到这些消息。”

“什么意思？”

“什么意思？意思就是这些事不能排除你是地下党的嫌疑，相反还证明了你跟地下党有接触。”

沈放苦笑：“军统、中统跟地下党接触的人多了。在那个时期，大家对付的是日本人。你们两党都合作了，我跟他们的人有接触很奇怪吗？据我所知汪伪政府军委会政治保卫总监部南京直属区档案科秘书刘杰就是地下党。天津特务委员会副主任陈其也是。和地下党合作，是获得情报的一个可靠条件。有些信息只有靠他们才能得到，不能凭这个就说我是地下党。”

他情绪激动，沈林却淡而处之：“这些我会考虑，但甄别你是我的任务，你必须理解，你不会不知道汪伪政府情报部门混进了地下党，而且层级很高，这个人我一定会找出来。”

“你说的是‘风铃’？”沈放眉毛一抬，“日本人找这个‘风铃’找了四年，我也一样找他找了四年。如果你有线索，希望你第一时间告诉我。”

“为什么？”

沈放笑着：“我佩服他，因为我们这边像他这样的人太少了，我们要是多几个‘风铃’，也许对日的情报工作会更有收获。”

他不否认自己的情报才能，这会儿用自吹自擂来反套沈林。

沈林却还是没有表情，十分笃定："你不就是'风铃'这样的人吗？"

"是吗？可首先你得相信我是军统的特工而不是地下党。这几天你问来问去，没完没了，说到底你还是不信我。"

"我只相信事实。"沈林的回答依旧一丝不苟

"事实就是交代清楚顶啥用，出生入死有啥用！回来还得看你们的脸色低声下气地回答这些无聊的问题。"

沈放开始咆哮，脸色狰狞，仿佛下一秒就要张开口将沈林吞进去。

"你需要控制自己。"

沈放冷笑："是吗？我看你是控制自己太久了，让你的脑子都僵了。"

沈林没有接话，只说："来人，带他回去休息。"

沈林来来回回的盘问对沈放来说实在不算什么，当然，这是跟他在监狱里享受的漫长等待相比。

这天，沈放坐在空地的长椅上晒太阳，视线望过去，被铁丝网围着的狭窄空间里，有三三两两的身影在不远处徘徊着。

铁丝网隔成一个通道通向监舍，另一侧是普通犯人的放风区域。

没过多久，监狱空场最外围的铁门被打开了，所有人的视线都被吸引了过去，只见一群新来的犯人排成一队走了进来，很明显是刚被抓进来的，都还穿着便装。

这些人的出现，引起了空地上放风的人的一群骚动。

那些已经在这里待惯了的老犯人先入为主，开始不停地威胁嘲笑新来的犯人。

"小东西一个个细皮嫩肉的，过得挺好啊……"

"看什么看，小心我废了你的眼珠子……"

"来新人了，找个手嫩的给老大洗脚……"

"墙角那铺终于可以换人了，天天蹲着睡我都快成了虾米了……"

"今天晚上有新节目了，看这帮家伙架飞机拿大顶能坚持多久……"

一言一语叫人不寒而栗，沈放冷眼看着一切，表情漠然。

这时候伍元朴凑过来，出声叫他："你知道为什么把我们也关这儿吗？"

沈放想着，他倒是什么都懂了，像是十分明白中统的人究竟打的是什么算盘。

"为什么？"沈放不屑但百无聊赖，于是还是好奇一问。

伍元朴见他问了，忙往他跟前又凑近了一些：“汉奸政府里的人哪见过这阵势，跟这帮惯犯关一起是让原来那边做了汉奸官儿的人精神上受不了，能交代多少就交代多少，还可以尽量多花钱把自己捞出去。”

“你怎么知道得那么清楚？”日头光灼眼，沈放抬起头微微皱着眉头说道。

“我以前是南京监狱管理处的。”

他此刻手就搭在栏杆上，沈放一眼就看到了他手掌上的老茧。

还坐办公室呢，这明显就是个干苦力的。

“我怎么看着不像啊？”

“哪儿不像？”

沈放扬了扬下巴，摊开手掌示意他看看自己的手。

伍元朴得了他的意思瞧了一眼，僵了几秒，又解释着：“我喜欢种花，不是在花盆里种，是在地里。”说完他也不知道是否故意转话题：“今天他们又找你问话了？怎么样？”

“老样子。”

伍元朴笑着：“看起来你是一点都不着急。”

“急什么，这年头被冤枉是汉奸的人那么多，又不是只有我一个。”

沈放刚说完话，这时有个人从他们的不远处走过，用眼角瞟了一下这边。沈放一眼就瞧了出来，那人就是前几日和伍元朴偷偷碰头的那一个。

伍元朴装作没看见，沈放却故意说：“没想到你在这儿还有朋友。”

“什么朋友？”伍元朴装傻。

“行了，你跟那个高鼻梁的家伙早就认识，是不是？”

伍元朴一副才明白过来的样子：“你说刚走过那个？他叫闫志坤，是原来财政部审计处的，以前跑监狱拨款跟他打过交道，不是很熟。”

财政部审计处？原来审计处的人沈放都认识，这个人他却没见过。

“我怎么不认识？”

“他原来是外省的，去年一月才调过去。”

沈放一笑，伍元朴这话明显漏了馅儿：“你跟他不熟还知道得这么细？”

伍元朴也笑，脸上有些尴尬和无奈：“做情报的人是不是都像你这样？什么都问？”

沈放还准备再说什么，视线挪开的时候突然扫见那一队新来的犯人里头有一张熟悉的面孔，认真一瞧，沈放当即一惊。

那是张国字脸，皮肤略黑，戴着鸭舌帽，正是以前的黄包车车夫小蔡。

沈放心里虽然吃惊，但脸上依旧平静，看看犯人队伍里的小蔡走向监舍，他懒洋洋地站起身来。

伍元朴问他："哎，你干吗去？"

沈放晃晃脑袋，拍了拍额头，装作不舒服："我头疼，太阳晒着更疼。"

他从走廊里向自己的牢房走着，脑子里的思绪飞快地转着。小蔡为什么会突然出现，难道他暴露了？

不可能，如果他的地下党身份暴露了，那万不会被当作普通犯人抓起来。难不成是为了来找自己的？可组织上并不知道自己关押的地点，而且也不会用这样的方式跟自己联系。

那么这个小蔡的出现到底意味着什么？

沈放的内心紧张起来。

中统大楼的办公室里，李向辉在向沈林汇报。

"经调查，去年5月，日军联合苏浙皖绥靖军针对我苏北以及皖北地区的袭击，是由沈放获得情报并传递的，这一点沈放并没有说。而根据'苦菊'的介绍，去年5月，苏北地下党情报部门从'风铃'处获得了同样的情报，二者吻合。"

沈林当时怀疑这情报是由一个人传递出来的时候便已经想到了沈放，没想到还真的是他。

"这份情报是通过地下党在南京的哪个情报点传出来的？"沈林问道。

李向辉回答道："这点'苦菊'提供了线索，白下路有一间真知书店，活动了很长时间，但是隐藏得很深。'苦菊'也是因为日军清剿苏北行动被粉碎，才偶然得知地下党设立的这个秘密情报交通站。"

"我们对这个地下党的据点有行动吗？"

李向辉眯眯眼睛想了想，才说："行动科搜查过真知书店，但是书店老板已经逃走，有两名店员被抓了，现在还被关押着，但我估计……"

他顿了顿，最终说："我估计他们并不清楚真实情况。"

沈林眉头紧皱，沉默了一会儿，忽然间站起身来拍了下桌子："清不清楚，审了不就知道了。"

他戴上帽子，正了正，然后出了门。

中统的审讯室里，刑具上还残留着血迹，气氛阴森恐怖，那两名店员浑身伤痕，喘息声粗重。沈林戴着白手套轻轻掩遮口鼻，示意正在用刑的人闪开，接着他走上前去。

“你们放了我吧，我真的什么都不知道。”

“知道的我都说了，我就是个普通店员，你们问的那些我都不清楚啊。”

两个人一人一句求饶道。

沈林面色铁青，这样的季节，这样的地方，味道不会好闻到哪儿去。

“想出去，就先老实回答问题。”

“可我还能说什么？”有个人问。

沈林想了想，示意边上的李向辉记下来，然后问他：“你的老板有什么特征？说出来，越仔细越好。”

一个人忙说：“中等身材，挺白净的，戴眼镜，喜欢穿灰色长衫。”

“还有，老板喜欢听周旋的唱片，每天上午要喝一杯碧螺春，平时还喜欢写点毛笔字。”另一个人补充道。

“没有其他的了？”沈林狐疑道。

两个人先是摇了摇头，随后有一个突然兴奋地说道：“我想起来了，老板长期包过一辆悦来车行的黄包车，那个车夫叫小袁。”

另一个也随即补充着：“那个小袁好像就是苏北人，好像在苏北还有什么亲戚。”

沈林满意地点头：“好，这几天再想想，如果想到了什么，让警卫和我联系。”

从监狱里出来，载着沈林的车子穿过南京的街道。

车内，沈林对李向辉说：“调查一下悦来车行，找一下那个叫小袁的车夫。”

“好。”

他沉思片刻，再度问李向辉：“沈放在南京都喜欢去哪儿？”

“我调查过，他喜欢去喜乐门舞厅跳舞，在秦淮河的九龙饭店里请朋友吃饭，如果是重要的客人，一般会在中央饭店三楼的包厢里请客，在中央剧院看演出，还有鼓楼大街的赌场也是他去得比较多的地方，但喜乐门舞厅是他的最爱，那里有一个舞女叫曼丽，几乎隔几天他就要去喜乐门泡上几个小时。”

“走，去喜乐门看看。”

轿车在喜乐门舞厅门口停了下来，沈林下了车，让李向辉在车内等着，而后迈步走进舞厅。

沈林站在吧台边，看着不远处舞厅经理在跟一个漂亮的舞女说着什么，那舞女突然间摆头过来看到了他，即刻便咧嘴笑了起来，紧接着便扭动着腰肢朝沈林走来，人还没到声音就传来了。

“哎哟，这又是哪位大老板想找我啊，看着可面生。”

这个舞女便是曼丽。

曼丽亲热地靠近沈林，浓妆艳抹，搔首弄姿，模样长得倒是俊俏，不过一身的香水味几乎让人窒息。

她身子歪歪屈屈扭着往沈林怀里一倒，沈林脸色漠然，直接退后一步让开了：“我不是什么老板。”

曼丽有些意外，愣了几秒钟，又尴尬一笑：“哎哟，不是老板那也是贵客，您是想跳一段啊还是想包一整晚？”

她神色不改，一副死皮赖脸的模样，沈林瞧着她，模样十分正经：“我不跳舞。”

“不跳舞？那来干吗？”

“想问你点事儿。”

曼丽一下子没了精神，大失所望：“问事儿？我又不是包打听，这一晚上我可忙着呢。”

她说着便要离开，沈林却直接从怀里掏出几张钞票，在她眼前晃了一下。

看到钞票，曼丽再度笑了起来，双眼放光，嘴角都能咧到耳根上去。她一把将钞票拽了过来拿在手里瞧了两眼，继续装淡定：“行啊，你想问什么就问吧。”

“认识沈放吗？”

“你说沈先生？他有些日子没来了。”

“以前，他来这里多吗？”

“多，有一段时间几乎每晚都过来，可没少找我。”

沈林眉头皱得更紧了，沈放竟喜欢这样的女子。

“他来都干吗？可有什么特别的举动？”

这回曼丽想了一想才说：“来这里能干吗，喝酒，跳舞呗。举动嘛，没什么特别的，有钱男人一个。”

正说着她咯咯地笑了起来。

沈林没再问别的，转身要离开，曼丽攀上这么个财神爷，自然要殷勤地送他出门。

到了门口她还问着："你真不跳舞啊，那你可亏了。"

沈林吸吸鼻子，已经有些受不了了："不了，我不喜欢。"完了又补一句，"对了，你以后还想到什么都可以告诉我，钱我照付。"

这时，李向辉见沈林出来，赶忙下车为沈林开门。

沈林刚要上车，曼丽突然惊叫一声："我想起来了！"

沈林回头："想起什么？"

"那个沈主任有一个习惯，挺特别的。他有车，但不喜欢开车，也不喜欢坐轿车，总是包一辆黄包车，让那个黄包车送他回家。"

沈林沉思片刻，问道："哪个车行的？"

曼丽低头深思："我想想啊，好像叫悦来车行，拉车的师傅叫小蔡。"

"你没记错？"

又是悦来车行，之前那两个人招供的也是悦来车行，只不过那个书店的老板包的拉车师傅叫小袁。

曼丽十分笃定："怎么会，那么长时间了，都是那个黄包车，有几次我还坐过他的车呢。"

沈林点了点头，又塞了几张钱给曼丽，面色依旧不肯放松："今晚我问你的，不许跟任何人说起。"

曼丽点了点头，拿到钱后十分开心："放心吧，我就当没见过你这个人。"

沈林回身，下了台阶上了车，车开了。

回去的路上沈林向李向辉安排了一件事情，调查悦来车行，把姓袁和姓蔡的车夫都找到。

隔天李向辉便来汇报："姓袁和姓蔡的两个车夫都不见了，车行老板提供了两人的资料，我查过了，姓名、住址都是假的。"

说着他从公文包里掏出两个车夫的资料，上面分别有这两个车夫的黑白照片。

照片上的小蔡戴着毡帽显得面容有些模糊，但是依然能看出轮廓。

沈林随手翻了翻照片，笑起来意味深长："这件事情倒是越来越有意思了。"

很快，他便就苏北根据地一事，再一次对沈放进行了盘问。

审讯室里，依旧是往常的样子。沈林这一次面色明显比之前凝重，问话的时候，唇色微微泛白："去年5月，日军联合苏浙皖绥靖军针对我苏北以及皖北地区的袭击，你为什么不说？这情报是你送出来的，也因此粉碎了日军和日伪的清剿行动。但日本人清剿行动的主要目标是地下党苏北根据地。这份情报同时也被他们获悉了，所以他们的苏北根据地毫发未伤。这个你怎么解释？”

不同于沈林，沈放的不耐烦一次比一次明显：“我说过，在对日时期，我必须和他们合作才会拿到更多有利的情报。没汇报又怎么样，军统的情报档案里有记录，需要我像背书一样说得那么清楚吗？”

话才说了两句，这时李向辉推门走了进来。他将一份资料递给了沈林，对他说道：“红十字会的几名医务人员来给监狱里的犯人打疫苗，车子已经在门外了。这是他们递交的文件和证明。”

沈林看了看，觉得没什么不妥，只说：“提醒监狱长仔细检查一下救护车。”

话毕又转头看向沈放：“今天就到这儿，这几天你的精神状态似乎不太好。”

沈放起身瞧他，眼里满是不屑：“换了你住在这儿，也一样。”

第四章
CHAPTER 4

布局引狼入，破局巧脱身

沈林并没有离开，监狱大门打开后，红十字会的一辆救护车开了进来。

每间牢房都是闹哄哄的，有犯人不老实地拍打着牢房的铁栅栏门和铁丝网，狱警用警棍敲打着门窗楼梯，警告犯人老实点。

在这嘈杂喧闹声中，一众犯人在楼梯上排队下来等候打疫苗。

四名红十字会的医生一身白大褂，正在为犯人们检查打针，他们戴着口罩，目光却不停地注意着周遭的一切。

犯人队伍中，小蔡已经换上了囚服，在一列排在前面，而沈放在另一列排在后面，沈放的眼睛一直观察着小蔡。

打完针的犯人沿着走廊回到监狱牢房内，轮到小蔡的时候，那名戴着口罩的大夫跟小蔡交换了眼神，随后又目光锐利地扫过活动厅里的每个角落，复又收回。

他给针管上了药，对着小蔡的胳膊扎下去。只轻轻一推，药便全部打入了小蔡的身体里。

毕了他示意小蔡离开，可小蔡回身还没走上两步，突然间口吐白沫倒了下去，惹得众人一种骚动。

边上的人只冷眼旁观着，却见小蔡的反应越来越严重，整个人都抽搐起来，嘴角冒着白沫，两眼往上翻，已然失去自觉。最后几个医生连忙停止了手头的工作，小跑过来对小蔡进行检查。

那名打针的白大褂稍作检查，忽然对狱警喊道："他药物过敏。医务室在哪儿？"

狱警不敢怠慢，冲了过来："跟我来。"

两个医生将小蔡抬起来跟在那个狱警后头，其他狱警维持秩序，剩下两个医生继续打针。

犯人队伍里，沈放正冷静地看着这一切。他打完了针，挽下袖子离开，目标是医务室。

才走到楼梯转角的时候，沈放瞧见小蔡从医务室中小心翼翼地走出来。

监狱里大部分犯人都去打针了，很多监舍都是空的，只有零星的狱警在抽烟闲聊，守卫比较松懈。

小蔡躲开狱警的视线，刚要转向另一处走廊，沈放一把将他拽向了一边。

小蔡吃了一惊，刚要出声，嘴巴却被捂住了。紧接着他手中的匕首也刺了出去，却被来人拿住了手腕，反手一拧便让他动弹不得。

小蔡还不放弃，准备挣扎，沈放低声："别动，有人来了。"

脚步声由远及近，再由近到远。沈放松开手，小蔡回头定睛一看，眼前的人正是沈放。

他似乎不相信自己的眼睛，惊叹道："是你？你没死？"

沈放皱眉："你不是来找我的？"

"当时日本人封锁了消息，组织上都以为你已经牺牲了。你怎么在这儿，难道你被国民党抓了？"

沈放解释道："差不多，国民党的人觉得我是汉奸。"复又问道："那你为什么进来？那些医生是跟你一起的？"

小蔡点点头："嗯，我来救我哥的，他叫唐涛，被捕了。"

沈放惊得张了一下嘴："劫狱，你疯了吗？"

这种情况下，劫狱这种法子，成功率几乎为零。

"组织怎么会同意这样的行动，这是送死！"他复又补了一句。

小蔡摇头："没办法，我哥有哮喘，快被他们打死了。计划是我们自己决定的，没办法，我就他一个兄弟，不能眼睁睁地看着他死在这儿。要不你跟我一起走，救护车有隔层，躲在隔层里，他们不会发现的。"

沈放摇了摇头，小蔡却眼神笃定："已经走到这一步了，无论如何我都要试一下。"

"你哥在哪个监舍？"沈放也拿他没有办法。

"第五区，三排，四号。"

"跟我来。"

第五区监舍中，沈放带着小蔡在监狱中穿行。小蔡摇着脑袋四处寻找着，终于在牢房走廊找到了四号监舍，发现了被打得奄奄一息的唐涛。

他从口袋里掏出准备好的铁丝，撬开了牢房的锁冲进了牢房，一把抱起躺在地上的唐涛。唐涛彼时浑身是伤，像是已经昏迷了。小蔡强忍着悲伤，将他摇醒，说道："别出声，跟我走。"

他架着唐涛走出来，在门外放风的沈放瞧了一眼面色凝重，他领着小蔡走入监狱的走廊，不时地躲开巡逻的狱警。

反复几次之后，沈林突然间停下步子，他对小蔡说："这样我们都走不到医务室。我帮你引开狱警，也许你还有机会。"

小蔡脸色一皱："不行，咱们得一起走。"

"那样谁也走不了。"沈放有些激动，但也不敢大声说话。

小蔡却表现得比他还激动，眼泪已经在眼眶里打着转："可你怎么办？我不能丢下你不管啊。"

沈放语气重新缓了下来："理智点，听我的，如果你能出去，请告诉组织，大鱼还在池塘里，一直没有离开过。"

小蔡有些呆住了，沈放拍拍他的肩膀，不等他再反对，朝另一边的走廊走去。

一直走到尽头，沈放终于瞧见了墙壁上的一个电箱，有狱警徘徊在不远处，沈放等待着，等待着……

好在狱警并没有注意到他，另一边的犯人有些吵闹，那名狱警走过去了。

沈放踮起脚，把走廊的吊灯拽了下来，继而又拽下吊灯的电线，用牙齿将铜线从外皮当中抽出来拧在一起，又将衣服脱下来裹住铜丝，将铜线插进了电箱的闸刀触点上。

那一刹那，火花飞溅，沈放被电击中倒在了一边，手上的囚服被烧焦了一片。与此同时，电线因此短路，灯光骤然熄灭。

前厅中，众犯人还在打着疫苗，打完的犯人往自己的牢房内走去，厅内依旧是乱哄哄的一片。

注射的几个医生相互眼神交流，似乎有些着急，额头上的汗水体现了他们内心的慌张。

突如其来，灯灭了，只有外面的自然光线通过高高的窗户投射进来，牢房内的光线刹那间暗了下来。

"怎么搞的，还要不要人活了啊，连电都不给……"

"就是，我什么苦都给受了，这是折腾谁呢……"

有犯人发牢骚喊了起来，忽然间似乎有人下了黑手，一声尖叫后，那人说话道："谁打我？浑蛋，别让我找到你……"

"姚五，现在下黑手是吧……城关的兄弟们，给我打……"

一团黑暗中，叫喊声此起彼伏。

警长连忙对那几个医生说："算了算了，别打疫苗了，快停下。"

说着又对手下人喊："让他们都别乱动，老实点。通知其他监区的狱警过来增援。"

旁边的狱警应声后慌忙地跑走了。

短暂休克后，沈放缓缓醒来，他摇摇晃晃地趁着漆黑往外走。人群中，他看到小蔡带着老唐往外走去。

就在这时，一名狱警发现了他们，而后小心翼翼跟了过去，狱警的手扣住了腰间的枪。沈放心都提到了嗓子眼儿上。却瞧见从一边斜插出一个人来，手里拿着一根木棍，一棍子将狱警打晕了。

借着屋外的光线，他看清楚了，那张脸是伍元朴。而且伍元朴似乎没有发现他，之后迅速地离开了。

沈放亲眼瞧见小蔡与老唐走进了医务室后，继而转身往反方向走去。

几个医生趁乱推着病床冲出监舍，救护车后门打开，医生把东西装上车，顺带着将病床一起抬上了车。

车门关上，一个医生喊着快开车，车里众人摘下口罩，暂时松了口气。

救护车发动，向监狱大门口驶去。

这动静很快就惊动了沈林，他听到屋外的喧哗声，问李向辉："怎么回事？"

李向辉出门去查看，没一会儿便急匆匆进来告诉沈林："是监狱里跳闸了，正在检修，不过跳闸引发了监狱犯人的骚乱。恐怕我们也得等等才能走，狱警在维持秩序。现在出去恐怕……"

沈林显然对这理由存有怀疑，冷冷地说："我记得上个月刚给这监狱拨款维修设施，今天就跳闸了，这监狱长手脚够不干净的。查一下他们修缮工程的账目。"

李向辉闻话有些迟疑，吞吞吐吐地说道："这儿的监狱长是市警察局局长的亲戚，恐怕……"

"怕什么？我想查的事儿没人可以让我停下来。"沈林在他说到一半的时候打断他，李向辉只能点头应下。

透过窗户，沈林看到监狱院子里闹哄哄的，那辆救护车正驶向监狱大门口，他思考了几秒钟，像是发现了什么端倪，突然反应过来："那是红十字会的车吗？"

李向辉跟着望过去，回道："应该是。"

沈林急了，忙向门口冲过去，同时对李向辉喊："快，给门卫打电话，拦住他们。"

李向辉有点没反应过来，他身在二楼，干脆立在门口朝着底下大喊："拦住那辆救护车！"

狱警检查车子后没发现有问题，打开大门，准备让车子开出去。就在这时，沈林带着李向辉冲了过来。

"把车子给我拦下。"

前方路闸迅速拉下，狱警们迅速将车子围住。

就在这时，救护车内，几名医生相互对视了一眼，同时掏出枪，对车外的狱警进行射击。

救护车内枪声齐发，几名狱警猝不及防中弹倒地……

之后狱警开始还击，一阵乱枪过后，救护车被打成了筛子。

等着平静下来，几个狱警摸到了车后面将后门打开，只见车上的几个医生都倒在血泊中，床上的小蔡中了好几枪，嘴角流着鲜血，他手一松，手中有一颗手雷掉在车里地板上。

随着轰的一声巨响，救护车爆炸了，旁边的几个狱警被掀翻在地。

站在车后门不远处的沈林低头躲避着爆炸飞出的碎片残骸，看着车里血肉模糊的惨状，他突然想到什么转身向监舍跑去。

沈林跑得很快，额头出了汗，甚至连头发都有些凌乱。他神情有些紧张，一直疾步走到沈放住的监舍。

站在门外他才定了定神，示意狱警把门打开。牢房里，沈放枕着衣服正躺在床上，伍元朴就坐在他边上，两个人有说有笑。

沈放瞧见动静抬头看着来人，发现是沈林，语气奇怪："怎么？怕我趁骚乱跑了？"

沈林没有说话，瞧着脸色明显有些放心，他整理了下头发，转身离去。

沈放翻了个身，他目光向下一歪斜，此刻他枕着的那件衣服上有一团焦黑。伍元朴躺在那里，似乎很平静，手里正在把玩着石子，对着电灯光源照着。沈放躺着思量了一会儿，目光一直瞧着对面的伍元朴，伍元朴似乎没有在意。

"你刚才干吗去了？"沈放问他。

“哪儿也没去，怎么了？”他倒是十分淡然。

沈放出言试探：“我刚看到了一个身影很像你。”

“可我打完针就回来了，还是躺着舒服。”

“是吗？”

“怎么，你不信？”

说到这儿，沈放没有接话。

伍元朴沉默一会儿，突然扬起视线与他对视：“如果我是你我就装糊涂。听说，今儿又死了好几个人，不管怎么着，死人总不是一件好事儿，晦气。”

沈放没有接话。

监狱的门口，沈林站在事发地点，看着狱警将死尸抬走，炸坏的车也已经移开了。

李向辉向他汇报着：“一共死亡十三人，监狱的人死了七个，对方死了四个，另外两个是犯人，一个姓蔡，一个姓唐，根据‘苦菊’的辨认，姓唐的是打入我党内部的地下党，曾在苏北露过面。通过这个可以确定伪装为红十字的四名死者，以及死掉的蔡姓囚犯，应该都是地下党。”

说完这些，他才说：“那个姓蔡的就是我们当初要找的黄包车车夫。”

沈林用很意外的目光看他一眼，示意他准备离开。

在路上，李向辉在前面开着车，他突然间想起了件事情：“处长，忘了跟你说，军统那边又催了一次，要求我们这边放人。”

“他们要沈放？”沈林问。

李向辉冲着后视镜点头：“是的，他们军统调查了，说沈放是潜伏下来的敌后英雄。”

沈林叹了一句口气，用手揉了揉太阳穴的位置，将身子往靠椅上一躺：“暂时不说这个，我累了。”

“但那边催得急。”

沈林闭上眼睛，等了良久，才说道：“在我没有结束调查之前，军统说的什么都可以不听。”

放风时间，五六个人犯被押送出来，走过一边的操场，往外走去，一看就知道几个人都被用过刑。

一边有人议论着：“这群人是确认为地下党，准备送到另外一个监狱去。”

边上有人感叹：“那送走了还不是个死啊……”

“那可不是……”

沈放在一边不动声色地听了，似乎漫不经心地朝那群人看了一眼，看到其中有闫志坤。

在刚要上车的时候，闫志坤突然从人群里冲了出来，快速地往一边逃走，狱警赶忙追了过去。

他逃到厂房附近，撞到了旁边一脸茫然的伍元朴。

闫志坤没有回头，朝厂房拐角跑去，所有人的目光都追向闫志坤，只有沈放注意到了伍元朴。刚刚那一次两人相撞，闫志坤给了伍元朴一个东西，沈放瞧得清清楚楚的。

他还在疑惑中，厂房后面突然传来了枪声。

人群骚动涌了过去，这边狱警们赶紧对犯人们进行管制，在这个时候，沈放看到闫志坤的尸体从厂房后面被抬了过去。他眉头微蹙，复又看了看同在人群中的伍元朴。

伍元朴眼光木然。

旁边的狱警挥着警棍，厉声大喊着：“都看什么看，回牢房去。”

几个狱警把众多囚犯驱赶回了牢房。

走在监狱走廊里，走着走着沈放的呼吸突然急促起来，头晕目眩，眼前视线开始模糊，随后彻底晕倒在地。

旁边的犯人吓了一跳，看押的狱警慌了：“快，快，送医务室。”

接着几个犯人七手八脚地把沈放抬了起来，送去了医务室。

视线由模糊转为清晰，沈放睁开眼睛，旁边是个穿白大褂的医生，医生正用手电筒检查着他双眼的瞳孔。

放了手，医生说道：“你是旧伤发作，最好全面检查一下，我会跟上面汇报，先给你开了点止痛药。”

医生把药片递过来，沈放接了过去。就在这时伍元朴走了进来，看得出他的手臂受伤了，问题却并不严重。

“这个又怎么了？”旁边另一个医生问着。

狱警一脸不满意，回话说：“摔的。这家伙站不稳一样，风一吹就倒。”

那医生将伍元朴扶着坐到另一个病床上，随后找来药品给他包扎了一下，随后医生离开了。

沈放歪着脑袋一直看他，瞧见他在不被人注意的时候，偷偷将袖子里的一根铁棒抽出来藏在了病床下面，随即又发现沈放一直盯着他看，忙尴尬地将目光移开了。

沈放也装作没看见，收回了视线。

回到牢房，沈放把医生给的药片吃了，旁边伍元朴还在玩着石头。

沈放看了伍元朴一眼，想了想，装作无意说起："听说今天打死的那个人叫闫志坤，是个地下党。"

伍元朴脑袋都没有朝这边转一下，只说："我看到了，跟我说这个干吗？我不感兴趣。"

沈放一笑："是吗？可你以前跟他有来往。"

"我们只是认识。"

见伍元朴神色木然，沈放翻身睡去。伍元朴看着沈放的背影，眉头蹙了起来。

伍元朴的这种奇怪行为并没有停止。

不久后的一天，沈放正排队拿饭。伍元朴在自己的前方，眼看着快要排到取饭处。

沈放一直注视着伍元朴，见他走到大厨面前时候东张西望了一番，发现四周没有人注意到自己，便对大厨使了一个眼色，紧接着大厨从身后的锅里舀了一碗粥给了伍元朴。

伍元朴端着粥坐到了一边的座位上，一边喝着粥一边警觉地看了看四周，继而喝了一大口粥，随后从嘴里吐出了一个铁片放到自己的手心里。伍元朴警觉，将铁片迅速收了起来。可这一切还是被沈放看在了眼里。

他吃完饭走出食堂，又看到伍元朴从一边的厂房一个工头手里接过了一根细细的铁丝，藏在了衣服里，速度很快且隐蔽。

他究竟是什么人，究竟要做什么？沈放有些猜不透。不过如今静等着就行，且看他这出戏究竟要如何唱。

深夜，监狱监舍区域内一片静寂，瞭望台上荷枪实弹的狱警在放哨，随着探照灯的扫过，几个夜巡的狱警在监舍的楼房前走过。

监舍里鼾声一片，所有的犯人都睡着了，一个狱警走在走廊里似乎是在巡视。

沈放这些天睡得都很轻，生怕伍元朴有什么动作被他错过了。

果然，今夜终于被他等到了。

床上的伍元朴悄悄地睁开眼睛，他望了一下沈放的床铺，沈放似乎睡得很沉。

他起身轻手轻脚地走到牢房的铁栅栏门边，一个狱警正好路过，随手从铁栅栏的缝隙中丢进来一个纸条，随后若无其事地走了。伍元朴把那纸条捡起来，又看看身后的沈放，沈放躺在床上一动不动。

看过纸条之后，伍元朴将它塞进嘴里吞了下去，又轻手轻脚地回到床铺上，面朝墙背对着沈放躺了下去。

一直到半夜里，牢房里传来窸窸窣窣的声音又将沈放吵醒了。

沈放轻轻起身，看到伍元朴正在牢房门口捯饬着什么。伍元朴并没发觉他已经坐起了身来，沈放轻轻地咳嗽了一下，伍元朴吓了一跳，手里的铁丝掉在了地上，看那样子是想用铁丝拨开牢房的门锁。

他随即快速地捡起铁丝想藏起来。沈放低声说："别藏了，我看见了。"

伍元朴脸色有些尴尬，随即又变得正常："我又没想藏。"

沈放直接问道："你这是想越狱？"

伍元朴脸色当下就变了："瞎说，有这心我也没这胆啊。"说完他大步跨向床边，自顾自地躺回到床上，语速极快，带些慵懒，"睡吧，睡吧，明儿一早就得起来呢。"

沈放看了一眼伍元朴，露出一丝了然于胸的微笑，也上床睡下了。

只是沈放没有想到，伍元朴竟动了心思对他下起了手。

隔天依旧是晚上，入了夜，月光透过高高的监狱窗户投了进来。

沈放面对着墙，已经沉睡过去，睡得很安稳，平静地呼吸着。一个黑影蹑手蹑脚，缓缓地朝他挪身过来。

突然间墙上的影子高举手臂，手中拿着一件什么东西，朝着沈放的脖子划去。沈放极快地翻身过来，一把握住那只拿着铁片的手腕，用力一扭，那铁片擦着沈放的脖子划空了，而黑影也被带了一个踉跄，摔了出去。

沈放迅速地坐起身来，而那黑影瞬间又扑了上来，两人纠缠在一起，四目相对致使沈放看清了，此刻面前这个表情有些狰狞的脸属于伍元朴。

伍元朴依旧不放弃，手中的东西没有掉落反倒握得更紧了些，用力地刺向沈放的喉咙。

沈放奋力阻挡着，脖子上的青筋微微暴起，低声地说："你要干什么？"

"你看到的太多了。"伍元朴咬牙切齿，重新出击了好几回，却都被沈放挡了下来。

"你真觉得你能杀了我？"纠缠中，沈放问他。

“你一直在盯着我，反正你是军统的人，我要出不去，弄死一个算一个。”

当伍元朴再次扑过来的时候，沈放扭住伍元朴的手腕，抬腿一脚踹在他的肚子上，伍元朴受了力重重地倒在地上，痛苦地捂着肚子。

沈放冷冷看着地上的伍元朴，快速喘息了几口：“你杀不了我。”

伍元朴同样有些无可奈何，他看着沈放，眼里尽是绝望。突然之间竟反手迅速地将那铁片朝自己的脖子上划去。

沈放被他这举动吓了一跳，飞身上前一把拽住他的手，但稍晚了一步，伍元朴的脖子还是被划开了，鲜红的血湮开，顺着脖颈流进衣衫里。

躲开沈放阻碍的手，他倒是视死如归，再次拿起铁片朝自己胸口刺去。沈放一把拧过伍元朴的手腕，他手上失力，才只听一声脆响，铁片落在了地上。

沈放一脚踢开伍元朴，将铁片握在了手中，伍元朴躺在地上喘息着，有些力竭。

沈放用撕下来的囚服给伍元朴包扎了脖子上的伤口。完毕之后，两人就那么静静坐着，谁都没有说话。

伍元朴清了清嗓子试图打破沉默：“你什么时候开始怀疑我的？”

“我看到你砸晕了狱警，放走了那帮越狱的人。”

他这会儿其实已经知道了伍元朴的身份，只是就像他不能站出来向沈林承认一样，沈放也不能直接就暴露了自己的身份。因为在没有确定一切之前，这种行径无异于找死。

伍元朴叹了一口气，说道：“我就不该跟你在一个牢房。”

沈放先是一笑，接着静了一会儿才问：“干吗要自杀？”

“还用问吗？这几天你一直注意我，不管你怀疑我什么，我必须得让你闭嘴。杀不了你，我就自杀。”

沈放来了兴趣一般：“哦？够有决心的。怎么，你难不成是地下党？”

他话尾音突然改变，伍元扑先是一怔，很快又从容下来：“你没证据。”

“没证据又怎么样，就算你自杀了，跟你联系过的人我也见过，你的死保不住他们。”

沈放这会儿淡定从容，显然就是想聊天的意思。伍元朴许是也察觉到他并无恶意。于是说道：

“管不了那么多，我不想进刑讯室，也不想被逼着再说出更多秘密。”

沈放也不再问了，恐他将自己的话给勾出来，直接往床上一躺：“你是什么人我现在没兴趣，我只是不想我的牢房里出来个死人，太晦气。都进了监狱了，你是什么人早晚能被查出来，我累了，睡吧。”

伍元朴瞧着他，脸上的神色不定。等沈放再一次熟睡了，伍元朴又走了过来，轻轻拍了拍沈放的肩膀。

沈放被他惊醒，警惕地将身子往后一缩，抬手防备：“怎么？还想再打一架？”

伍元朴语气神秘，小心翼翼：“想离开这儿吗？”

“什么意思？”

“越狱。”伍元朴干脆利落地说出这两个字。

“你疯了吗？”沈放极其惊诧，“想跑？别忘了前几天那些借着打疫苗越狱的家伙是什么下场。”他提起小蔡的事情来。

“我必须走，继续待在这儿，结果很可能跟闫志坤一样。我跟他们不一样，我是伪政府内政部监狱管理处的，这里的一切没人比我更熟悉。”

沈放脸上的诧异松了些：“上次的事儿让监狱守备更严了，你就那么有把握能出去？”

伍元朴像是一早就有准备，这会儿跟沈放说着：“再严密的看守也会有疏漏，狱警已经让我买通了，他告诉了我今晚的牢房内外狱警的巡逻时间，我已经安排好一切。”

沈放看着伍元朴的脸，皱着眉头没有说话。伍元朴问：“是怕我出不去吗？”

他面色笃定，浅浅一笑，甚至抬手一面比画着一面说：“从这里出去，东南角就是普通犯人工作的厂房，厂房和牢房之间每五分钟就有一批巡逻狱警，探照灯每隔三分钟便会照射一次，根本没有藏身之地，所以从外面走是绝对逃不掉的。

“厂房正对着牢房有一个货物的出口，只要拧开货物出口的螺丝，就可以从货物出口走进厂房，继而从厂房内部穿过去，走另一头可以到医务室。这中间，也是五分钟一批巡逻警，只要躲开了，就没有问题。”

沈放眉头皱得更深了些，伍元朴继续说道：“只要打开医务室的门，医务室里的通风口对着旁边的管道井房，我们只要从通风口爬过去，用事先我在医务室里存放的铁棒撬开管道井的阀门，就可以通过管道井爬出去，管道井的另一头就在监狱的大门外了。”

沈放若有所思。

伍元朴将脑袋凑近一些："怎么样，走不走？我的计划没问题，这也是你的机会。"

沈放似有疑问："你干吗那么心急？"

伍元朴暗暗出了一口气："我的行动你全部看到了，我也不想瞒你什么，闫志坤掌握了南京伪政府财政部的一个秘密账号，里面有一笔钱，如果再晚点，钱就会被国民政府接收。我必须尽快把这笔钱转交给我的上级。"

沈放诡笑，轻挑眉毛："你这么相信我？现在我只要一喊，狱警就会过来。"

相比起沈放的小心翼翼，眼前这人反倒像是已经确认了沈放的身份。

果然，他接下来便说着："你不会的，我相信你是自己人。要不你早就可以告发我，不让我自杀，也一样可以把我交给狱警。"

"自己人？"沈放被这三个字逗得一笑。不过伍元朴接下来的话，却叫他头皮发麻："我听组织上的人说过'风铃'这个代号，他是潜伏在汪伪政府里的自己人。"

沈放脸色有些僵硬，是被看破后的慌张："你说什么？我听不懂。"

伍元朴只笑："没关系，按照纪律你可以什么都不说，我从现在开始什么都不问，当然你可以不去冒这个越狱的风险，但我有我的任务，我只是提醒你，留下来你会更麻烦。"

说完，伍元朴不再理会沈放，他走到门口开始动手弄牢房的门锁，但似乎极其艰难。

沈放不声不响跟上前来一把拦住了他，拿过铁丝从栅栏缝隙伸出去，把铁丝插进钥匙孔，十分淡定从容地拨弄了几下，只听哗啦一声，牢房门开了。

伍元朴轻轻推开门，回身问他："你走不走？"

见沈放的脸色明显还在犹豫，他又说："你要不走，我就把牢门锁上了。同志，现在是逃出这里的唯一机会。"

伍元朴一只脚跨了出去，正要阖上门，沈放却突然下了决心，一把按住牢门。

伍元朴有些意外地看着沈放。

沈放说："我跟你走。"

按照伍元朴说的，他们两个人走出了牢房。在牢房门口，等待一批巡逻警走过，又等待了探照灯照了过去，两人趁着黑暗向厂房的一侧跑去。

走到厂房一边的货物出口，伍元朴用手里的铁片拆卸掉了所有的螺丝，沈放掀开铁板，两个人进入了厂房。

躲过巡逻医务室的门口，沈放再次用手里的铁丝撬开了医务室的门锁，两人摸了进去。

就在这时，探照灯的光亮闪过。

沈放和伍元朴躲在医务室门后，伍元朴看着手表计算着时间。

透过窗子投射进来的夜光，沈放看到伍元朴长着老茧的手，突然问："你越狱就是为了那秘密账户？"

"当然。"

"那为什么不把账户的密码想办法传出去，既然监狱里的工人、厨子、狱警都是你的内应，传个消息总比人跑出去容易。"

伍元朴一愣，过了片刻才解释说："那账户太重要，告诉别人我不放心。"

这一刻，沈放起了些疑心。

这时，伍元朴已经计算好时间，探照灯扫视到别的区域时，伍元朴起身从医务室的床下面拿到了事先准备好的铁棒，两人爬进了通风口，对面正好是管道井房的维修窗口，两人爬了进去。

在管道井房内，伍元朴用铁棒撬开了管道井盖，两人钻了进去，从管道井另一个口端爬了出来，外头是一片树林。

一条小路穿林而过，远处，一辆破旧的货车停在路边。

伍元朴将铁棒扔在了一边，走在前面。沈放警觉地看了看四周，就在这时，他从伍元朴的眼睛里看到了狡猾的目光一闪而过。

伍元朴放心大胆地往前走，并说着："那辆货车是等我们的，到了城外，我们就安全了。"

晨光的树林中昏暗而静谧，沈放似乎是察觉到了什么。他收回目光，默默地拾起了一边丢下的铁棒，跟着伍元朴走了过去。

接近伍元朴后，突然间他猛地挥动铁棒，狠狠砸在伍元朴的后脑上。

伍元朴喊了一声，应声倒地，沈放并没收手，而且继续挥动铁棒朝伍元朴砸去。静谧的林中，一连串的哀号显得诡异而恐怖。

突然四周好几道手电光亮照射过来，沈放忙退后几步。

此刻再瞧地上，重伤弥留中的伍元朴满脸是血，头上留下的新鲜血液几乎将五官全部覆盖了。

伍元朴朝沈放爬了过来，嘴张得大大的，想说什么，却似乎什么也说不出来，喉咙里发出奇怪的声响。只挣扎着把手按到了沈放的脚上。

沈放露出不屑的微笑，紧接着四周出现众多军警喊着："不许动！"

军警们端着枪从树林中走出来把沈放包围了，沈放看了看四周，扔下铁棒举起双手。

在手电的照射光亮中，沈林从一边树林中走了出来，脸上带着些不可思议的神情看着沈放……

沈放被重新带回了监狱，审讯室里，他和沈林对坐。

"为什么要越狱？"

"伍元朴是地下党，跟着他越狱，就是为了证实这一点。"

"为什么不报告？你可以第一时间告诉我。"

"在汪伪政府里我抓了好几年地下党，对付他们抓一个人没用，要抓一条线。而且就算我早说了也没用，没任何证据，伍元朴可以不承认。但是现在可以了，越狱就是最好的证据。而且通过他，我找出了他更多的同伙，在这个监狱里，看管牢房的狱警127号，看管厂房的工头，还有厨房的一个大师傅与伍元朴都有接触，他们要么都是地下党，要么就是被伍元朴买通了。"

沈放对答如流，此刻正气定神闲地看着沈林。

而沈林盯着沈放，想知道沈放心里究竟在想什么。

"你干吗这样看着我？"

沈林扬着目光看他："伍元朴是中统的特工，代号'苦菊'，是我们的人，他的任务是来考验和试探你。"

听了沈林的讲述，沈放表情很吃惊，停顿片刻之后，沈放缓缓站起身对着沈林说："你做局坑我？"

说着，沈放猛地拿起身边的椅子用力朝沈林面前的桌上砸了下去，那椅子一下被砸得粉碎。

旁边的人都惊呆了，有警卫甚至要掏枪，而沈林还是正襟危坐，冷冷地看着沈放。

沈放厉声道："大哥你这戏做得够足的，拿我当猴耍是吗？我告诉你，任何的试探对我的结果都是一样，是你对我的不信任害死了你们的人。"

沈林看着沈放，没有说话。一边李向辉推开门走了进来，他对沈林耳语了几句。

听完，沈林对沈放说道："你自由了。"

空气就像倏然间静止了一样，兄弟俩就这样对视着。

第五章

CHAPTER 5

浴室杀人案，迁府回南京

阳光明媚，沈放换了一身便装，拎着一只旧皮箱走出监狱大门，在门口，沈放闭上眼睛，似乎在享受自由的阳光洒在身上。

前面有辆军车在等着他，他跨步向那辆车走过去，这时候身后突然有人喊："沈枫。"

沈枫，这个名字已经很久没有人叫过了。

沈放回头，看到是沈林，用手指着自己问道："你叫我？"

沈林走过来，这会儿不似在牢中时候那般冷冰冰："对，我在叫我的亲兄弟，沈枫。"

反倒是沈放面色僵硬："在审讯我的时候你怎么不这样叫？"

"因为你是我甄别的对象，我不希望掺杂个人感情。"

沈放笑了："真是公正铁面的沈处长，可惜你要找的沈枫不存在了，现在你面前这个人叫沈放。"

沈林抿了抿嘴，他知道沈放打小就是这脾气。

"不管你叫什么，我还是你哥，血缘的关系是改不掉的，家也还是那个家，父亲来电报了，再过一个月，他老人家就要回南京，我希望父亲到家的时候，家里的人都在。"

家？家人？那个家还是家吗？沈林口中的那个父亲，不过是个魔鬼。

沈放冷冷一笑："不必了，前尘往事，我不想再翻回去重新回忆一遍。我还当你是我哥，因为你是那个家里唯一让我温暖的回忆。"

说完沈放转身就走，走了两步后将手一甩，接着手中的旧皮箱扬起，散开在空中，衣服一件一件在空中被甩了出来，扬在风中。

沈放上了军车，扬长而去。

路上飞驰的车内，阳光照在沈放的脸上。

沈放有些心有余悸，伍元朴的事情，他险些便栽在了沈林手里。

自他看到伍元朴手上的老茧时，他就知道这个人在说谎，想要隐瞒些什么。后来他和闫志坤交流，和厨子交换眼神，和狱警擦肩而过，和工头进行对话。可那些陌生的面孔都是在伍元朴入狱时一同出现的，他们之间竟然有交流，这就很不寻常了。

后来伍元朴带他走，可整个越狱的过程太完美了，分毫不差，哪怕到达医务室时有半分钟之差，探照灯依然没有扫过来，沈放便已经察觉出不对劲。

当他问及伍元朴为什么不传递那份情报而非要越狱的时候，伍元朴的脸抽动了一下，目光闪烁，那种表情分明是没有想到沈放会问这个，丝毫没有准备，证明那份情报对他来说根本没有那么重要。

一直到小树林里，沈放通过伍元朴的眼镜片，看到伍元朴向树林中的一个角落看了一眼，而那树丛后面依稀有枪口的反光，就在那一霎，他就已经断定是有人埋伏在树林里，这根本就是一个圈套，这个伍元朴根本就不是自己人。

他回想起这一切，松了一口气，接着脸上露出一丝微笑来。

监狱门口，看着汽车远去后李向辉对沈林说："沈处长，军统方面找到了沈放的秘密档案，证实了他说的一切。"

沈林看着那辆远去的军车没有说话。

沈放到底有没有问题？事实上，根本说不清楚。只要沈放找出了伍元朴的破绽，他完全可以将计就计。如果是这样，那么就根本找不到沈放的漏洞。

沈林皱了皱眉头，李向辉又说："对了，叶局长找您去一趟，该是知道了'苦菊'的事情。"

沈林皱了皱眉。

他到地方上的时候，中统局叶局长坐在办公室里，对面中统行动科科长吕步青气愤地来回走着。

吕步青一脸的不满："局长，花圃那组人可是我们行动科最得力的特工小组，居然参加了这样一个莫名其妙的行动，而且小组的头号特工'苦菊'还被打死了。这算什么？"

沈林听得清清楚楚，然后轻轻叩门走了进来。吕步青瞧见他马上冲到他面前抱怨着："沈处长，你干的什么事，能让'苦菊'在你眼皮子底下出事，安排的这是什么行动！"

沈林脸色严肃："这是一次意外，我没有想到会出现这样的意外。"

吕步青一声嗤笑，情绪更加激动："意外？'苦菊'是行动科最出色的情报人员，在地下党卧底多年都没问题，却死在了南京，还是死在了自己人手里。你一个意外就算了？"

这两个人向来不合，沈林在中统被重用，处处压着吕步青，这让他十分妒恨沈林，寻到个由头自然不依不饶。

叶局长这样的场面见多了，忙从中调解着："好了，吕科长，你也别这样生气。这次行动沈林跟我汇报过，我也批准了。这样的甄别是很有必要的，任何一个疏漏都会导致内部混进来一个不该混进来的人。"

吕步青瞪着眼珠子大喊："可我的人呢，就这么白死了？"

"也不能这样说，'苦菊'的死的确非常可惜，组织上会对他的家人多加抚恤。"

叶局长这样说，吕步青还想再说话："局长……"

叶局长摆手制止他："再生气也于事无补，我会让沈林写一份详细的报告给你们行动科一个交代，你先回去安抚一下你的人，党国不会亏待他们的。"

吕步青虽然气不过，但也无可奈何，只得狠狠地瞪了一眼沈林，接着愤愤地出门了。

等着吕步青走后，叶局长叹了口气，起身对沈林说："你这次的行动看来有些冒失了。"

沈林面不改色，似乎完全没有因为这事有什么波澜："不这样做，很难查明真相。"

叶局长一笑，语重心长道："我理解，不过你也得明白，敌对分子不能放过，但党国的英雄，我们一定要承认。"

"属下明白。"

"嗯，能证明了沈放的身份也是一件好事。你们党政调查处的对日伪系统的甄别行动也该告一段落了。"

"为什么？"这决定有些突然，沈林一脸意外。

叶局长眉目皱着，愁容轻起："你在重庆期间查办了多起军政两界贪腐的案子，也深受党中央组织部长陈先生的器重。这次提前把你叫回南京，一个任务是甄别那些日伪系统的人，另一个任务就是调查我党内部借收缴日伪资产徇私贪腐的官僚。"

前一个工作虽然不大顺利，但反腐的工作，正适合他这样的人。

"这个我清楚，党政调查处已经准备了大量的资料。"

叶局长点头："这就好。委员长不久之后就要回南京，整个南京城要一团正气才行，咱们中统在整肃党纪方面得做出成绩来，给委员长一个交代。"

"是，属下一定尽力。"沈林眼光笃定。

聊完了正事，叶局长顿了顿，抿了抿舌头，有些不大好意思地同沈林说道："有一个事情我想问你。"

"局长请讲。"沈林有些疑惑。

叶局长将声音放低了些，一双眼睛盯着沈林看着："如果沈放真的是敌对的人，你会怎么做？"

"该怎么处理就怎么处理，绝不姑息。"沈林云淡风轻道。

"哪怕是自己的亲兄弟？"

"不管是谁，都应该遵守党纪国法，这是我做人的准则。"他就是这个死性子，一根筋。

叶局长满意地点头："这是我最欣赏你的地方，好了，你下去吧。"

沈林点头转身离开，叶局长微微沉吟，似有很多心思未说出口。

一个月后。

一辆轿车停在了沈宅门口，李向辉下车帮沈林开门，门里头家丁胡半丁从沈宅里走了出来，迎接沈林。

"大少爷您回来了。"

沈林下车走进院内，进了沈宅大厅。

大厅里古朴而又不失雅致。沈林环顾了一番四周，而后对胡半丁吩咐："老爷带着苏姑娘三天后从重庆回来，家里的一切都收拾好了吗？"

"都已经打理好了。"胡半丁如是说。

"是按照当年的样子布置的？"

当年汪伪政府占据南京，他们搬离这里去往重庆，如今终于能够回来。

胡半丁一笑："这是咱家老宅，我待了几十年了，一根针搁哪儿，我都清楚得很，老爷这次回来我准让他老人家看着跟当年走的时候一模一样。大少爷，您就甭操心了，客厅里一堆人在等您呢。"

沈林疑惑："什么人到这儿来？"

"都是等您办事儿的，大包小包地提着，看样子是来送礼的。"胡半丁脸上有些无奈。

沈林顿了顿，对胡半丁说："安排那些人去客房，我在那儿见他们。”随后又摆头对李向辉说：“你跟我一起去见。”

两个人到客房的时候，几个来访者正在客房门口坐着。见到沈林，他们忙起身打招呼：“沈处长好，您来了。”

他们还要说什么，看到李向辉跟在沈林后面却好像又都哑了，表情意外，神色尴尬。

沈林问到其中的一个来访者：“你就是江苏省政府的财政专员廖鑫远吧？”

廖鑫远脸上乐开了花，忙迎合着：“是，是，正是鄙人。”

“跟我进来。”沈放说完话朝里屋去，那人忙拎起箱子跟着沈林进去。

进了门，廖鑫远刚要说话，看李向辉又跟了进来，顿了一顿，想了想又看看箱子，刚要说话，沈林便用手势阻止了他。

他继而给李向辉使了个眼色，李向辉从公文包里拿出文件档案，看了看廖鑫远念道：“江苏省政府财政专员廖鑫远，经查其人在接受日伪资产过程中以权谋私，侵占高淳县水田一百亩、山地五十余顷，将政府伤残补助资金大洋三万元归为己用，在对所辖伪政权银行的查没过程中，做假账将银行账户部分资金两万元汇入自己的私人户头两……”

李向辉一番话下来，那廖鑫远不敢吱声儿了。

沈林指着廖鑫远提着的箱子，冷冷地说：“你要送我多少银圆和金条我都一清二楚，如果我没说错的话，你这箱子里的金银还贴着伪政府中央银行高淳分行的封条吧，对吗？”

廖鑫远额头冒汗，沈林不紧不慢，铁面无私：“这箱子你可以带走，也可以留下，我让李向辉在就是做个见证。你做的所有事情都已经登记在册。怎么处理你，不是我说了算，也不是你想怎样就怎样，党国会给你一个应有的制裁。”

廖鑫远听完脸色煞白，身体不住地抖了起来。

“回去吧，中统党政调查处的人随后就会找你，你的个人户头应该也已经被查封了，我劝你别跑，老老实实把自己的问题想清楚写下来给我，当然，想跑也行，不过你也该知道中统会用什么手段对付你。”沈林好言相劝。

廖鑫远不停用手绢擦着额头的汗，抱着箱子，神情慌乱地出去了。

出了门。其他人马上凑过来。有人问：“怎么样，谈什么了？”

还有人问：“你带的东西他没收？”

廖鑫远愁眉紧锁：“收个啥，我要完蛋了，你们也好不了，这个沈林送他啥，他也不会收，比他老子还难整，官场上没见过有他这号的。”

说完话他抱着箱子灰溜溜地走了。

这时李向辉出来说：“下一个谁进来？”

几个送礼的面面相觑，都不敢动身。

沈林不知道，沈柏年此刻已经迈进了沈宅。此刻他正对一个依旧有胆量走进来的人说道：“我也不想废话了，要送礼可以留下，不过你带来的所有东西都是违法乱纪的证据。”

就在这个时候，沈柏年开门冲了进来。

沈林有点意外：“爸，您怎么来了？”

沈柏年脾气火爆：“你还让这些送礼的人进门？你刚才说的我在门外都听见了，这些人你就不该见！”

沈林的眉头皱了起来，意料之中的，沈柏年甚至动起了手。

几个送礼的官僚狼狈地抱着礼物慌不迭地下楼，沈柏年在后面用拐杖驱赶着他们。

“都走，都给我快点走！你们这些大贪小贪，别把我房子弄得乌烟瘴气。”

沈林跟上来，在楼梯间，他看着父亲骂着那些官僚，摇摇头。视线往楼下一挪，却瞧见苏静琬在楼下。她眼中流露出一丝笑意，仿佛期待着什么。

苏静琬的目光和沈林交汇，沈林却把目光移开了，苏静琬显得有些失落。

沈林继续下楼，走到沈柏年身边：“爸，我该去接您，您怎么就突然提前回来了，也没来个电话。”

沈柏年怒火被撩拨起来，一时间难以消散，语气粗犷：“我又没老得走不动，接什么接。我问你，你弟弟现在怎么样了？我怎么听说还被抓起来审问过？”

沈林的声音只能尽量压低：“已经查清楚了，他是军统早些年安排在汪伪政府那边的敌后人员，现在已经回军统任职了，我本来想让他回家，不过一出狱他就跑没影了，我正在派人找……”

“我知道你有很多话都不愿意跟我直说，不管你弟弟现在怎么想，他想干吗，你得把人给我找回来。”

沈柏年似乎有些软了下来，沈林点头：“我保证您一定能见到他，如今他是个敌后英雄，过几天以后还有一个授勋仪式……”

沈柏年叹气：“管它是什么授勋仪式，现在怎么成了爹找儿子？应该是儿子来见爹。他只要姓沈，他就应该回这个家。”

与此同时，在西井胡同浴室里，沈放猛然惊醒，整个人很慌乱，头痛欲裂。

四周水汽氤氲，热水浴的舒适温度竟让他睡着了，他又做了那个梦。

细雨蒙蒙的街头，雨雾让南京街头的建筑笼罩上了一层朦胧。轿车在街头穿过，真切的画面闪现着女人的旗袍，雪白的大腿，耳边传来柔软的莺莺燕燕，那是如梦幻般的风情景象，当然画面里还有冰冷的日式军靴，以及耀眼的刺刀……

沈放与加藤毅一刚从饭店里出来，突然间汽车发生爆炸，剧烈的响声中日本士兵开始举枪射击。

街上慌乱起来，充斥着男女的叫喊声……

又一个手雷落在身边，沈放被爆炸的弹片击中，满脸是血。他喘息着，鲜血汩汩从嘴角流出，身体重重地倒下。而加藤那张丑陋而狰狞的脸就倒在沈放眼前，离得那么近，血泊中加藤的脸孔充满了惊恐……

沈放艰难地抬头，只见一个黑洞洞的枪口对着他，砰的一声，枪口火光四射……

他坐在浴池中，用手按了按头部，努力让自己从噩梦急促的喘息中平静下来。

如今他每次进入梦乡，梦境里都是刚才那个血腥的画面，他无数次被噩梦惊醒，睡眠对他来说已经变成了一种折磨。

他满头大汗，脸上表情慌张不定，赤裸的身上有战争留下的子弹伤痕。这时候一个沙哑的声音问他：“做噩梦了？你打过仗。”

沈放一抬头，不远处窗户下坐着一个精壮的男人，通过窗子透过的逆光只能模糊看到那人的侧脸，那人继续说：“看来你有创伤后压力综合症，起码陆军医院里的美国大夫会这样说，还会给你开让你天天昏睡的药丸。”

这话不错，他视线朝向那边，瞧见那男人身上同样伤痕累累，两人显然有着相同的经历。

敢情碰上个同病相怜的，沈放苦笑着点点头：“看来你也一样。”

那人转过头来，两人四目相对，当沈放看到他正脸的时候，被吓了一跳，他的半张脸上全是丑陋的疤痕，近乎毁容，样子犹如鬼魅，叫人看着身上不禁打了个颤。

“你害怕我的样子？”那人的表情淡然，似乎习惯了沈放的反应。

沈放调侃着："是有点，不过更吃惊你伤成这样还能活着。"

那人点头："我也没想到，我应该早就死了，活着就是有事儿还没做完，你不也是吗？"他说完话，看着沈放的脸，死死盯着他的额头上那个深深的伤痕。

沈放意识到他这话的意思，指着自己的脑袋说："这里有个弹片，我现在是能活一天是一天。对了，你是什么时候负的伤？"

"1941年在苏北打的那一仗。"那人用沙哑的声音回答完，又看了看沈放，略带疑惑地说，"我们以前见过吗？"

沈放玩世不恭地回答："我不知道，上过战场的人都差不多。"

那人缓缓点头："是啊，上过战场的人都差不多。"

出了浴室，沈放在更衣间里换好衣服，那是一身军官的军装，他剑眉浓厚，轮廓分明，穿起来颇有一身英气。

他到走廊刚要结账，突然浴室内传来喊叫声。

"杀人啦，杀人啦！"

沈放闻声赶忙重新冲了进去。

撩开帘子往里一瞧，只见浴室当中的浴池内，热水被鲜血已经染成了通红，有两个人赤裸裸地倒在浴池边缘，身下也满是血迹，瞧上去是被人割断了喉咙。

这会儿人还没死透，依旧在挣扎着，沈放凑过去按住一人伤口，对旁边吓傻的服务生大喊："快拿毛巾来。"

服务生早被吓得浑身哆嗦，脚下拌蒜一般拿来了毛巾。

浴室内已经慌乱成一片，沈放胡乱回头一撇，瞧见一个人影在浴池门口一闪而走，依稀像是方才那个半张脸的男人。不过他此刻也顾不得奇怪，尽力为那伤者止血，但伤口过长，终究是徒劳，不一会儿，连他自己那崭新的军装也被血染红了。

不久之后，几个警察冲进了浴室，他们几乎是嘶吼着对在场的人大喊："大家都别动，都不许走，接受调查。"

霎时间，所有浴室的人都被控制住了，沈放继而从死者身边站起身，他那一身的血似乎把旁边的警察吓了一跳。

那警察差点掏枪，说话结巴一下："你……你是干吗的？"

沈放眼神迷蒙，十分淡定："别慌，家伙拿出来，小心走火。"

说着他掏出证件，上面有军事统计调查局的字样。

那警察接过来看了看，又还给了沈放："你可以走了，不过这两天得找时间到警局做个笔录。"

沈放瞧着他扑哧一笑，傲慢地反驳："这个案子你们警察厅管不了。"

见那警察一脸疑惑有些不明白，沈放继续说："军统已经接手了，告诉你的头儿封锁好现场，所有的证据都给我留好了，否则我要你好看。"

说完沈放大步流星地走出浴室。

浴室门外，街对面的一辆黑色轿车中，沈林远远地看到离去的沈放，眉头皱了起来。

李向辉在驾驶座回头问："要不要把他叫过来？"

沈林摇了摇头："以后再说吧。"

说完话他又转头看着浴室外面的众多警察，继而对李向辉说："去查一下具体的情况。"

李向辉下了车，沈林坐上了驾驶位，一个人回到了办公室。

不久之后李向辉便已经打探清楚了情况。

他推开办公室大门走进来，直接向沈林汇报："那浴室的两名被害者都是党国的军官，是新编二十三师的，不过他们在抗战时期都有倒戈投靠日本的劣迹。"

"这俩得罪了什么人吗？"沈林抬头看他。

时间太短，这样详细的情报很难得到，李向辉摇头："这个现在还不清楚。"

他说完话，就在这时，时钟响了一下。李向辉提醒沈林："沈处长，时间到了，那个嘉奖仪式是您必须要参加的。"

沈林看了看时间，若有所思，接着起身出门，示意李向辉跟上来。

这个对军队相关人事的嘉奖仪式，正在南京黄埔路中央军校礼堂里举行。对沈林来说，这一趟只有一件事与他相关，那就是沈放晋升为军统局一处特别情报专员，被授予少校参谋军衔。

授勋结束，众人走出了礼堂。

沈林跟在沈放后头叫他："沈放。"这一回他倒是顺了沈放的意思，沈枫这个名字他没再开口。

沈放回过头，沈林凑上前去说着："从监狱出来有一阵子了，你也该回家了。"

沈放闻话礼貌一笑："我脑子不好，里面有弹片，还是住外面比较好，回家怕自己血管爆了。"

这样的话，他说得一本正经。对付他这个冷冰冰的大哥，他的招数向来都只有谦恭礼貌，保持距离。

“让你回家，不是让你再去打仗，别说那么邪乎。”

沈林话说到一半，还未落音，沈放打断他：“我有家吗？我怎么不知道。”

“开什么玩笑，我可还是你大哥！”沈林忽然严肃起来。

“大哥？亲自审讯我的沈大处长？”沈放摇摇头，“我这大哥可比别人想象得狠。”

“这么说你是不认家里人了？”

沈放目光瞪着沈林，他们差不多一般个头，此刻四目相对，沈放一字一字咬得很重：“我说过沈枫已经不存在了，我现在是沈放。”

曾经的那些事情逼得沈放愤然离家出走，竟连自己的名字都给改了，他到底有多么受伤，沈林能够想到。

“好多事情都会变，但家还是那个家，爹也还是那个爹，很多事情你是要认的。”

沈林提到了沈柏年，沈放忽然情绪激动起来：“不用劝我，该认谁不该认谁我清楚。”

他说完话继续往前走着，沈林一急，脱口而出：“那你应该记得你的婚约，当年你可是和姚家小姐姚碧君有过婚约的。”

姚家小姐，那不过是沈柏年强加给他的一个女人罢了，有婚约又能怎么样？

沈放回头，长长出了一口气，像是忍耐已经到了极限，沈林再说下去，他难保自己不会动手。

“你可真是哪壶不开提哪壶，当年我怎么走的，你没忘了吧？”

沈林即刻认怂：“好，这事儿先不提了。”他忽然转口，“你在文秀路租下的公寓怎么样？也不说让我过去坐坐。”

他怎么知道自己在哪租的公寓？沈放苦笑：“我以为能轻松点，结果你还在查我。”

沈林见越说越不对劲，干脆直接说正题：“不管你有多少情绪，父亲今晚办了个家宴，为的就是给你庆功。你在汪伪政权潜伏的经历，父亲觉得很自豪，他把以前的朋友都请来了。”

“是吗？动静够大的。”沈放语气里尽是嘲讽。

“你该回去看看，要不父亲会很没面子的。”

很没面子？当初沈柏年发现自己在汪伪政府任职的时候，可是登报纸和他断绝了父子关系，他做的事儿可是比沈放更绝的。他的这个父亲和他的大哥一样，是一个六亲不认的冷血动物。

沈林看着沈放，迟疑片刻，问："你还在记恨父亲？"

沈放听了他这话，心里暗想：这话说得可真好，言外之意是他不应该恨吗？也对，这些年来，他可是跟那个人异常亲密呢，不然他怎么会坐到如今的位置上。

沈放积压了很多年的怨恨忽然爆发："我是记恨他，不过不是恨他对我怎样，而是恨他过去那么对咱妈！他对妈做了什么！过去的一切你记得应该比我清楚！"

沈林知道，他说的一切沈林都知道，可那又怎么样呢，他到底是自己的父亲。

沈林叹了口气，回他："好吧，不管你怎么想，也不管你觉得自己应该叫什么，就算不想见父亲，也该来看看这个家，毕竟那是让你长大的家。"

说完话，他干净利落地转身走了。在门口上了车，坐在车内看着后视镜里的沈放，正朝另外一辆车走去……

他缓缓闭上眼睛，曾经的那些画面忽然间涌现出来——沈柏年一副凶神恶煞，正拿起拐杖抽打年少的沈放和他，他们的母亲无助地用身子挡着，而面前发狂起来的沈柏年就像一个巨大的魔鬼，全然不顾。

另一辆车里，沈放看着沈林离开了，也缓缓发动了车子，最后把车停在了一个报馆的门口。他观察了下四周，随后看了看报馆的招牌，接着下了车走了进去。

里头有一个编辑看到沈放，忙打招呼："沈长官您来了。"

沈放脸色不大好看，只问："我登的消息怎么样？"

那编辑顺手拿过来一份报纸，对着他指着上面的广告："广告登了两期了，但是还没有人前来联系。"

"继续登，一直到找到为止。"

那编辑有些为难："还登？沈长官，苏绣双面绣真的不好找。"

沈放从怀里掏出两枚大洋来塞进那编辑手里："没关系，我有个绣品是家传的要修补一下，能找到人，我愿意付二十个大洋的酬金。"

编辑收了钱自然高兴，这会儿倒是为沈放考虑起来："可现在这样的手艺人很难找了，您这广告刊登的版面也不太明显，这样不是白花钱吗？"

沈放一笑："没关系，白挣我的广告费你不乐意吗？"

他说完话低头一瞧，那广告栏里寻找修补苏绣双面绣的匠人的消息安然印在上头。

所有人都不会在意这样一个小豆腐块一样的寻人启事，事实上，那是沈放向组织发出的讯号。

加藤被刺杀之后，他昏迷了三个多月，随后被国民党甄别调查关在老虎桥监狱里又是三个多月，他跟组织失去联系太久了，这将近半年多的时间，组织上根本不知道还有沈放这个人的存在。

几天以后，沈放赶往了军统大楼去报到。

因为刚刚晋升为军统局一处特别情报专员，而且他离开军统已经多年，如今算得上是新官上任，所以什么也都不知道。

进了军统局大楼，在大厅里的楼梯口，他叫住一个刚下楼的军统军官，问了话才知道军统一处在二楼。

沿着楼梯上楼，视线豁然开朗，楼上是一个完整开放式的办公区。十几个一处的军官在办公区里忙碌着，旁边是各个科室主管的办公室，办公室的门口挂着牌子。

他又寻人问了一处处长罗立忠的办公室位置，快步靠近，却十分凑巧，临近门口的时候门从里面被打开了。

罗立忠带着一个人走了出来，跟在他后面的那个人脸上有些匪气。

那人点头哈腰，一副谄媚模样："那老弟我这次就全仰仗罗处长了。"

罗立忠点了点头："好说，董老弟何必那么客气，有什么情况我会通知你的。"

"好啊，改天一定好好再谢谢罗处长，告辞了。"董藤笑得更夸张了些，他说着朝沈放这边走过来，正好与沈放擦肩而过。

沈放回头瞧了瞧董藤，罗立忠一抬眼便看到沈放，很是高兴："啊呀，沈老弟，这是英雄来了。"

沈放忙将视线回过来微微低身："不敢当，罗处长，我是来报到的。"

罗立忠摆手："来来来，快请进。"

沈放随着罗立忠进了处长办公室，他刚带上门立定，罗立忠便开了口："真没想到刚接受完嘉奖，沈老弟就来报到。你受过伤，听说还没彻底好，也不再休息休息。"

沈放礼貌一笑："我的伤就那样了，咱是当兵的，越休息越难受。"

说话间已经到了桌椅边上，罗立忠忙招呼着："坐坐坐。"

他和罗立忠是对面，罗立忠竖起大拇指赞叹他："表率，真是军人表率！”

“罗处长过奖了。”沈放显然有些厌倦处理这种关系，但还是不敢太过表露出来。

罗立忠继续说道：“居功不自傲，难得，我更佩服老弟居然心胸还大得很啊。”

沈放一怔，隐隐觉得不会有什么好事情，但还是问着：“此话怎讲？”

“你在日本人那儿时拎着脑袋命悬一线，回来以后还被中统的人折腾了那么久，这事搁谁身上都受不了，还不得摔牌骂骰子闹上他一气，不过我可听说了，老弟你从老虎桥监狱出来后居然没对中统说一个不字儿。”

果然，他说这话也不是为了表示什么钦佩，这是打自己的脸来了。

沈放故意笑得深，向他解释着：“他们也是职责所在，为党国效力，我只是吃了点小亏罢了，不算什么。”

顿了顿他又补充道：“抗战八年，我还算侥幸活着回来了，比起那些死在日本人手里的兄弟，真的不算什么。吃亏受气又怎么样？脑袋起码还在脖子上。”

罗立忠不知是被他说服了，还是也想到了自己曾经的日子，接着叹了口气：“是啊，比起战死的兄弟们，你我都算幸运多了。所以抗战胜利了，也该咱们这些枪林弹雨过来的人享享福了。”

沈放补充：“唉，享福现在还谈不上吧？战争刚结束，时局并不算稳定。”

罗立忠显然一愣，然后忙转移话题：“那是，那是。还是老弟一心为公。来，来，我带着老弟在咱们军情一处视察视察，见见各个科室的主官，熟悉熟悉环境。”

“那就麻烦罗处长了。”

在罗立忠的带领下，沈放看了所属的情报科、侦讯科、档案科、外勤科、行动队等部门。走过场面后，罗立忠又带他进了军统一处的会议室。

他立在门口朝里一瞧，一处各个科室的主管军官早已经在里面坐定。两个人刚进门，一众军官忙起身来。

罗立忠向众人介绍道："这位就是咱们军情一处特别情报专员沈放。"

说完他回头又朝沈放说："沈老弟，这是咱们一处的骨干，你都来认识认识。"

沈放同他们一一握手问好，毕了回到罗立忠身边的时候，罗立忠忽然拍手，说要请他训话。

他不好推辞，加上底下忽然响起了掌声，他忙从座椅上站起身来摆手示意大家安静下来，紧接着便说道："训话谈不上，我沈放虽是军统的人，但入职的第一天就去了汪伪政府，没坐过一天办公室，也没当过一天官。这一回来就成了专员，也不知道这位置该怎么坐、话该怎么说，总之都是一处的兄弟，希望诸位不要见外，对我沈某多多指点。日后若有做得不周到的地方，大家别往心里去，哪怕咱们朋友做不成，酒友我看没问题。"

说到这儿底下一片笑声，罗立忠也挺高兴："看见了吧，咱们沈放兄弟是个爽快人。"而后他若有所思，看了一眼沈放又说道，"行了，今天就到这儿吧，别把咱的大英雄累坏了。"

他话说完后，众人松了一口气，陆续起身刚要走。沈放却突然说："大家等等。"

众人惊诧，僵在原地，视线都看向沈放，接着听见沈放问罗立忠：

“罗处长，有件事儿我得问问，前两天西井胡同浴室死了两个人，是被人割断了喉咙，这事儿咱们一处有了解吗？”

他提起的这事情，叫在场的中统军官面面相觑。行动队吴队长先开了口：“普通的凶案归警察局管，这事儿不用咱们了解吧。”

“可死的两个人都是军人，是新编二十三师的营级军官。”

沈放当时在场，那两个有过几面之缘的人，他几乎一眼就认了出来。

这一句话后，他瞧着在场的人都是一脸茫然，语气好奇：“难道咱们一处对这案子一点都不知道？南京分站也没有汇报吗？”

众人都低着脑袋，根本没有人回他的话，他兀自又说了起来：“军人被杀，咱们军统一点反应没有，这可不太应该啊。”

此刻的会议室里静得几乎能听见每个人的心跳声，罗立忠表情更是显得有些尴尬，用大喊来掩盖：“你们怎么搞的？情报科、行动队还不快去了解一下情况。”

情报科栾科长、行动队吴队长吓得身子一颤，连忙回话：“是。”

等那两个人走了出去，罗立忠皱着眉头，十分不快地继续说：“今天沈专员给你们提了醒，工作可不能松懈，该忙的都忙去。”

众军官本以为来了个有意思的人，没想到演了这么一出，面色都带着尴尬，接而起身离开，局面一度十分的僵。

跟着罗立忠出来，沈放觉察到罗立忠脸色不大对。他问道：“罗处长，是不是刚才我说的话有点唐突了。”

罗立忠回头瞬间变脸，笑得意味深长：“哪儿的话，沈老弟不愧是做情报出身，对南京的大事儿小事儿掌握得很清楚啊。”

“我也是没想到，这事儿咱们一处居然一点也不知情。”沈放微微有些窘迫，这样一来，他倒变成了那个多事的人

“一处要处理的案子太多，也不能怪他们。你刚来，还不知道情况，现在一处的工作重点是处理日伪残留分子以及对付地下党，而且现在南京军政各部门的重心是迎接蒋委员长还都南京，这些事儿已经把人忙得够呛了。”底下人失职，打的到底是他的脸，他忙为他们开脱着。

沈放不依不饶：“最近几个月来，南京及周边地区已经发生了好几起类似的杀人事件，被害者无一例外都是军方的人，咱们对这些事件不闻不问好像不太合适。”

罗立忠却开始打哈哈：“老弟说的是，不过凡事都有轻重缓急，你应该知道军界要有大变动，军事委员会要改组成立国防部，军队系统上下一切都混乱得很，据说咱们军统局也要有所变化，自然人心浮动。”

沈放点头："党国军人在南京被割了喉，等于是在咱们眼皮子底下出的事儿，恐怕……"

到这儿，罗立忠已经不想再听沈放给自己训话了，于是忙打断他："沈老弟，我看是你想太多了。军队里派系林立，抗战期间相互内斗的也不少，那些带过兵、打过仗的人，冤家仇人多，有些凶杀械斗也不足为奇。而且就算要查，也应该由军统五处司法处来查，这些小乱子用不着咱们操心。"

小乱子？军方的人屡遭杀害在他眼里竟是小乱子，沈放觉得有些不可思议。

沈放尽量收起不适的表情，勉强笑着："说得也是，不过兄弟还是觉得咱们一处表现得有些松懈。咱们是做情报的，就算是在日伪系统的军队，所有人也都对情报部门忌惮三分，还不是因为情报部门能先一步掌握别人的情况要害，这情况在咱们这里更甚，咱们戴老板的地位不就说明了一切吗？"

罗立忠脸色越来越差："老弟，你是话里有话啊。"

"我觉得，掌握军队发生命案的真相对咱们军情一处只会有好处不会有坏处。"

一番话说得罗立忠笑了，他拍着沈放的肩膀："老弟说得好。你来做这个特别情报专员真是太合适不过了，起码这一点你想得比我透彻，这案子就由你来查吧，处里会全力配合你的。"

"多谢罗处长信任。"沈放弯腰行礼。

罗立忠却忙抬手制止："别，千万别，也许以后军情一处这处长的位置可能都是你的呢。"

沈放看着罗立忠，他那张狡猾的脸写满了对自己的不满，不过猫鼠游戏向来这般。

"罗处长说笑了，我只是个专员。"

罗立忠还是笑："那只是暂时的，以沈老弟的才干，高升还不是指日可待？来人，把江副官叫过来，带沈先生去他的办公室。"

两个人面上几乎一直是带着笑容，可谁都不是傻子，话里有话说得出来便就听得懂。

江副官带着沈放进了办公室，立在门内朝着沈放伸手，沈放忙握了上去。

"沈专员，这是您的办公室，我叫江志豪，罗处长让我做您的副官，以后有什么事儿您尽管叫我就好。对了，这是您要的报纸。"

说着江副官递过来当天的报纸，沈放伸手一接，抬眼看他："辛苦了。"

江副官晃晃脑袋一笑："那您要是没有别的事情我就先出去了。"

沈放微微点头，江副官得了意思出门，随手还将门带上了。

翻开报纸，沈放看到当天寻找修补双面绣的广告，呆呆望着有些入神，紧接着闭上眼睛，捏了捏眉心。出了长长的一口气后，他随后拨通了报社的电话。

"报社吗？我是沈放。"那边应了声，他又说道，"修补双面绣的广告再刊登三天，如果还没消息就不登了。"

他后面的话有些迟疑，但终究还是说出了口，放下话筒后，他的头又开始眩晕起来，这叫他不得不努力克制着，一边从衣兜里掏出药片。打开瓶盖将药倒在手中，才发现只有最后两粒药了，沈放皱着眉头，仰头把药片吃了下去，掂掂桌上的茶壶发现有水，直接对着茶壶嘴灌了几口。

终于，头疼的症状缓和了些，沈放的表情却越发阴沉起来。

此时的沈放并没有升官的喜悦。和组织太久联系不上让他焦虑，长期的潜伏和敌后生活让他孤独烦闷。他的精神时刻处在紧张状态，加上他身上的伤，他明明白白知道自己已经不适合再做潜伏的工作。

他想离开南京，不想再跟这里的一切有任何瓜葛，不管是军统局还是他的家庭。他太渴望做一个普通人了。

沈放稍稍缓了一会儿，再度拨通电话，话筒那边是江副官："给我备车，我要出去一趟。"

陆军医院走廊候诊处。

沈放正坐在诊室门口的长椅上，他用帽子盖着头躺在椅背上养神，前面有几个病人在等候着。

走廊里，一个身影走了过来坐在沈放不远处的长椅上。接着诊室的门开了，护士走出来喊着："下一位。"

一个伤兵拄着拐杖进去诊室。这动静吵着了沈放，他坐了起来把帽子扶正，结果一转头看到旁边的人诧异不已。

这个半张脸受伤的人，正是在西井胡同浴室遇到的那个。那人似乎也看到了沈放，对他点点头。

"你也来看病？"沈放主动同他搭话。

"当然，看外表我比你严重。"

沈放赞同，轻轻一笑："那倒是。"

说完忽然转了话题："对了，那天在浴室里，你知道死人了吗？怎么刚出事儿你就不见了？"

他语气里有怀疑，可面前这人十分笃定："死人又怎么样？难道我还非得留下来看吗？"

"我是说，你也走得够快的。"沈放一直盯着那人看，想从他身上找出什么端倪。

却见他语间冷静漠然，一副事不关己的样子："因为我不想看，见过的死人太多了，再见着心里难受。"

"你不像怕那种场面的人，难不成你跟那命案有关？"

沈放说完话，那人眼神慵懒，瞧了瞧他，定了定，忽然慢慢举起自己的左手。他摘下手上的指套，那手掌上面只剩下了三个手指。

"你觉得我这样的手还能杀人吗？"

沈放仍没有打消疑虑，他看着那半张脸："你怎么知道凶手是左撇子？也许是右手呢。"

"我的右手抖，连筷子都拿不稳，这点医生是知道的。"

面前这人也不厌其烦，不知道为何一直在回答他的问题。

"你好像算好了我要问什么？"

"回答你，是不想你再问下去。"

沈放无奈，撇撇嘴："那我总得问问你叫什么吧？"

可那人依旧漠然："没必要吧，死过的人名字不重要。"

沈放撸撸头发，片刻工夫，那人看着沈放似乎发现了什么。

"你以前去过苏北？"

沈放回身，答道："是，待过一阵儿。"

问完这句话，那人把头转过去不说话了，坐了一会儿后，又起身缓缓地走了。

沈放喊他："怎么，不看病了？"

"不想等了，再说我的脸看不看都是这样。"

看着那人离开的背影，沈放皱起眉头。这时候护士又出来喊："下一位。"

沈放忙应声，起身进了诊室。

诊室里一股浓重的药味，沈放皱了皱眉，不过似乎能够稍微缓解他的疼痛。他继续朝里走，里面坐着一个胡子拉碴的美国医生。医生名叫约翰，他示意沈放坐下，好像一副没睡好的样子，用不是很流利的中文在给沈放检查。

问完了话，约翰大夫看了看沈放的眼底，又看着沈放的病历，问他：“你这伤会很麻烦，不想做手术吗？”

他的病况自己当然知道，之前的大夫也给他提过手术的建议，不过风险很大，一旦有意外，他可能再也醒不过来了。

“想，可我不想死在手术台上。”他语气冷静，带着一丝无奈。

“但你会越来越严重的。”约翰还是提醒他道，可沈放显得毫不在意，只说：“起码现在我还活着。”

约翰耸耸肩：“好吧，那我只能给你开止疼片。”

说罢他便起身去拿药，沈放叹口气，又想着方才在门口遇到的那个人，忽然问道：“对了，是不是有个半张脸都是伤的人找你看过病。”

约翰动作一停，回头看了一眼沈放，眼睛一动好像即刻便想了起来：“是，那家伙的脸啊，真的让人忘不了。”

他说着蹙了蹙眉头，沈放又问：“你知道他叫什么？”

约翰拿了药重新回来，低头想了想：“好像叫张三，病历上是这样写的。”

“张三，是真名吗？”虽说这样的名字很常见，不过这样神秘的一个人绝对有着非凡的经历，似乎不大可能叫这个。

约翰一笑：“中国人的名字不都这样吗？我只知道他是伤兵，定期来开药，别的我也不想知道。”

到他这儿来的人身份千篇一律，要说有故事的也是不计其数，不过那么多人，他哪问得过来。

沈放见他表现随意，脑袋突然一扬，他倒是好奇：“你好像对你的病人很无所谓。”

“不，你错了，我对他们很好，每个伤兵都很喜欢我。”约翰大夫笑意深长，配上那张困倦的脸，显得十分目中无人，“因为我会给他们开止疼药，甚至超剂量的吗啡也可以，只要他们愿意给钱。”

钱？原来如此。对于战后受重伤的人来说，疼痛是最大的折磨，能有让他们缓解疼痛的办法，他们口袋的银子还不是大把大把地送出去。

沈放一笑：“你敢跟我说这些，不怕我告发你？”

“无所谓，看你的伤我知道你有药物依赖，告发我你就失去了依赖，你不会那么傻。”约翰十分笃定，一副不打没有准备的仗的样子。

见沈放了然，他这才将药瓶递给沈放，但并没有放手，而是说着：“我给你开了加倍的量，对你短期止疼有作用。不过这些可不算在诊费里。”

沈放瞧他一眼，掏出一沓钞票塞在约翰大夫的衣兜里，同时也看到了他衣兜里的赌场筹码。

约翰放了手，却还是建议他："如果想做手术也可以找我，我的技术很好。"

沈放有一刹那的停顿，听他又说："当然，价格也不便宜。"

原来打自己一进来，他就认准了自己是个财神爷。

"你能保证我活着走下手术台吗？"

沈放那一瞬间其实心生了一些希望，他十分期待地瞧着约翰，见约翰语气笃定地蹦出来两个字："当然。"

他眼里出现一丝光亮，约翰却又补了句："不过我不能保证你脑子是不是还好用。"

沈放尴尬地笑了笑："还是算了，我可不想成个傻子，我的钱你是挣不到了。"

约翰再次耸耸肩："随你便。"

沈放起身要走，回头又劝他："少去赌场，再去，你输得更多。"

走出医院，沈放朝自己的吉普车走过去。

就在车边上，有个歪戴帽子的警察正在摊档上买烧饼，语气有些嚣张，对摊档老板说："老刘，你这烧饼可不够酥啊，你再这么下去，小心生意越做越差。"

摊档老板笑脸相陪："是是是，长官，下回我一定给你刚出锅的。"

说着老板掏出几张皱巴巴的钞票塞到那警察衣兜里："最近生意不好，一点小意思，长官您别见怪。"

那警察继续吃着手里的烧饼，将手往衣兜里一揣，压了压其中的钞票，表现得十分亲近："看你还挺客气，好说，好说。"

说着他又摸了俩烧饼："再给我包上俩。"

沈放瞧着那警察拿了烧饼，却没有付钱的意思，觉得这个贪小便宜的人有点讨厌，不过并没在意。倒是那人抬头看到了沈放，忙喊着追了过去："你不是那谁，别走别走，老兄。"

沈放停下步子，左右张望了一番，发现那人竟是在喊他。

"老兄，您是不是沈放？"

沈放有点意外，翘着眉毛："你认识我？"

"怎么不认识，你可是上了报纸的大英雄。军统的情报专员啊。"

沈放的面色更加难看，带着一丝疑惑，面前这人说着，忙掏出名片来："鄙人警察局缉私大队的副队长，汪洪涛。"

沈放接了过来，看了看名片。

汪洪涛又问："您是一处的吧？你们罗处长在我们缉私这圈里可是鼎鼎大名啊。"

沈放有点意外："怎么？你好像知道挺多啊。"

"那是，那是，这些人都还熟。"

沈放来了兴趣，将手往兜里一抄瞧着他："哦，那说说，你都知道我们罗处长什么？"

汪洪涛故作神秘："套我话了是吧？我知道的你还能不知道？"

"你这家伙绕什么圈子？"

"我哪儿敢，这是不想得罪人，以后少不了让你们这些军统长官关照关照。"

"我能关照你？"沈放一笑。

"当然了，只要你想。行了，鄙人该巡逻了，今天咱就算认识了，改天我做东，请你这大英雄吃个饭。"汪洪涛语速极快，说完话后便走开了。

沈放瞧着他的背影，有些哭笑不得。

中统局走廊。

沈林离开办公室朝外走去，李向辉边走边跟沈林汇报："最近调查的那几个官员的贪腐证据都已经收集齐了，人也都被监视居住了。"

沈林面无表情："证据齐了就尽快送检察院，人也送看守所去，还监视居住？他们也太舒服了。"

就在这时，一个浑身是血的人被行动科的人拖着从前面走过来，而且不远处的刑讯室传来拷打犯人的声音。

沈林皱起眉头，瞧着那人从自己身边擦肩而过，回头看向李向辉，问："近来行动科的案子很多啊，情况你了解吗？"

李向辉目光跟着看了一眼，回话道："听说了，这几天行动科的吕科长接二连三地抓了好几个地下党，都在审问呢。好像昨儿又抓了一个，还是在国民政府审计署工作的，叫陈伟奎。"

"这又从哪儿找来的线索？他倒是勤快得很。"

吕布青是个睚眦必报的人，尤为仇视地下党，而且痴迷于残酷的刑罚，沈放心里想着，这些人恐怕是没有活路了。若是有一天沈放落在他手里……

"不太清楚，毕竟行动科的事儿咱也不便多问。"李向辉回答。

“没什么不能问的，别忘了我对你的要求，你是党政调查处的机要秘书，局里所有的变化你都应该掌握。”沈林对他这话十分不满意。

李向辉有些犹豫，沉默了片刻才说：“我知道，不过吕科长最近对任何人都提防得很严，而且据说局长对行动科有特别的安排。”

沈林冷笑一声：“去把行动科最近的审讯档案调过来。”

说完话他继续朝前走着，到审讯室外的时候停下步子朝里看了看。

审讯室里。陈伟奎已经被折磨得不成人形，浑身是血，却咬着牙硬是一声都不吭。

用刑的特务累得满头大汗，还想再挥鞭子抽打，忽然被吕步青喊停了：“等一下。”

接着他走到陈伟奎身边，看着浑身是血的陈伟奎，面色诡谲：“从昨天到现在，已经整整一天了，你居然一句话都不说，这让我很没想到。”

陈伟奎眯着眼睛小声喘息着，依旧不说话。

吕步青笑了：“挺能抗的，不过没关系，我有的是时间，也有很多工具可以让你一一体验，直到你开口为止。”

他摆头看了看旁边放着各样的刑具，咂了咂舌头又说：“不过这是何必呢，你说出来，大家都轻松。”

陈伟奎却缓缓把头转向另一边，意思十分明确，吕步青不屑地笑了笑，笑着笑着便咬牙切齿起来。

“继续。”他一声令下，那特务挥着鞭子又开始了。

门外头的沈林脸色严峻，继而缓缓走出了大楼。

是夜，沈宅灯火通明，门廊前的红灯笼透出一些喜气，今晚沈柏年为沈放准备了庆功宴。

一些宾客陆续穿过沈家院子进入沈宅大厅，沈林在台阶上招呼着客人，胡半丁凑过来悄悄跟他说话：“大少爷，您说这二少爷到底会不会回来？老爷子张罗了那么多人，二少爷万一不回来，可就麻烦了。”

他说着，透过门口看着客厅里跟来客寒暄的沈柏年。见沈柏年不时地往门口张望着，看得出沈柏年有些焦虑。

“别急，他会回来的。”沈林淡淡说，似乎拿准了他这个弟弟。

果然，就在这时候，门口传来汽车喇叭声音。

有个仆人跑过来向沈林通禀，气喘吁吁道：“大少爷，胡老伯，你们快去看看吧，可能……可能是二少爷来了。”

胡半丁高兴，却斜眼瞧他不懂规矩：“人来了就好，你慌什么。”

仆人脸色上却并没有喜色："不是，二少爷他，这……您二位还是看看去吧。"

沈林有些疑惑，与胡半丁面面相觑，接着一起向门口走去。

刚到了院门口，沈林就看到了沈放的身影。

不过沈放不是一个人来的，此刻他的怀里搂着一个浓妆艳抹的女人，他脚步踉跄，很明显喝了不少的酒。

见这状况沈林略微一愣，这才明白仆人的意思。

沈放醉醺醺地朝他走过来，颠三倒四的，眼睛都睁不开："难得大哥亲自出来迎我。"

接着他朝着身边的女人介绍："来，这是我大哥。"

女人的声音娇滴滴，跟着喊："大哥好。"

说着她抬起头来，与沈林四目相对的时候，两个人都有些诧异。

沈林没有料到，这女人居然是夜总会的曼丽。

"你好。"沈林语气僵硬。

曼丽点了点头，一脸的甜媚。沈林略显尴尬，看了看曼丽。

这一幕被沈放给注意到了，他忽然一笑，故意调侃："怎么，大哥对女人也感兴趣？"

以前沈林冷淡得像一块结了千年的冰，沈放回来的这些日子也瞧出来了，他身上的那股子劲儿，只多不少，以前他从未对任何一个女人多看一眼，眼前这架势，明显是两个人曾经见过。

沈林皱起眉头来，曼丽笑着，许是这样的场景常常碰到，颇为轻车熟路地化解着尴尬："哎哟，你看你，怎么还吃你大哥的醋吗？"

沈放苦笑："要说别人我会吃醋，我大哥，哈哈……"

他有些放浪形骸，说完话就往里走，没想到沈林上去一把将他扯住："你怎么喝这么多酒？"

"喝酒怎么了，今天来的不都是来喝酒的吗？"

沈林一脸严肃："这是父亲办的酒宴，你既然来了就该收敛点。"

沈放忽然也不笑了，将身子直起来，用力甩开沈林的手："收敛？这儿是家吗？要真是自己家，你让我收敛什么？"

他反问的这一句话叫沈林语塞，说完他更是一把搂过曼丽："对了，我再介绍一下，这是我的女朋友。"

说到这儿他忽然扭头问曼丽："对了，你叫什么来着？"

曼丽妖娆地锤了捶他的胸口："真讨厌，你怎么连我的名字都记不住了？我叫曼丽。"

“对对，曼丽，可我怎么记得是美玲呢。”沈放一边说着，一边搂着曼丽的腰进了大厅。

沈林看着他的身影微微摇头，不过至少人来了，沈柏年这面子算是勉强保住了些，这也说明起码沈放还认这个家。

屋内，众人推杯换盏，觥筹交错。

沈柏年与部分亲密的朋友坐在主桌上，身边是苏静婉在陪着。

旁边那一桌上，沈放、沈林还有一些其他年轻后辈的客人坐在一起，这些人中坐着一个年轻文静的姑娘，名叫姚碧君。

主桌上有人举杯敬沈柏年：“沈老，我敬您，沈家二公子可是您培养出来的党国栋梁啊。”

沈柏年脸上有光，自然是欣喜，一脸的兴奋：“过奖过奖。”

那人却继续夸着：“哪里是过奖，这是事实啊。二公子是足智多谋、深入敌后的英雄，在古代那就是风萧萧兮易水寒的荆轲，深入苦寒之地驱除鞑虏的霍去病。”

这番说辞难免有些浮夸，但沈柏年依旧高兴：“谬赞了。”

另一个人此时又举杯：“来来来，我们几个都敬沈老一杯。”

沈柏年举杯便饮，这些话听了很是受用，不过看那样子明显已经有些喝多了。

此刻坐在一旁的沈林看着父亲的醉态，眉一皱有些担心，继而他给苏静婉使了个眼色。

苏静婉会了意，再有宾客敬酒，她便要替沈柏年挡着：“我家老爷子今天喝太多了，这杯我替他来。”

只是那人却不肯：“别啊，这杯别人替可不行，要是非有人代替也得是二公子啊。”

苏静婉有些无奈地看了一眼沈林。此刻再加上众人附和，众人连带着沈柏年都一起歪着脑袋向旁边的一桌看去。

只见那座间的沈放一直搂着那个曼丽紧紧不放，两人显得亲热得很，像是什么也都没有听见。

沈林的视线即刻又转向沈放对面的姚碧君，却见她一直低着头不说话，不吃也不喝。

这边沈柏年脸色沉了下来。那头恰好沈放旁边的一个人看到主桌在招呼沈放，忙提醒着：“大英雄，那边可是要跟你喝酒呢，还不过去。”

沈放扭头一看，人也不过去，大大咧咧地坐着举起酒杯喊道，像是已经醉了："多谢叔叔、大爷们捧场，这杯我干了，你们随意。"

说着沈放一饮而尽，曼丽却小声在他耳边说着："你该过去敬酒的。"

沈放的脸颊一片红晕，凑着曼丽的脸蛋亲了一口："过去干吗？一帮老头，哪有你陪着有意思。"

旁边那人见沈放当着沈柏年的面如此大胆，十分好奇，问沈放："沈二公子，敢问你旁边这位姑娘是？"

沈放闻声将眸子抬起来，用一只手将曼丽搂紧了，笑着说道："哟，你连她都不认识，她可是喜乐门夜总会大名鼎鼎的曼丽小姐。"

一边说着，沈放一边摆手朝向曼丽，可目光中的那人一听到夜总会三个字，脸上的笑容忽然间便僵住了。

沈放明显已经瞧了出来，但还是无所谓地继续说着："不过，从今儿开始她就是我沈放的女朋友，没准过两天就会结婚，我要娶她。"

那人瞧了一眼沈柏年，十分尴尬地应和："也好，也好。"

这时候沈林听见身后有人小声议论：

"不对啊，不是说沈家跟姚家小姐定亲了吗……"

"是啊，怎么这二少爷从夜总会找了一个姑娘……"

"对啊，人家姚家小姐还在呢……"

他皱皱眉头看了一眼沈柏年，预料之中的，沈柏年的脸色更难看了。再瞧姚碧君，她依然低着头，似乎眼前发生的一切与她无关。

沈放只看了一眼，随即又马上移开视线，继续谈笑风生，招呼旁人喝酒，还让曼丽作陪，根本不理会姚碧君，像是故意做给她看的一样。

终于，沈柏年看不下去了。他将筷子放了下来，一招手叫来胡半丁。

"把我那老二叫到偏厅来。"

胡半丁听了话顿了顿，似乎有点犹豫，旁边苏静婉忙劝着沈柏年："老爷，今天是个高兴的日子，您喝喝酒、聊聊天就好。"

沈柏年瞪她一眼没理会，却对胡半丁继续说，语气更严厉："让你叫你就叫。"

说着他便起身自己走进了偏厅。

瞧见沈柏年离开，桌子上的宾客们有些尴尬，面面相觑着，苏静婉看此情形，只得微笑着招呼大家："各位继续，继续啊。"

胡半丁立在原地出了一口长气，挪步朝着沈放走过来，在他身边耳语了两句，沈放闻话将酒杯狠狠地往桌上砸下去。

他搂着曼丽出现在偏厅的时候，沈柏年在里面正襟危坐，跟往常模样没什么区别，就是略微苍老了一些。

沈柏年瞧见他，先是瞪了一眼，然后用拐杖对曼丽指了指："你先出去。"

曼丽有些不自然地看向沈放，像是寻求指示，沈柏年忽然大怒："出去！"

这将曼丽吓坏了，她有点慌，松开沈放要走，沈放却将她胳膊往回一拽："走什么？就在这儿陪我。"

他的目光一直瞧着沈柏年，眼神复杂，下巴微微收在怀里。

沈柏年脸色变得铁青："今天你就这个样子吗？"

他手上的拐杖猛地朝着地上戳了戳，沈放语气轻松，冲着曼丽笑着："怎么了？"

"你是沈家的人，要自重，跟这样的女人拉拉扯扯不合沈家的门风。"

沈放丝毫不在乎什么门风，他不过是为了他自己的面子罢了。

"我说过了，这是我女朋友。"

沈柏年强忍着怒气，想要出言教训他，却还是忍了下来："你认识什么样的女人都可以，但是别忘了你还有婚约！当年你是在婚礼前夜跑了的，本来就是你亏欠着人家，现在人家姚家的闺女也在呢，那才是你未婚妻，该怎么做，不需要我来教你吧？"

沈放方才一直都还是一种浪荡的模样，不想谈到婚约，沈放声音忽然就高了起来："婚约？那可不是我定下的。"

如今这般年代了，沈柏年却还是封建社会老一套，他们上一辈人包办婚姻一句承诺，凭什么却要他来完成？

"说什么呢，婚约还需要你定？简直不成体统。"

"我本来就不成体统，看不惯我，我走就是了。"

说着沈放拉着曼丽往外就走，沈柏年气急了，声嘶力竭："你给我站住。"

沈放停住步子回头。语气却是不屑："你觉得我会听你的吗？你真不该叫我回来，更不该为我办什么宴会。"

说完他搂着神色尴尬的曼丽往外走，直接出了偏厅。

回到大厅里，沈放还是一副玩世不恭的样子，不过曼丽笑不出来了。

后头沈柏年跟着冲了出来，继续喊着："你给我站住！"

这局势教众人都愣住了，倒吸一口凉气，觉得现场冷得都要结出冰来。姚碧君这时抬起头，看了看沈放，不过表情依旧坦然。

沈林走了过来伸手拦下沈放："你这是干什么？"

沈放怒目而视，直接甩开他："拦着我干吗？进了这儿你们就能对我指手画脚吗？凭什么？"

"就凭我是你的父亲。"沈柏年接话。

沈放闻话即刻回身，心里压着的不满尽情宣泄着："父亲？不如说你是想把所有的人都当成玩偶，任你摆布！"

沈林挪到他面前，一双眼睛呆呆地瞧他，觉得他实在是疯了："你在说什么！"

"我说错了吗？你当年的婚事不就是他强加的吗？他有问过你喜不喜欢，是不是幸福吗？现在又轮到我了，说得好听照顾姚家的姑娘，那早干吗去了？姚碧君的哥哥怎么死的？还不是在你们眼皮子底下发生的冤案！"

那是在沈放离家出走之后，姚碧君的哥哥因为被人陷害，最后被逼跳楼自杀了。

沈放看着沈柏年，继续着他的言论："你还是国民政府检察院的副院长吧？一个堂堂的副院长却任由冤案频发？你做什么了？现在才想起来照顾姚家人了，你不脸红吗？"

沈柏年气得身子隐隐打战："放肆！你不要以为你做了点事，立了功，受了奖，就可以目中无人。在沈家容不得你这样说话！"

沈家？他从来都没有把这里当成过家。

沈放只冷笑："这个沈家很体面吗？你们稀罕我不稀罕，你们以为我回来了就是想进这个家？"

沈柏年刚要说话，沈放又打断了他："让我回来不过是想圆你的面子，你自己答应的事儿，非要我替你兑现？何必呢。你不是找了个年轻的姑娘陪着你吗？麻烦我干吗？你自己不妨再娶一个！"

沈家父子的争执让众宾客愕然，不想一场盛宴居然变成父子反目的局面。沈放的这一席话更是说得姚碧君脸色惨白。

这阵势眼看着收不了尾了，沈林厉色道："够了，沈枫，你喝得太多了，说的都是什么？"

不说这话倒还好，这话一出，当年沈柏年醉酒殴打他们母子三人的画面又仿佛历历在目，沈放眼眶里隐隐有眼泪："我喝多了？喝多的永远都是他！"

说完他指着沈柏年："你什么时候清醒过？你喝醉的时候，这个家是什么样子，你还记得吗？"

沈柏年气得胡子乱颤："你给我滚，现在就给我滚，我就当没有你这样一个孽子！"

沈放却只是冷笑。当年沈柏年可是亲自登报要和他这个儿子断绝关系的，如今见他成了功臣，却又来巴巴地跟自己套近乎，那副嘴脸教他厌烦至极。

他挑眉冷冷道："随便。"

沈柏年闻话后几乎都要冲过来，当即抡起棍子来，边上胡半丁见状赶忙上来拦着。

沈放积压许久的怒火一瞬爆开，干脆也一不做二不休，直接一把扯开军装上衣，将带着枪伤的胸口袒露在沈柏年面前，瞪着眼睛狠狠说道："你是要打我吗？以前你还打得少？家里的人，我哥、我妈哪个你没打过？现在又要开始了？行啊，来啊！"

他说着就正指着自己的胸口："就往这儿打，我没死在日本人手里，可以死在老爹手里，让死去的妈也看看，我这个爹今天是什么样子！"

沈柏年的拐杖举在半空中，眉头一皱，眼眶似是含泪，这一手总还是抡不下去了。

这一阵说辞太过激动了，沈放停下的时候忽然脑袋感觉到一阵眩晕，是脑中的弹片旧伤又发作了。

四下的声音在他的耳朵里变成了啸音，再也听不清了。他扶住旁边的桌子勉强站稳了，不想再多加纠缠。

"当初要不是你那样对我妈，我也不会改了名字上了军校，更不会去汪伪那边，做什么敌后的潜伏者！你以为我喜欢吗？我都是被你逼的！"

他的语调总算平缓了下来，沈柏年也被气得头晕目眩，身子一歪被胡半丁和苏静婉扶住。

沈放说完话强忍着头疼一把拉过身边的曼丽："行了，咱们该走了。"

说完他便搂着曼丽扬长而去。

大厅里，众来宾愣在当场。

车子开到喜乐门门口的时候，沈放警惕地瞧见，在后视镜中，不远处的路边有一辆车子跟着也停了下来。

他脸上露出一丝微笑，将曼丽搂在怀里下了车，曼丽整个人窝在了他的怀里，两人拥着朝舞厅内走去。

才进了舞厅大门，沈放装作酒醉一把将曼丽压到了墙角，暗中却透过窗子瞄着后面跟踪的那辆车，那辆车的车窗缓缓摇了下来，里头坐着两个人，正朝着门口张望着。

曼丽以为沈放要亲热，很是热情地勾住了沈放的脖子，声音故作柔媚："刚才你在家里闹得也太凶了。"

沈放一笑："怎么，害怕了？"

曼丽也笑："我怕什么？再说，我怕谁也不怕你。"

"为什么？你不觉得我是个疯子？"

他往曼丽的脸边上凑了凑，声音低沉，曼丽的笑意更甚了："疯子？你倒对自己认识深刻。不过疯子怎么了？你对我专情就行，日本人在的时候你找我玩，现在日本人走了你还找我。"

不管世道怎么变，对她而言，活下去最重要，有个依靠能更心安些。

沈放了然，叹了一口气："可惜没记住你的名字。"

这话一出，曼丽猛地将沈放也拥在怀里，她一双眼睛柔媚非常，脸上的脂粉为她更添了几分韵味："你那是装的。不过记不记住也无所谓，日本人在的时候，我是舞女，这走了，我还是个舞女。"

"那怎么了，我觉得挺好。"说着沈放又看了一眼窗外，接着搂着曼丽往夜总会里面走去。

舞厅内有客人在跳舞，灯光闪目，音乐笼罩了整个空间。

曼丽问沈放："今天想跟我跳什么舞？伦巴，还是华尔兹？"

不想刚穿过走廊，沈放突然停下步子，醉醺醺地掏出钱来塞给曼丽："今天辛苦你了，不过我得走了。"

曼丽瞧着那一沓钱有些意外："你要走？可你给的钱够包夜的了。"

这兄弟两个倒还真是像，出手都如此阔绰。

沈放晃了晃脑袋，那痛意隐隐还在，他摆手道："算了，酒喝得有点多，人累了，现在时间还早，你看着还能陪舞厅里的人跳几支舞，挣点舞票钱。"

这样的话曼丽还是头一回听，见沈放要走，她倒有些依依不舍："那你可要再来，你这人有意思，跟你在一起，新鲜。"

沈放笑了，挣脱了曼丽的胳膊："是吗？"

曼丽挑着眉毛，将手抄在怀间，笑得意味深长："当然，我还能骗你？不过既然你花了钱，我得给你一点有价值的东西。"

"有价值的？"

曼丽点了点头："嗯，你不知道，你那大哥曾经来舞厅问过你的事儿。"

沈放先是一愣，接着笑得更开怀，这算什么？意外的收获吗？

"你能说实话挺好。"

这年头，一个舞女都能用真心换真心，可他那个爹……

"当然，你是我最好的客人。"

沈放捋了捋曼丽脸庞上的头发："也许跟你在一起才真正让人无牵无挂。好了，我真得走了。"

他说完，摇摇晃晃地从后门走了出去。

隔天，西井胡同浴室浴池里，沈放带了几个军统的人，在浴室凶案的现场勘察。

浴池的水已经放干了，地上只留下两个白色的粉笔画着的尸体形状。沈放正在四处仔细打量着，这时候江副官走了进来，到他跟前回禀道："沈专员，中统的人来了，说要接手这个案子。"

沈放没有回头，目光继续在屋子里头搜索，只冷冷地说了一句："让他们滚蛋。"

江副官得了令刚要朝外面走，却不想中统的人竟已经闯了进来。

"你们干吗……"江副官伸手拦着，领队的人直接推开他走到沈放面前。

“沈专员。”

沈放闻话斜睨了那人一眼，来人正是李向辉。

“是你。”说完话他却没有太过在意，依旧做着自己的事情。

李向辉脸色铁青，义正词严地表达来意：“这是我们党政调查处要查的案子，我们处长说了……”

只是话才说到一半，沈放忙打断他，而且表情十分不屑：“别跟我提沈林，就算他自己来了，这案子也一样轮不到你们。”

如今怕是沈林都不敢这样和他说话，李向辉算什么，竟然也敢同自己叫板。

李向辉脸色依旧没有变：“抱歉，但这事儿我必须接手，这是我的任务。”

“你接手？我是案发现场的第一见证人，这案子军统一处管定了，他沈林凭什么过来横插一杠子？”

沈放目光终于挪向李向辉，语气带着质问，噎得李向辉说不出话来。

“你……”

“我什么？你不走，别怪我不客气。”

说着沈放把腰上枪套的扣子解开了，本是为了吓一吓他，没想到看到沈放这个动作，李向辉条件反射地将手按在了后腰。

就在这个时候，一个军统特务跑了进来打破了僵局。

“沈专员”

“有话直说。”沈放十分不耐烦。

那人却言称：“方才罗处长来电话了，说这案子让军统和中统联合调查。”

“什么，联合调查？”沈放有些没有想到。

“是，电话打到浴室来了。”那特务回话道。

沈放倏然将脸沉了下来，将手上的手套摘下来往边上一甩：“那好啊，让他们查，不过你们几个看着点他们，别让这帮只会搞党务的破坏了现场。”

李向辉跟沈林待久了，向来不擅长应对这种无赖般的人，刚要开口说话：“你……”

才吐出一个字，沈放便将他的话逼了回去：“别你你的了，说不出来就想好了再说。”

说完沈放转身离开了浴池。

出门上了车，江副官坐在了驾驶座上正要开车，沈放凝眉，忽然有了主意，道：“带我去停放尸体的医院。”

从医院后门口经过一条不深的走廊，能够隐约闻到一股特殊的气味，仿佛有阵阵阴风钻进脖颈，周围是一种死亡的沉寂。

那两具尸体此刻安安静静地躺在里面，而且沈林就立在边上，正对着尸检报告观察着，看得十分仔细。

停尸房外面，工作人员推开门，沈放径直走了进去。

听到门响沈林并没回头，而是继续观察着尸体，一点也不意外：“你怎么才来？这个案子在浴室查不出什么，尸体留下的线索或许更有价值。”

沈放也不往前走，只是静静地在一边站着，语气轻松：“哦，是吗？”

“当然。”沈林说着指着尸体的伤口给沈放看，解释着：“死者喉咙上的刀口都从右到左，用的是剃须刀片，凶手是左手持刀，也许是左撇子，从伤口看，凶手的手法很娴熟，出手果断，也许有军队的背景。”

他说完这些停了一会儿，接着抬起头看着沈放，微微一笑：“不过这些你都应该知道了，当时你在现场，而且参加了对死者的抢救，你不会看不出来这些，还来干吗？”

沈放没有表现出一丝对那尸体的兴趣，他经手了的，再了解不过了，他来不过是为了验证自己的一个判断。

“来干吗？这个问题问得好，我来看看，我这聪明的大哥是不是在应该出现的地方出现。”

“你知道我会在这儿？”

“你让那个秘书去看现场，就说明你对这个案子感兴趣，不来这儿不像你的作风。”

沈放缓缓向前走了两步，忽然间又话锋一转，说道：“不过这两具尸体也没什么可查的了，凶手选择的地点很好，在浴室里动手，留不下什么痕迹。从作案的时间和地点来看，凶手对死者的行踪很熟悉，你要查最好查查军队系统的人，特别是死者身边的人。”

沈林有些诧异：“你会帮我分析案情？还真没想到。”

沈放表情轻松，也没有什么好隐瞒的：“我喜欢推测，而且军统和军队关系太复杂，这个案子要搞清楚还是得靠你们中统的人。”

他大概猜得到，那个罗立忠下令说让军统和中统一起调查，还不就是为了看他和他这个哥的好戏。

正在这时，有人从外头将门推了开来，兄弟两个齐齐歪过头瞧着，见来人是江副官。

江副官走了进来，在沈放耳边小声说了几句话，紧接着沈放表情微微有一些变化。他低头思量了片刻，抬头重新看向沈林的时候已经转身要走："你继续琢磨吧，我得告辞了。"

出了门，上车离开，沈放坐在车后座，江副官开着车，却已经有些等不及地说着方才他与沈放耳语的事情："又发生一件案子，是昨晚的事儿，被害者叫董腾，也是军队系统的，这里有他的资料。"

语罢他递过来一沓资料，沈放皱着眉头翻开，期间赫然一张照片，那模样瞧上去好像在哪里见过。

"这个人，我是不是认识？"脑袋里又有痛意传来，他甚至有些怀疑，是这疼痛将他记忆变得模糊不清了。

"您上任那一天他来找过罗处长，您应该见过一面。"

江副官回他的话，他脑海里这才有了那一天的情形，紧接着叹了口气将身往椅背上靠下去。

透过车子的后视镜，江副官表情似笑非笑，一开口后与沈放四目相对："大伙儿都说您料事如神，让咱们盯着警察局办案，没想到昨晚就发生了一桩命案，这个董腾在东升宾馆里被人一枪打爆了头。"

一枪打爆了头，这样的手段，怕是凶手也和军方有着千丝万缕的联系。

说着便到了地方，下了车进了宾馆大门，沈放直奔事发地点的包间而去。

屋子里头有警察正在现场调查，门口守卫将他拦了下来，还未等人问话，沈放出示了证件，昂首阔步地挤了进去。

这地方空间算不得宽敞，一张偌大的床十分醒目，雪白的床单被染得血迹斑驳，与这素净的气氛尤为不搭。

在靠窗的一边，当即映入眼帘的便是董腾那光溜溜的尸体，他有一半身体正趴倒在床上，而另一半伏地，是个背对着窗户的姿势。后脑上被子弹击中，是致命伤，满脖子都是血。

沈放靠近尸身，有一股难闻的味道惹得他抬手遮了遮鼻子，他俯身仔细观察着尸体的伤口，蓦然抬头又看了看窗户，见窗户上的一块玻璃留下了一个弹孔，窗户外面正对着街道，而街道的对面有楼房，刚好能够举枪射击。

沈放一双眼睛还盯着对面，身后的江副官与他打趣："您不知道，董腾死的时候，正和自己的姘头风流，没想到直接脑袋开花了。”

这样的窘态，想来都觉得有些滑稽，只是人死了，多少有些不大敬重。

沈放忽然转头：“那个女的呢？”

江副官回话：“那女人叫香琴，应该正在警察局做笔录。”

军方的人多次遇害，事态越发地严重和棘手了起来。

先到警局的审讯室走了一遭，而后沈放回到了军统一处的大楼。

他径直走到罗立忠的办公室门口，敲了门之后得到应答便直接走了进去。

办公室里罗立忠举着杯子正喝水，见来人是沈放，忙笑着招呼道：“沈老弟，今天忙得怎么样？”

沈放直接走到罗立忠面前，手里拿着一个文件袋，将手往桌面上一撑，微微俯身瞧着罗立忠：“浴室的凶杀案有中统的人在查，我懒得跟那帮人打交道。不过，又来了一个案子，罗处长可能会有点兴趣。”

罗立忠搁下茶杯一笑：“哦？是什么案子？”

“上次那个来找你的那个姓董的死了。”

沈放说着，将手掌下压着的文件夹朝着对面推了过去。那个人当日分明是有事要求罗立忠，现在出了这样的事情，他定是知道一些消息的。

他一双眼睛死死盯着罗立忠，却见他依旧只是淡然笑着，并没有翻看的意思，回答的语气十分轻松：“我已经知道了。”

“那你肯定也知道，这个人是从绥靖军过来的，还曾是保安团的团长。”

沈放补话道，却没想到罗立忠点了点头，竟然主动跟他说起：“不光是这些，他还曾带着手底下的保安团跟在日本人后面无恶不作，有一次借清乡之名，打死了一个乡绅，还把人家的姨太太和女儿都给强奸了。不过事主有个儿子混到重庆去了，还进了组织部，人家一直想对付董腾。董腾为了平事儿，没少下功夫。”

听完这一番话，沈放才算是懂了他的意图。

“你觉得他的死是有人寻仇？”沈放问道。

罗立忠似乎察觉到了他眼神中一些不大对劲的东西，眼珠子滴溜转了一圈，接着一边拉开身边的抽屉，一边回话道：“是不是寻仇我无所谓，董腾那家伙本来也该死，不过现在倒是有一桩事儿得处理一下。”

他紧接着缓缓拿出几沓钞票放在沈放面前。

沈放看了看，会心一笑，将那沓钱捞在手里打量着：“还是美金呢。”

这时候事情已经十分明显了，罗立忠要做什么，沈放的心里一清二楚。果然，罗立忠开始出言给他自己开脱："这是前几天那个姓董的给的，他希望我能帮他把这事儿摆平了。不过我一分没动，你看，这些钱该怎么办？"

沈放看着他："您觉得怎么合适？"

罗立忠轻轻舔了舔嘴唇，这是头一回和沈放打交道，还不知道他究竟是个什么心性。

"按照以前的规矩，交一半，留一半给一处兄弟发奖金，你的那一份我也给你留下了，你看这么做合适吗？"

"咱们自己分了？"罗立忠这样做事不难预料，沈放刻意表现得十分意外。

"觉得不合规矩？"罗立忠优哉游哉地点了根烟，沈放没说话，他开始拉拢沈放往自己这边靠："你知道抗战期间局里兄弟们的津贴是多少吗？"

"我可是一直在日本人那边，军统局的情况我不清楚。"沈放尽量保持着与他疏远的感觉。

"大家是按军衔发饷。在军队里，上将八百块，士兵十块，是法币不是袁大头。还是戴老板对兄弟们好，在津贴上从不打折扣，可抗战八年，物价也涨了八年，虽说士兵的月饷也从十块涨到了五十块。不过，你也知道，这五十块钱现在够干吗的？"

沈放知道他的意思，冷冷回话："还不够下馆子吃两顿饭的。"

军饷多少与他毫无干系，如今这话倒是有些暴露他，这种事情，他似乎常做。

罗立忠很满意他的回答，有些激动地迎合："是啊！一年前咱们一处行动队几个兄弟去前线执行任务，死了两个，残了一个，还是经过戴老板特批，殉职的兄弟家属才拿到了二十块大洋。"

说着他还叹了口气，表现得十分感慨："二十块大洋，一条命就没了，咱们军统的兄弟这八年就是这么过来的。"

为了择清自己，他倒是费心费力的，还给沈放准备了这么一场苦肉计。不过眼下沈放也不好与他多作对，该问的也问了，没叫他拿住自己的把柄便好。沈放终究还是松了口："明白了，这些钱就按照罗处长的意思办，你是给兄弟们谋福利，现在胜利了也该过点好日子了，也省得他们炒股票的炒股票，赌马的赌马。只是，我的那份就不用了，我不缺钱。"

苦肉计里还下着套呢，沈放可不想就这么与他绑在了一起。

罗立忠又笑了："难得沈老弟如此大方，那我就替兄弟们谢谢你了。"

他想着的事情得了逞，连面色都轻松了下来，却听沈放继续说着："谢倒不用，前几年在日本人那边我倒是没怎么吃亏。不过这姓董的被杀，我还是觉得有问题。"

"你有兴趣就继续查，不过麻烦又不讨好的事儿，最好躲着点。"

既然得了便宜，眼下卖他些忠告，也好给以后的相处打个好底子。

说到一半停了一会儿，罗立忠将声音压下了一些："南京城接连死了三个，都是军队的人，而且以前还都跟日本人勾结过，这并不是普通的凶杀案。你想过吗，谁会干掉他们？"

沈放心间了然："日本人投降了，地下党是不搞暗杀这一套的，只可能是军队内部出了状况。"

"老弟说得很对，这样的案子你就算找到真相又能怎么样，能比你抓到一个地下党功劳大？还不知道会得罪什么人，对吗？"

罗立忠面目皱成一团，看得出来，这样麻烦的事情，他向来都是不愿意多管的。沈放该问的也问了，该听的也听了，便只点头："有道理，多谢罗处长指点。兄弟不懂的地方太多，日后，还要靠罗处长您多提点了。"

罗立忠身为他的上司，说了这么多，他也不好让人家失了面子。

"都是一家人，好说好说。"罗立忠满意一笑。

隔了几天，沈放再一次遇见了那个警察局缉私大队的副队长汪洪涛。

他本开着车在南京街道上转悠着，愁绪涌上心头，歪着瞅了一眼旁边副驾驶的位置上放着的一张报纸，上面的广告版面上依旧刊登着修补双面绣的广告，但依旧是无人问津。

难不成他就这样成了一个脱群的孤鸟吗？

紧接着他叹了口气在一家元宵店门口停了车。他下车准备买炸元宵，一只脚刚刚落地，身后头便有只手拍在了他的肩膀上。

沈放回头，汪洪涛依旧穿着制服，不过脸上还是那股子痞气："沈专员。"

沈放当即便将他认了出来："是你？"

"对啊，我这不巡逻吗？又遇上了。"

"你不是缉私队的队长吗，还用巡逻？"沈放将身子完全翻转了过来，有些疑惑地问道。

汪洪涛嗤笑一声："唉，我不过是芝麻粒大的一个小官，这压马路的活儿我不干谁干？”

他身子晃着，沈放瞧着他，不知他究竟意欲何为。话说到这儿似乎多少有些尴尬，汪洪涛抿了抿嘴，干脆直奔主题：“对了，上次就说要请你吃饭，今儿是巧了，择日不如撞日，怎么着咱们都得下馆子吃一顿，沈专员你怎么也得给我一个面子吧？”

沈放有些犹豫，对方却不管不顾，直接上手将他扯着：“沈专员，不就一顿饭吗？行了，跟我来吧。”

说着两个人推推搡搡地进了路边的一家饭馆。

饭馆内，两人坐定。

服务员上前问话：“请问二位先生需要用点什么？”

汪洪涛表现得像是经常来一般，十分的轻车熟路：“店里的招牌菜来上三五个，再给我温点绍兴花雕。”

沈放本是有些不情愿，不过眼下瞧着面前这人，皱眉一笑，觉得好像还有点意思。

“你还挺大方。”

他说着一边张望了一番店里的情况，目光重新回到对方身上的时候，汪洪涛表情夸张道：“那是，难得和党国的大英雄吃上一顿饭，我高兴。”

沈放心里本就不舒畅，有个人陪着倒也不错，他才安下心，酒已经端了上来。

汪洪涛举杯道：“我先敬你一杯。”

沈放应付着喝了，他却好似在这儿等着呢，继续道：“咱喝过酒，就算有交情了，沈先生有啥用得上我的，尽管跟小弟说。”

“我能用上你？”沈放好似听到笑话一般。

汪洪涛模样正经，一副被蔑视后的不服气：“别小看人啊，我可是缉私队的，南京这地面我人头可熟。”

“是吗？那你应该知道最近的几个案子吧。”他本不过是随口一说，为了看他笑话罢了，汪洪涛却意料之外答了句：“你说的是东升宾馆和西井胡同浴室的案子吧？连着死了三个呢。”

“你还真知道？”

汪洪涛从皱眉转为笑脸：“那当然，不是我吹牛，这金陵地界上的大事儿小事儿，只要我汪洪涛想知道的，一件都不会落下。”

他一副证明了自己的模样，完了还不忘问一句：“你们是不是觉得军队内部相互整事儿呢？”

“你怎么看？”沈放来了些兴致，这些事情往往当局者迷，他眼珠子盯着汪洪涛，开始夹着桌上的菜送进嘴里。

“我觉得不像。”沈放微微瞪眼，表示疑惑，他便又解释着，“你想，死的那三个刚花了大把的银子把自己的官位搞定了，赶上委员长要还都南京，就算有天大的仇，军队里的人也不会在这时候惹事儿，除非吃饱了撑的。而且从这三人的死法上看，像是动私刑，所以一定不是军界在位的人干的。”

这话分析得头头是道，有些见解，沈放对汪洪涛更来了兴趣。

“以前办过刑事案？”

汪洪涛却完全像个街头混混一般，满身的匪气，坐着还要将一条腿抬起来，脚后跟搭在板凳上，一脸不屑：“在凶案科干过几年，没啥油水，后来不干了。我劝你也别管，这样的案子就是无头案，最难破。”

“对了，中统党政调查处的沈林沈处长是不是你哥？”他这话茬子倒是转得十分的快。

“知道你还问？你查户口？”沈放撂下筷子不吃了。

汪洪涛笑嘻嘻：“这不是你们沈家厉害吗？你爸、你哥加上你，一门三杰啊。好多人想跟你拉关系还拉不上呢，今天咱能在这儿喝酒，是我多大的荣幸。”

沈放歪着脸：“你不会是因为我哥才跟我这儿攀关系吧？”

“哪能呢，咱没到那个级别，攀上你家也没用。”

沈放这下笑了，倒了酒要主动敬他，心里的想法也不藏着噎着了：“你这人还挺有意思。”

汪洪涛举杯与他碰了后一饮而尽，咋着舌头品了品酒的味道，又道：“交朋友，交朋友。指不定以后谁能帮上谁呢。你这人好，没架子，不像那些军统的科长、股长什么的，一个个鼻孔朝天。”

“鼻孔朝天我怕闪了脖子。”与这样的人说话，连沈放自己也被染上了这样的调调。

汪洪涛闻言大笑：“哈哈，有道理，对了，我得了两张著名话剧《笑与泪》抗战胜利后首演的票，明天晚上，女主演是当下最红的女明星，怎么样，有空咱们去看一场？”

“好啊。”

许是每日都过得太没劲了，沈放鬼使神差地应了下来。

次日，天光一点点地暗下去，华灯初上。

光明戏院里，沈放跟汪洪涛走进了剧场，找位置坐下，张望一眼周遭，发现看戏的人很多，各界人士都有出席。

随着剧场开场钟声响起，喧闹声一瞬间便消失了。

台上幕布紧接着缓缓拉了开来，可当演员出现在舞台上那一刻，沈放瞪着眼睛看着舞台上的人物，突然间有些呆住了。

舞台中央，一个美貌端庄的女演员跃然于眼前，沈放仔细打量着，眼睛里只有那身子在台上来回动弹着，只有那张脸温柔地笑着，但是她在说什么、做什么，都被沈放忽略掉了。

汪洪涛似乎感觉到了沈放的神态不对，轻轻推了推他，摆头问道：“怎么？这个女人你认识？”

沈放点了点头：“很早以前的同学，叫柳如萍。”

“现在改名了，她可是当红明星，叫柳如烟。”汪洪涛向他解释着。

沈放没有说话，目光也从未挪移开，这会儿汪洪涛笑了：“好像你们有一段故事？”

沈放亦是微微一笑，却没有回答他。

演出结束后，大幕重新拉开，柳如烟等人谢幕，不断有人上台给她献花，其中有一束白色的百合花很是显眼。

看到那花，沈放自言自语：“他果然也来了。”

汪洪涛不懂他什么意思，皱着眉问着：“你说什么？”

沈放终于摆头看向了他，抿了抿嘴，动了动已经有些僵硬的脖颈：“没什么，也许一会儿就能见到熟人。”

他话音刚落，剧场里忽然间传来一声枪响，紧接着观众席上的一个军官被一枪毙命，倒在地上一动不动。

这一声动静之后，众人一哄而散地往外逃着，场面变得十分混乱。

此时此刻，沈林就在二楼的包厢中坐着，事发突然，他迅速掏出枪来冲出包厢，向着枪手隐藏的方向追了过去。

沈放目光瞧见了他，紧接着便跟了上去。

在剧场二楼的走廊里。沈林看到一个黑影，那人身后背着一个长长的帆布包。

兄弟两个人很默契地分头追踪着。经过一番追逐，终于将那黑衣人堵在剧场走廊的尽头。

那是条死路，后面只有一扇窗户。

那黑衣人戴着面具，看着兄弟二人追过来，定了定神，转身疾跑，猛地纵身一跃，居然直接破窗而出。

人往那窗前一凑，只见窗外是个窄巷，那人跳到了对面的房顶上，然后消失在夜幕之中。

沈林和沈放皱着眉头相互对视了一眼。这时，汪洪涛气喘吁吁地赶过来，咋咋呼呼地问：“人呢？人呢？”

一抬头，汪洪涛看到了沈林。

汪洪涛很是殷勤：“您就是中统的沈林处长吧，久仰，久仰。”

说着他掏出名片递了过来：“鄙人，警察厅缉私队汪洪涛。”

沈林方才在二楼上瞧见了他和沈放在一起，这会儿也没有驳他的面子，接了过来，却没有正眼看他。

沈放倒是打量了一下汪洪涛：“我说你这警察也该减减肥了，跑这么点就累成这样。”

汪洪涛只笑着，气息还是没有调整过来：“我又不是侦缉队的，再说有你们中统和军统在，哪儿轮得上我啊。”

这话才说到沈放的意思上了，沈放朝他使眼色：“知道没你什么事儿还跟这儿待着？”

“也是，也是，那我就不打搅两位办案了，先告辞了，告辞了。”说着汪洪涛又气喘吁吁地走了。

沈林看了看汪洪涛的背影，眼神复杂：“他是你朋友？”

“刚认识没几天。”沈放看着沈林说道，毕了又问：“怎么了？”

“这人不简单。”沈林一本正经地说。

沈放拍了拍身上的土，也随着看了一眼，没看出什么稀奇，扬了扬眉毛问：“怎么说？”

“他的气喘吁吁是装的，额头上没有汗。对我的殷勤也是装的，他的眼睛一直在转，要么是他心虚，要么就是他心里藏着别的事儿。”

沈放笑了：“一个小警察见着你这党政调查处的处长，能不心虚吗？我是没想到今晚的演出你会来。”

沈林将头转了回来，对汪洪涛的猜疑也就此打住：“我也没想到你会出现。”顿了顿，又说道，“以前那柳小姐可来过咱们家。”

他们两个人曾经都对这个柳如烟有过心思，仔细想，倒像是情敌一般。

沈林却没有眼色：“对，还被父亲骂了。”

说到这里，两个人都停住了。

沈放脸上漾起些不满："你就像是父亲的奴隶，什么都听他的。要不是父亲，你不会娶一个自己不喜欢的女人；要不是父亲，母亲也不会那么早就病故。"

小的时候沈柏年对他造成的阴影实在是太大了，他索性将所有的过错都归咎到他那个封建的爹身上。

沈林却冷然，就是那副德行："一个家要有一个家的秩序，这是规则，而且父亲有父亲的原因。"

"这都是什么规则！别跟我说那老头有病，对，他是有病，他心里有病！"

看着狂躁的沈放，沈林有些无奈，一说起沈柏年他就是这个样子。

"你怎么了？你这个性子怎么可能在日本人那儿潜伏那么久？"

沈放苦笑："现在的我是不可能。"

说着沈放指了指额头："如果你这儿也有弹片，你就知道我为什么是这个性子了！"

这样的争吵总是毫无意义却又无可厚非。

往后几天，董腾的化验结果出来的时候，沈放到军统大楼去了一趟。

走进了技术科，科长正在整理着化验报告，一抬头看到沈放，毕恭毕敬道："沈专员。"

说着科长便拿出一份资料和一个托盘来。

沈放接过资料，顺便瞧了一眼，托盘里是一颗弹头。低头一边翻看着资料，那科长一边向他解释："我们对死者体内的弹头和伤痕做了化验，通过弹道的痕迹和弹头的分析，作案工具应该是一把经过改装的步枪。"

"改装的？"沈放有些惊奇。

"没错，射出的子弹是制式步枪的子弹，也可以用在狙击步枪上，不过军工厂出来的制式步枪和狙击步枪在那种距离下，子弹的威力会穿透死者，伤到后面的人。"

说着他用镊子拿起托盘的弹头展示给沈放看："可这个弹头只停留在了死者身体里，只有对子弹的含药量和枪管进行改装才可能有这样的效果。"

竟有这样的细节，沈放哼笑一声，瞧着弹头若有所思。

"看来枪手算得很准，而且对枪械很熟悉。"

那科长也迎合他，且给了他另一句判断的话："您说的没错，我觉得只有上过前线的狙击手才可能有这样的本事。"

沈放听着挑了挑眉，忽然又皱了起来。

出了技术科，沿着楼梯上了二楼，便是军情一处的办公区。沈放刚上楼梯就看到一处公共办公区热热闹闹的，军官们三三两两地聚在一起扯着闲篇。

有人拿着报纸谈着黄金价格，有人谈论着买什么股票，有人说着昨天晚上夜总会里的姑娘，还有赌场上谁输了谁赢了……

他从其中路过，有军官看到沈放过来，马上把报纸、马经收起来，而有个军官可能是昨天晚上赢了钱，还在兴致勃勃地说着，完全不知道沈放已经在他身后。

沈放也不着急，就站在他后面不出声，只是听着。

“昨天我手气不错，连赢好几把，一路天牌，我可都赶上了。”他一边说着一边大笑，对面的人给他使眼色，他没明白过来，依旧还在接着说。“怎么，你不信？真的，连开了十几把庄，我把前一阵输的都赢回来了。”

对面的人实在没辙了，咳嗽一声：“沈专员好。”

那人脸色一僵，连忙回头，看到沈放，一脸的尴尬：“沈……沈专员。”

沈放一笑没有说话，直奔罗立忠的办公室去了。

推门而入的时候，屋内聚集了好几个人，像是在给罗立忠汇报工作。沈放定神一看，那些站在一边的是一处情报科、外勤科的几个科长和行动队的吴队长。

沈放语气意外，道：“这是……”

这声音引起了罗立忠的注，他抬头看到沈放，脸上一笑：“沈专员来了。”

随后又出言打发眼前众人：“你们加派人手各自去准备，具体情况以后再向我汇报，去吧。”

几个人也不是没有眼色，点了点头便都走了出去。

门被从外面阖上，一声闷响，罗立忠整理完了手上的文件，从办公桌里头走了过来招呼沈放：“坐，坐。”

沈放坐到了一边的沙发上，那日的事情叫他如今不得不在沈放面前表现得亲近有礼一些，他干脆就挤在沈放身边。

沈放摆头问他：“怎么，一处有行动？”

罗立忠笑道：“老弟真是明察秋毫啊。”

明察秋毫？这还用察吗？召集处里这么多人有事儿没事儿的，傻子也看得出来。

“也没什么大不了的，军统局要加强内外安保，为委员长还都做准备。烦琐得很，不过这事儿你就甭操心了。现在局势还算太平。”

沈放趁机套话：“是不是真太平可难说，地下党在苏北的根据地是一天天地在壮大。”

罗立忠十分不屑：“国军八百万人加上美国人的支持，地下党那百来万人能怎么样？”

说话间，他从沙发上站了起来，似乎不想多谈，忙将话题转移：“你来得正好，前几天，有个朋友给我带了罐茶叶，上好的碧螺春，正好给你尝尝。”

翻开桌子的抽屉，罗立忠将一罐茶叶找了出来递给了沈放。

沈放接了过来：“这可不好意思了。”

罗立忠重新坐了回来，不想继续方才的话题，又转而问他别的：“跟我还客气，对了，你查的那几个命案，有进展吗？”

沈放眉头一皱，摇摇头跟他汇报：“浴室死的那两个找不出最近得罪过什么人，而且他们俩是从伪军晋绥军投诚过来的，也不会在南京有什么仇家。董腾的案子我也问过，他得罪的那帮人应该也只是想治他的罪，想买凶杀人何必还走官道。”

他调查得这样仔细，罗立忠似乎有些惊诧，不过这结果没有一点新奇的地方。

“跟我想得差不多，只是没想到老弟对这案子还挺有耐心的。”

耐心？沈放一声哼笑，觉得他这话说得着实轻松。他看着手中的茶叶罐子，来回翻转着，用有些抱怨的语气说着：“光我一个人有耐心有什么用，案子毫无头绪，一处的兄弟好像也没什么心思，该炒股的炒股，该买黄金的买黄金……”

这是事实，他亲耳听到的。

“罗处长不过问一下吗？”沈放问。

罗立忠叹了口气，一脸的无奈，倒像是自己受了委屈一般：“管是该管的，不过上头老吵吵让军统改组，以后人员编制什么样大家心里都没底，懒散点也情有可原。”

“那也不能案子都不管了。”

“慢慢来吧，听说中统那边对这事儿也有动作，倒不如就让他们去查好了，咱们何必操之过急。”

沈放本还想说什么，不过看到罗立忠悠闲的样子又忍住了，只礼貌一笑："罗处长说得是，人还是该清净点好，那没什么事儿我先走了。"

他拿起茶叶罐，走到办公室门口又回头，扬了扬手里的茶叶罐："谢了。"

罗立忠回话："你先喝着，要是喜欢，我再让朋友弄点儿。"

沈放拿着茶叶罐走进走廊，一边有江副官递过一沓资料，走了过来："沈专员，这是您要的退伍狙击手的调查报告。"

沈放接了过来，随便翻了翻，点了点头，又将茶叶和调查报告一并递给了江副官。

"送我办公室去。"

第八章
CHAPTER 8

旧友复相见，感情挫折深

日光照耀下的中统大楼，不显得明朗，反而多了些阴沉。

走廊中，沈林走到叶局长办公室门口，隐约能够听到屋内有人正在训斥着。

他敲了门，里头传来声音："进来。"

随后他推门而入。

整个房间内气氛有些紧张，叶局长正在训斥吕步青，怒气冲冲地问："你不是向我保证一周内拿出口供吗？那个陈伟奎的嘴巴就那么严实？这是内政部都很重视的案子，我从重庆赶过来就是要知道结果。可这已经是第八天了，你得到了什么？"

沈林脑袋一转，那日吕步青审问的画面他还记忆犹新，不想那个叫陈伟奎的这般有骨气。吕步青那可是出了名的狠辣，竟也没办法叫他开口。

"局长，再给我两天的时间，我一定让他张嘴。"

他审讯很少失败，这样的话说得不多，脸上还有些窘迫。

对面的叶局长先瞧了一眼沈林，像是还想给吕步青留些面子，继而摆手轻言："得了得了，保证的话就不用再说了，尽快给我结果，你先下去吧。"

吕步青应了一声，说完转身与沈林擦肩而过，走出了办公室。

沈林方才立在边上瞧着，这会儿才走上前，将一沓资料递给了叶局长。

"局长，这是我对部分贪腐官员调查的情况汇总以及分析。"

叶局抬手接了过来，随意地翻了翻，继而眉头紧锁："这么多人？"

他知道沈林向来一丝不苟，也知道这其中大概的情况，却还是被沈林的这份资料给吓了一跳。

“是的，我们最近一共调查了各层级官员十三名。”

叶局长满意地点头，搁在桌案上抬眼夸他：“不错，很有效率。”

沈林却一脸还做得不够的模样，继续说道：“这只是部分案件，涉及贪腐的人员还有很多，大都是借着接收日伪资产的机会大肆敛财。”

听他这话的意思，难不成打算将这南京城的官员都查个底儿朝天？

叶局长虽然表现宽慰，但脸色还有一丝尴尬，底下一堆烂货，上头的人可见一斑，总归不是什么好事情。

于是他劝着：“沈林，努力是应该的，但是有些时候手也不要这样紧，该温和的时候还是要温和一点。”

沈林却耿直得不得了，义正词严道：“局长，这些被查的官员都是证据确凿而且情况非常严重……”

叶局长见他不开窍，忙出言提点：“咱们凡事要讲分寸，南京是首都，不说歌舞升平，总不能让人说成腐败横生吧？这可不是一件光彩的事儿。”

可榆木疙瘩终究硬邦邦，沈林依旧不死心，他张了嘴还未说话，叶局长忙打断他，了结了这个话题：“好了，肃贪的事情先告一段落，你的时间和精力可以用来协助调查一下那个地下党分子陈伟奎。”

令明确下了，而且傻子都看得出来，叶局长眼下不大高兴。沈林这才将到嘴边的话给咽了下去，可叫他接手吕步青的案子，只怕那个本就不大服气自己的主儿，气会更大。

“这是吕科长接手的案子，我插手恐怕不太好吧。”沈林皱了皱眉，有些为难，叶局长瞧着他那模样更加惆怅，该圆滑的时候直得像一根钢铁一样，该硬挺的时候，却又思虑这么多。

叶局长彻底将脸拉了下来：“不管是谁的事儿，挖出内部的地下党分子才是重中之重。现在是关键时期，原来汪伪那边不管是军队还是政府都过来了很多人，背景都复杂得很，很有可能混进来地下党！这次抓到的陈伟奎不过是个小角色，我们需要找到更大的鼹鼠！”

沈林挺身，声音洪亮：“是。”

叶局长出了一口气，深觉对这样的人还是不要商量的好，既而又安排着：“从今天开始，我正式命令你在党政调查处成立特别调查组，调查所有国民党体系内潜伏的地下党，一旦找出来这些人，直接向我汇报，任何人不得过问！你应该不会让我失望。”

虽然沈林这个人性子执拗了些，但他办事还是靠得住的，这一点叶局长深信不疑。他说着将手轻轻往沈林肩膀上一搭，却瞧见沈林似乎有别的考虑。

“我一定尽力。不过……”

“有什么想法你就直说。”

沈林咽了一口唾沫，听了叶局长的话后像是得了勇气，干脆直言不讳：“让我参与陈伟奎的案子，我就需要了解陈伟奎所有的资料，包括抓获他的情报来源，只有全面掌握情况才能更有效地审讯陈伟奎。”

原来是在这儿等着呢。

叶局长意味深长地一笑：“你这是话里有话啊。”

“吕科长最近的行动频繁，比较反常，如果中统局有特殊的情报来源我必须知道，否则我的工作无法彻底开展。”

这话的由头倒也能够说服人。既然放心让他去做事，那么用人不疑，也没有什么好瞒他的。

叶局长一笑，先是夸赞他道：“怪不得前任徐局长一直说你是不可多得的人才，果然什么都想得到。”而后他才顺着沈林的话讲着，“局里的确是有特殊的情报来源，是我们向军方要了几个身份特别的日本人，田中贤二，你应该还记得？”

田中贤二？不就是那个配合他刺杀过加藤毅一的人吗？

沈林眉头微蹙：“记得，他原来是日军派遣军司令部情报处的。”

叶局长点头道：“这个日本人现在在我们手里。他很有用，给了我们很多资料，让我们挖出了系统里的很多地下党。”

这话叫沈林的眉头皱得更紧了。当年他可是对田中有过承诺的，没有想到，事情会变成这个样子。

“他应该被送上军事法庭，这样做恐怕……”有了刚才的事情，他话说到一半，忽然间欲言又止。

叶局长瞧他模样倒是有些孺子可教，冲他一笑，缓缓说道：“我知道你反感日本人，我也一样，但这个田中是可以利用的，你可以见见他，他现在不过是个日本战犯，能为我所用没什么不好。”

沈林略为迟疑了一下，但最终还是点了点头。

“记住，这种情报来源不要张扬。”叶局长嘱咐道。

从叶局长的办公室离开，得了命令的沈林有些迫不及待，当即便开始了调查的工作。

监狱的走廊阴暗而冗长，他在一个牢房管理员的引领下，缓缓走向那间关押着田中的牢房，脚步声回荡着。

两个身影在牢房门口停下来的时候，牢房管理员打开牢门对沈林毕恭毕敬道："沈处长请。"

沈林走进牢房，四处看了看，发现四周墙壁上写满了密密麻麻的数学公式，密集的程度甚至可以引起人视觉的不适。

这叫沈林觉得十分惊诧。

一个穿着囚服的人就趴在窗台上，此刻正背对着门口，在仅留下的一个空间上用粉笔还在写着，一边写一边嘴里还念叨着什么，听不大清楚。他十分入神，连牢门打开的声响都没有打断他。

看守用警棍敲了敲牢门叫他："2139号。"

那人依旧没有抬头，不过此刻用生硬的中文回话道："不好意思，稍等我一下。"

直到把最后一个数字写完，那人转过身来的时候，沈林才仔细打量起了那张脸，他留着平头，此刻脸色苍白，鼻子上依旧架着一个黑框眼镜。视线再往下挪移，那一身的囚服一丝不苟地穿在他身上，连领口的扣子都系着。

田中带着诚恳的微笑看着沈林，沈林问他："你还记得我吧？"

日军败退，如今他落得这样的地步，全是拜沈林所赐，他怎么敢忘了这张脸。

"当然了，沈先生，看来我们又可以合作了。"

他说着便举手欲和沈林握手，可沈林并没有伸手，也没有说话。他的手在空中停留了片刻，有些尴尬，继而他又把手放了下来。

沈林知道他的心思，眼下这样的情况，他还真是够忍辱负重的。沈林一双眼睛静静地盯着他，道出真相来："你不用假客气，当初你愿意合作，也只是为了保命。现在你表现得毕恭毕敬，其实内心你是讨厌我的。"

田中转头避开沈林的视线，模样却不似一个阶下囚："讨厌谈不上，身为一名合格的情报人员，要尽量克制自己的情绪。"

"你很自信。"沈林倒是有些佩服他，异国他乡，如此境况，却还是能够静如止水。

"是的，事实上，自从住进这间牢房，我就一直在等待你的再次出现。"

田中这样的一句话倒叫沈林没想到，他皱眉往边上挪了一步，更好地与他对视，问道："你知道我会来？"

"只是推测。是不是一定会发生，我不能确定，但是我喜欢推测的是什么人会在什么时间再次出现在这间牢房。”听起来这样的游戏他倒是玩得乐此不疲，从他墙上写的东西就可以看得出来。

沈林好奇道：“那你的推测准确吗？”

“你的出现比我预想的要早一天。”田中神秘一笑。

沈林好奇更甚：“哦，我还来早了？”

田中脸上的笑容并没有散去，反而洋溢了开来：“是的，自从上次给吕科长提供了地下党的线索，已经九天了。这九天之中没人再找过我，如果你们中统调查顺利，你是不会来的，如果遇到困难，人一般忍耐的时间不会超过一个星期，鉴于你们是中统的情报人员，所以我多给了两天。”

他笑得很让人讨厌，因为那笑容里总有种阴险的感觉，仿佛是他天生独有的气质。

沈林不喜欢田中的说辞，此刻他注视着田中，语气笃定：“你的分析和判断不足以改变我对你的看法，而且我不太喜欢你的笑容。”

“合作是互惠互利的，和笑容没有关系。”他接话很快，像是收敛了一些，随即又放弃掉，因为他说的一点不错。

“好了，说正事吧，你是怎么发现陈伟奎的？”沈林已经有些不耐烦了。

田中清了清嗓子，一屁股重新坐在地上，瞧着墙上密密麻麻的公式，似笑非笑。

“因为记忆力。”他说着转过头重新看向沈林，“你们的人让我看了南京政府接收汪伪政府人员的资料，很多人是从汪伪政府直接就进入了南京政府。这个陈伟奎就是其中一员。

“他原本在伪政府的审计处工作，因为表现良好被留了下来。1943年，我所在的情报处摧毁过一个地下党的地下情报系统，里面有个叫陈锡坤的人，虽然人没抓住，但我见过这个人写的报告和资料，笔迹我记得很清楚。所以当我看到陈伟奎的笔迹时，突然想起了陈锡坤，对比之后，我认为这两份笔迹出自同一个人之手。”

沈林似乎听到一个笑话一样：“你就那么相信自己的记忆力？”

沈林觉得有些不可思议。就因为这样一个猜测，那若是猜错了，就算将陈伟奎折磨到死他也说不出来半个字。

“记忆力不好的人是学不了数学的。我很佩服这个陈伟奎，因为隐藏在南京伪政府里面是常人想不到的，很大胆却很安全。这样有胆识的情报人员，普通的刑罚对他是不起作用的，所以我觉得你们迟早会再来找我。”

田中的模样一本正经，丝毫不像是在开玩笑，一步步说出他的想法来，也像是在给他自己铺路，这样严密的思维逻辑下，倒叫记忆力这个说法有了一定的可信度。

沈林停顿片刻，似乎选择相信他了，继而淡淡地说道："你对审讯也有办法？"

田中是个聪明人，说话喜欢打哑谜。他缓缓凑近沈林，低语道："到达目的地的途径有很多，如果前方有石头不一定非要搬走，绕过石头也可以到达目的地。"

"你有什么话就直说吧。"

沈林向来不喜欢拐弯抹角，而田中也没有觉得尴尬，神色坦然，开始解释："陈伟奎是镇江丹阳人，家里还有一个瞎了眼睛的老母亲，今年都已经八十多岁了，他家兄妹三人，他是老大。妻子早年病故，家里有一儿一女。他以前的资料上是这样写的，我觉得很多信息都可能造假，但是他有个母亲应该是真的，中国人一般不会用自己的父母撒谎。"

"你好像是在提醒我，中国人最害怕的是什么。"沈林听了冷然道。

田中却不管他，继续说着："任何种族的人都一样，只要是有血有肉的人，都会有情感。"

他说这话时语气还算正常，而后突然变得若有所思，语调低了下来："不过，地下党真的很可怕。他们几乎是无孔不入的，你们国民党的各行各业都被他们渗透了，身边的朋友、同事，甚至家人或许就是潜伏很深的地下党。他们最擅于长时间潜伏，仿佛弃之不用，实则适时待发。这些都是他们的可怕之处。"

"你对他们很了解，还有什么？"

沈林跟他说话，心里越来越觉得，对付地下党，他必定是自己的一个很好的帮手。

田中这么多日子以来等的就是今日，如今终于有机会，自然要好好把握。此刻他目光微微向上斜着，若有所思："我能说的只有我的推测，虽然是推测，但我相信一定有比陈伟奎更大的鼹鼠已经混进来了。我在派遣军情报处的时候就有很多谜团没有解开，到现在我还在好奇那些谜团的真相。"

从前打交道时，眼前的这个人便是一顶一的爱耍心思，如今也不知道心思是否单纯。沈林皱着眉头，语气不佳，像是在威吓对方："想解谜也得看你是不是尽力，否则你会继续在这牢房里写你的数学公式，也许是一辈子。"

只要是人，都是有欲望的，找对了欲望就能解决问题。他言外之意，是田中立了功就可以恢复自由。

接着沈林走出牢房去，门再度阖上了，里面的田中脸上露出一抹奇怪的微笑。

傍晚的南京城十分静谧，天边的日光已经消失了大半，西边天空隐隐还有些暗暗的猩红色。

沈放在街头闲逛，路过光明戏院时，看到门口挂着一张海报，上面是柳如烟的照片，他略微沉思了片刻，挑了挑眉，将眼皮子翻了两下，长舒一口气之后，他迈着步子绕去了戏院的后门。

后门在一条长巷里头藏着，天光下尚且能够瞧得见地方，沈放推开后门正要往里走，恰逢一个剧场工作人员从里面走了出来。

沈放没有说话，那人却将他拦了下来，像是见惯了从这里偷摸进来的人，一脸的不耐烦："你是干吗的？这是后门，看戏走前门，而且还没开场呢。"

沈放被轻轻一推，摆着脑袋，目光凌厉地瞧了那人一眼，将手伸进怀里摸出证件来亮了亮。那工作人员吓了一跳，让开了路，任由他走了进去。

戏院后台的屋内熙熙攘攘，搬道具的搬道具，调试灯光的调试灯光，还有人在安排着演员。穿过走廊，沈放瞥见了正在化妆间里的柳如烟，继而停了下来靠在化妆间门口。

柳如烟此刻正斜着背对他，对着镜子涂口红。化妆镜中映出了沈放的身形，她目光微微一斜便瞧见了。

她有些意外，化妆的手停下来，快速地回过头去看着沈放："是你？"

立在门口的沈放冲她一笑，继而直起身，朝着这边走过来，一边走一边说："怎么，你没想到我还会来找你？"

柳如烟十分自然地将身子重新转了回去，没有理会他，继续往脸上刷着粉。他有些惊诧，继续问道："怎么？跟我没话说？"

当年他们兄弟两个人都对柳如烟动了心思，柳如烟选择了沈放，可没过多久这个人就像是人间蒸发了一样，再也寻不到踪迹了。

"马上要开演了，我没时间接待你。"柳如烟语气十分冷漠。

沈放耸耸肩，一副玩世不恭的模样，死缠烂打这种事情他太能做得出来了："没关系，等结束之后，我接你去吃夜宵。"

他笑着，柳如烟却似乎不大吃他这一套，像是学了沈林那一副冷冰冰的样子似的，她干脆地摇了摇头："对不起，我不喜欢吃夜宵。"

不喜欢吃夜宵？连说谎也不过脑子了，她对沈放的敷衍可见一斑，当年也不知道是谁晚上喜欢去吃蟹粉汤包，这才几年，喜好都变了？

"狮子桥的蟹粉汤包，我等你。"

沈放像是没听见她说话一样，自己设定好了一切，柳如烟态度依旧冷漠："我可没说答应你了，现在请你出去。"

"老朋友见面就这样？"他犹记得当年那个柳如萍，对自己可不是眼下这态度。

柳如烟还想反驳，这时候有个人过来拦在了沈放面前，说话态度倒是恭敬，却没有什么好脸色："先生，对不起，这是后台，我们要准备演出了，请您出去。"

沈放瞧了那人一眼，他今日也没有惹事的打算，只挤着眼睛玩世不恭地对柳如烟笑着："你想躲我？没用。"

说完便转身离开了。

夜色缓缓地将城市吞没，光明戏院前的招牌和霓虹都亮了起来。

沈放心里怀着坏点子，从后台绕回了剧场里。观众席一片漆黑，随着大幕缓缓拉开，舞台上却是另外一个世界，绚丽夺目、色彩斑斓。

方才在后台时听说今儿的票卖完了，柳如烟想着该是满座的盛况，可当她走出来正准备投入演出，目光朝台下一看，脸上的笑容即刻僵住。

虽说视线不大清晰，但还是勉强可以看得清楚，剧场内目之所及，座位上空空如也，只有正中央有一个熟悉的身影坐在那里，微笑地看着舞台。柳如烟只一眼便认出了那是沈放，她当即愣在舞台上，目瞪口呆，而且束手无策。

原来是沈放将这整个剧场包了下来。

沈放与她截然相反，倒是对她这反应十分满意，只一个人鼓掌，冷笑地看着舞台，与她说道："演啊，顾客买了票是来看演出的，你杵在那儿算是怎么回事儿？"

柳如烟一副不耐烦的样子，也不接话，就那么盯着沈放。

"你不演了？"沈放厉声一吼，态度恶劣。

柳如烟往前凑了凑，心上有火也不憋着，干脆直发了出来，她在头上随意扯了件首饰扔了过去，大声质问道："你到底要干什么？"

"看戏啊，我来剧场不是看戏，难道是来找人喝花酒吗？"

他长这么大，见过他的人都会夸赞他聪明伶俐，对付人的法子他不缺，且屡试不爽。

惹不起躲得起，柳如烟见状干脆转身准备下舞台。可不想沈放在她身后猛地踹了一脚前面的椅子，椅子碰撞发出几声闷响，这叫她又停下了脚。

沈放怒道："我是来看戏的，你敢不演，明儿我就让人把这儿给拆了，登报声明你柳如烟大明星罢演，我沈放说得出做得到！"

退到舞台旁边的柳如烟气得几乎要哭了出来，方才拦着沈放的曾牧之闻讯从台口跑过来，先是看了一眼沈放，继而又抚慰她道："演吧，我问过了，他是军统的一个头头，别惹他，就当是为了大家。"

他们这地方本就是人下人的地界儿。柳如烟迟疑片刻，最终咬了咬嘴唇，还是重新回到了舞台中央。

戏开了场，沈放面带微笑地看着舞台的演出，但笑容似乎有些僵硬，显然并不是真正的高兴。

散场之后，剧团的人三三两两走出光明戏院。

曾牧之答应柳如烟送她，两个人走在了人群的最后面。如烟显得有些疲惫，下台阶时，一个趔趄歪下身子去，曾牧之眼疾手快在后头将她扶住。

"你小心点。"

柳如烟被沈放搅了场子，本就不舒畅，这会儿更是烦躁。

"今天可真是烦人，连台阶都捣乱。"

她想到了沈放，这一言毕，结果即刻就听见了沈放的声音："看来柳小姐今天演得不好。"

他方才说散场了等她，柳如烟本以为这样一闹他便走了，没想到沈放精神这般足，阴魂不散。

她和曾牧之扭头，视线里，沈放就站在一边的车旁，正似笑非笑地看着他们。紧接着她脸上的笑容缓缓隐去，也不说话，直接拉着曾牧之便要走开。

沈放快步凑过来伸手将两人一拦，他傲然地对柳如烟说："你得上我的车，今天由我送你回家。"

"不用你送。"柳如烟已经有些不耐烦了。

沈放不放弃，依然挡在前面，加重语气："你听见了吗？上车！"

今日他干脆一不做二不休，柳如烟要是不由他，他自己都不知道会做出什么事情来。

只是两个人还没有吵上两句话，边上的曾牧之倒是开了口：“她说了，不用你送，请让开。”

怜香惜玉到他沈放的女人头上了？沈放不理，固执地对柳如烟说：“上车。”

曾牧之没有眼色，还指着沈放：“你这人怎么不讲道理。”

这下倒好，被沈放直接抓住手腕一扭，紧接着他“哎哟”一声腰就弯了下去。

沈放瞟了一眼弯着腰的曾牧之，又看向柳如烟，多少有些无奈。如今请她吃个夜宵，竟都要这般费心思了。

“你不上车，他可能就得受伤了。”

柳如烟先是气愤：“你！”

后又听见曾牧之哀声连连，她又无奈道：“好，我跟你走。”

沈放放开了曾牧之，回身给柳如烟拉开了车门。曾牧之倒是个痴情种，揉着胳膊还担心地看着柳如烟：“如烟。”

柳如烟摇了摇头表示她没事，跟着就上了沈放的车。

关上车门，车子绝尘而去。

夜晚的大街上，沈放问柳如烟：“你住哪儿？”

这样强势的态度她从前没见过，不过这样执拗的性子倒是沈放没错。柳如烟无可奈何，没好气地回应：“青岛路百花巷。”

沈放一笑：“好地方，你们演员倒是挣得不少。”

毕了他还想说什么，突然间脸色却变了，眉头狠狠皱在了一起，视线也逐渐模糊起来。耳边那熟悉的啸音又响了起来，沈放知道，这是他的旧伤又开始发作了。

他虽然强忍着，不过车子已经有些难以控制，开始在路上歪歪斜斜地扭动起来。

柳如烟当即便发现了不对劲，脸色焦急地问他：“你怎么了？”

沈放表情越来越僵，头痛欲裂，甚至全身都痉挛起来。这叫柳如烟害怕极了，她当即抓着沈放的手便晃了起来：“停车，快停车！”

下一刻，沈放竭力想将车稳住，但手上已经没有力气，车子一歪冲到路边，撞到了一边的马路牙子上，停了下来。

沈放靠在方向盘上，昏死了过去，柳如烟一声尖叫之后慌慌张张地推开车门下了车。她看着车里昏厥了趴在方向盘上的沈放，双瞳胀大，喘息声忽然急促了很多，咽了口唾沫之后，她选择转身匆匆逃开。

可不过跑了几步，路过街头的一个电话亭时，她停住了步子想了想，最终还是咬了咬嘴唇，走进了电话亭。

“喂，是仁爱医院吗……”

沈放再一次醒过来的时候，外头天光已经大亮。

四周雪白而又安静，他眼前模糊的视线渐渐变为清晰，最后瞧见一个护士正弯下腰打量着他。

“你醒了？我这就给你叫医生。”

说着那人奔了出去，再回来的时候，沈放已经兀自坐起身来。

他的病他自己再清楚不过了，如果不选择做手术，其他的治疗其实都是多余的。

“你头骨里有好几块弹片，这种痉挛是经常会发生的，这一次如果不是送医及时，后果不堪设想，我觉得你可能得考虑做手术，起码得住院观察几天……”

那医生说话的时候他已经下了地，开始窸窸窣窣换起了衣服。

“你这是……我还没说完呢，你的情况很复杂……”

那医生自然是为了他好，不过那些重复的话，他不想再听一遍了。

“这些我都知道，陆军医院说得比你详细。”

沈放从上衣口袋里掏出自己的军统局证件，在医生面前亮着。那医生有些意外，还没来得及应对，他已经走出了病房。

沈放开车回到公寓楼门口，停下车，他还是觉得有些头晕，他努力晃了晃头，让自己清醒一下，然后打开门下了车。

就在这时，另一辆轿车缓缓开了过来，就停在旁边。沈放特意看了一眼，车上面走下来的人正是沈林。

“哦，是你？”

他记着他并没有告诉过沈林他的住址，不过沈林想得到这些消息，那实在是太容易不过了。

沈林轻轻碰了碰他头顶上的纱布，他下意识一缩，等着沈林将手放下去，他才听到对方说：“我去过医院，但是没找到人，惦记你，就过来看看。”

沈放冷笑：“你对我很关照啊，我在医院你都知道。”

他的一举一动，沈林都很清楚，这个大哥似乎还在探究自己什么。是自己曾经在日伪的经历，还是其他原因？沈放在心里打上了一个问号。

沈林不置可否：“你身体不好，我早就想过来看看。今天正好看看你缺什么，有什么需要的，我给你办。”

“不需要，我不缺什么。”他今天刚受了柳如烟的气，这会儿瞧见沈林更是不舒畅，“我就不请你上去坐了，你是大忙人，而我昨晚也没休息好，想再补个觉。”

说完他头也不回走进公寓，上了楼。

中统办公室里，沈林从沈放的公寓回来。他将外衣脱下挂在衣帽架上，然后走到自己的办公桌前。

窗外有树枝阻隔了阳光，屋内很安静，没有什么摆设，黑色的办公桌椅显得较为清冷。

沈林坐下，抽出一张报纸来，看到了沈放征集修补双面绣的广告，继而脊背坐直了，用笔在广告上画了一个圈。

落笔之后有人敲门。他应了声，走进来的是李向辉。

“这是您要的关于陈伟奎以及当年他化名为陈锡坤的资料。”李向辉递给沈林一些文件，沈林放下报纸接过了文件。

这时候李向辉看到报纸上的圈，继而说道：“这则广告总共登了三次，看来您的弟弟对这幅双面绣还真有兴趣。”

沈林不语，瞧了瞧手上的资料对他吩咐着：“去准备一下，待会儿跟我去一趟审讯室。”

李向辉点了点头，走出了办公室。

沈林看着报纸上的广告，内心却波起云涌。

在他眼里，沈放以前从不喜欢这些小情小调的东西。他是个生性好动、四肢发达、运动神经也极为发达的人。可现在他居然如此在乎一幅双面绣。

是他变了吗？沈林有些疑惑，他的弟弟到底还藏着多少秘密，他都不知道。最后他叹了口气，将那报纸重新放进抽屉里，起身跟着李向辉去了审讯室。

李向辉打开门，沈林走进了审讯室里，李向辉紧随其后迈步立在门里头来。

室内气氛压抑，四周都是刑具，灯光散发了昏黄的光，光线阴暗。

屋子里吕步青正在用刑，被绑在桩上的陈伟奎被再一次打晕了过去，他极其不耐烦地喊着：“给我泼醒了。”

一个特务将一盆水猛地泼在陈伟奎脸上，随着身子一个颤动，那张布满了血迹的脸上，一双紧闭的双眼缓缓又睁了开来。

“接着打。”

吕步青因为陈伟奎的事情早些时候被叶局长呵责了一番，本就凶残的一个人，变得更加红了眼，完全成了个疯子。

那边特务还要动手，沈林连忙拦了下来：“等等。这么打下去他就能开口吗？”

吕步青似乎还不知道叶局长的意思，见沈林掺和他的事情，露出一脸不屑与嘲讽：“沈处长，行动科怎么用刑不需要你过问吧！”

他面上轻松恭敬，暗地里怕是会骂沈林狗拿耗子多管闲事。

沈林也故意刺激他，面露无奈：“我也不想过问，是局长让我跟进这个案子，也许吕科长的方式不太有效。”

“什么意思？你跟进？”

“怎么？不信？你可以打电话问问。”沈林十分悠闲，平日里他们就像是死对头一般，今儿更是杠上了。

吕步青也不管这些，沈林这个人纵使万般不好，也很少说这样的谎话，他干脆转移话题：“你凭什么说我的方式没效果？”

凭什么？陈伟奎若是个遭了罪就会开口的人，那就不会到如今这境况了；可他既然不是，那么这样的方法，只会叫他提早了结性命。

“你瞧瞧他现在的样子，再这样下去，这个人就没有命了，你也不希望他死前什么都不说，对吗？”

他如实解释着，还不等吕步青再说话，忙喧宾夺主道：“有什么想说的去跟叶局长说，我现在需要审问犯人，如果你想听，我乐意为你准备一张凳子，如果没兴趣，吕科长也可以出去休息。”

吕步青心上不服，这样的暴脾气怎么可能就这样屈于人下，于是只能愤然离开。他倒是不信，连他这样被人喊成活阎王的人都没法子叫陈伟奎开口，沈林能有几把刷子？

吕步青摔门而去，屋子里沈林开始了他的审问。

光线阴暗的审讯室内，血肉模糊的陈伟奎显得憔悴不堪。与他相反的，灯光下沈林的脸有些阴晴不定。

“把人放下来。”

沈林一声令下，便有特务上前将陈伟奎从刑具上放了下来，并把他缓缓移到一边的椅子上坐下了。

不仅这样，沈林接着说的话更叫人意外：“给他弄点热粥来。”

旁边的特务应了话下去，此刻陈伟奎神色意外，眼神惊恐地看着沈林。来硬的他倒不怕，绵里藏针却会让人招架不住。

一碗热粥不一会儿就端了上来，特务把粥放在陈伟奎面前，陈伟奎瞧着那丝丝缕缕冒出的热气，贪婪地吞了下口水。他已经被饿了许多天了，别说热饭，就连凉水也都喝不了几口。身体的本能叫他难以抗拒。

“吃吧。”沈林说着。

陈伟奎瞧他一眼，犹豫片刻，终于慢慢地伸出手。不过他的手因用了刑所以一直在抖动，根本拿不稳勺子。

沈林看着心急，干脆替他拿过勺子，动手喂他。

这样的阵势倒是叫陈伟奎招架不住了，他有些捉摸不透眼前这人的心思，开始不知所措起来。

“吃吧，我不会对你用刑，今天也不审问你，我是不想你死了。”

沈林模样真诚，说的也是实话。只是等了许久，许是觉得如今连死都不怕了，什么都无所谓了，陈伟奎才开始往上凑着，小口地喝着粥。

他一边吃着，沈林一边与他说话：“你的妻子和儿女还在等你回去呢，他们在老家过得好吗？如果有什么要我带的话，你可以告诉我。”

陈伟奎停顿片刻，依然没有说话。沈林方才一直紧紧盯着他的眼神，在提到妻女的时候，他并没有紧张和害怕，这说明他的资料并不真实。

想到田中的话，他继续说着："每个人都不想死，不是有句古话吗？好死不如赖活，你在镇江的母亲，还等你回去团聚呢？"

这一回，陈伟奎的表情清楚地抽动了一下。

沈林看到了陈伟奎脸色的变化，心里暗笑，果然田中的猜想是对的。

喂完了整碗粥，放下碗，他又递给陈伟奎一条热毛巾："我给你时间，你会明白跟我合作对你是最好的。"

今日一行目的已经达到，沈林心上满意，继而对李向辉吩咐："给他安排新牢房，被褥等物件也换个新的，换上干净的衣服，另外请个医生来，给他治伤。"

陈伟奎自始至终没有说话，只小心翼翼看着沈林的身影走出了审讯室，接着紧紧皱眉，许是猜不透这个人究竟想要做什么。

这样的疑问不过一晚，第二日他便了然于心了。

隔天天刚明，沈林又来了一趟。

陈伟奎的几处伤口已经包扎好了，头发也梳洗过了，人显得比较干净，衣服也是新换上的，就坐在床沿边上。这间牢房显然是特别优待了，窗户很大，有光线透进来，窗明几净，不太像是牢房，反而更像是一个休息室。

沈林一走进来，陈伟奎忙起了身，沈林用手示意他坐下，并问着："昨晚睡得好吗？"

吃饱穿暖了，却相比从前昏死过去更叫人难受，神智彻底清醒，那一晚叫他辗转反侧。

陈伟奎迟疑片刻："还好。"

沈林笑着："那我们可以谈话了。"

陈伟奎没有开口，他继续说着："我知道你不怕死，我也没法保证能保住你的命，但何必在死之前这么折磨自己？你也知道那帮人的手段，也许他们真的会把你母亲弄过来，让你看着用折磨你的方式去折磨你的母亲，你想这样吗？"

他已经开始向前挪着棋子了，可陈伟奎低头不说话，或许是还想着能够否认。

沈林看着他："我会给你时间考虑，但不知道其他人有没有这个耐心，尽快想清楚，我明天来找你。"

说完他便起身带着李向辉离去。

门再度阖上了，有锁门的声音传来，陈伟奎听着这个声音，有些动容了。

再过了些日子，南京城又开始了阴雨的天气。细雨霏霏的日子，光线暗淡，反而显得四周的树木枝叶浓密。

陈伟奎的精神好些了，穿着干净衣服，逐渐有个人样了。

只是这些天，他经常想起他的母亲。当年他离家远行，走远了后一回头，母亲依旧站在村口相送的画面还历历在目。想着想着他眼眶就红了，有眼泪落下。

某天，门突然“哐当”一声被打开了。

一名狱警带人走了进来，不由分说就把陈伟奎向外拖。穿过走廊，最后走进了一间审讯室。

“你们到底要干什么？”

那间审讯室内有人正在被用刑，惨叫声不绝。

陈伟奎似乎被吓着了，看着那人，嘴巴直哆嗦着，心里想着沈林的那句：也许他们真的会把你母亲弄过来，让你看着用折磨你的方式去折磨你的母亲，你想这样吗？

胆战心惊间，几个人越过这间审讯室，又到了里面的一间。

屋内只有两张椅子和一张桌子，一盏灯吊在桌子上面，昏黄暗淡，一面墙壁上安装着一扇单向玻璃。

李向辉坐在其中一张椅子上，冲陈伟奎说话：“坐。”

陈伟奎战战兢兢坐在他对面的椅子上，接着他递给陈伟奎纸笔：“写下来，你以前都做过什么。慢慢写，不要漏了。”

说完李向辉起身离开了房间，并阖上了门。

隔壁惨叫声传来，陈伟奎一直哆嗦着几近崩溃，许久未能写一个字。

那边李向辉走进单向玻璃另一边的密室，冲着沈林汇报着：“他好像还没有动静。”沈林没有说话，他倒是比沈林还要着急，“叶局长对这事儿很着急，咱们这几天也没有真正的审讯，我担心……”

“我有我的方法，让你办的事儿怎么样了？”

李向辉欲言又止，只答话：“这两天就会有结果。”

沈林点头，看着审讯室里的陈伟奎听着外面传来的惨叫不寒而栗的样子，低声喃喃道：“那就好，这个人也快到极限了。”

这边，沈放大清早刚到军统大楼便被罗立忠给唤了去。

他推门而入，罗立忠抬眼一瞧忙招呼着：“沈老弟，来，坐。”

虽说往日里罗立忠总是这么一副神色，可今日主动找他，沈放隐隐有些不好的预感。

坐在罗立忠对面的椅子上，他礼貌一笑："罗处长，您找我？"

罗立忠知道他不喜欢兜圈子，也不铺垫，直言不讳："局里有件事，恐怕得你出面处理一下。"

沈放自然表面客套恭敬："你说。"

罗立忠先叹了口气，而后才说："延安那边抓到了三名咱们军统潜伏过去的特工。"

这对沈放来说，是好消息。他心上有喜，却不敢外漏出来，只佯装凝眉："是吗？咱们的人还活着吗？"

沈放目光注视着罗立忠，见他面色倒是轻松："人应该还不错。而且地下党通过北平军调处执行部提出用咱这三个人交换中统抓到的地下党分子陈伟奎。"

陈伟奎？沈放觉得这个名字有些熟悉，却怎么都想不起究竟是在哪里见过。

"用咱们的人换中统抓到的人，中统能答应吗？"他问道。

罗立忠舔了舔嘴唇，有些口干舌燥："所以说不好办啊，不过郑局长已经答应了。而且咱们的三个人已经被对方移交给了北平军调处执行部，很快军事调解处的人就会来南京去跟中统要人。"

调解处去要人且去要便是，跟他又有什么关系呢？罗立忠这话一出，沈放便大概揣摩到了罗立忠要他做的事情是什么。

"看来罗处长是想让我去跟中统谈。"

他目光凉如水，脸上的笑收了收，他自己这样提了出来，这会儿换罗立忠开怀："毕竟你大哥在中统，你们是一家人好说话。"

一家人好说话？看来罗立忠根本不了解他这个哥哥究竟是个什么样的角色，并且将他大哥在中统的话语权想得太高了。

"我出面也不好使吧？这事儿还是得上面跟中统方面谈好了才行。"

他说了顾虑，罗立忠接着给他宽心道："郑局长已经在想办法了，我看中统的叶局长也不会不给面子。"

他这才明白，这事儿原是罗处长不想自己去中统碰钉子，让他去试试深浅。

沈放脸上没有丝毫的表情，一双眼睛直勾勾地看着罗立忠，罗立忠知道被沈放看出来了，忙打圆场："老弟，咱们都是军统的人，烫手的活儿总得有人干，你要躲后面也会被人说闲话，对吧？"

沈放默了一会，复又笑着，这话都说到这儿了，如今他是非应下来不可了："行啊，我试试吧。"

沈林说的那个让李向辉去办的事情，便是去了一趟陈伟奎的老家，拍了一张他母亲的照片。

等事情办成了，这一场好戏总算是到了收尾的时候了，他又亲自来瞧了一回陈伟奎。

牢房里，沈林开门走了进来。陈伟奎一人孤寂地坐在床上，屋内清净得让人有一种空虚感。

"陈先生。"

陈伟奎抬头看了看沈林，目光有些呆滞。

沈林走近他，将手中他母亲的照片递了出去，脸上依旧是上一那种温柔的笑脸："你很久没有看到你母亲了吧，前几天我托人去镇江探望了下你妈，她身体还挺好。"

多年未见，只瞧着那照片一眼，陈伟奎的眼泪已经忍不住夺眶而出。

"你是不是很想她？"沈放见此，语气也轻柔，没有一点逼迫的意思，却好似已经扛了一把大刀架在了陈伟奎的脖颈上。

这几日的温柔掌打得他有些迷迷糊糊的，到这会儿他才反应过来究竟发生了什么，登时惊恐万分地看着沈林，目光凛凛，像要将沈林穿透一般。

陈伟奎喉咙明显动了动，猛地吸了一口气，似乎已经呼吸困难了，而后他突然间开口求饶："你不要打扰我母亲，不要，千万不要，我求你，我求求你。"

撒网捕鱼，鱼已经收在网里头了，剩下要做的，就是将它抓稳了，不要让它从手上挣脱才是。

沈林冷然道："你别怕，我不会这样做，但我不能保证别人不会，我知道你在恐惧，如果要彻底摆脱，你知道自己应该怎么做。"

沈林就这样面无表情地看着陈伟奎，陈伟奎的脸上的肌肉都开始抽搐了，他的眼神继而从惶恐转变为犹疑，能瞧得出来，他的内心产生了极度的动摇。

就在这个时候，李向辉走了进来。靠近沈林，他小声说了几句话，沈林的脸色微变，复又看了看陈伟奎。

"你慢慢想。"

接着李向辉跟着他走出了牢房。

来的人是沈放。

沈林到中统会客室里的时候，沈放已经坐在了里头，而且不止他一人，边上还有两个身影。

见沈林走进来，沈放脸上笑着，恭恭敬敬道："沈处长。"

逢场作戏也要将戏给演足了，沈林点了点头，接着他向沈林介绍着："这几位是北平军事调解处执行部的美国军官和我们的军事代表，希望你们释放抓获的地下党分子陈伟奎，交换被俘的军统特工。"

听罗立忠的意思，已经和这边提过这事情，这时候聊些没用的更尴尬，干脆直奔主题。只是沈林还没等回话呢，会客厅的门再度被推了开来，闯进来的人是吕步青。

"不行，不能换人。"吕步青语气愤然，像一条被踩着尾巴后跳起来的狼狗。这一喊，整个屋子都安静了下来，众人目光皆聚集在他的身上。

"军统出的事儿，你们自己想办法，干吗跟我们要人！"

这陈伟奎可不是个小角色，如果能从他嘴里套出话来，那可是大功一件，吕步青审问了他这么久，这快到嘴的肥肉，怎么甘心就让他这么飞了？

沈放和沈林对视一眼，各怀心思，不过都没有说话，反而是那个美国军官先开了口，用蹩脚的汉语说道："我不同意这位先生的看法，当下两党和平相处才是最重要的，地下党的诚意大家都看到了，三个军统的人已经送到北平军调处执行部了，希望你们中统能即刻释放地下党的人。"

吕步青语塞，沈林沉思片刻，接着他缓缓说道："可否给我们三天的时间？我们保证犯人不受到任何损伤。"

他的审问已经有了效果，三天时间搞定陈伟奎足够了。

美国军官与沈放对视，有些迟疑，沈放朝他使了个眼色，那军官又说道："我们必须要先见一见他，保证他没有受到虐待。"

这已经是后退了几步，沈林没有拒绝，点了点头应下了。

有狱警还未将门打开时候已经厉声朝着里面喊着："陈伟奎，站起来，有人来看你了！"

屋子里头的陈伟奎努力扶着墙站了起来。接着便看见一伙人鱼贯而入。

罗立忠告诉沈放"陈伟奎"这个名字之后，沈放心里就一直在思量着这个人究竟是谁，这会儿走进屋子里头来一探究竟，满心都是惊诧与不可思议。

他脑袋里关于陈伟奎的记忆一下子涌了上来，漆黑的夜里，两个特务将陈伟奎逼进了一个死角，他开枪将两个人都给解决掉了，然后告诉他"离开这儿，我就当你从来没有出现过"。

此刻立在牢房里，瞧着那一张熟悉的脸，沈放心里有波澜，面上却异常平静。

他认出了陈伟奎，也肯定陈伟奎识出了他，因为他瞧见陈伟奎的眼角抽动了一下，像是与他一般心境。

这边两个人若有心事，那边沈林与美国军官聊着："我们已经给犯人最好的监舍，一日三餐都有专人配送，照顾得非常周到，所以你们大可以放心。"

美国军官环顾四周，点了点头："三天是最后的期限。"

吕步青不高兴："凭什么？"

沈林却不顾他，笑着应了下来："好，就三天的时间。三天后，我们交换犯人。"

几个人辞行，沈林与沈放的目光交接，继而又重新移开。

沈放知道，如今他的处境很危险，陈伟奎多在沈林手中一日，他就多一分暴露的危险。他不知道陈伟奎能坚持多久，也不知道沈林到底有怎样的手段让陈伟奎说出真相。

不，他必须得尽快将陈伟奎交换出来，送出中统局。

回到军统大楼，沈放去了一趟机要秘书处档案室。他立在门口顿了顿，若有所思，片刻之后，终于迈步子走了进去。

里头的管理员小严见道沈放进来，颇为稀奇："沈专员，英雄人物，怎么有空来我这里呀？"

沈放笑了，他上任不久，不过与大楼中的这些人都混得十分相熟，求人办事，自然是笑脸相陪："小严是咱们军统一枝花呀，不光人长得漂亮，嘴巴也甜。"

"那得看什么人，像沈专员这样的人，能说上话，那也是我的荣幸啊。"

"真的？"

小严笑着："那还有假？"

"那我以后得多来。"他知道这个小严有些钦慕于他，这地方算起来以后想必也会有其他的用处，这会儿为以后埋条路走倒也是好的。

寒暄够了，便要扭到正题："不过我今儿来，可真是有事儿。"

小严点点头，微微眯着眼睛瞧他："我就知道你大忙人，能没事儿来咱们这里吗？说吧，啥事儿？"

"你知道军调处那边用咱们这边的三个被俘的特工交换中统那边的抓

的地下党的事儿吗？我想看一下三名特工的资料。”

小严顿了顿，听他提到这事情，脸上的笑有些淡了下来，一脸的为难，继而说道：“沈专员，这个我还真不能给你看。”

“为啥？”

“调阅这些资料是有权限的，只能是副处长以上级别才能过目，您是专员恐怕……”

沈放意外，但依然狡黠地笑了：“怎么，你不能通融通融？”

他放低了声音，一脸期待地瞧着小严，却听小严依旧铁面无私：“这个真不能。”

沈放叹了口气，看来这又是个沈林一般的人物，他抿了抿嘴无奈道：“成，咱们小严原则性很强啊，那我去请示罗处长？”

小严点了点头，说着沈放微笑着离开了。

话是那样说，可不过是个打圆茬的理由罢了，真的到罗立忠那去，这话该如何说？

回到办公室关上门，坐在了办公桌前，沈放面露忧色，用手按了按眉心，思考着什么，没想到罗立忠竟主动送上门来了。

一阵敲门声后沈放应了声：“进来。”

紧接着罗立忠推门而入，而且手里拿着一沓资料。

“罗处长。”

他打了声招呼，罗立忠走近，直接将手里的物件给递了过来：“你想过目一下三个被俘特工的资料？”

沈放喜出望外，面上却不敢太张扬，只咧嘴轻笑：“罗处长，还劳您大驾送过来了。”

“都是为了工作。你看吧，有什么需要，尽管跟我说，我让处里配合你工作。”

不知道为什么，今儿的罗立忠瞧上去有些不一样，不过沈放也顾不得那么多，抬手伸向他。

“那就多谢罗处长。”

罗立忠跟他握了手，瞧他那模样，也不由自主笑了起来：“客气了不是。”

说着他突然挤了挤眼皮儿：“要说咱们一处副处长的位置一直是在给谁空着，你不明白我可都清楚，唉，只可惜老弟你还不结婚，这可不太好。”

副处长？他之前总觉得这个罗立忠不怎么待见他，而眼下这话，却又有些拉拢他的意思。

沈放意外："这和结婚不结婚有什么关系？"

罗立忠即刻表现出一副恨铁不成钢的样子："当然有关系！老弟，你怎么不明白，没有家室的人，总让人觉得不够牢靠。把你派出去执行个任务，没有家属怎么控制。想要仕途有发展，就得有个稳定的家。我说沈老弟，自由是很好，但比起远大前途，该有家的时候得有个家，对吧？"

竟是这般道理，难不成成家立业，不过是为了成为别人的工具不成？

与其这样，他宁愿自己一个人过这一辈子。沈放微微一笑："那还得谢谢罗处长指点了，不过我自由惯了。"

"唉，你个人的事儿，我不多说了，我是替你可惜啊。"说着罗立忠笑着开门离去。

沈放没在意，心思更多的是在眼下手中的资料，他抬手翻开，瞧着上面三个人分别叫关海山、柳家明、何为强。他看到了关海山的资料中籍贯处写着浙江江山县，想了想拨通了一个电话。

就是这一通电话，即刻便有了所得。

这时候外头天色阴郁，开始被蒙蒙细雨笼罩了起来。

沈放到罗立忠办公室的时候，罗立忠正把玩着一盆盆景。

"沈老弟，发现什么了？"罗立忠问着。

沈放递过关海山的资料，脸上表情复杂："我倒是真发现了一些问题，这个关海山和陈局长竟然是亲戚关系。"

"这被抓有些日子了，陈局长可从来没有透露过。"

"我看他的籍贯是浙江江山县，和陈局长是老乡，陈局长接管军统，这个关海山几乎同时进入军统工作，升得特别快，并屡次接受嘉奖，我通过国防部里的熟人对他的底子查了查，才知道他是陈局长一个表兄弟家的人。"

两个人一人一言说着，语罢，罗立忠发出一阵哼笑："想不到啊，这事儿能牵扯出这么大的人物。我得先跟陈局长请示请示。"

这可是个巴结人的好机会，罗立忠怎么能够错过。不过他电话才刚抬起来，却又被沈放给拦了下来："要我说，没必要通过陈局长。咱们直接去找军调处的人，如果能早点把人换过来，不显山不露水的，陈局长也知道咱们使了力，面子上也过得去，这不是很好吗？"

一切似乎都十分顺利，如果罗立忠应了下来，沈放提着的一口气才能放的下去。可偏偏罗立忠又有迟疑："我听说这次这个地下党分子对中统那边很重要。这么做岂不是让地下党舒服，让中统那边失望？"

"中统不舒服跟我们有什么关系？"

沈放说得轻松，罗立忠这才笑了，与他对视道："你这话说得在理，我这就给国防部要命令，火速安排双方调换俘虏。”

沈放走后，沈林最后一次提审了陈伟奎。

“想好了吗？要说什么了吗？”

可陈伟奎低头似乎在思考着什么，依旧是沉默不语。

“你应该已经猜到了，军调处已经安排用你们的俘虏来交换你，就安排在三天后。”

陈伟奎依然默然不语。

“所以时间对于我来说很宝贵，我决定安排我的下属去一趟镇江，我想明天早晨，你的母亲就可以在这里和你团聚了。”

沈林倒是看准了，除了这个话题，没有什么能叫他张口的。

果然，陈伟奎蓦然抬头，十分惊恐地看着沈林：“不要伤害我的母亲！你到底要干什么？”

之前他倒是等得起，不过如今他已经没时间了，只能速战速决。

陈伟奎啜泣：“求求你，不要去打扰我的母亲可以吗？”

沈林一脸的冷色，看了看表：“我给你十分钟考虑，有些事是掌握在你自己手里的。”

陈伟奎呆住了。

十分钟之后，陈伟奎坐在椅子上，一边坐着沈林和一名记录员。

他妥协了，开始交代着：“那是在1945年，我以为我会撤离南京，但没有想到，组织上却叫我留下来，作为一颗闲子，继续潜伏下去。”

“谁是你的上级？”沈林姿态轻松。

“睿华商行行长方达生，他在1945年的夏天被日本人击毙了。”

“最后一次见面的时候，有什么任务嘱托吗？”

“他只是让我停止一切行动。当时南京的地下组织破坏严重，我也不想留下来，事后我一直胆战心惊，希望能有机会撤离。”

“你还接触过哪些地下党？”

问题问到这儿，陈伟奎思考片刻，突然想到沈放。

沈林重复问了一遍：“还接触过谁？”

陈伟奎正要说话，可就在这时，门被推开了。

屋里的人都歪着脑袋看过去，见李向辉带着沈放、军调处的美国军官、国民党代表走了进来。

沈林眼神惊诧，说好了三日，怎么会这么快，可还未等开口问，沈放先一步回答他：“沈处长，对不住了，刚刚接到上级指示，必须即刻交换俘虏，所以我们不得不又来一趟。”

就在这时，一个秘书进来：“沈处长，叶局长电话。”

沈林狐疑地看着沈放等人，接着走出牢房去。沈放目光投向陈伟奎，四目对视，陈伟奎似乎明白了什么。

在电话里确认了消息，再回来时沈林有些无可奈何的神情。

“各位久等了。”他说完又走到陈伟奎面前：“你已经被释放了，他们会把你送到北平交给地下党。”

陈伟奎看了看沈林。在众人的注视下，他开始迟疑地向前走着，不过走了几步，因为伤痛没站稳，他一个趔趄险些摔倒。

沈放上前扶了陈伟奎，一边用一只手按在了陈伟奎的肩膀上。这一幕被沈林瞧见，对于沈放的做法，他觉得有些奇怪，微微眯了眯眼皮儿。

“别忘了你的母亲，也别忘了我说的话，如果还担心，可以找我，我会帮你忙的。”

陈伟奎往外走着，沈林补了这么一段话，陈伟奎脸色惨白没再说什么，在众人陪同下走出了军统大楼。

沈放看着陈伟奎上了北平军事调解处执行部的车，车缓缓开走，这才舒了一口气。沈林却从头到尾都紧蹙着眉毛。

“事情已经了结，我就先走了。”

语毕，沈放上车离开了。沈林立在原地看了一阵子，十分疑惑沈放为何会关心一个地下党分子，上前扶了一把陈伟奎？

要说这一桩事情上，最最不如意的便是吕步青了。

沈林从楼下刚回了办公室，就被叶局长的人给唤了去。

办公室里，叶局长坐在办公桌后面。一边沈林正冷眼看着吕步青。

“这件事，如果沈处长不耽误我的时间继续让我用刑的话，那个陈伟奎就什么都说出来了，就不会像现在这样白白送走了一个人。”

命令是叶局长下的，他这等同于是在说，完全不将叶局长放在眼里。

沈林对他的愚蠢表示不屑，冷冷地道：“如果我不插手管这件事情，现在我们不是送走一个人，而是一具死尸。”

“这是什么话！沈处长，你是在为自己的失误推卸责任。”

沈林哼笑：“我需要推卸责任吗？这些年死在吕科长手里的地下党不是一两个吧。”

两个人一来一回吵得热闹，吕步青还要开口，叶局长忽然打断他们：“行了！你们吵什么！地下党还有很多，没必要揪住这件事不放，而且这事，你们都有责任！”

吕步青气结，沈林表情却没有丝毫变化。

这一场局，他虽未有得，可算是最大的赢家。

解决了这一桩事情，沈放总算是松了一口气，前几日约会未成反倒出了车祸，这回他早早地就在剧场外头等着了。

夜已经深了，街头没有人，路灯寂寥地照着街道。

柳如烟依旧和曾牧之一起走出剧院，看见沈放站在路边倚在汽车上。曾牧之情绪激动，欲上前出上一回受的气，被柳如烟拦住。

“你又来了，究竟想怎么样？”柳如烟走了过来，言语带了一些无可奈何与不悦。

沈放打开车门，不说旁的，直愣愣盯着她：“上车再说。”

“沈放……”

“我来不是想跟你吵架，只是有些话想跟你谈谈。”

这一回，他倒是客气了不少，冷静了不少。

柳如烟还想说什么，沈放抢话：“放心，我又不会把你吃了。”

柳如烟想了想，最终还是上了车。曾牧之欲上前拦下，沈放回头冷冷瞪了他一眼，他便像是被吓到了，步子骤然停了下来。

沈林上车，将车发动。

行驶在路上，柳如烟没好气：“想说什么说吧。”

沈放透过后视镜瞧她一眼，咽了口唾沫，此刻才觉出来自己与她之间已经如此疏远。

“你身边那个家伙叫曾牧之，是个导演吧？是你现在的男朋友？”

他只是试探，还想着柳如烟会反驳，得到的答案却是：“你调查得还挺清楚。”

沈放撇了撇嘴，有些不愉快，又问着：“如果当初我没走，没离开，你还会选他吗？”

如果当初？这世上有如果的话，那么是不是一切都可以重来？如果可以，那么她绝对不会对沈放动心。

柳如烟眼眶开始隐隐泛着泪花，忙用手一抹：“说这些干吗？我很庆幸你走了，让我躲开了一个军统特务。”

“还有我哥呢，当年是他一直在追求你。”

沈放眼下心平气和，其实要说悲伤，更多的是一种愧疚。

柳如烟闻话冷笑：“你以为我拒绝你是因为沈林？错了，我讨厌你那样的家庭，我不会嫁进沈家。”

“那样的家庭我也讨厌。要不是战争，恐怕我还会在那个家里挣脱不出来，不过你要是觉得我非要让你再嫁给我，那你会错意了。老实告诉你，我的脑袋里还存着几个弹片，没有办法取出来，随时可能晕厥死亡，我可不想让你当寡妇。”

他说着这话有些唏嘘，不过语气真诚，更有一种偏护的感觉。

听了这话，柳如烟的语气才明显缓和下来，显得没那么激动。

她顿了顿，最终说道：“那你老来找我干吗？”

“我不知道自己什么时候会死，所以我希望能在我活着的时间里，多见见自己喜欢过的人。”

柳如烟呆住了，车内一片静寂。

原来的一切都按着田中说的进行着，如今头绪断了，沈林也不知该从何处下手了。

他到关押田中的牢房后，田中依旧在墙上写着数学公式，听到有人进门，田中停下来回身一瞧。

还未等沈林开口，田中瞧见来人是他，直接就问：“是不是陈伟奎的线索断了？”

他倒是料事如神。

沈林反问：“我还没说话，你就预见到了？”

田中语气倒是很谦虚：“不是我能预知，只是你这次来找我太快了。你是一个很冷静的人，而且抓住线索不会放手，请问是什么原因让调查终止了？”

原来如此，沈林点了点头。

“交换，军事调解委员会的人用他交换了被俘的军统特工。”

田中皱了皱眉，这一点他倒是没有想到。

“真是可惜，陈伟奎是很有价值的线索，如此草率地交换出去对你们中统是损失。你们中统、军统，国防部、总统侍从室太多部门相互牵扯。”

“我要提醒你，你想清楚自己现在的位置和身份再说话。”沈林听他说这话，眉毛紧蹙，没有好脸色。

“对不起，我很明白我的身份，不过有一句话，我很想说。”田中被他突然的语气吓了一跳，虽然在道歉，却依旧语气强硬。

“说。”

“虽然日本人是战败了，可不是因为中国人才失败。要不是美国人的原子弹，现在的情况也许不是这样。”

沈林不懂为什么，田中竟仍然保持着一份荣耀感。

“可你们也从来没战胜过中国人，而且现在中国就是胜利者。”这是事实，再怎么争辩都改不了的事实，如今他田中就是一个阶下囚而已。

田中被噎得不说话了，脸上虚伪的笑容僵硬了起来，继而话锋一转，像是掩饰一般淡淡一笑：“是军统的什么部门参与的人员交换？”

沈林不想与他争辩，也不再提，顺着他的话说：“军统一处。”

可田中脸上忽然露出一丝兴奋：“军统一处？当年你让我照顾的一个人现在就在一处。”

“你对沈放很在意？”沈林疑惑道，忽然间他又想起沈放搀扶着陈伟奎的画面。

田中拿起一边的报纸递给沈林：“这上面有沈放的介绍，如今他已经是你们的英雄了。在你没有嘱咐之前，我就一直和沈放先生有过接触，入狱以后，多谢你们局长给我的照顾，每天都会给报纸让我看。这个沈放为了潜伏改了名字改了身份，他做得出色。”

“他是我兄弟。”田中一段话说完，被沈林突然打断，脸上闪过一丝意外，不过一闪即逝。

“这点我想到了，而且如果我是你，我会对这个弟弟特别的注意。”

沈林冷冷：“你在怀疑什么？”

田中又笑了：“这个沈放在原来的南京政府政治保卫监察部的时候参与过许多行动，而这些行动最终都产生了对我们很不利的效果。你应该记得1945年6月，抓捕方达生的案子。”

沈林记得，陈伟奎被带走之前还提到了这件事。

“当时击毙方达生的人是沈放，还死了一个政治保卫监察部的主任乔宇坤。沈放因此取代了乔宇坤的位置。当时加藤君一直觉得这件事背后另有隐情，只可惜加藤没有足够的时间调查出所有真相。”

那一晚加藤设局，不过后来到底没有多大的用处，真相只留给他自己一个人了。

“加藤之所以没时间，是因为你跟我们合作了。”沈林提醒他。

“是，如果不和你们合作，我也活不到今天。刺杀加藤的行动是你策划的，当时你承诺过只要我合作，会给我特殊待遇，但现在并没有兑现。”那日他第一回来见田中的时候便觉得他会问，不想他到现在才提起这一桩事情。

“跟我讲承诺？日本人和中国人讲过承诺吗？”沈林一早就有应对的

话等着他。

田中依然说得不紧不慢："我知道，沈先生是一个讲原则的人，但是你唯一不和日本人讲原则，幸运的是，你们的叶局长觉得我还有用，否则你对我……"

这就是他早先不提的原因，沈林咧嘴诡笑："你挺有自知之明的。"

"看来我必须证明我的用处很大，才能保证我能活着离开中国。"

他脸上依旧是那种看了叫人毛骨悚然的笑，沈林却没有接话。

"你一定想过，如果沈放不仅仅是国民党军统，还有另一个身份会怎么样？"

"为什么？"

"因为只要他介入的针对地下党的行动，结果都非常差。"

这一点沈林无可否认。

"你向叶局长汇报了吗？"沈林心里虽然怀疑沈放，却又怕沈放受到伤害。

田中无奈道："我没有证据，无法证明，这只是我的猜测，而沈放现在是你们的英雄。我只是个囚犯，一个囚犯的猜测有意义吗？"

"可为什么跟我说？"

这一回，田中脸色才算是认真起来："因为你也在怀疑，你可以否认，但我看得出来。"

"有很多原因我只能跟你说，第一，你现在是我的直接主管，而你们那个叶局长并不会有那么多时间听我说话；第二，我刚才已经说过了，我希望我能活着回我的家乡，你们是兄弟，而你的位置决定我的未来。"

如果沈放真的被证实是地下党，那么沈林和沈柏年定是会被牵扯。

"你有必要跟我分析这些吗？该怎么做，不该怎么做，是我来决定。"

"是，我只想说，鸟在笼子里，永远不能看清楚该往什么地方飞，想解开谜题就别关着我，让我真正加入你们的工作。"

这才是他的意图，面前的这个人都快修炼成精了，一步一步地叫人往里陷。

"不要有什么妄想，这是不可能的。"

沈林还是果断拒绝了他，田中点头："我也知道这不可能，但我比大多数人都有耐心，而且沈处长放心，今天关于你弟弟的谈话我不会告诉其他人。"

狡猾的狐狸，都善于隐藏尾巴。

第十章

CHAPTER 10

沈宅客厅，沈林回来的时候，有些疲惫，眉头微蹙。

胡半丁笑脸相迎："大少爷回来了。"

沈林点了点头，他又忙活着："我给您准备吃的去。"

沈林摇了摇头，往楼梯上走去，随口应着："不用了，我没胃口。"

偏厅里，苏静婉闻声走了出来，跟着问话："不吃东西怎么行？"

"没事，我不饿。"

这回，沈林连头也不曾转过来。

沈林上了楼，苏静婉看着沈林的背影有些不舍。胡半丁注意到了凑过来说："苏姑娘，你也早点去休息吧。"

沈林上了楼进了书房，关上门后，他沉了一口气，猛地回过身去，房间里的空气似乎凝滞了。

书房的墙壁上居然都是沈放的照片和各种资料，从1939年到1945年，每个时间点都有。沈林的目光最终落在刺杀加藤时沈放倒在血泊中的那张照片上，看着墙上弟弟的资料，他目光深邃。

原来，沈林不是不知道弟弟的下落，相反他一直在关注着沈放，搜集沈放的各种资料。

在抗战胜利之前，沈林的想法是不希望沈放作为汉奸落在别人手里，毕竟是兄弟，他希望能找机会拯救沈放。而做汉奸的弟弟是这个家里的禁忌，所以他的书房也是沈家的禁区。不过随着收集的资料越多，他对沈放的看法也有了变化，特别是得到日伪系统里有地下党潜伏者的时候，沈林就对沈放的身份更加疑惑。

加上刚刚田中的一番话，沈林忽然开始思考一个问题，如果弟弟真的是地下党，他到时候究竟会怎么样？

他心绪正深陷着，突然传来的敲门声吓得他身子隐隐一颤。

“谁？”

“是我。我给你送点吃的。”那声音，是苏静婉。

“不是说了不用了吗？我在工作。”

紧接着外面安静了一会儿，继而苏静琬又说道：“我放在门口。想吃的时候，你自己拿。”

等了片刻，沈林还是打开了门，探出身子看了看餐点，皱了皱眉，他最终没有去碰它，又关上了门。

针对心里那股无名的恐惧，沈林从各地外勤组调回了业务最好的特工，成立了一个针对沈放的秘密监视小组。

在沈放纵情声色间，沈林在他的公寓里成功安装上了窃听器。

而且不仅仅如此。

有音乐轻缓地舒展在整个餐厅里，夕阳透过落地的玻璃窗，照了进来，整个西餐厅给人一种很安静柔和的感觉。

沈林坐在最里面的角落，目光望向门口的方向，心情复杂。没过一会儿，有侍应生拉开门，他瞧见走进来的人正是姚碧君。

姚碧君立在门口四处张望了一番，沈林摆手朝她打招呼，她走过来坐在了沈林的对面，也不寒暄，直接问道：“约我出来想安排我做什么？”

沈林被她这话逗笑：“怎么，我约你出来就一定有事吗？”

姚碧君依旧面无表情：“当然，你不是随便跟人吃饭挥霍时间的人，有什么想说的，就说吧。”

先是被田中猜测一番，接着又来了这一出，沈林忽然觉得他平日里给人留下的固有印象未免也太多了。

不过姚碧君说得没错，他点了点头，出了一口长气：“你说过，如果我希望你能嫁给沈放，你就会答应。”

当年她哥哥蒙冤去世，后来是沈林出手为她哥哥洗刷了冤屈，再后来沈林对姚家多番照顾，这让她对沈林心存感激，并且产生了依赖。

餐厅里的灯光幽暗，气氛暧昧，面前的这个人却说着她和另一个人的婚事。她看了一眼沈林，没有说话。

沈林顿了顿，最后还是开了口：“那我现在希望你嫁给沈放，然后把他的一举一动汇报给我，你能做到吗？”

“为什么？”前半句尚且没什么，可后半句叫她意外。

“我对沈放的身份有怀疑，但说不清是哪儿有问题，你和他在一起，能更好地接触他，同时你又在电话局工作，可以监听他的电话。”

沈林说着掏出纸笔来，写下了两个电话号码递给姚碧君。

“这是他的家庭电话和办公电话。”

姚碧君将那纸条接了过来，看了看纸上的号码，面色凝重：“你真要这样对待他？”

这原是他们兄弟俩的事情，被这样一问，沈林脸色沉了下来：“你问得太多了，记住，你已经不是一个简单的电话局的职员，你已经加入了中统，我不仅仅是让你帮我，这也是我对你的命令！”

姚碧君黯然，看着沈林：“那你现在是我的上司还是我的家人，或者是……朋友？”

“不管我是什么身份，我相信你都不会忘记，你哥哥姚碧槐举报官员贪腐反被人设计陷害，最终不甘受辱自杀，以死明志的过去。”

提到他哥哥，姚碧君微微将头一低：“那件事，我很感激你。”

“我不是要你报答我，也不需要你感激，说这些，是因为有太多人在破坏社会的秩序，只有抓住那些危害社会的人，不管他们是蛀虫还是颠覆者，人们的生活才能安定，社会才会稳固，你哥哥的冤案才不会再次出现，这也是当年我说服你加入中统的原因。”

沈林眉头皱得很深，对于姚碧君的曲解叫他很不愉快。

姚碧君点了点头：“我明白，我听你的。”

这个时候，侍应生将牛排端了上来。姚碧君切了一块牛排吃了下去，接着话里似有深意：“这家牛排的味道不如以前了，过去的东西终究是过去的，不会再回来了。”

沈林切牛排的刀当下顿住了，他看着姚碧君：“要往前看，而且你要相信我。”

姚碧君目光复杂又迷茫，虽然她并不知道这是对是错，但是她愿意听沈林的。对于她而言，她需要报答他的真的太多了。

傍晚，沈放从曼丽那回来，倒了一杯红酒端在手上喝着，立在窗口看着夕阳。

这几日发生的事情叫他的头疼症变得越发地严重起来，可就像早有天意一般，这个毛病也叫他想通了很多事，看淡了很多事。

突然间电话响了起来。

“喂。”沈放走过去接起电话，将酒杯子在面前晃荡着，目光定定望着。

“您好，是沈放先生吗？我是《今日晚报》的编辑，找了您好几天了，您的电话一直没有人接。”

那头动静乱糟糟的，不过那人说话依旧毕恭毕敬。

“我是，有什么事吗？”

“您登的广告有回应了。有人给我们打来电话，说是提供线索的，江宁路荣庆胡同有一家无针绣坊可以修补双面绣。”

方才听对方是报社的，沈放便已经隐隐觉得是这件事情，这会儿被证实之后他双手微微颤抖，杯中的酒也跟着晃了晃。

“他有没有留联系方式？”

沈放语气里有些期待，对方却没有迟疑：“没有，对方也不是绣坊的人，只是说知道这么一个消息，想提供一个方便。”

“好的，谢谢。”沈放说完便挂了电话，从桌子里抽出纸笔来将那地址写上，接着望着上面的字陷入沉思。

那个提供消息的人会是谁呢？是组织看到了他的信息，要跟他联系。还是只是有个无聊的人响应了自己那个无聊的广告？

沈放现在还看不到答案。而且他不知道的是，电话局操作室里，姚碧君在纸上把他这通电话的通话如实地记录了下来。

这个消息折磨了沈放一晚上，第二天一大早沈放便出了门。

他开着车行驶在街道上，速度不快且不时朝窗外看，直到看到荣庆胡同的标志，才把车停了下来。

沈放从车上下来，环顾四周，走进了胡同。接着在胡同内寻找着无针绣坊的招牌，许久未果，他瞧见胡同内不远处有一家卖烟的摊点，便凑了过去。

“来盒烟。”他递了钱将烟接过来，才问着，“打听一下，这里是不是有一家无针绣坊。”

他好不容易有些了希望，此刻又濒临失望，但还是不甘放弃。

卖烟小贩仔细想了想，接着摇了摇头：“没听说过。”

“你是这里的人吗？”沈放疑惑。

“我都在这儿住了二十来年了，从来没听说过无针绣坊。”

这回算是彻底没戏，沈放眉头微蹙：“谢谢。”

可就在他离开的时候，胡同的一个角落，一个人影一直盯着他。

这一遭无功而返，叫沈放更加心烦意乱。晚上汪洪涛喊他去戏园子听戏，他想也没想就答应了下来。

舞台上正敲打着“急急风”，好戏即将开锣。他与汪洪涛坐在一边的雅座上。

汪洪涛一眼就瞧出来了他的漫不经心："老弟好像对戏不感兴趣啊。"

沈放一笑："我一向不爱听这些，拉拉杂杂的，半天也没唱出个所以然来，要不是你给弄这两张票，我还真不知道有这么一个'九岁红'的名角儿。"

他脑袋里的东西时刻提醒着他，说不上来什么时候这些热闹他想看也都看不到了，所以他才宁愿跟着凑热闹，也不愿意一个人待在那偌大的公寓里头。

汪洪涛笑道："换换口味对吧，老去夜总会也无聊不是。"

这话倒是没错，千篇一律的日子过得比死还难受。

沈放硬是挤出几分兴趣来："那今天也算是我风雅一回。"

他强作精神伸着脖颈子，汪洪涛也来劲了，笑得若有深意："今儿你还真没算白来，有好戏，你就等着看吧。"

说罢他招呼茶官："伙计，上壶好茶。"

这会儿舞台上演的是《穆桂英挂帅》，扮演穆桂英的正是沈放口中的那个"九岁红"，人才刚出场，底下便是个掌声雷动的局面，这样的满堂彩并不多见。

沈放跟着鼓掌，边上的汪洪涛呐喊助威，与此同时还在四处张望着，像是在寻找什么。没过一会儿他便寻到了目标，一个穿灰布长衫的男子走了进来，坐在一边的座位上。

汪洪涛从方才的激动情绪中抽身，拍了拍沈放的肩膀，指着那灰布长衫的人，小声地对沈放说："那个人是个盐贩子，平时贩点私货什么的，我盯了他几个月了。"

沈放不以为然："你跟我说这个干吗？我又不是缉私队的。"

说着瞧了他一眼，继而又将目光挪到了舞台上。

"你耐心点啊，你不是缉私警，可你是军统啊。"

沈放没有察觉他话中意思，也没觉出来这和军统又有什么关系。

"那又怎么样？"

接着汪洪涛表情神秘，解释着："你不知道了吧，这家伙跟地下党有接触，是他们的一个外围，而且跟他接头的应该还是潜伏在南京的一个头目。"

随即他表情又舒展开来："就是这家伙挺滑头的，到现在我都没搞清楚跟他接头的人是谁，不过这事儿你们军统很擅长，抓回去你一定有办法让他开口，对吧？”

沈放虽然有些在意了，不过面上依旧是方才那副模样，转头扫了一眼那穿灰布长衫的男子，还在继续吃着桌子上的花生米。

“怎么样，兄弟，今晚的好戏就是给你唱的，把这人抓回去，没准能拎出一串地下党来，你还不是大功一件？”

难道这就是他此行的目的不成？沈放先是表现出不屑，一脸的不相信，扑哧笑出了声：“老兄，你哄谁呢？”

汪洪涛意外：“这怎么是哄你呢？”

有这么好的事儿，他直接把人抓了不就完了，还能等着让给自己？

“你我才认识几天，还没到这种份上吧。”

一言毕，汪洪涛看着沈放的眼神好像看着一个傻子，这才明白沈放的意思。

“你就是在日本人那儿待的时间太长了，政府什么情况你是不明白了吗？你想啊，我们缉私队是隶属警察厅，警察厅又隶属内政部，内政部和中统什么关系？这人我抓回去，中统马上就能把人要走，这不是养了半天猪，让别人宰了，我连油水都沾不着吗？”

他一脸孺子不可教的神色。

话说得这么明白了，沈放若是还不明白汪洪涛这个官油子话里有话那真的是痴傻，于是歪着身子往他跟前凑着，反问道：“怎么？让我这个军统把人抓走你就有好处了？”

汪洪涛拍了拍沈放，像露了原形：“我是查走私的，在南京干走私最大的可是军队的人，搭上你们军统这条线，以后不管我查走私还是捞油水都更好办。抓个地下党，我又发不了财，你说对吧？怎么样？咱们各得其所。”

原来在这儿等着他呢。

沈放冷笑：“你小子算得够明白的。”说着他伸手戳了戳汪洪涛的脑袋。瞧着不远处那个灰布长衫的男人还在悠闲地听着戏，浑然不觉马上就要降临的危险。

汪洪涛精明会算计，打沈放第一天见他就了解了，这会儿他故意给沈放戴高帽：“那当然，我给你送礼，你自然也会给我好处，我知道你不是一个坑朋友的人。”

看着汪洪涛一副自信满满的样子，沈放应付地笑着。

听汪洪涛所说的，那个穿长衫的很可能是他的同志，可他该怎么办？把人先抓了再偷偷放掉吗？显然不可能，汪洪涛只要一个电话，一切就都露馅了。可把人带回军统，再找机会放人也不可能，姑且不说能不能办到，就算能办到也需要时间。

他脑袋里混乱无比，舞台上，穆桂英也正和杨宗保打得热烈，一面打着，一面还眉来眼去。正在这时，那穿灰布长衫的盐贩子突然起身离开了。

汪洪涛推了推沈放，两人交换了一下眼色，也跟着离开戏院。

出了门拐进了一条小街，街道两边有一些商铺，此刻还亮着灯。盐贩子匆匆走着，一面注意着周遭一切，但他似乎并没有发现跟在身后的沈放与汪洪涛。

最后他拐进了一条巷子，他停在巷尾的一家杂货铺门口，看了看四周，然后走了进去。

沈放和汪洪涛跟了过来，躲在巷子的拐角处，离得不远，能看见门是虚掩着的，屋里的灯光亮了，从里面洒了出来。

"里面就他一个，你走前门，后门我盯着，别让他跑了。"汪洪涛说得认真，似乎势在必得，沈放这会儿还没想出来法子，眉头皱在了一起，十分忧虑。

汪洪涛见他迟疑，推了他一把："敌后大英雄，这点小事儿对你来说不难吧？别跟我说你没带家伙。"

说完人便绕开了，前门就剩下沈放。沈放久久未动，最终还是掏出了枪，硬着头皮推门走进去。

杂货铺前厅，盐贩子正在一个麻袋里寻找着什么，听到声响，抬头转过来，与沈放四目相对，接着一愣。

沈放掏出证件表明身份："军统，例行检查。"

话音刚落，盐贩子表情变化迅速，随手把一个竹筐砸向沈放，转身夺路，想要从后门逃跑。

沈放跟着冲进里屋，还未站定，只听见"扑通"一声，那盐贩子当即应声躺在地上，沈放三两步上前，瞧见对面门口站着的汪洪涛手里拿着枪，看样子是他用枪托把那人打晕了。

沈放皱着眉头："你也不怕把人打坏了？"

汪洪涛将枪收了，一边说着："这儿应该是他们的联络点，一会儿应该有地下党来接头，在这儿等着，没准还能再抓一个。"

"就咱俩？"

汪洪涛这会儿屈身去解下那盐贩子的裤腰带，接着将那人牢牢困住，也不抬眼瞧他，没发现沈放眉间的焦虑："怎么，怕了？抓个把地下党对你来说是小菜一碟吧？”

就在这时，沈放旧伤复发，头疼欲裂。他脑子眩晕，啸音再度在耳边响起，眼前景物一片模糊，连拿枪的手都控制不住抖动起来。

沈放扶住一边的墙壁，勉强维持自己不倒下去。不过汪洪涛没发现这些，他把人捆好，还踢了一脚。

“这次没准真能抓一窝，沈大处长，你怎么谢我？”

汪洪涛刚想抬头，突然头上挨了一下，紧接着汪洪涛直挺挺地倒在地上。

是沈放下的手。此刻的沈放满脸汗水，强忍着不适把后门关好。看着倒在地上的两个人，他有些不知所措。

“怎么办？怎么办？”

沈放喃喃自语，用手按住头，眼前一会儿清晰，一会儿模糊，他不得不从口袋里艰难地掏出镇痛药含在嘴里，又跌跌撞撞地冲到前屋。

他在前屋倒了杯水将药咽了下去，随即倒身睡在地面上。良久，他再一次睁开眼睛。眼前的一切停止了摇晃，从模糊变回了清晰。

沈放思考着，眉毛紧拧在一起，他长长出了一口气。这会儿冷静下来，他才觉得刚才那个举动太冒失了。

没有计划、没有安排、没有准备，那个盐贩子到底是不是地下党，他跟组织是什么程度的联系？一系列的问题在沈放的大脑里涌了出来，他就这样袭击了汪洪涛是非常不明智的。

可如今事已至此，那就只能解决掉汪洪涛，或许以后通过这盐贩子能跟组织取得联系。虽说解决汪洪涛也许会让他有麻烦，但眼下他想不出更好的法子了。

他的步子稳健多了，再一次回到后面的时候，那两人依然躺在原地。

四周静悄悄的，沈放俯下身去给那盐贩子松绑，却没想到刚把那盐贩子的身体扳过来，突然一个冰冷的枪口就顶在了自己的脑门上。

沈放当即呆住了。

那盐贩子居然没有晕，他的手脚也没被汪洪涛绑起来，此刻立在对面目光如炯看着自己，厉声喝道：“别动！”

这一切居然是个圈套！

那人将沈放反手绑着，用黑布套子套住脑袋，把他扔在了一辆货车里。

不久后，沈放感觉到车子在来回晃动，该是已经发动了，正行驶在路上。

到了这会儿，他才忽然间想起那天在剧场二楼走廊内，沈林初次见到汪洪涛的时候对他说过，这个人不简单。

沈放很是沮丧，沈林已经提醒过他，可他还是没看出这是个圈套，但这是要把他绑到哪儿？随便送到军统、中统，都算是立功了，可汪胖子到底要干吗？他还是搞不清楚。

不知道过了多久，车子静了下来，一阵窸窸窣窣的声音后，有人打开货车车厢，将他拽了下来，然后拖着他往一边走去，最后干脆伸手一推，他一个踉跄倒在地上。

汪洪涛将沈放按在椅子上，接着撤掉了沈放脑袋上的黑布，突如其来的灯光让沈放觉得十分刺眼。

屋内光秃秃的，十分破败，什么陈设都没有，只有几张椅子横七竖八地摆着。

迷离间，汪洪涛那张胖脸出现在眼前，他的视线一直在调整，却一直不是很清晰。可他知道此刻汪洪涛正用枪对着他脑袋。

"下手够狠的，没想到，你这个军统英雄居然是地下党？"

汪洪涛是真的被沈放砸得够呛，不时地摸一摸后脑勺，每摸一次手都留下血渍。

沈放强作镇定："你接触我，就是冲着我来的？"

这会儿想起来，从最初的一面开始，到目前为止，更像是一台一早便安排好的戏码。

"差不多吧。"汪洪涛说罢，歪过头对那盐贩子吩咐，"你出去盯着，这里交给我。"

那边正往外走着，这边沈放又问："你盯上我多久了？"

毕竟连沈林都没有发现他的端倪，眼前的这个人倒是有些本事。

汪洪涛忽然表情有变，那张很平常的笑脸又露了出来："别的先不说，有句话你或许对得上。"

沈放意外地抬头，便听见汪洪涛一字一顿地说："春风绿江岸。"

这话叫沈放一愣，这暗号他怎么会知道？

"对不上吗？"

沈放一整张脸都皱着，一字一顿缓缓地回答："钟声邀客船。"

这下汪洪涛才放下自己的枪，彻底笑了，不过他那表情甚是奇怪，因为笑大了后脑勺的伤口就会疼。

"我是'云雀'，组织上派我来和你联系。"

沈放诧异："你？"

这事情一下一下地转变着，沈放脑袋有些绕不过弯儿来。

汪洪涛点头："对，就是我，你在报纸上放的消息，我看到了。"

这叫沈放气红了脸，闷闷地看着汪洪涛："看到我的消息了，还演今天的戏？你不信任我？"

汪洪涛下手将沈放解开，语重心长地解释着："沈放同志，我理解你的想法。但是你和组织失联半年以上，这半年你干了什么，发生了什么我们都不知道。如果你有问题，贸然跟你接触会给组织上带来多大的损失？以我们的身份，必须随时接受组织的考验。"

沈放揪着的一颗心这会儿才总算是放了下来，跟着甩脱身上的束缚，心情这才算是平静了下来。

"可是你用这种方式试探我太危险了，如果我控制得不好直接把你打死了，那你是谁都不重要了。"说着他摆头，"因为我会把你扔到江里喂鱼。"

"我相信你做得出来。"汪洪涛无所谓地耸耸肩道，"我有点冒险。不过这也是唯一能尽快试探你的办法，因为你表现得太着急了。"

沈放目光疑惑，像是在问，你怎么知道我等不及了？

"我们不光看到了你在报纸上放的消息，还收到了陈伟奎送来的消息。"

原来是他。

沈放释然："幸好陈伟奎被交换回去了。"

可这话不说还好，一说汪洪涛的脸上即刻严肃了起来，像是对他进行批评一般，声音也随即变得大声："那是侥幸，陈伟奎在移送的过程中接触的人太复杂，很难保证你的身份不被泄露。还有，那个修补双面绣的广告你居然登了好几个星期，这不该是'风铃'的做法。"

从前的"风铃"做事小心谨慎，不过现在的沈放确实慌了。

他说他的，这边沈放却理直气壮："你早就看到那个广告了？为什么一直等到现在才出现？"

汪洪涛不知道的是，因为长久的失联，一度让沈放觉得自己被组织遗弃，他也想过要放弃。

"我得判断分析你的情况。你这样频繁地用暗语表示你的存在是很不寻常的。"汪洪涛也有理，两个人一副谁也不让谁的境况。

沈林无奈，忽然间将脑袋一低，语气也弱了下去："我和我的上线失去了联系，而且负伤昏迷了好几个月，我没别的办法。"

“你的信息不该持续那么久，你真以为组织的人看不到吗？也别以为别人就不会注意那个广告。你太反常了，在家里还大闹了一场，搞得你父亲和你哥哥都很没面子，所有的一切都不是一个潜伏的同志应该干的事儿。”

汪洪涛还没有罢休的意思，越说越来劲，沈放忽然间有些扛不住，声嘶力竭地大喊着：“你体会过失去联系的感觉吗？”

这一瞬，四周有了些回响，随即重新恢复宁静。

汪洪涛咽了两口唾沫，眼里的动容稍纵即逝：“所以我必须尽快甄别你，再等下去不知道你还会干什么。”

“我也不知道我还会做什么，太多事情是我没有预料到的。”这些日子沈放的难处恐怕没人能够感同身受，所有的委屈与煎熬都得自己一个人往肚子里吞。

汪洪涛依旧冷冷地说：“那你就应该等待，安静地等着组织出现！这是潜伏人员铁的纪律。”

这下，沈放彻底变得狂躁起来：“我做不到！我受伤了，弹片还在我的脑袋里！我是人！不是机器！”

可即便是这样，汪洪涛依旧冷淡，一双眼睛死死地盯着他。

“怎么？你想让我同情你？记住，选择了这样的身份，就要承担责任，我没法给你同情，只能给你要求。”

“要求？刚才我要是出手再狠点，你就永远闭嘴了。”

“没关系，你的出现是个问题，而我是解决这个问题的人，问题能解决就算是我死了也可以，因为组织会很快知道这个问题的严重性。”

话接得很密，两个人像是赌气一般，最后一句汪洪涛说得很是轻描淡写，说话间，那张胖脸上又恢复了笑容。

紧接着两人对视了几秒钟。沈放随即将目光挪移开来，妥协道：“好吧，那接下来我该怎么办？”

汪洪涛笃定：“接着治病，控制自己的情绪。你的病例我查过了，国民党方面的医疗情况还是不错的，而且那个美国专家给你开的药也算有效，起码现在是这样的。”

汪洪涛最先提起的竟然是自己的病。

这话叫沈放突然想到什么，他继而问道：“如果你觉得我有问题，那么今天就是解决我的时候，对吗？”

“也许吧，不过，现在你的反应让我可以相信你。”

沈放忧心：“那你会安排我离开吗？”

“还要等一段时间。”汪洪涛摇摇头。

“可是我等不及了，你知道除了我身体的问题，我的家人还要安排我和姚碧君结婚。”这些外在的威胁都叫他有些扛不住了。

“那也得等。我要向组织汇报你的情况，还要继续对你进行甄别，接下来这几个月，你要跟我喝茶、听戏、去赌场，把这半年时间里发生的一切，一五一十地汇报给我，让组织判断，得到组织的意见，我才能安排后续的事。”

沈放更加焦虑，整个人显得有些不耐烦：“我现在已经烦透了这样的生活，烦透了这样的环境，烦透了我每天要见的人，我不愿意面对我那个家，现在又被迫要跟人结婚，你能明白吗？我只想去后方，我需要休息。”

这一切都并非主要的原因，他知道他自己的情况，他的身体随时都有可能不听使唤，晕倒、抽搐、痉挛。这些都决定了他很难再继续他的情报工作。

“目前不可能。”不管沈放有什么样的情绪，汪洪涛依旧很冷静。

“为什么？”沈放眼睛里有泪光闪烁，说话的时候变成了一股气音。

“还是那句话，你还需要甄别，而且如果你的身份得到认可了，组织上也是希望你能留在南京，以你现在的条件，军统一处的专员，一个英雄，在国民党情报系统内部无可替代。你父亲是检察院副院长，哥哥在中统，通过家庭关系和组织关系，你可以获得很多情报。”

汪洪涛叹息，看着沈放，忽然有些唏嘘：“只有组织批准了，我才会帮你去后方。现在你只能听我的，这是命令！”

沈放呆住了，没有继续接话。一场争辩就此结束。

沈放与汪洪涛从小屋内走了出来。

汪洪涛对一边站着的盐贩子说着：“你把货车开走吧。”

盐贩子应了声，朝货车驾驶室走去，洪涛想到什么，也走了过去。

他从副驾驶的位置拿出一包东西，待盐贩子将车开离。他走回来将那一包东西递给了沈放。

“你的双面绣是没人能绣好了，不过，我带来了一些双面绣，既然喜欢这玩意儿，就得装得更像一些，你家里还有一个兄弟也是干这行的，我可不希望你明天就暴露。”

沈放短短的时间内情绪大起大落，这会儿身心俱疲，声音很小：“亏你想得周全？要说周全，那还差一点。”

“今晚你去哪儿了总得有个交代，来，跟我去一个地方。”汪洪涛说完转身就走。

汪洪涛说的这个地方便是赌场。

赌场内正热火朝天，众人赌红了眼。被汪洪涛领进屋里来，沈放有些惊奇。

汪洪涛笑着朝他解释道：“第一，可以交代今晚你失踪的去处，你哥哥明天必然会知道你一夜未归。”

说着已经走了进来，汪洪涛回头：“第二，来这儿更像你的作风。”

沈放依然有些疑惑，却已经被汪洪涛笑着推了一把：“来了就玩两把。”

沈放走到了赌博的桌子前。汪洪涛拿出几张钱来，甩了上去跟赌场的人说：“来点儿筹码。”

两个人一来二去故意闹腾着，不知不觉天光都亮了起来。

汪洪涛和沈放从一条巷子里走了出来，汪洪涛抢先说着：“就在这儿分开吧。”

沈放点头，汪洪涛凑进来递给他几个筹码：“这个你留着。”

像是证据一样，做戏就要做足了。

沈放会意，微微一笑：“有了这个，昨晚我去哪儿都好说了。”

汪洪涛也笑了，点了点头，两人随即分开了。

正如汪洪涛所言，沈林清早就接到了电话。

沈放挪步在街头走着，看到有卖包子的摊档，刚要了两个包子揣了起来。一辆汽车跟了过来，就在他身边停下了，车窗内探出头来的正是沈林。

“昨天你去哪儿了？你好像一夜没回来。”

沈放瞧了他一眼，说：“跟朋友去玩了牌。”

不过他有些好奇沈林为何这么快就知道了，随即反问：“你怎么知道我一夜没回来？”

“你的脸色和眼角明显是熬夜了。”沈林解释着。

沈放抬手摸了摸，顺便装作在他车窗上照了照：“哦，大哥观察自家兄弟都这么仔细。”

他话里夹枪带棒，沈林没接茬，只说：“去赌钱得悠着点。你想做什么我不拦着，不过父亲想让你晚上回趟家，姚碧君也来。”

他这个哥哥三句话离不了沈柏年和姚碧君，他也着实佩服得很。

“干吗？还想让我结婚？当初我就是为了逃婚才去了军校，现在想让我走老路吗？那当初我是忽悠自己还是忽悠你们呢？”

他们兄弟两个说话，似乎永远都是这样子。

紧接着沈林叹息着：“你别那么急着拒绝，好好想想，父亲终究是父亲，他老了，能多做点就多做点。结婚也是为你好。”

沈放不屑地笑笑，没有回答。

看到沈放带着的双面绣，沈林眉头一皱：“你什么时候喜欢上这调调了？”

“这么多年勾心斗角的事儿干太多了，看看这个能静静心。家里一幅给烧破了个洞，就再买了些。”

沈放说完顿了顿，似笑非笑地问：“你问那么多是想调查我？”

他本是个玩笑的语气，可沈林一脸坚决：“如果你做了对国家不利的事儿，我当然会调查。”

无趣。沈放不再与他多说，直接扔出一个赌场的筹码给沈林，脸上露出玩世不恭的笑容：“你的时间宝贵，别花在无谓的事情上，有工夫你还是查查南京的赌场吧，里面当官的可不少，而且是常客，他们玩的可都比我大多了。”

不过是百步的距离，沈林的车速缓慢地跟着，沈放走到公寓楼门口便准备进门去。

“我要补个觉，不留你了。”

回到公寓里，沈放打开一个镜框，将双面绣框在了里面，挂在墙上。

在旁边墙上的挂钟后面放着沈林派人安装的窃听器，不过沈放没有发现。

傍晚的时候，姚碧君到了沈宅，在胡半丁的引领下走进了客厅。

“老爷，姚家小姐来了。”

客厅里沈柏年正坐在沙发上看报纸，见况忙放下报纸：“碧君，来，坐吧。”

他又吩咐胡半丁：“去给碧君倒茶，女孩子喜欢喝花茶，沏壶茉莉香片。”

姚碧君不好意思地拦了拦：“别麻烦了。”

沈柏年脸上笑意更深：“不麻烦，那茶给别人喝都是白糟蹋了，只有你喝，那才是对了味儿。”

胡半丁将将走开，就在这时，门口出现了沈林的身影。

姚碧君站了起来，沈柏年歪着身子顺着她视线望过去，看见沈林后，对他说："是沈林回来了，那正好，你陪陪碧君，我一个老人家，女孩子觉得闷。"

姚碧君娇羞道："沈伯伯，哪儿的话。"

沈柏年面色未改："嗨，我当你是我女儿，叫沈林陪你去花园里走走。"

天光已经不大亮了，沈宅花园里，姹紫嫣红都已经瞧不大清楚，两个人并肩而行，却久久没有说话。

"姚叔的病怎么样？"等着天色已经瞧不大清楚面目的时候，沈林先张口说话道。

这样的寒暄每次见面都会出现，姚碧君浅浅一笑，有些无奈："暂时没有大碍，你放心，有什么需要，我会说出来的。"

"你别见外就好，我作为大哥是希望你能幸福的。"

姚碧君愣了愣，越说脸色越僵："难道你认为我嫁给了沈放，就会幸福？"

沈林点头，一副十分笃定的模样："我的弟弟，我清楚，表面上似乎脾气狂躁，但他内心还是非常柔软的一个人，我相信你们是般配的。"

"如果真的和他般配，当初他就不会逃婚了。"姚碧君苦笑。

"此一时彼一时，现在已经不一样了。人心是会变的。"

"怕是会变得更不好。"

沈林还准备接话，姚碧君却打断了他："别说了，我明白你的意思。我会把这些都看成任务。"

说起来当年她倒真的对沈放动了心思，不过这些年过去后，那份心思早就被尘封了。

她抬起头看看天，又道："天色不早了，我该回去了，今晚沈放看来是不会回来了。"

"再等等。"

沈林说话前叹了一口气，沈放这回算是态度坚决了吗？

姚碧君却摆头："不了，父亲还要等我回去照顾呢。我就不跟沈伯伯道别了。"

"好，那我送送你。"沈林妥协。

姚碧君点了点头，两人朝大门口走去。

第十一章

CHAPTER 11

亲爹逼亲事，垂危任务重

军统一处走廊 众人正在议论蒋介石即将在5月初还都的事儿。

“中央商场打折了，为了欢迎蒋委员长还都。”

“这几天可真是热闹，大街小巷都喜气洋洋的。”

“可不是，蒋委员长还都，这可是大事儿。”

你一嘴我一嘴说得热闹，这时候沈放走了进来，众人忙打招呼：“沈专员。”

沈放没有接话茬，直接往自己房间走去。

刚进了门，将身上大衣脱了，那边电话便响了起来。

“沈专员，是我。”沈放接通电话，那头的人是汪洪涛。

“哦，有什么事吗？”

“今晚再去玩两把？”

沈放应了句好，随即又挂了电话。

自打与汪洪涛相认之后，沈放和汪洪涛两个人一起听戏、吃饭，一起在喜乐门里与舞女调情，一起赌钱，来往的次数越来越频繁。

在外人看来，两人只是花天酒地，酒肉朋友，然而这却是组织上审核沈放的开始。沈放一一交代了自己的过去，还有这半年断了线后发生的事。

是夜，沈放与汪洪涛在赌场内赌钱。沈放看着庄家发牌，将筹码押在了小上。

汪洪涛低声对沈放：“这把我算准了应该是大。”

沈放摇了摇头，汪洪涛又改话：“对，对，是该听你的，那就押小。”

他跟着押完筹码，接着便问道：“你曾和汪伪政府交通部干事周思维有过接触，这个人是个赌棍，你还为这个人谈了一笔项目，告诉我你接触他的目的。”

“当时为了获得清乡行动的计划，而这个人正是绥靖军团长王本昌的拜把子兄弟，所以我必须取得对方的信任……”

这边正说着，突然有中统局的人冲了进来，沈放一瞧，为首的居然是李向辉。

“中统局的查赌，所有人都不许走。”

有人喊着：“快跑啊。”

一声之后，赌场内顿时沸腾，众人纷纷择路而逃，场面一片混乱。

汪洪涛拉了沈放一把，两人欲从后门逃走，一个特工过来，拦住了去路，沈放一招将其撂倒。出了后门依旧有人追了过来，他们两个人继而在南京城的小巷里左转右钻，最后可才算是逃脱掉。

停下步子，沈放向四周看了看。

“安全了。”

汪洪涛此刻已经精疲力竭，扶着墙气喘吁吁地说：“看来我得减肥了，这要是被抓住，你还好，我这警察有可能当不成了。”

沈放斜眼瞧他，一副他自找的意思，烦躁地说：“还不是你天天问那些重复了无数遍的问题，要不来赌场也不至于这样。你到底要我讲多少遍？从我在汪伪政府任职开始讲起，后来我怎么负伤，怎么和加藤毅一打交道，他被刺杀怎么波及我，我是怎么被日本军医判了死刑，又是如何活到现在。这些问题你问了多少遍了，到底什么时候才是个头？”

汪洪涛笑了：“这是我们必须要经历的。”

沈放撇了撇嘴，抬腿用力踢了一脚路边上的石子，语气怨愤：“真想马上离开南京，我实在受够这个地方了。”

“暂时你还不能离开，所以你更要小心点。”

汪洪涛还在喘息着，沈放回头瞧他：“你指的是什么？”

“你哥哥最近很关心你吧？”

沈放凝眉疑惑：“你觉得我哥怀疑我？”

汪洪涛摇摇头：“不知道，不过小心点没坏处，那家伙让我怎么都觉得浑身不自在。你是军统一处的情报专员，我是贪污占小便宜的小警察，沈林最喜欢查这两种人。”

沈放没说话，若有所思，却也没有反驳。现在的他，任何人说的任何话他都会信上几分。

不过他脑袋一转，似乎又想到了别的：“我的情况，还有一个同志黄子安能证明，不能让组织联系黄子安吗？”

“我联系过，而且我也联系上了。”

沈放更加不耐烦了：“那你还翻来覆去地问我？”

可接下来汪洪涛说了一句叫他为之震惊的话：“黄子安同志在四个月前的一次行动中牺牲了。

“在日本投降之前日本人和国民党暗中搞了次秘密的联合行动，南京地下组织措手不及，黄子安为了掩护其他同志才……你们是单线联系，现在没人能证明你说的话。”

汪洪涛继续补充着，听了这话，沈放彻底蒙了，随着耳边啸音响起，他的旧伤复发了，这叫他不由得捂住脑袋。

汪洪涛似乎察觉到沈放心绪的慌乱，拍了拍他的肩膀：“接受现实吧，起码现在我还不怀疑你，而且你是谁，只有你自己能证明。”

说完汪洪涛便走了，把沈放扔在那个阴冷的小巷里。

沈放踉跄着回到公寓，推门而入的时候显得有些颓废，他将身体靠在门上，试图平息下来，可头疼依然没有缓解。

此刻的他内心烦躁不安，黄子安牺牲的消息以及汪洪涛对自己的态度，表明了自己现在尴尬的处境。

组织并不完全信任自己，以后他该怎么办？

被疼痛驱使着，沈放一头扎进卫生间。

按开了灯，他在镜子前的柜子上慌乱地找到了一瓶药，接着颤抖着手打开，却将药物撒了一地。

狂躁中，沈放将药瓶扔向镜子，继而一拳打破了卫生间的镜子。镜子破碎但依然挂在镜框中，看着破碎的镜子中自己残破的影像，沈放脑袋里回响着汪洪涛的那句话：“你是谁，只有你自己能证明。”

沈放逐渐克制了自己的病痛，从地上找到药片吃了下去。

1946年5月5日，蒋介石还都南京，国民党营造出了百废待兴、百姓将安居乐业的景象。而实际上，国民党内部腐败现象日益严重，多年痛苦的战争并没让国民党人警醒，相反全党上下变得更加贪婪，更加疯狂地敛财。

军统办公室里，沈放正在看报，报纸首页是蒋介石在机场下飞机抵达南京的照片。就在这时，罗立忠推门而入。

“沈老弟。”

沈放听到声音，抬头一笑："罗处长。"

"我来是通知你，为庆祝委员长还都，今晚一处全体同仁去中央饭店西餐厅聚餐。"

沈放心里有想法，不过面上不敢说，只点头："好的，我一定准时到。"

"今天晚上陪兄弟们多喝两杯。"

"好说，喝酒的事儿我在行。"

沈放应对自如，忽然间桌上的电话响了起来，罗立忠趁空儿摆手退了出去，沈放抬手接通，便听见那头门卫的声音传来："沈专员，这儿有个人找您，说是您家门房。"

胡半丁站在门口等了片刻，沈放急急忙忙走了出来："胡伯，你怎么来了，进去坐坐吧？"

他对那个家十分的反感，但胡半丁不一样，虽然这个男人沉默寡言，瞧上去甚至有些邋遢，却让他觉得是那个家里唯一的温暖。

胡半丁面色慈祥，却只摆摆手，声音有些嘶哑："你事情多，我就不进去了，是老爷让我来叫你回去吃饭，那天说好你回去，也没见着你影儿。"

"今天？"沈放语气温柔。

"是啊，老爷想跟你聊聊你和姚小姐的婚事。"

沈放眉头微蹙，虽然拒绝，但还是笑着："还是算了，晚上我还有事。"

胡半丁听了有些失望，微微叹了一口气，唏嘘不已。如今沈家散得跟一盘沙一样，父子三个人的矛盾越来越多，这样积压下去，总有一天会出大事。

"二少爷，容我多嘴一句。当年的婚约，就算你不同意，那也得有个了结，老爷的脾气你也知道，这样拖下去不是个事儿。"

沈放抬手摸了摸脖颈，沉思了片刻："我知道了，您先回吧，我再想想。"

说着他缓缓转身向回走，步子迈得慢，才走了两步，胡半丁在后面喊着："二少爷，老爷说了，不管多晚，他都等你回来。"

沈放没有回头，将手抬到头顶摆了摆手，身后头胡半丁看着他的背影叹了口气。

是夜，沈放还是跟着罗立忠去了中央饭店。

西餐宴会厅里，军统一处正在庆祝聚会，众人聊着天、喝着酒、应酬着，其间也有一些与军统有来往的商贾老板，场面十分热闹。

而与这热闹背道而驰的是，唯独沈放一个人坐在吧台角落喝着酒。

旁边罗立忠跟一个老板寒暄着。

“罗处长，还望您改日赏脸，兄弟做东咱们吃个便饭如何？”

“张老板您客气了，听说江浙一带的粮食生意大部分都控制在您手里。能跟张老板说上话，那是我罗某的荣幸，改日一定要坐下来好好聊聊。”

“好，那一言为定，罗处长赏脸，我一定得好好招待一番。”

说到此，罗立忠与那人碰杯，一抬眼看到沈放一个人坐在吧台喝闷酒。

“失陪了。”罗立忠躬身行礼，说完便朝着沈放走了过来。

“你怎么一个人在这儿喝闷酒，难不成有什么烦心的事儿？”他倾身就坐在沈放边上，歪着脑袋瞧着沈放的神色，若有兴趣。

沈放干笑：“没什么。”

罗立忠与他碰杯：“别装了，你的脸上就写了一个字，‘烦’。”

说完他一饮而尽，放在杯子静静瞧着沈放：“说说吧，怎么回事？”

沈放叹了口气，被看穿了心思，此刻也苦闷，倒觉得罗立忠是个倾诉对象：“不瞒你说，家里安排了婚事，可我并不喜欢。”

这倒是将罗立忠给惹笑了，他拍了拍沈放的肩膀：“我当是什么大不了的事儿，没想到你还真是儿女情长，英雄气短啊。”

“罗处长还有心思取笑我。”沈放也学他，仰头将酒灌了下去。

罗立忠忽然间认真起来碰碰他手肘：“真不是取笑，你们家老爷子是真心对你不错啊。”

“怎么说？”

“装糊涂是吧，你晋升的障碍是什么？沈老爷子检察院副院长的人脉关系难道是摆设，他能不为你着想？而且上面一定有人跟老爷子通过气儿，要不大动肝火的跟你玩逼婚干吗？人家是为你好。”

他忽然间记起上回罗立忠跟他提起的那个事情，也怪不得罗立忠会这样理解。可还有谁比他更了解沈柏年呢？

沈放恹恹一笑：“我爸？算了，那是为了圆他自己的面子。”

“谁给谁面子重要吗？得看结果，再说这年头，有本事的男人什么样的女人得不到？和谁结婚不重要，娶一个不满意的太太，就再找个满意的姨太太。”

罗立忠以一个过来人的身份对他进行劝导，瞧上去倒像是沈柏年的说客一样。

沈放被他这奇特的理论吓了一跳，看着罗立忠摇摇头："不不不，还找俩？那不是更烦？"

罗立忠面色不改："那又怎么样？只要对自己有利，党国可没规定当了副处长就不能找姨太太。"

沈放微微自嘲地一笑："还是算了，我对当官没兴趣。"

他这样的人，命都不知道啥时候就没了，而且在自己上司面前表现得太过积极也不是那么回事。

"逍遥一点不好？爬那么高，要那么多钱干吗？"

这话才叫罗立忠有了些旁的神色。

他将脸往沈放边上有意靠了靠："你要是跟我一样过过苦日子，就不会这么说了。我不像你那样，含着金钥匙出生，有一个有权有势的老爹，只有真正的穷过苦过，才知道有钱有权的痛快。"

"哦？一个副处长也没多少薪水吧？究竟怎样才能有钱？"

罗立忠也笑了："凭我们在军统一处，想有钱还不是易如反掌。"

沈放晃了晃杯中酒，脸上露出诡谲的微笑来，没有说话。从前些日子他就觉得罗立忠对自己有些过分热络，这会儿才觉察出来，这是要拉自己上贼船。

正在这时，一个商人模样的人走了过来。

"哟，罗处长，原来您在这儿，来来来，我给您介绍几个朋友。"

罗立忠再度拍拍沈放的肩，与沈放对视，沈放点了点头。

当晚一干人等喝得醉醺醺的，离开饭店又招呼着继续去喜乐门再喝两杯。

夜风有些凉，吹在沈放的身上，叫沈放将外衣往紧裹了裹。

中央饭店门前街道对面，汪洪涛带着几个警察站在一辆旧警车旁边，看到军统众人出来后热情地打招呼。

"哟，韩科长……谢科长，您几位吃好了……吴队长，您这可喝得有点多。"

吴队长不耐烦："你谁啊？"

"您真是贵人多忘事，我是警察局缉私大队副队长小汪，汪洪涛啊。"

正说着旁边有人喊着："吴队长，走啊，喜乐门包间都订好了。"

紧接着吴队长斜眼看了看汪洪涛没搭理他，径直走了。汪洪涛有些尴尬，站在一旁，而后看到了沈放。

他还是一副嬉皮笑脸的样子："沈专员，这么晚了，还去耍吗？要不要我给您叫个车？"

不经意间，汪洪涛向沈放使了一个眼色，沈放领会到了。

沈放摇了摇头，面色不佳，酒意微醺："不用，我自己开车回去。"

他说着朝另一边转身，后头罗立忠从饭店门口走了出来忙叫住他："沈专员，时候还早，大家都说再去喜乐门喝两杯，你怎么打算？"

"我有点头疼，还是先回去了。"沈放说着拍了拍脑袋。

虽说他不想勉强，但是自然还要客气两句："再喝点怕什么，待会儿我让人开车送你。"

沈放依旧坚持："还是算了，改天吧。"

这回他才算是放弃，抬了抬手："那成，改天。"

罗立忠和众人离去，沈放走到一边，上了自己的吉普车。

汪洪涛高声喊道："沈专员，再会啊。"

沈放没有搭理，开车离去。

街道上，车轮飞速旋转，车身迅速在长街上划过。沈放看着窗外的景色，又看了看后视镜。后视镜里，空无一人。街头只有孤寂的路灯，紧接着沈放将车拐进另外一条街道，在一条巷子口停了下来。

沈放四处张望了一番，一头扎进巷子最深处。巷内有路灯，照亮一隅，角落里，一个微胖身形的男子站在那里。

光线照在他的脸上，显得有些阴郁，那个人正是汪洪涛。

沈放走过去，情绪不佳："什么要紧的事情，这么急着找我？"

汪洪涛脸色凝重，不似方才的欢脱。

"前一晚，一个情报点被敌人发现，有两个同志被抓了。"

沈放这才来了精神，瞪着眼睛意外道："是什么人干的？"

"中统的人，那两名同志一个中枪身亡，一个服毒了被送到医院，现在还不清楚情况。从目前的状态来看，应该是组织内部出现了叛徒。"

"需要我做什么？"这样的事情，刻不容缓。

汪洪涛却没有答话，像是自语，突然将声音低了下去："那名服毒的同志见过我。"

四目交汇，沈放看到了汪洪涛眼里的坚定。

"如果那名同志被救活了，忍受不住中统的酷刑，说出点什么……一切都要做最坏的打算。为确保你的安全，见完这次面，我们之间暂时中断联系。"

"那万一我需要和你联系呢？"

“不，有必要我会找你的。”汪洪涛斩钉截铁，沉吟片刻，又淡淡说道：“如果我有意外，你可以去升州路的夜色咖啡店，在九号座上摆一个烟盒，组织上就会想办法跟你联系。”

感情汪洪涛这是交代后事来了。沈放没有接话，他看到了汪洪涛脸上的忧虑。

“记住，什么事儿都不要做。”汪洪涛摇摇头。

沈放还未等开口，他便转身走出了巷子。

沈放则是朝巷子另一头走去，路灯将两人的影子拉得越来越长。

与此同时的沈宅里，如胡半丁所言，他没回来，桌子上的饭菜都没有动。时钟敲响了，沈柏年抬头一瞧，已经是晚上十点。

他叹了口气，脸色难看，但没有说话。

沈林对一边的胡半丁说道：“胡伯，老爷的茶凉了，去换一杯吧。”

胡半丁应声向前准备端过茶杯，沈柏年用手一挡：“不用。”

沈林觉得气氛怪异，又说：“要不，我让厨房给弄点热汤来？沈放可能有事儿给耽误了，明天我去问问。”

沈柏年歪头瞧了一眼沈林语气比他还冰冷：“你也学会搪塞我了，你弟弟的事儿一天拖一天，你觉得能拖到什么时候？”

他们家的这些矛盾并非一朝一夕积累下来的，当然也不是几天就可以化解的，而且沈放那个倔脾气九头牛都拉不动，他着实没有什么好法子。

沈林一脸无奈：“我知道您着急他的婚事，可他现在变了很多，急着逼他也不是办法。”

“那什么是办法？”沈林没有说话，他接着说，“你跟你故去的妈一样，就会说不要逼他，结果呢？他连自己的名字都不要了，叫什么沈放，再这样下去他还是我沈柏年的儿子吗？他跟姚家的婚事必须听我的！告诉你，就是押也要把他给我押回来。”

沈林想说什么，但最终忍住了。

沈柏年提起筷子准备夹菜，气上心头，又忽然起身将筷子往桌上一扔：“还吃什么饭，都甭吃了。”

沈柏年转身上楼去了，苏静琬无奈只能放下碗筷，看了看沈林，继而跟着沈柏年上楼去了。

沈林叹了口气对胡半丁说道：“把饭菜收了吧。”

果然如汪洪涛猜测，没过几天，那人被救活了。

沈林办公室里，他给监听小组打了个电话询问沈放的行踪，那边的人如实汇报："这几天他回家都很晚，回来就睡觉，一早就出门，不是去单位，就是舞厅、赌场、酒吧。没跟任何人交流，也没有什么人来找他。"

电话刚挂断，李向辉敲门走了进来。

"沈处长。"随即李向辉递给了沈林一沓资料。

沈林一边翻阅着，李向辉立在边上汇报："这几天，行动科那边通过我们策反的地下党线人提供的情报，他们在城内的几个据点都被我们破获了。而且通过线人所提供的密码信件查出，传递信件的人一直通过鼓楼邮局、新街口邮局、中华门邮局以及玄武门邮局给策反者发出信件，这几天我们已经对几处邮局进行把守，严密监视。而且抓获的地下党分子供出了一个人。"

沈林抬头，他继续说道："警察厅缉私队副队长汪洪涛。"

再一低头，沈林看到汪洪涛的照片。那模样瞧着十分熟悉，似乎在哪里见过。沈林仔细一想，才忽然记起来那天在剧院里后来气喘吁吁跟上来的那个人。

沈林惊讶："是他？"

"怎么，沈处长认识他？"

"打过照面。"说着沈林放下资料站起身在屋里走了两步，忽然又转身面向李向辉。"你怎么看这个案子？"

李向辉一早知道，此刻已经有了看法，便直接说着："用密码信，有几个据点，而且渗透进了警察厅，说明他们是个情报网络。但这个情报网络究竟有多少人，上线和下线是谁，现在还都不清楚。所以我们的调查只能秘密行动，不能打草惊蛇。"

沈林摇头："不过人我们已经抓了，地下党方面一定会有察觉。"

顿了片刻，他又说道："马上通知吕步青，对汪洪涛要以监视为主，尽量不要惊动他，就算是必须抓捕也一定要在暗中进行，不能公开，而且事后紧急通知各相关部门，不要走漏风声。"

"这……"李向辉停顿片刻，想说什么，但又迟疑地未开口。

沈林看出端倪问他："怎么了？"

"这是行动科的案子，我担心吕科长他……"

似曾相识的话。

沈林突然间变得严厉而果决："不管谁的案子，把我的话告诉他，如果他要一意孤行，那党政调查处调查的就是他！"

晨光熹微，从窗口照了进来。

公寓里静悄悄的，沈放正在熟睡，忽然间有阵敲门声传来。沈放的身子动了动，没有醒来。

再敲，沈放终于醒了过来，先是微蹙眉头，之后迅速地反应过来，从枕头下面摸到了枪，起身走出了卧室。

越过客厅，沈放轻手轻脚地走到大门边，敲门声还在继续，他凑到门边猫眼一看，是个帽檐压得很低的人。

“谁？”

“送牛奶的。”那人声音低沉，却又像是故意装出来的。

沈放狐疑，缓缓打开门。

此刻屋外面正下着细雨，面前的人帽檐低垂，看不到脸，一只手倚着门框，瞧上去浑身已经湿透了，甚至有血水一点点顺着衣服流下来，洇湿了沈放门口的地毯。

沈放盯着他，那人忽然抬头，沈放瞧见那张脸，居然是汪洪涛。

汪洪涛脸色苍白，虽然喘息着，但能看得出来，他已经费了很大的劲儿控制着自己的气息。

沈放欲说话，汪洪涛对他示意，摇了摇头。

汪洪涛语气平静：“这是您订的牛奶。”

沈放接过牛奶，看到了连同牛奶桶一起送到自己手上的纸条。

“谢谢。”

接着汪洪涛转身离去，沈放望着他的背影瞧了一会儿，接着回了屋。

沈放放下奶桶，打开手里的纸条，一行小字跃然于纸上，钢笔水墨痕迹氤氲开了些，却依旧能看清字眼——十五分钟后，去后面三条街巷拐角处的牛奶站，就说牛奶不新鲜。

沈放一愣，抬头一瞧，墙上的挂钟滴滴答答正走，时间是5点20分。

沈放有些焦急，开始在屋内来回踱步。方才他分明看见了汪洪涛身上带着血，那说明汪洪涛或许真的被供了出来，而且，中统那边已经开始采取了行动。

5点30分，他停下步子将纸条点着烧了，放到烟灰缸里。发呆了一阵子，继而抬头，时钟走到了5点35分。

沈放穿上大衣，快步走出了公寓。按照纸条上说的，沈放找到了那个牛奶站，只是个简陋的木板房，门还虚掩着，沈放直接推门而入。

屋里生着炉火，抵抗屋外细雨绵绵的清晨凉意。

沈放走进来，将门阖上，看见依旧浑身湿透的汪洪涛正倚靠在一个椅子上。听到动静汪洪涛很警觉地举起枪，见是沈放才又放松下来。那张胖脸上显苍白而血色全无，身上的伤口依然有血水渗出。

原本精明的人显得萎靡异常，生命已近弥留。

汪洪涛喘息着，声音低沉而缓慢："这个牛奶站原本是我新设置的一个联络点，可以用这个地方跟你长期联系，可惜只用了一天就要作废了。"

"你怎么样？发生什么了？"他此刻才认真地看到了汪洪涛身上的伤。

"听我说，从现在开始，必须记住我说的每一句话，我的时间已经不多了。"汪洪涛语音颤抖，明显他在强忍着伤痛。

"中统的人在围捕我，可以明确组织里有人叛变了，但是有三个怀疑对象。一个是日伪资产分配委员会的周达元，一个是交通部公路局运输调配处处长钱必良，还有一个是市政府所属的浦口码头的经理郭连生。他们都使用密码信跟我单线联系，这次我被伏击，说明当中有人叛变了，但我无法确认到底是谁。"

汪洪涛目光涣散，有气无力。

"你先休息一下。"沈放也算是见过大场面的人了。可几经相处，他和汪洪涛之间多少有些感情，这般境况下，说不难过是假的。

汪洪涛摇了摇头，他知道，他的时间不多了。

"谁叛变了我不知道，但他们三个中肯定还有我们的同志，因为他们相互并不认识也从没联系过，中统的人一定是想把我们的人都引出来，否则他们不会等我穿便装的时候才对我进行抓捕，中统不敢公开，就是怕走漏了风声，引起其他潜伏同志的警觉。"

汪洪涛越说越虚弱。

"别说了，我先送你去医院。"

沈放欲上前扶汪洪涛。汪洪涛笑了，轻轻推开了沈放："听我说。我的腹腔已经被打穿了，失血过多，去医院也活不成，而且受这样的伤是完全解释不清楚的。"

"我的结局很简单，几个小时以后我将是一具漂在玄武湖里的尸体。"汪洪涛喘息着。方才被追捕，他受伤跳进了玄武湖才勉强多活了一阵子，要做的事情都做了，这条命也没啥用处了。

"不，一定还有办法。"沈放听他这样的安排吓了一跳。

汪洪涛摇头："我暴露了，而且受了重伤，对我的任何救治都有可能给你和其他潜伏的同志带来危险！我是个解决问题的人，不能制造问题！死是最好的解决问题的方式。"

“不行，我不能眼看着你这样死了。我现在就去找医生。”

沈放神色激动，回身要走，汪洪涛着急了揪住沈放，他谨慎安排，若是被沈放给搅了，连他也都暴露了，那更是麻烦。

“理智一点，我来找你，是要给你个任务，务必在最短的时间里找到叛变者，叛徒一天不除就多一天的危害，时间一长，难免其他的人也会暴露。”

汪洪涛用力嘶吼着，说着轻轻咳嗽了几声，伸手从怀里掏出一张折叠过的皱皱巴巴的纸递给了沈放。

“这是他们三个人的地址。”

沈放眼瞳放大，说话结结巴巴：“可……我的甄别期还没过，适合做这样的工作吗？”

眼前没别的办法，时间紧迫，若是不及时查探出来，会有更多人牺牲。

“我愿意相信你，如果你叛变了，我是活不到现在的。让组织安排人来需要时间，这个联络点今天以后就会废弃。现在除了你没人能找出叛徒，你是军统的情报专员，你是最有机会的人，所以……为了组织的需要，你应该继续潜伏下去。”

突然之间被委以重任，沈放耳边又开始出现了啸音，似乎旧伤复发头又开始晕起来了。

沈放捂着头说：“我做不到，做不到……”当年的“风铃”是最优秀的情报人员，但此刻的沈放不是。

汪洪涛一把握住沈放的手，手掌冰凉，带着血水：“你必须做到，你是我唯一的机会！国民党的人要么公开宣布我是地下党，要么就会把我的身份掩盖起来，如果是你哥哥处理我的案子，那就更有可能是后者，因为这样更有利于找出叛徒。所以你还有机会，当然没人要求你一定听我的，想巩固你在军统的位置，也可以把我交给国民党。但我知道你没有背叛自己的信念和信仰，记住你是个战士，我们这样的人必须时刻战斗。”

沈放嘴唇颤抖着，没有继续说话。

“也许让你继续这样做很艰难，但我相信你，你能融入敌人的世界，和他们表面上看起来一个样。”临死之人，肚子里有多少话都想说出来。

“我不知道自己行不行。”

汪洪涛笃定：“你可以，因为你是‘风铃’。”

两个人紧接着双目相视，木板屋里一片安静，只有旧火炉上的铝锅煮的牛奶在沸腾，冒着热气。

“好了，你可以走了，你来是因为送的牛奶不新鲜，我在前几天以你的名义订了牛奶，看来以后你得养成喝牛奶的习惯了。”

汪洪涛尽量表现得轻松一些，沈放此刻心绪未平，呆呆地看着他。

他知道，他不能在这儿待得太久，他无奈地提起新的牛奶桶，转身走到门口。

“你保重。”沈放回头，眼眶湿湿的。

汪洪涛依旧面带笑容看着沈放，淡淡地说道：“保重，以后的日子里别忘了去夜色咖啡馆坐坐。”

沈放点了点头，推门走了出去，雨比刚才稍稍密了一些，他将帽檐压得更低了些，大衣的领子竖了起来，提着牛奶桶，往前走着。

现在的局势是，汪洪涛已经安排好了一切，他的牺牲是无法逆转的结局。而同时自己再一次被切断了与组织的联系，也没有人能证明自己对组织的忠诚，只有把叛徒揪出来，才对得起汪洪涛的决绝，组织上才会彻底信任自己。

可自己真的能做到吗？沈放不知道。

回到公寓的他将牛奶桶放在桌子上，然后打开酒柜，双手还在颤抖着，他拿起酒瓶，打开，接着便对着嘴“咕咚、咕咚”地喝了下去。

良久之后他才松了一口气，用酒瓶杵着桌子，站立在旁边，继而缓缓地瘫坐在沙发上，脱下围巾，解开大衣，喘息着。

下午汇报信息的时间，监听小组的特务给沈林打来了一个电话。

沈林坐在办公桌前，正在看文件，文件上有汪洪涛的照片和资料。

“我是沈林。”沈林接通电话。

监听小组特务甲汇报到：“沈处长，今天早晨有人去过沈放公寓，是个送奶工。”

沈林脸色一沉：“几点？”

“早晨5点。”

沈林不悦：“现在是下午1点，为什么早晨不汇报？”

那边的人稍微有些紧张，说话开始结结巴巴起来：“我们……我们只是觉得送牛奶的没什么异常。”

“没什么异常？什么叫没什么异常？沈放从小就没有喝牛奶的习惯，而且到了南京他也没有这个习惯，最重要的是那个送奶工出现的时间比正常时间要提早了将近一个小时，这都是反常的。亏你们还是干情报工作的！”

沈林忽然发怒，愤而挂了电话，想了想，穿上大衣奔出办公室。

到沈放楼下的时候，正好瞧见沈放的车刚刚开走，沈林没有选择跟上去，而是沿着楼梯走到沈放公寓的门口，没有进门却已经似乎看到了什么。

门口放着一个牛奶框，里面有两个空的牛奶瓶子。

他觉得不大对劲，随后俯下身去，在门口的地毯上，沈林发现了汪洪涛留下的疑似血迹。

沈林的脸色凝重了。

隔天，果真出了事。

才进了走廊李向辉便走了过来："沈处长。"

沈林站住："什么事？"

李向辉却小心翼翼，看了看四周皱眉道："屋里说。"

沈林点了点头，与李向辉走进大楼。

办公室里，沈林坐定，李向辉阖上门开始便说着："昨天，军统的人在玄武门邮局附近发现了身穿便装的汪洪涛，也许他正要邮寄密码信，被吕科长埋伏的弟兄给伏击了。"

沈林忽然转头怒目，责问道："不是让你告诉吕科长，切勿打草惊蛇吗？"

李向辉退后一小步，身子微微缩了缩，低着头将眼珠子往上抬着："我昨天说了，可没想到吕科长还是动手了……"

"这个吕步青满脑子都在想什么！"李向辉还未说完，沈林出言打断。这样的事情不是一次两次了，这个吕步青处处与他作对，好功的不行。

李向辉又试探地问道："那……咱们是不是要去趟军统那边把尸体要回来？而且后续的行动您看……"

沈林想了想，事情已经这样了，也没办法再挽回，只能尽力补救："通知军统的人以及警察局缉私处的人，封锁消息，暂时不要对外公布汪洪涛的案件。"

李向辉点头，接着他又说："将汪洪涛的尸检报告和相关信息整理资料及时交给我。"

李向辉离开，沈林将身扶在桌上揉了揉自己的眉心想着，汪洪涛是昨晚被击毙的，随后沈放门前就出现了血迹以及突然来了送奶工，这些异常与汪洪涛会有联系吗？

第十二章

CHAPTER 12

妥协应婚事，怀疑人现身

另一边，玄武湖旁。

一群军统的特工在玄武湖边拉起了警戒线，一些人勘察着现场。

玄武湖上烟雾蒙蒙，雨一直在下，四周依然湿漉漉的。罗立忠和沈放就站在一边看着，旁边是副官为他们撑着伞。

现场的法医侦查完毕走了过来汇报着："罗处长，沈专员，死者身份已经确认，叫汪洪涛，警察厅缉私队副队长，经过初步的检查，身上有一处弹孔，打穿了腹腔，但他真正的死亡原因是溺水。"

罗立忠一边听着，一边和沈放看着汪洪涛的尸体，似乎是觉得哪里不对劲，皱了皱眉头，扭头对沈放说："中统那边在全城秘密搜捕了一夜，人却被我们找到了，只可惜是个死人。"

"要不要通知中统方面。"沈放尽量掩盖着内心的波澜。

罗立忠撇撇嘴，觉得这样上杆子献殷勤，实在是丢了面子，晃了晃脑袋道："用不着，他们早就知道了，就像他们刚一行动我们就知道了一样，等着他们来要人吧。"

说完他又围着汪洪涛的尸体转了一圈，说出了他早已经看出来的端倪："你觉不觉得这个汪洪涛死得有点奇怪？"

沈放眼睛一亮："怎么？"

"他真的是死在这湖里的？"

见沈放没说话，他又提到："看不出来吗？从中统开始围捕他到现在差不多十个小时了，你应该看过长时间溺水的尸体是什么样。"

瞧不出来，这个平日里看着没啥能耐的笑面虎，心思居然这般缜密，有着和他哥哥一样的分析能力。

沈放被罗立忠看得不自在，只能硬着头皮说着："如果这家伙中枪跳进湖里再也没出来的话，尸体泡水浮肿的程度不够，也许他没在湖里待这么久。”

罗立忠这才笑了：“对，这个家伙一定没泡在湖里这么久。也许他去找过什么人接头或者交代了什么又回到这湖里想掩盖他的行动。而且他的枪伤不至于当时就毙命，如果救治及时也许能活下来，可他居然还是死在湖里了。”

随即他又阴沉着脸说道：“这个汪洪涛挺厉害的。”

沈放没有再接话。

从玄武湖出来往外走着，罗立忠忽然问沈放：“汪洪涛平日有没有什么异常？”

沈放谨慎，摇了摇头：“我跟他不算熟。”

前些日子他们过密的来往，但凡有心查他的人都能知道。

罗立忠笑了，带着些怀疑的眼神看着他，果然说着：“我以为你们是朋友，而且你们关系好像还不错。”

“别开玩笑了。我就是被汪洪涛拉着去过几次赌场，跟这个小警察真算不上朋友，更别说他是地下党了。”

沈放不动声色，脸色瞧上去有些不好。罗立忠瞧了他一会儿，忽然间一笑，拍了拍沈放：“你紧张什么？这家伙平时表现得太不像个地下党了，我都有些意外，不过想想也对，没人会把地下党写在脸上，他们就是可以渗透在你我身边，让人毫无察觉、毫无防备，像变色龙一样生活在各种环境里，这才是最可怕的地方。”

沈放心上松了一口气，嘴上又叹了口气：“是啊，如果他们都在脸上写着字儿，也用不着我们这么费尽心思地去找了。”

并肩而行，走到车边上，罗立忠突然站定，揣摩着：“汪洪涛突然被中统的人秘密抓捕，说明中统掌握了什么线索，或者有什么秘密的线人。”

沈放看着罗立忠的神情，这会儿越发对他钦佩，看来日后不仅得防着他那个哥哥，眼前的这个人也是一颗定时炸弹。

“我也这么想，这个案子咱们一处得继续跟下去。”沈放随声附和。

罗立忠自嘲地笑了：“现如今，军统、中统就知道在党国内部相互渗透，却不知道合力围捕地下党。老弟想在党国情报系统里站稳脚跟，整天的只想逍遥自在可不行啊。”

“也是，该往上走时得往上走啊，要不忙活半天也不知道为了什么。”

“听老弟这话好像老弟想通了点什么。”

前些日子还说他是个想逍遥的主儿，如今改了口，罗立忠眯着眼睛瞧着沈放。

沈放明白，要查下去找到真正的叛徒，自己必须要爬得更高，也必须成为一条变色龙，适应现在环境的变色龙。

所以沈放做了一个决定，他要回家，回那个他很厌恶、厌烦的家。

“当然，不能罗处长点拨那么久我还食古不化。”

“恭喜沈老弟，有你这句话，未来前程似锦，指日可待啊。”

沈放心上其实不是滋味，面上却打哈哈地笑了。

行动就从今天开始，傍晚的时候沈放便回了沈宅。

屋内开了灯，暖黄色的光线让人觉得很舒心很柔和。

胡半丁看到沈放，很是惊讶：“二少爷。”

沈放脱下外套，正准备挂起来，胡半丁已经接了过来，一面对室内喊：“老爷，大少爷，苏姑娘，二少爷回来了。”

这仿佛是天大的事情一般。

“是沈放回来了吗？”

随着苏静婉的声音，沈柏年的身影已经出现在了楼梯口，正朝楼下走来。沈放呆立在那里，目光随着沈柏年挪动着，而后苏静婉的身影也出现在了楼梯口。

“回来了？”沈柏年没有喜悦，面色沉稳。

沈放点了点头，沈柏年转头对胡半丁说：“让厨房多准备几个菜。二少爷喜欢吃盐水桂花鸭，再准备点儿酒。”

父子两个人静静地坐了一阵子，由于上次闹得实在有些僵，气氛一度十分尴尬，就那样一直候到了沈林回来。

一家人坐在饭桌旁吃饭，胡半丁站在一边服侍着。沈柏年为沈放夹了一块盐水鸭。

苏静琬咧嘴一笑：“这顿饭可让咱们等了有些日子了，要我说，沈放，你的脾气也得改改，别总跟老爷子怄气。”

“别这么说，我什么时候敢跟父亲大人怄气。”

苏静琬被他的态度吓了一跳，忙话题：“好好好，没怄气，没怄气。”

边上沈柏年见他似乎心情不错，清了清嗓子，又提起了话头：“好了以前的事儿不说了，你既然回来了，那么家里对你的安排，你听还是不听？”

要搁常日里，这样一句话说不定沈放早就拍屁股走人了，可今日沈林心上一揪，却意外瞧见沈放淡定自若。

“您说的是我和姚碧君的婚事，对吧？我答应了，其他还有什么，你们定吧。”他今日回来本就是寻着枪口撞，等的就是他这句话。

沈柏年意外：“你答应婚事了？”

沈放依旧闷头夹菜，随口应了声：“嗯。”

良久，沈柏年像是才反应过来，脸上终于露出了笑容:“好，好，答应就好。来，吃菜。”

随即他再一次为沈放夹了一块盐水鸭，还语重心长说了一段话：“抗战刚刚胜利，眼下问题重重，你们两兄弟都在党内谋职，我希望能通过你们两兄弟的努力，能让国家有所改变。我年龄也大了，你大嫂不幸早逝，你哥一直没有再娶，沈家不能就没了香火，怎么也得让我抱个孙子，哪天我走了，也没什么遗憾。”

从前沈放与他顶着来，他自然是表现得更强硬。这会儿忽然间转变，沈柏年心里的忧伤往上翻涌着。

“老爷子说哪里话，老爷子至少还能再活个五十年，早着呢。”说着苏静婉为沈柏年夹了一块肉。

沈柏年叹息了一声，看了看沈林，又起了别的意思：“来，沈林，咱们俩也碰一杯。你这么年轻，应该再娶个老婆，好好过日子。”

沈林举杯与沈柏年碰杯，两人一饮而尽。

沈放手忽然一抖，筷子掉落在桌上的汤盆里。他想起那日在剧场，沈林送给柳如烟的那束花。

“父亲说这些干吗，弟弟回来，又答应了婚事，先把这个喜事儿办了。”沈林应道。

沈柏年叹了口气：“只可惜你妈死得早，唉，如果她还在，也一样不想看你一个人生活。”

沈林和沈放对视一眼相互都没再说话。

吃过晚饭，沈林送沈放出门。

花园里很安静，有些许虫鸣点缀静谧的夜。

两人快走到门口，沈林忽然将沈放喊住：“你等等。”

沈放站住了，借着门口微光瞧着沈林一脸的狐疑。

“我没想到你会突然回家。”

沈放淡定一笑：“你不是一直劝我回来吗？”

不回来的时候他死缠烂打，回来了他依旧不满意。

“回来是好，可你的变化太突然。”

“变化？你指的是什么？”

沈林扬起眸子：“我以前就没想过你会喜欢云锦刺绣，你小时候可没这个耐心，牛奶也是你最讨厌的。”

“你怎么知道我开始喝牛奶了？”

沈林僵着脸：“我去过你家你不在，门口有空的奶瓶子。”

见沈放哼笑一声，他又反问着：“我是你大哥，去看看你不行吗？”

看看他？观察得这么细致，他敢说不是在调查自己？

“你还真挺关心我？告诉你，云锦能让我安静下来，那几年在日本人那边，总是担惊受怕，睡着了也要有三分醒着，收集刺绣能让我平静很多。至于牛奶，我有胃病，医生嘱咐我多喝。”

沈放轻易解答。

沈林依旧不罢休：“你门口的地毯怎么脏了，好像是沾了血。”

此时此刻，沈放额头冒汗，不过在夜色的掩护下，他依然强作镇定：“那是只受了伤的野猫躺在门口，后来，野猫还是死了。”

“是吗？”

沈放将一边眉毛一低：“不相信？”

随后他往后微微退了一步，像是保持距离一样：“看来我也是野猫，回家了也被人处处提防。”

这一招对沈林十分有用，他语气终于算是缓和下来：“错了，这个家还是你的家。”

沈放冷冷一笑：“我错了？倒是大哥什么都不会错，连我门口的地毯脏了都想知道原因。”

两人对视，有几秒钟都没有说话，像是在探究对方的内心。

沈林先开了口：“我是关心你，今天去看你本就想接你回家吃饭的。”

“这样的关心有点过了吧？当年母亲还在的时候你也没这样。”

“不管怎样，希望你的话不是在骗我。”

沈放顿了顿，打开车门坐上去，歪出脑袋来回话：“如果你说的是婚事，放心，姚碧君我一定会娶。”

车子发动，扬长而去。沈林立在原地，想起白天瞧过的尸检报告。技术分析科对汪洪涛尸体的分析表明，尸体浮肿的程度不够，看来并不是在水里泡了一夜，死亡的时间经检测，应该是昨天清晨，并非前一天晚上。

如果真的是这样，那么汪洪涛死前去过哪儿，是不是去见了沈放？这又成了沈林心中的一个大大的问号。

汪洪涛曾经和沈放有过接触，汪洪涛是地下党，那么沈放就很有嫌疑。

这一切像一个迷宫，绕来绕去，沈林发现好像又回到了原地。

关于汪洪涛的案子，几天后叶局长组织了一次案情分析会。

中统会议室里，沈林憋着闷火，在这案子上，吕布青算是彻底将他惹毛了。

叶局长立在最前面主持，沈林眼珠子从头到尾都在盯着吕步青，这个以往跟他就是死对头的人，今天看上去更叫人厌烦了。

他言之凿凿："这次行动科在地下党分子汪洪涛的案子上有明显的失误，如果不那么心急地开展行动，暗中跟踪，汪洪涛就不会死，也许会找出完整的地下党情报网络。"

对面吕步青却只是抽嘴一笑，还似往常那般不屑："这么说太理想化了，行动的时候可是千变万化，现在这样说，是不是有点马后炮？"

沈林神色未变，瞧着依旧冷静，对付这样的赖子，多加争吵只会贬低自己。

"在此之前，我已经让李向辉通知你们了，可你们行动科是怎么做的？"

"对付地下党什么情况都有可能发生，汪洪涛死了你可以这么说，如果人没死由行动科来审问，也不见得找不出线索来。"

"公开抓捕汪洪涛，这条线上的地下党都会警惕，你能找出什么！"

他心上有火，但懂得压制，可吕步青怒且急，像是一把火钳子一样，只会向前突突，被堵了路也只会语塞，抬手指着沈林："你……"

这样的争吵在所难免，且发生得很勤，叶局长这位和事佬一般的人物，忙抬手喊停："好了，说说后面应该怎么办。"

沈林轻轻白了吕步青一眼，该怎么办？有这个人在，再好的法子也都被搅了。

"为了不对地下组织打草惊蛇，我们对外口径也要转变，应该撤销对汪洪涛的通缉，说那只是一个误会，汪洪涛并不是什么地下党，他的死是得罪了什么人，把他当作普通的刑事案件移交给警察厅。"

他也不是公报私仇，这事情确实得这么做，不过顺带着能解口气，也不失为一个好法子。

吕步青自然不干：“为什么？这不是说行动科搞错案子吗？”

“就是要说这是个错案，才能掩盖汪洪涛暴露的事实，迷惑地下党才能更好地保护我们策反的线人。”

“有必要吗？我倒是觉得应该彻底调查与汪洪涛有联系的一切！”

“调查的动作越大，他们隐藏得就会越深，很可能也会波及我们控制的线人！吕科长，你难不成想把我们楔进地下党里的钉子自己给拔出来？”

“你这是什么话？”

两个人没完没了，对于吕步青的问题沈林对答如流，游刃有余，说完看着他那张面目心里隐隐痛快。吕步青忽然喊话立了起来，还要说什么，却被叶局长打断。

“暂时按沈林说的做。”

两个前世的仇人凑在了一起，这样的局面，每次都让叶局长头疼。

“局长，这可是我们行动科的案子。”

“不管谁的案子，抓到地下党才有效。就这样办，散会。”

吕步青据理力争，很是不满，闻话又无可奈何，只能翻着白眼瞪着沈林，喘息越来越粗重。

与此同时，沈放也有了动作。

他心有事情牵扯着，自然是说话算话，而且这一切如今已经刻不容缓，所以成婚的事情能快则快。

于是在当晚回家应下这桩事情以后没多久，他便安排人将姚碧君接到了社会局。

社会局大门旁边，有三三两两的刚结婚的新人在庆祝。每对新人都显得甜蜜幸福，脸上充满了喜悦，有的还穿着婚纱跟着同来的亲戚朋友一起照相合影。

沈放与姚碧君登记完毕从大门口走出来，两张俊美的脸蛋并没有引起特别的注意。

没有华丽的衣服，沈放只是身着军装，而姚碧君也只是穿了一件普通的外套，脸上的妆容也很淡，像是完全没有防备，却又有一种难言的自信。两个人在门口站定，沈放对周边的人视若无睹，只是自顾自地点上一支烟。

姚碧君看着沈放想说什么却又没说出口，沈放余光若有察觉将头微微歪过去，嘴里的烟雾徐徐升腾，那张英姿勃发的脸庞被遮住大半。

“怎么？想不到我今天会带你来登记结婚？”那声低沉而又带着一丝笑意，朦胧中视线瞧着姚碧君点了点头。

笑过之后眉头又皱在了一起，模样沉稳：“是匆忙了点，不过既然早晚都是这样，那就趁早办了，皆大欢喜。”

他们两家是世交，很小的时候他和姚碧君便有了婚约，算上去相识甚早，如今世易时移，此刻瞧着这张脸，沈放忽然间觉得，让自己这么排斥姚碧君的原因，或许就是这一口相约的婚姻。

“你真的这样想？”姚碧君眼神亦是笃定，看得出来，这些年来在她身上发生的不少事情，也已经让她从那颗蚕蛹中蜕化了出来。

“怎么？”沈放抬眼。

姚碧君与他相视，沉默了片刻，继而说道：“真觉得这样是皆大欢喜，那何必几年前非要离家出走。”

这话里有怨憎，当年沈放离开，叫她姚家脸面尽失，如今他这样说，听起来像个笑话一般。

“今时不同往日。而且我也没想到。”一言毕，沈放勾起一条眉毛，咧嘴露出一副神秘的表情。

“没想到什么？”

“没想到，你居然这么听我爸和我哥的，看来我是找了个好老婆。”

姚碧君凝眉，她就不该搭话，话到嘴边上，气得却又说不出来：“你……”

沈放将她一把搂在怀间，不见她有丝毫挣扎的意思，他也想要尽快结束这一场质问：“好了，你以后得听我的，从今天开始我是你丈夫。而且我不会就这么简简单单地娶了你，我们沈家一定会把婚事办得风风光光的。”

不说这话倒好，说话后却是把姚碧君给噎住了，沈放似乎有所察觉，急忙有改口，有些尴尬地说：“你要去哪儿？我可以送你。”

姚碧君吃了一肚子气，眼珠子瞪得十分大，说起话来有些咬牙切齿：“不必了，我可以自己走！对了，这几天我父亲身体不好，我得照顾他，所以等你风风光光地娶了我再来接我吧。”

这算是跟他赌上气了。

说完话人扭头走了，沈放盯了一会儿她离去的背影，然后丢掉了手上已经燃烧殆尽的烟头，向着相反的方向走去。

婚事了了，紧接着的事情，要马不停蹄地开始。

那几日下了一场小雨，淅淅沥沥将南京城街道冲刷了一遍，雨时人得空，罗立忠寻他又有事要说，他便专门找了个时间到罗立忠办公室去了一回。

罗立忠一向待他热络，给他特意泡了一壶茶，端过来时候表情神秘："尝尝味道怎么样？"

沈放品了一口，放下茶杯忽然眉眼一亮："这是普洱吧，听说喝普洱有凝神静气的作用。"

"沈老弟还真懂啊，喝茶是一个人涵养的体现。小时候，我母亲把柳树芽摘下来，烤了，泡水喝，晚上做活儿时，喝了提神，我那时经常偷偷喝一口，那味道是苦涩的，并不好喝，而我甘之若饴。"

"看来现在罗处长是苦尽甘来了。"

罗立忠叹了口气，脸色有些无奈："谈不上苦尽甘来，现在随随便便的茶是很难入口了。"

"那是罗处长境界不一样了。"

罗立忠微微一笑，再度给沈放斟茶。

寒暄完毕，接着便是这一趟前来的目的。

茶水倾下，声响清脆，沈放抬手稳着茶杯，一面瞧着罗立忠，笑意深长："对了，跟罗处长汇报件事儿，我也不一样了。"

添满两杯，茶壶见了底儿，罗立忠先是将壶搁到边上去了，接着一边端起茶杯子一边说着："噢，这倒要听听。"

"我结婚了，今天上午刚领的结婚证。"

罗立忠一口茶卡到嗓子眼，猛地咳嗽两声，险些喷溅到沈放脸上，沈放从口袋掏出帕子给他擦了擦，见他眼神惊诧："真的？兄弟你动作够快的。"

"既然想好了，还拖拖拉拉的干吗，也让我爸高兴高兴。"

他照着当日罗立忠提点他的意思说着，故意提到沈柏年，话里的意思十分清楚。

罗立忠是个明白人，是人都想往高处爬，沈放当初的态度忽然间一百八十度大转弯，冲着的东西那还用说，自然是就是当初他说的那个意思。

"这就对了，你副处长一职推荐报告我会近期提交给局里，你就静候佳音吧。"

聪明人之间打交道很省力气，沈放轻松一笑，伸手握住罗立忠。

“那我得多谢罗处长了。”

“哪儿的话，大家都是在一个屋檐下谋事儿，指不定哪一天我还要仰仗你呢。没准，你爬得比我快。”

虽说这话处处是罗立忠提起来的，可就算他心里真的这么想，眼下也不敢随声就那么应下来，面上还是得应付着：“别啊，我只是您的副手，越俎代庖的事儿，我可干不出来。咱们一处什么时候都得您罗处长掌舵。”

接着罗立忠和他相视一笑，两人的笑容里都有内容。

这样的一件事情，两个人各怀心思。沈放为了往高处爬，从而查探到那个叛变者的身份，而罗立忠一早就想要笼络他，既然一处副处长的位置早晚是沈放的，他不过做个顺水人情，后面有事情就会变得好说话多了。

寒暄完毕，私事也说完了，罗立忠即刻言归正传。

“好了，说点案子上的事儿，这两天中统那边对汪洪涛一案的态度有了变化。”

沈放点头：“嗯，听说是把案子移交到警察厅了。”

中统的事情他根本不用刻意去打听，寻个茶馆喝个茶，有什么消息听得清清楚楚的，更不用说这消息还是故意往外散的。

罗立忠瞧着沈放的眼神若有深意：“那只是表面，中统并没停止调查，而且还是你那大哥沈林在负责，这葫芦里卖的是什么药，你应该能看出来吧。”

他自然知道，如今的这一切，都正在往汪洪涛预料的那样发展着。

“掩人耳目，诱鱼上钩，只是……”

说到半截儿，他欲言又止，脸色有些为难。

罗立忠小心翼翼朝着门口的位置瞧了一眼，房门紧闭，四周静谧，没有一丝杂音，他这才将目光收了回来：“说，你我之间还避讳什么。”

他凭着答应帮衬沈放这一遭事情，如今已经觉得自己和沈放立在一根弦上了，语气显得十分的亲近。

沈放隐隐出了一口长气，抿了抿嘴，话递到这份上，也便往下说着：“这案子，罗处长似乎并不想有太多动作，汪洪涛的尸体可是咱们发现的。”

这边开了个头，往下再深究，中统的人不管出了多大的力气，到最后的功劳都有军统的一半，费那力气又有何用。

罗立忠微微一笑，轻轻在他肩膀上拍了拍。

“有人在前面操心不好吗？中统想管就让他们管去，有机会了咱们再出手，没机会我们就歇着。”

他说完话瞧着沈放，本以为沈放与他一般意思，却意料之外见着他将面色沉着，片刻之后又突然间扬起目光来，像是有了什么考虑，紧接着语气坚定：“可我倒想看这背面到底有什么马脚。”

他费了这么大的劲，为的就是有权利掺和这个案子，并能做上什么决定。若是军统是事不关己的态度，这一切就会难办得多，只怕到时候沈林牵长线钓大鱼，叫组织人员损失更加惨重。

方才他还说不干越俎代庖的事情，可现在这话摆明了朝着罗立忠上头扑着，有一瞬间，罗立忠僵硬，瞧着阴冷，接着故作淡然，还是应了下来：“行啊，等你副处长的任职批下来，一处由你撑着，我还省心呢。”

到底也还是无可奈何，这样的话是非说不可的，沈放也暂时顾不了罗立忠的感觉，只点头笑着：“罗处长放心，我一定尽力。”

接下来的几日，沈放专门走了一趟，去瞧了瞧汪洪涛口中那三个被怀疑的人。

汪洪涛说过，他的另一个任务是领导周达元、钱必良、郭连生形成一个小组，为组织搜寻输送急需的物资。日伪资产分配委员会掌握了大量物资，找到物资对他们极为有用处，由周达元在单据上做手脚，通过密码信的形式将选好的物品告诉他。

接着他再用密码信通知交通部公路局运输调配处的处长钱必良，让他把周达元筛选出来的物资进行分类，对照单据上的记号把那些货品找出来，再转运到浦口码头。

最后一个关口便是浦口码头，郭连生会在出货的时候将有记号的物资分给接应的人，从而运往老家。

这三个人都只跟汪洪涛单线联系，相互并没有接触，他们互相也不知道其他人的存在，所以一个点出了问题不会危及其他人。

可这些天走下来，通过表面的接触，沈放却看不出这三个人有什么异样。这让他有些烦躁不安。

车子从浦口码头往回开，一路疾驰，沈放眉头都狠狠地皱在一起。一直到路过剧场大门的时候，他坐在车内漫不经心地往外瞧着，看见了巨大的广告招牌上柳如烟美艳的画像，他的眉头才缓缓舒展了一些。

光明戏院门口，他停下车，走了进去。

没到演出的时候，此刻舞台之上，柳如烟等人只是在彩排。

偌大的剧场内空空荡荡的，沈放一个人走进来，然后悄声落座，静静地仰头瞧着。

不知道为什么，今日他的心境特别的不一样，瞧着柳如烟，他脑海里不住地涌现出姚碧君的脸。

没过多久，台上的柳如烟目光转换，倏然对上了沈放的目光，接着明显愣了愣。

沈放微微一笑，向柳如烟摆摆手，柳如烟咬了咬嘴唇，神色忽然有些紧张。

在他一边的男演员继续说着台词："究竟是为了什么，你不再理会我？"

柳如烟没有回过神来。

"究竟是为了什么，你不再理会我？"那人继续重复。

这一声之后得到了些目光，不过随即又失去。

"为了什么？"重复第三遍，柳如烟忽然开了口："为什么？这个你还用来问我吗？一个男人能做出这些事，出尔反尔，反复无常，却没有底线可言，这是痴情吗？这是不要脸，一开始对爱情不知道坚持，现在却来一味纠缠，这是流氓，这是无赖。"

她目光一直朝着沈放，跟前的那人被说愣了。台下沈放却不在意，只露牙一笑。

瞧过彩排后人便不见了，柳如烟本还诧异，他那样死缠烂打的人，这么两句话就给骂走了？

随后果真还是再一次瞧见了。

在她的公寓门口，黄包车停下，她下车刚要向公寓走，就看到了路边停着一辆车，车前头靠着的人正看着她。

柳如烟冷冷地摆头瞧着，语气很不耐烦："你怎么又来了，跟踪我吗？你真的不觉得这样做很无耻吗？"

"别担心，我不会像以前那样了，我情绪不稳定是因为我的伤不知道什么时候会发作，希望你谅解。"

"谅解谈不上，你别出现就行了。"她语速很快，多说一句话的兴趣都没有，转身便要离开。

沈放忙将她手腕一扯，明显一副热脸贴冷屁股的模样："那么不想见我？没准哪天我脑子血管爆了，就再也起不来了。"

柳如烟口这才算是回头瞥他一眼，瞧着有些口不对心："这样更好，省得眼前总有条癞皮狗。"

此刻气氛微妙，沈放依旧嬉皮笑脸地：“行吧，随便你怎么说。”

“那你还在这儿，还不快走？”

沈放沉眉，话到嘴边，却又有些难以说出口：“我想告诉你件事。”

“什么事儿？”

“我结婚了。”

简简单单，轻轻松松，说完沈放目光一直盯着柳如烟。她果然如他想象中的一般，先是意外，继而冷笑：“你开什么玩笑。”

“就知道我说出来你可能不相信，但这是事实，尽管这事实看起来好像有点假，我刚领了结婚证。”

沈放徐徐缓缓，柳如烟明显愣住了。

“结婚总要拍照，你是大明星，认识的摄影师一定不错，有推荐的吗？”

柳如烟沉默。

沈放松开她的手：“这都不想说？行，不说算了。反正你可以放心了，我不会像以前那样对待你了。”

说完他笑了笑便转身上车离去，只留下柳如烟立在原地，心思有点乱了。

与此同时，沈林的书房里。

墙上是汪洪涛的照片，有穿警服的，也有从湖里捞出来的尸体，有一根线把汪洪涛和沈放的照片连接了起来。

那整个一面墙都是沈放的各种照片资料，沈林坐在椅子上抬头仔细打量着，脸色阴沉，眉头暗暗皱在一起。

他百思不得解，汪洪涛究竟在死前做了什么呢？他曾经和沈放有过往来，那么他们之间会不会有什么特别的关系？这更增了一分他对自己这个弟弟的怀疑了。

而且他记得，加藤曾透露过，在南京有个潜伏很深的共产党，很可能就在汪伪政府的情报机关里，而且地位很高。

屋内的窗扇开着，一阵风吹过来，墙上的资料都随着风扇动着。

沈林回了神，目光终于挪移了开来，用手按了按眉心，显然有些疲惫，接着浑身放松地往后靠下去。

再抬起头的时候他盯着墙上一张沈放的照片入神，照片里的人似乎也盯着他。

罗立忠的申请递交上去没有多久，凭着沈柏年的面子和地位，沈放的副处长任命书很快便批了下来。

任命仪式过后，他即刻便去了一趟机要处档案室。

屋里头只有小严一个人，她脸色红润，像是凑喜气一样，显得十分熟络："沈专员，哦，不，沈副处长，这怎么？来请我吃饭？"

沈放见她爱笑，所以也大多都是笑着回话："你还真说对了！不过，不是今天，得改天，这几天我正在办一个案子。"

办案子来这地方，意思已经十分明显了。

"说吧，这次要查什么资料。"

"帮我调一下汪洪涛的所有资料。"

沈放直言不讳，没了那一回的窘迫。

"好，您稍等。"

小严说着便转身去拿资料。沈放脸色缓和，眼神忽然变得坚定起来。

这头应不得饭局子，可升迁的事情办成了，那头和罗立忠喝酒便是再忙也得抽出来空的。

喜乐门的晚上，音乐悠然，是《月圆花好》。

"浮云散明月照人来……"

舞女唱得很缠绵，声响很大，沉醉的灯光下黄晕弥散着，男男女女正跳着舞。

罗立忠与沈放在卡座上喝酒，抬手碰杯之后，罗立忠先问话："汪洪涛的事儿，你查得怎么样？"

当日可是他自己说要瞧一瞧这背后究竟有什么的，这副处长的身份也已经给了他，罗立忠倒是好奇，他究竟能搞出来什么名堂。

可沈放只是摇摇头："警察系统找不出什么，而且中统那边还解释说搞错了。"

罗立忠冷冷一笑："搞错了？别人可能会错，你哥不会。行了，你也别太操心劳神，咱们静观其变。"

他本没有多大兴趣，见沈放没啥进展，也就不想多说下去，继而举杯相碰，一饮而尽。敬酒哪有不回之礼，可当沈放拿起酒瓶倒酒，这才发现酒瓶已经空了。

"再来瓶威士忌。"沈放招呼跟前的服务生，可服务生并没有动，只面色尴尬地立在原地。

"嘿，说你呢。"他满脸都是不耐烦，抬手指着那人的脸，才总算见那身子往这边挪了挪。

“我们经理说，沈先生得先把账给结了，才能……”那声音十分紧张，都开始颤抖了，军方的人，说不好话怕是连命都容易丢了，他害怕却又不得不说。

沈放有些不高兴，反问：“怎么，怕我不给钱？”

服务员更加紧张：“不是，这……要不，我找经理来……”

“叫什么经理，我要酒！”沈放脸色难看到了极点，下一秒就可能爆发。

“长官，这不是为难我吗？我……”

“你去不去？”说着沈放便翻脸了，直接起身揪那服务生的衣领子，手都抬到了一半，被罗立忠又给扯下来了。

“沈老弟，何必动气，不就是一瓶酒吗？”罗立忠将他手掰开，扭头又对服务生说：“这账算我头上，我不是存了酒吗？拿我的。”

服务员脱身，忙不迭地离开，连连点头道：“好好，我现在就去。”

平息了怒火，罗立忠看着沈放，忽然间来了心思：“怎么？手头紧了？”

沈放脸色有些尴尬：“要说平时真不缺钱花，这一玩起来，可就没底儿了。”

他如今依旧没有那个家支持着，不同的是，身后的金主换了，不再是日本人，而且之前跟汪洪涛之间的事情，叫他花了太多的钱了。

他才说着，罗立忠便已经从口袋里拿出来一个银行存单，轻轻一拍，放在了沈放面前的茶几上。

“这是一百美金。”

沈放脸露意外，却并没有着急去动那张存单，而是戏谑着：“罗处长随时都带着银行吗？干吗给我这么多？我可是无功不受禄。”

他知道罗立忠不是个简单的人物，若是这其中有什么猫腻，搅上了只怕就分不清了。

他神色狐疑，却见罗立忠笑了：“这是死了的那个董腾给的平事儿的钱，你让我把你的那份分了，我没分，给你存起来了，想着没准儿你什么时候能用得上，你瞧，这不就是派上用处了吗？”

原来是这样，沈放有些犹豫。他这明面上是给钱，暗地里是可是打着将自己同化的打算呢，这一点沈放心里明镜一样。

见他愣着，罗立忠也不等他拒绝，直接把存单塞到沈放衣兜里：“行了，白来的钱干吗不要，而且咱们一处的兄弟得同进退，不是吗？”

这次不同，沈放没有拒绝，而是瞧了一眼罗立忠，继而默认了下来。

这时候威士忌已经端了上来。

"先生，您的威士忌。"

服务生说完给两人倒了酒。沈放目光复杂，终于才是笑了："那就谢谢罗处长了，还是你说的对，钱在什么时候都重要。"

罗立忠看沈放收了钱开心了，跟沈放碰杯："那当然，一看你就是名门出来的公子哥儿，没过过苦日子。"

"在日本人手底下倒是真的没担心过钱，现在不一样了。看来以后得仰仗罗处长了。"

"怎么说？"

他明知故问，沈放也装傻："当然是有什么赚钱的事儿，希望处长也想着我点。"

罗立忠心上早就乐开了花，从前他这钱路子上最大的绊脚石就是那个刚正不阿的沈林，从沈放第一天来的时候，他便就想着能将他这亲弟弟收到手下来。

"看你说得这么见外，打往后私底下咱们就兄弟相称，你放心，有我的，就有你沈老弟的。没钱了，只管找我。"

"那好啊，罗兄。"

两人碰杯，接着都笑了起来。

晚上，沈林回来时候，沈宅里的灯已经关了。

他小心翼翼上楼，一直走到他卧室门口，关了楼道廊灯，接着开门进去了。

他随手将灯打开，接着将外衣脱下来挂在一边的衣架上，坐定以后，目光看着一边墙上挂着的妻子照片，陷入了沉思。

在他手边上的衣橱抽屉里，放着一件没有织完的毛衣，他伸手拉开，垂目一扫，那毛线团子上的眼色艳丽得甚至有些晃眼，叫他又想起从前的光景。

泪花泛光，此刻在他的眼里，他妻子茹萍似乎就坐在一边的藤椅上，正低头细心地为他织着毛衣，抽空抬头看着他时候微微一笑，那微笑将人能甜化了。

“你回来了？”

那人张口说话，沈林觉得恍惚，晃了晃脑袋，随即视线清明起来，这才发现藤椅上空无一人。他继而揉了揉眼角，闭上了眼睛，脑袋里风暴骤起，从前发生的事情一幕幕地翻腾着，好像要将他吞噬一般。

那时候因为汪伪政府占领南京，沈林还在重庆。

而那一天，是他和茹萍的结婚纪念日。

沈林带着茹萍到一家餐厅里用餐，两个人恭恭敬敬，客客气气地吃完后出门，在门口，茹萍抬头瞧他，沉稳一笑，脸上尽是满足：“谢谢你还记得今天是结婚周年，想着陪我吃顿饭。”

“平时陪你太少了，这是应该的。”沈林亦是恭恭敬敬说话，语罢却亲眼瞧着茹萍的目光暗淡了下去。

“我知道你忙，其实你不必这样。”

他好奇："怎么？"

茹萍苦笑，满脸无奈："我一直觉得我在你心里是可有可无的人，也知道你不满意我们的婚姻。"

女人的心思本就深沉，她与沈林那种相敬如宾的距离，就算沈林不说她也明白沈林的心思。

"你想多了，满不满意不重要，重要的是你是我的妻子，我也只有你一个女人。"

他本就是这样的性子，沈柏年为他安排的婚事，就算不喜欢，他也不会有分毫的反抗。

但在这句话之后，茹萍显然有些感动。她双目泛着光亮，恐怕是头一次觉得眼前这个冰冷冷的人离自己那么近。

"谢谢你能让我有这个名分。"

"跟你说过很多次了，我最不喜欢的就是听这样的话，夫妻之间没什么谢不谢的。"

沈林说着不耐烦地皱了皱眉，这时候正巧一辆汽车开了过来，驾驶室里，李向辉探出头来向他招手，示意他上车。

他先是抬手轻言："稍等。"

紧接着他回身瞧着茹萍，无奈地出了一口长气："好了，下午局里还有会，我得走了，你自己回去吧。"

茹萍知道，温暖永远都是短暂的，但是今日已经够了。

她微笑点点头，细致入微，帮沈林的围脖整理一下："重庆太潮了，你小心点别熬太晚。"

可偏偏就在这温情时刻，沈林身后一个穿着军装大衣的人一步步靠近沈林，帽子压得低低的，当他走近时突然掏出一把枪来对准沈林的后心。

"沈处长，小心。"

李向辉瞧到了那人的动作，一边下车一边喊着。也就在同一刻，茹萍猛地将沈林拉到一边。

伴随着一声枪响，沈林目光中清楚瞧见茹萍胸口中弹，浅粉色的旗袍上被打出一个血窟窿来，紧接着身体摇摇欲坠，最终倒在沈林怀里。

沈林被这一幕吓到了，身子呆愣了片刻。那人还不罢休，对着他还要开第二枪，偏是他运气好，这时候手枪卡壳了。

身后李向辉的子弹随即正中那人肩膀，一声低吟之后，手上力气难以把控，握着的枪掉在地上，李向辉上来一脚便踹翻了那人，用枪指着那人的头。

沈林抱着茹萍，面色焦急，甚至眼睛泛着泪花喊着：“茹萍，茹萍，你怎么样？”

那样的神情茹萍从未在沈林的脸上见过，不知道为何，在痛意弥漫全身的同时，她却还在笑着，声音无比地微弱：“没想到你这么在乎我，如果……如果一开始……你就能……你就能对我这样该多好……”

一言毕，像是已经用尽了全部的力气，她失去了意识，眼皮很快便合在了一起。

沈林咽了口唾沫，喘了口粗气后从腰间掏出枪来，端枪的手不住地颤抖着，死死地顶住那人脑袋。

可眼前的人非但不害怕，反而盯着沈林恶狠狠道：“算你命大！我拎着脑袋跟小日本打仗，不过扣了几个月的军饷就被你革职查办。你算什么东西？跟小日本拼命的是我！只可惜我没一枪打死你……”

为了几个月的军饷，革职查办算是大事，要他一命却又在情理之中。这样的道理，他不明白。

手中的枪被他紧紧地握着，手指扣在扳机上就要发力了，可良久之后，他还是把枪缓缓地放下了，接着对李向辉冷冷地说：“把他送去军法处。”

李向辉有些不敢相信，此刻的茹萍中枪倒地，沈林竟可以做出这样的举动，他愤恨不已：“处长！”

“送去军法处！”沈林加重了语气。

等李向辉满脸无奈，把那人从地上拎起来带走后，他回头看着茹萍慢慢失去了血色的脸，他的脸上毫无表情，任由雨水冲刷在他身上……

他总是这样，一想到茹萍，紧接着的几日里，晚上都会睡得很浅，梦里都会出现这样的场景。

第二天清早他又去了一趟那个监视沈放的地方。

上一回沈放回家一趟之后，似乎很久都没有别的什么动作了，若是他和汪洪涛有干系，近些天应该会有些动作才是。

窗口架着两个高倍望远镜，屋里的桌上放着监听设备，特工们正在对沈放家进行监视。沈林和李向辉推门走了进来，几个人敏锐地摆过头，看清楚来人后忙起立。

“这两天有什么情况？”

沈林说着话，同时摆手示意他们该干吗干吗，几个人转回身去，其中一个上前汇报：“没有异常，这几天监视对象回来都很晚，而且似乎都喝了酒。”

话还没说完，一边负责监视的人突然开了口："目标行动了。"

沈林和李向辉对视一眼，连忙凑到两个望远镜前，从望远镜里望过去，可以看到沈放推开公寓大门走了出来，上车走了。

"继续监视。"沈林冷冷道，说完他离开望远镜，示意李向辉跟他一块儿走了出去。

下楼的时候沈林忽然想起了什么，回头吩咐李向辉："给这几个兄弟买点补品吧，熬这么久，他们也够累的。"

李向辉点头："是。"而后有些迟疑，"不过，您觉得这个监视小组还得行动多久？"

"怎么？你怕他们熬不住？"

沈林眉头依旧没解开，李向辉笑着："这倒不是，这个小组是秘密设立的，我怕时间长了被局里其他人知道会……"

亲哥哥追查亲弟弟这样的戏码可不多见，到时候，只怕是人人都来插一脚，非得将沈放搞个底儿朝天不可。

"这不需要你担心，我要的是结果。"沈林的声音格外阴冷，怪他多管闲事。

两个人说着便到了门口，李向辉将沈林拦下，迟疑了一下，说："处长，有个事儿我得跟您请示一下。"

对方沉默，只将眼神一抬，示意他直接讲。

"我想请三天假，我要订婚了。"

出乎意料，却是情理之中。沈林迟疑片刻，没有多问，继而说道："哦，可以，你安排好监视组和跟踪组的工作，让他们这三天直接向我汇报。"

跟踪组是他前几日刚成立的，和这伙人目的一样，为了探寻沈放的踪迹。

不过他这果断的劲儿不同往日，李向辉有点意外："您这么痛快就同意了？"

"怎么，难不成你结婚我还能不同意吗？"

沈林脸上反倒有了些疑惑，这叫李向辉有些不好意思。

"谢谢沈处长。"他低头，余光瞥见沈林往前走了两步又停了下来。

"不过，我得提醒你，你是党政调查处的人，你的工作会得罪很多人，如果你真的要带上一个女人生活，就要想到也许有一天会因为你的关系害了她。那些人对付不了你的时候，就会对付你身边的人。也许你不能明白那是怎样的感觉，但我是永远不会忘记的。"他的话语中带了点劝慰的意思。那日茹萍中枪倒在他怀里的模样，他历历在目，不过就是因为一些军饷罢了。

见李向辉明显有些呆住了，他又解释道：“我不是阻止你，只是提醒你。真的想培养感情，不如养条狗。”

这话倒有趣，沈林说完，直接昂首阔步地离开。

沈放离开了公寓，在街头的一处地方下车，沈林安排跟踪他的人紧随其后。他瞧瞧四周，很快便觉察到有人跟踪，继而径直走进一边的小街去，十分轻易地甩掉了身后的尾巴。

这一趟，他又暗暗地去观察了周达元、钱必良和郭连生这三个人，还是没发现丝毫的破绽和端倪，随即他便意兴阑珊地打道回了沈宅。

沈宅门口，沈放下了车，正要往门里走去，不想胡半丁正送着一个人出来，与他打了个照面。

沈放看清楚了那张脸，竟然是周达元。

“请留步。”周达元毕恭毕敬地朝着胡半丁点头。

“周先生走好。”胡半丁应声。他又点了点头，回头与沈放四目相对，却没有旁的意思，只微笑着向他点头示意，接着便径直上了一辆黄包车离开了。

胡半丁目光这才投向沈放，叫了句：“二少爷。”

两个人一前一后往里走着，沈放故意装傻，面带好奇问道：“刚才那人是日伪资产分配委员会的吧？”

他没想到这周达元和自己家有关系，这个中究竟有什么关联，恐是还得细细查起。

胡半丁摆头一笑，看见沈放回来的那股高兴劲压也压不下去，喜笑颜开，同时答疑解惑：“这我可不清楚，他姓周，叫周达元，以前是老爷的下属，老爷跟他是多年之交了，他喊老爷都直接喊老师。”

“他来干什么？”

“是老爷让他帮着变卖一部分家藏字画。”

说着他们已经走进了前院，沈放的目光很快便被地上铺陈着的物件吸引了过去，正如胡半丁说的，有一些字画被下人拿了出来，就晾在那里。

“连天的雨，刚好今天出太阳了，我就让人把这些字画拿出来，晾一晾，受了潮就不好了。”

胡半丁解释着，沈放瞧过一眼自然懂得怎么回事，没什么兴致听他说话，便左右歪着头打量。

听他言毕，沈放觉得四周沉寂，沈柏年似乎并不在，便问着：“父亲呢？”

他如今和姚碧君已经登记结婚了，余下还有一场婚礼，多少也要同沈柏年商议着来。

“出去了，说是天气好，跟苏姑娘去莫愁湖逛逛。”

他倒是好兴致，平白多了个有功的儿子，且连着婚事一并解决了，高兴得都不知道怎么撒欢了。

胡半丁一边回话，一边屈身小心地摩挲着那些画纸的表面，沈放跟着瞧了瞧，有几张连他都见过。

“这些古玩字画父亲收藏多年了吧？那几年打仗，去重庆都没有丢，怎么突然就想转手了？”

“唉，还不是为了给二少爷准备婚礼。”

给他准备婚礼？这回答出乎沈放的意料。

“沈家看着是个官宦人家，可早就没钱了。老爷为人清正，而大少爷也对那些徇私的人不留情面，老爷想把您的婚事操办得风光点只有变卖家产。沈家做官做成这样估计谁也想不到。”

清正廉洁，沈柏年为了个好名声这些年来想必也受了不少的苦，这样一想，他这个哥哥算是得了真传了。

胡半丁说到这儿眼神有些动容，他瞧着沈放明显一愣，忽然又变得语重心长起来：“二少爷，我知道你心里怨老爷，老爷心里是有你的，他一直望着你好呢，父子哪有那么深的仇。有些话，我就不多嘴了，你心里明白就成。”

其实这么多年了，要说恨，早已经瓦解得差不多了，他就是憋着一口气呢，他母亲的死对他的打击着实有些太大了。沈放尴尬一笑，脸色僵硬，将手抄在口袋里，接着便打算离开。

“既然家里没什么人，我就先走了，过两天再回来。”

“唉。”胡半丁应下。

出了沈宅，白日里的尾巴又跟了上来，后视镜里目标明确。沈放无奈，在绿柳居门口下了车，进门要了一份素烧卖。

等待的时候，他目光扫过店铺玻璃，那近乎明亮的镜面上反射出身后不远处的一辆车，有三个身影从车上下来，随即便散开了。

店员递过来东西，沈放给了钱，露出一个笑脸，走出门后却没有上车，而是故技重施，走到一个巷口拐了进去。

意料之中，两个身影跟了过来，沈放脚步越来越快，在七扭八拐的小巷里穿来穿去，最后在另一个僻静的小巷口闪身彻底不见。

那两个身影在巷口决定分开追踪，必然一个人选对了路子，只是来回查探着，终究不见沈放的身影，那人正疑惑，一只手从他的身后拍了拍他的肩膀。

等到他回头的时候，视线还未调整过来，拳头已经到了脸边，随即猛烈的一拳击向他的喉咙，他受力向后退，“砰”的一声撞在一边的墙壁上。

这一击，让他完全喘不过气来，毫无抵抗能力。

沈放趁势上前用手扼住他的喉咙，另一只手从他的身上搜出了证件，上面标注着这人是中统特勤组的，名字叫杜金平。

敢情是他那个好哥哥派来的。

沈放阴着脸看着杜金平，此刻杜金平虽然一脸恐惧，想要说什么，可任他怎么挣扎都发不出声响来。

“别想说话，我这么压着，你说不出来，只要点头摇头就行了，而且这样也不算你违反纪律……”

他倒是给人留的后路很足，像是故意给沈林卖个面子，也更像是有意在打沈林的脸。

杜金平咽了一口口水，缓了缓神后本想抗拒，沈放即刻便察觉到了，手上一使暗劲，这叫他眼睛上翻，一瞬间没有将眼珠子给瞪出来，险些就背过气去了。

“你听明白了吗？”他语气甚是威胁。

杜金平尝到了苦头，总算是冷静了不少，跟着痛苦地点了点头。

沈放了然，接着问道：“你是中统的，是不是沈林让你跟踪我的？”

杜金平点了点头。

“你的证件不是南京的，沈林在秘密调查我？”

杜金平又点了点头。

沈放想了想，说：“你被我发现了，如果这事儿沈林知道了，你一定会被踢走，对你可没半点好处。不过，我会当今天什么都没发生过，希望你也是。而且以后需要的时候，我们相互行个方便。”

他倒是会将计就计，鱼死网破没啥好的，不如互惠互利来得实在。

早些日子在汪伪政府，比他难说话的主儿多了去了，沈放也有得是法子。沈放见他面露犹豫，忽然脸上邪魅一笑：“杜金平，你的名字我记住了，你在原籍家里所有的一切我会很快知道，我是军统的副处长，军统有什么手段你不是没听过，对吗？”

简简单单一句话，那股犹豫忽然便成了恐惧。沈放满意地松开手，知道他会妥协，直接说道："去吧，就当我们没见过。"

杜金平的喉咙被松开，憋闷许久，在原地忍不住大口地喘息着。而沈放已经十分笃定，不再理会他，转头径直离去。

从小巷里出来，他脸色忽然变得阴郁。虽然他知道沈林一直在怀疑他，但居然发展到了这样的跟踪，到底还是让他难以接受。

这预示着他的处境会更加艰难，融入南京这个久别的家只会让他更加危险。

那几日里他见到周达元都是在那座茶楼里，他这样的身份，想要巴结他得到好处的人实在是数不胜数。

所以客随主便，他约了周达元，亦是同样的地方。

熙熙攘攘的街头，茶楼外面精致，一眼就能打远处瞧见，周达元是坐黄包车来的，到地方付了钱，下车走进茶楼，直上包厢而去。

屋子里头，沈放喝茶意兴正浓，垂身一直瞧着窗户外面，见了那身影消失在门口，紧接着不一会门帘就被挑开了。

周达元看到沈放客套着："沈副处长。"

"请坐。"

沈放抬手示意，顺便斟茶，心里暗想着，这地方的东西虽说价高，却是货真价实。

若非任务所需，怕是这茶他也是不敢轻易喝的。

"你找我有什么事儿？"眼前的周达元像在人群里打滚多了，虽说沈放身份特殊，但他脸上还是带着一些掩不住的不耐烦。

沈放能看清局势，只长话短说："大家都很忙，我也不绕弯子，我父亲托你出手一些字画，有这事儿吧？"

"你既然知道，我也就不瞒着了。是这么回事儿，老师看起来很需要一笔钱，他跟我说是为了筹备你的婚礼，想变卖一些字画。"

"真是为了我结婚？"

他这问题倒是问得直接，周达元脸上没有露出端倪，只应声点头："嗯。"随后抬眼又说，"我算是帮个小忙，对老师尽一份心。"

"我结婚用得着这样吗？"沈放不解，当初那个要跟自己断绝父子关系的人，竟肯为了自己下血本？

这问题让周达元无奈一笑："那是沈副处长的家事，我是外人不便多说。"

不知是真不明白还是揣着明白装糊涂，他话落了音，想了一会又补充道：“不过看起来老师对您的事儿很用心。”

用心？若是他这个父亲对他足够用心，那么他们父子之间的关系，便不会到如今这般。

沈放一阵冷笑：“算了吧，这样我岂不是在父亲面前永远抬不起头，我也不想欠他的。”

他话里有话，周达元眉头紧锁，有些疑惑：“您这是？”

“我找你来，就是想赎回我父亲的那些收藏。”

“沈副处长，父子之间哪有什么亏欠不亏欠的？这是老师的心意，你这又何必？”

周达元明面上装作一副不便多说的模样，暗地里却还是帮沈柏年说话，就此一句话，让沈放很快便沉下了脸色，紧接着沈放冷冷地说道：“这是我的家事对吗？”

用他的话来噎他，周达元先是一笑，紧接着将头一低，非常识时务地闭了嘴。

沈放见他有些不大情愿，又问：“怎么，你还有想法？”

周达元摇头：“岂敢。”

旁的问题没有了，那便回到交易上来，他看着沈放，眼神意味深长：“那请问沈副处长有多少钱？”

“300个大洋够了吗？”

以他目前的情况来说，这个数不多不少，他尚且能够负担得起。不过才落了音，那头周达元扑哧一下笑出了声。

沈放目光凛凛：“你笑什么？”

周达元收了收表情，斜着脑袋端起茶杯来搁在嘴边上。

“没什么，只是我没想到你竟如此小看老师的收藏。”这一句说完，他脸上笑意更深，继续顺着说，“更没想到你一个军统副处长只有这么点钱，恐怕你手下那些科员、股长都比你钱多。”

这一点沈放无法否认。

“怎么？我父亲那些字画那么贵？”

相比于窘迫，他更多的是好奇。他对那些东西没有研究，本以为沈柏年是因为喜欢，才会把那些东西看得重，没想着能值几个钱。

周达元搁下茶杯子，见沈放脸上微微发愣，小声回答他：“何止贵重，那是老师一生的心血。”

商人都是闻着钱味道行事的，见今日不会再有下文，话也不多说，只起身摇摇头：“好了，沈副处长，如果您真有此意，那还是挣到钱再来找我吧。”

沈放话卡在喉咙没说出来，他也不管不顾，径直出了门去。

若是从前沈放倒是真没有法子，不过眼下，说起钱来，他倒是有一条道可以走。

回到办公室，屈身而坐，沈放顺手打开身旁的抽屉，那张存单依旧静静地躺在里面，跃然于沈放眼前。

他记得那日，罗立忠给他的时候，说这是一百美金。

他也记得，这钱是受贿得来的。

看着那张存单，沈放随即陷入沉思。他想起汪洪涛说过，罗立忠应该是暗中有发财的门路，那么为了解决自己的问题，也为了彻底融入军统，他必须想办法接近罗立忠。

如今关键在于，怎么能让罗立忠这个老狐狸把他当成自己人？

想一想这些日子，他处处拉拢自己，要这一切都顺理成章的话，如今最好的法子，便是向他借钱了。

收好存单，沈放径直出了门。

本是在一处，上了楼梯，再走过走廊，人便已经立在了罗立忠办公室门前。

他敲了门走进去时，罗立忠目光正好盯着门口，与他四目相对，见他身影，脸上当即便喜笑颜开起来。

“沈老弟，坐坐坐。”他从坐间走出来迎了迎，沈放赔笑，脸上却显得有些僵硬，连肢体动作都十分不自然。

“怎么了？”

“我这……”沈放欲言又止，表现得很为难，眉毛紧紧地皱在一起，目光也躲闪着不敢看人。

半天没蹦出来半个音儿，罗立忠有些不耐烦：“有事儿就说，别吞吞吐吐的，把大哥当外人不是？”

他就等着接这句话呢，罗立忠果然给他递到了嘴边上，他故意松了一口气，然后目光笃定瞧着罗立忠：“那好，我就直说了。”

“说，哥喜欢爽快的人。”

沈放咽了口唾沫，动作明显：“我想向大哥借点钱。”

罗立忠巴巴瞪着一双眼瞧着，本以为他会有什么解决不了的难处，没想到居然是这么个事情。

“借钱？”那一张脸上是满满的意外。

“当然，大哥如果手头不方便就算了。”沈放欲迎还拒。

“我早说过了，咱兄弟之间不说借，要多少？”

得了，事情基本成了。

“五百美金。”

他悠然出口，罗立忠点了点头，接着起身走到一边保险柜前，打开保险柜直接拿出一沓钱来递给沈放。

“你先拿去花。”

沈放低头一瞧，何止五百美金，翻了好几番，他出手也忒大方了。

“我手头上有了，马上还。”沈放小心翼翼接过来，寻常的客套话还是要说，不过才说到一半，罗立忠微微一笑将他打断：“跟我甭提这个。”

沈放犹豫了一下，又说道：“那我给您立个字据。”

罗立忠虽然摆手拒绝，但他为表诚意还是在旁边找了一张纸，从怀间拿出笔写了起来，这个过程，罗立忠并未上前阻拦。

“亲兄弟还得明算账呢，您说是吧？”他写好字据交给了罗立忠，罗立忠接过去，连看都没有看直接收进了抽屉里。

“既然你坚持，那我就先收着，钱的事，你别放在心上。”罗立忠巴不得他还不上这个钱，那他们两个就算是彻底拴在一起了。

“那谢谢大哥，没别的事儿，我就先走了。”

沈放收下钱便打算离开，阖上门的时候，他看见罗立忠脸上露出一丝诡谲的笑容。

有这一回自然是不够的，他要让罗立忠觉得，自己如今已经离不开他才行。

于是接下来的几天，他照着以前和汪洪涛见面的由头，开始大张旗鼓混迹赌场和舞厅。

赌场内光线昏暗，喧嚣。沈放在赌桌前，凝神看着庄家，继而将筹码压在了“小”上。

在众人的呼喊中，庄家开了，是“大”。

沈放脸色悠闲，嘴角露出若有若无的微笑，看着筹码被庄家拿了过去。

再度押注。

沈放依旧押了小，将手里的筹码全部押上了。这时候他瞧见一边吴队长从人群里挤了进来，将筹码押在了“大”上。

“哟，吴队长，你也来玩两把？”

他一早就算计好了会在这儿相遇，因为他就是要让罗立忠知道。吴队长有些意外，但也和沈放点了点头。

庄家再度在众人的呼喊声中开了牌，依然是大。

吴队长赢钱了高兴，沈放却是吊儿郎当一副失意模样，摊了摊手：“吴队长，你继续玩，我今儿手气背，先走了。”

到了喜乐门，他更是简单粗暴，干脆拉着罗立忠一起。

华光流彩间，他还是以往的语气对曼丽说着：“听说来了一批好酒，你给我和罗处长拿来。”

曼丽有些担心：“你今晚可喝得已经够多……”

“怎么，你还嫌我们喝得多？经理不给你提成？”

他就是要表现出一股挥霍的样子来，显然罗立忠很满意地笑了，不过还是劝着：“这姑娘对你有心，怕你身体吃不消。”

“是啊，沈先生，要不我们去跳舞？”

“先开瓶好酒，再跳。”

说着曼丽只好妥协，扭着腰肢去拿酒，罗立忠端着酒杯看着沈放将杯中酒一饮而尽，脸上的神色若有深意。

再多的钱也经不住这样的糟蹋，一来二去，沈放借钱的频率变得越来越高。

再往后，沈放进了门就说一句“罗兄，我又得找你帮忙了”，罗立忠即刻便明白了他的意思，微微一笑，反问道：“缺钱？”

紧接着便是那张熟悉的尴尬笑脸。

“你又去赌场了？”关于他的事情，如今在这军统大楼里想不知道点风吹草动都难。

“我最近手气不太好。”按着道理说，如今已经成了习惯，所以沈放不再表现出紧张，反而是异常从容。

罗立忠也没有脸色，更没有不耐烦，而是继续从保险柜里拿钱给他。

“没事，输赢还不是常有的事儿？我再给你一千美金。”

依旧写了欠条，推过去之后沈放还不忘补一句：“等我手气顺了，就还你。”

拿了钱，他一回比一回走得焦急。在他之后，行动队吴队长推门而入。

“罗处长，你不是一直让我盯着沈放的行踪吗？最近这半个月，这人好像变了心境？”人走进来将身子往罗立忠面前一撑，直言道。

“怎么说？”

“他最近老泡在赌场，赌起来还挺大手笔的，输了不少。”

这消息他早就知道，面不改色地向吴队长解释着：“正常，以前玩的是刺激，如今没啥潜伏任务，到赌场里玩的还是刺激。这证明沈放这家伙的确有很严重的创伤后压力综合症，只有酒精和赌博的刺激才能引起他的兴奋。”

他倒是有他的想法。

吴队长一笑：“他在您这儿没少借钱吧？”

罗立忠自然懂他什么意思，点了点头，没有说话。

沈放的这一异常举动，沈林很快便察觉到了。

监视小组的屋子里面，望远镜依旧对着对面沈放公寓的窗户，透过镜头可以看到沈放的身影在喝着酒，监听的耳机里传出对面公寓留声机里的音乐。

沈林把眼睛从望远镜旁边移开，旁边一个监视小组的特务递过来一沓资料。

“这是这几天的监视资料。”

沈林接了过来，翻阅着，这时候有人应声：“目标有行动。”

沈林凑到窗口，只见沈放公寓的灯关了，不一会儿人便从公寓大门口走出来上车离开，紧接着一辆没开灯的黑色轿车跟在了后面。

“晚上他一般会去哪儿？”

都这个时辰了还出门，到底是有些古怪。

“这半个月沈放整夜整夜去赌场，要么就是喜乐门舞厅，这两个地方快成他的家了。”

“是吗？”沈林有些诧异。

沈放贪玩他是知道的，但不会如此毫无节制，

“可不是，跟踪组的人比我们更清楚。”

沈林眉头蹙起。

离开公寓，一路飞驰到喜乐门的沈放显得有些急不可耐。

相伴的依旧是曼丽，舞厅里热闹非凡，他们两个挤在人群里跳舞，沈放的目光偶尔会投向卡座上的罗立忠。

此刻的罗立忠正在和一个舞女嬉笑着。

他当然不是傻子，从前罗立忠有意拉拢他，他觉得不过是寻常小恩小惠叫他睁一只眼闭一只眼罢了，可如今他跟罗立忠借的钱越多，就越觉得

罗立忠有问题。

一个军统处长又不是开银行的，他哪儿来那么多钱？带着疑问，皱着的眉头都还未松，一曲舞毕，他领着曼丽回到了卡座旁。

“沈老弟，你办结婚喜宴的日子应该快定了吧。”

刚刚落座，罗立忠先开口。

身边的曼丽有些惊讶，回身一瞧沈放：“呀，沈先生要结婚了？”

“什么要结婚，人家已经领了结婚证了。”

罗立忠身子依旧与那舞女纠缠着，但还是抽空瞧了一眼曼丽。

“怎么对我们瞒得严严实实的？”那张笑嘻嘻的脸上忽然有些不大高兴。

风月女子，难道还动了心了不成？

沈放将曼丽神色尽收眼底，他知道，对于曼丽来说，这显然不是个好消息。不过如今也无可奈何，只凑近了刮了一下曼丽的鼻子，笑言：“这不是怕你吃醋吗？”

这是什么，暗示吗？愣了片刻，曼丽随即又“咯咯”笑了起来。

“哪儿的话，只要沈先生记住我这个人，我就千恩万谢啦！”

逢场作戏而已，动真了只会输了面子。沈放将她下巴捧着，盯住打量了一会儿，啧啧出声：“这么漂亮的一张脸，我怎么会记不住？”

说完两个人对视一笑，沈放举起酒来又与罗立忠碰杯，回答他方才的问题：“日子定在了下个月，到时候罗兄可要赏光啊。”

“那是肯定的，一份大礼，少不了你的。”他处处都透露着豪爽与亲近，沈放顺着他的话往下接，先是叹了口气，接着又仰头灌了一杯酒。

“这几天我算是想明白了，罗兄说得对，男人只要有钱，什么样的生活都不是问题，何必在乎和谁结婚？”

“那你想到怎么挣钱了吗？”

“没什么想法，但是罗兄一定有生财之道，可别忘记照顾小弟一把。”

他语气试探，余光小心观察着罗立忠的表现，可显然罗立忠还不大放心他，只是笑而不语。

“罗兄这时候不说话可不够意思。”

气氛微微有些僵，似乎都快凝出水来了，偏这时一曲新的音乐响了起来。

罗立忠推了一把身边的舞女：“丽莎，快去，陪我们大英雄跳支舞。”

那舞女便腻歪着沈放：“沈先生，还请赏光。”

沈放领着那舞女走进了舞池。

舞池里，两个人身子尽情痴缠在一起，无比的亲热，可沈放的目光依旧暗暗打量着罗立忠。

卡座上，曼丽在陪罗立忠喝酒，忽然间沈放发现了吴队长的身影，他倾身跟罗立忠耳语着什么，罗立忠脸色微变，又对曼丽挥了挥手。

这时候好处自然少不了。

曼丽走到吧台前，悠然自得："拿一瓶苏格兰威士忌，记在罗先生的账上。"

服务生应下，回头去找酒，这时，沈放从后面靠了过来，一把搂住了曼丽的腰。她被吓得一跳，随后转头瞧见那张脸才反应过来，娇憨地捶了一下沈放胸口。

"讨厌。"

沈放环住曼丽，两人亲密地抱在了一起，连彼此的呼吸都听得清楚。

沈放语气轻佻："怎么不陪罗处长了？"

曼丽脸上无笑，朝着那边白了一眼："他们要换种酒喝。还不是有要紧的事儿把我支开，这我还看不出来？"

虽说这儿最忌讳讨论客人的私事，但罗立忠依旧小心翼翼。

"你听到他们说什么了？"

曼丽忽然来了精神，感情沈放是为了这个，于是试探地："怎么？听到了你能有好处？"

沈放微微一笑："也许。"说着，他便掏出几张钞票来塞到曼丽的旗袍里。

"就听到他们说什么浦口码头，那姓罗的就不让说下去了，还打发我过来给他们换瓶酒。"

一边说着，一边抽出钞票，这时服务生拿来了瓶苏格兰威士忌出来。

沈放看着开心："这酒不错，先给我来一杯。"

递过酒杯。曼丽给沈放倒酒。沈放斜着身子笑着，目光依旧扫着坐在卡座里的罗立忠和吴队长，不过他这会儿反倒对这个吴队长更加好奇。

第二天，沈放的目标自然而然地锁定在了浦口码头。

沈放吃完早饭后从一处早茶店往外走，门口位置，杜金平目光悄然尾随他。四目相对之时，见他朝自己使了一个眼色，杜金平点了点头会意。

沈放径直出门，屋里头杜金平继续埋头吃着早点，却没有跟上去。

在距离码头不远处的街角里，沈放将车子缓缓地停下。

秘密行动自然要背着人，所以时间是在晚上。他来得早，透过车窗瞧得认真，好一阵子才瞧见吴队长的车驶了进来，就停在码货场门口。

曼丽没有骗他，不过吴队长来这儿究竟是要做什么，就不得而知了。

车内独他一人，四周又因为宽敞所以显得异常安静。没过一会儿，货场里突然跑出一个人来。

沈放乍一看到时候有些不太确定，仔细瞧一瞧后不由得吃了一惊，那人居然是浦口码头的经理郭连生。

郭连生居然跟吴队长认识，那么他是叛徒吗？可为什么所有的行动都是中统在主导？那军统跟郭连生接触是在做什么？

这一切都是问题，沈放脸上浮现出一丝不解。

疑问尚且是疑问，那边的行动还在进行。郭连生行迹鬼祟，看了看四周无人，继而向货场边的员工招了招手。货场大门随即打开，一辆货车从里面开了出来，最后在吴队长面前停了下来。

那两个人看起来倒不像是头一次接触了。吴队长熟练地掀开货车的苫布，先是看了看，随后点头，并从包内拿出一沓钱来递给郭连生。

郭连生哈巴狗一般奉承着，接着吴队长上了车离开，那辆货车跟在后面。

为了不惹人注意，沈放在原地等了一会儿，一切重新归于平静，他才发动汽车，远远地跟在了那辆货车后面。

他走得慢，加上天色越来越黑，几乎为他的车很完美地做了一个掩盖。只是等他跟着在睿星商行附近停下时，货车车厢已经被打开，有几名工人正从车上卸货，而立在一旁的吴队长正和负责人做对接。

同样的，他又走了两家公司。几乎是一模一样的场景，有人卸货，有人给吴队长钱，而且绝非少数。

这一切沈放都瞧得仔仔细细的，明明白白给出来的是钱，可卸下去的货又是什么呢?

真令人好奇。

没有继续跟下去，沈放原路返回，打算去码头仓库一探究竟。

夜更深了，翻涌的热意已经退去，微风拂面让人觉得舒服。

一名伙计夜起，从码头仓库的值班室走了出来，兀自对着江水撒尿，半睡半醒的模样。毕了摇摇晃晃地回到自己的休息室去，昏黄的灯从窗户透过出来，能瞧见他在偷懒打盹。

另一边暗暗的拐角里，沈放探查好四周走出来，径直到了仓库另一边的小门前。

干这一行，最得心应手的便是开门撬锁。这样的设备对沈放来说小意思。

手里捏着一根小铁片，提起门上的小锁将贴片插了进去，他才稍稍一用力，锁便已经开了。

免不得左右张望是否被发现，他动作很快，迅速推门挤进去，将门从里面又重新虚掩上，只是刚回头，他便被身后的东西吓了一跳。

这仓库里堆满了大大小小的木箱子，有的木箱子上甚至还贴着国防部军需处的封条。

光看着他已经心跳加快了，好奇心驱使他找到一根撬棍，随机地打开几个木箱，定睛瞧着，里面全是盐、大米、奶粉、布匹、罐头等物品。

这一切便水落石出了，原来罗立忠在做着走私的勾当，而这个浦口码头的仓库便是罗立忠的中转站。

这样的事情，想必落在自己那个哥哥手里，定是吃不了兜着走的，难怪他费尽心机也要拉拢自己。

真是狡猾的老狐狸。

回去的路上，他思虑深重，虽然有所得，不过相比这一件事情，他更在意那个意外收获——郭连生。

这个郭连生居然跟军统的人在做走私，难不成这是组织上刻意安排的掩护?

沈放此刻心里有太多的疑问，但他知道，不能再拖了，要获得更多信息就必须取得罗立忠的信任。

想到这里，沈放决定跟罗立忠摊牌。

隔天晚上，喜乐门，沈放主动约了罗立忠。

罗立忠走进包厢的时候，沈放已经等了许久，桌上一瓶酒已经灌到了底儿。

“沈老弟约我喝酒怎么跑到包厢里了，外面多热闹，今天也不找姑娘跳舞了。”

这气氛到底有些奇怪，在舞厅却又求安静，而且沈放那副正经模样，叫罗立忠有些不自在。他只能用这样的语气来稍加缓和。

没想着沈放神色不松更紧：“我有些话想跟罗兄单独聊聊。”

罗立忠与他挨着坐下，轻轻将手搭在他后背，故作亲密：“怎么不在局里说？”

既然不求乐子，正经的事情，办公室似乎更加合适。

“有些话不太方便。”说着他暗暗出了一口气。

罗立忠继而凝眉，看出了不大对劲：“今天你说话有些反常啊。”

寻常时候他热络些，沈放自然跟着乐呵，今儿这一张脸拉着，叫他怎么笑都觉得尴尬。

包厢里灯光不亮，五色斑斓的，却显得沉闷。沈放沉默了片刻，低着的眉头忽然一抬。

“这几天晚上吴队长可都没有睡好觉啊，睿星商行、荣盛贸易、兴发公司几个地方轮流跑，怎么？罗兄，这几笔生意赚了不少吧。”

这话想来好说，到了嘴边却还是有些费劲，不过也让他神色更加自然了。

说着沈放眼中露出一股坚定，目光清楚瞧着罗立忠一愣，接着面上依旧不动声色地笑着，端起酒杯自顾自地倒了一点酒喝了起来。

知道了却不捅出去，这里头不知道憋着什么坏，可罗立忠明白，沈放找自己商量，定是想要威胁自己，得到什么好处。

他笑里藏刀：“老弟心机够深的，扮猪吃老虎，难不成是想找我的麻烦？”

沈放一直等着他回答，得到无所谓的这一句话后，佯装漏出凶恶面目。

“这事儿漏了，小则官位不保，说大了，被判了几年都是轻的。蒋委员长还都之后最大的动作就要整肃官场，如果闹出这事儿来，恐怕谁也兜不住吧。”

他似乎是势在必得，罗立忠却是一脸的淡然，突然跟他打起了感情牌：“沈老弟，你来这些日子，我对你怎么样？”

“关怀备至。”

四个字，简单明了。

罗立忠欣慰一笑："我知道你的出身，你的经历，但你对我的过去可能了解得并没有那么多。"

沈放没说话，似乎在揣摩他的意思。

罗立忠没有停下来的打算："其实我很羡慕你，官宦人家从小衣食无忧，不用怎么努力就可以得到一切。可我们不一样，我从小过得太苦了，母亲当年为了养活我，省下自己口粮，她却活活饿死了，我就是这样活过来的。"

原来不过是为了给自己找个合适的理由，要说不害怕也是假的。

不过这由头却是烂透了，沈放不屑："吃苦的事儿谁都经历过，在日本人手底下的那几年难道我是在玩吗？"

不知道为何，突然间气氛变得有些诡异，罗立忠解开衣领，露出肩头上一块深深弹痕，说道："你是英雄，我扛的枪也不是摆设，我也上过前线，打过仗，身上也有弹片没取出来，受的伤不比你轻，每逢阴天下雨我半边身子疼得像有无数条虫子在啃我的骨头，可又怎么样？"

这一幕突如其来，沈放看着罗立忠的伤不免有些意外，他一直都觉得，像这样的人，都不过是军统里残腐的渣滓罢了，却没有想到，他如今的地位，岂会是那么简单就能得来的。

罗立忠瞧着沈放的表情与他预设相同，也不再露着，简单整理好衣服，语气里还有不甘："我没关系、没后台，熬了十年才是个处长。而你不一样，你的出身、背景，你日后的路会比我走得顺，比我爬得高。既然我没有厉害的出身，就得自己制造更好的环境，在党国的官场里，官位越大，钱就越容易捞，有了权力就有了一切。"

"你跟我说这些是什么意思？"

方才被压了过去，沈放表情有些不自然。

罗立忠语气冷冷接话："我这种自己一步步熬出来的人有个毛病，就是好不容易拥有的就不会轻易失去，不管是谁在挡路。"

这样的话，言外之意是在威胁吗？

"你觉得拦路的人是我？"

有意思，难不成他打算今天在这将自己解决了不成？

"那得看你。"

两个人互相试探，沈放这会儿才终于有些轻松的表情："你干吗不想我跟你是一条路上的？"

"是吗？你跟踪吴队长，这可让我看不透了。"

沈放那话勉强算表态，不过罗立忠脸上的坚决没有散去，依旧保持着警惕。

“要跟你合作当然要知道这生意安全不安全，那个吴队长可有点太大意了。”

“合作？”

他接话接得轻松自在，像是一早就想好的，罗立忠显然有些意外，不过蹙着的眉眼到底松了些。

沈放还解释着：“当然。我们出身不一样，但有一个共同点就是都知道钱的好，而且我跟我那总是板着脸的大哥沈林不一样。”

这些日子沈放有多么缺钱，罗立忠心里比谁都明白，这样的举动想来倒也符合逻辑。他欠了自己那么多，未来还会需要更多，走这一条路无可厚非。

“你真的要合作？”

“我不想跟你一起做生意，还和你说这么多干吗？我大可以去国防部军法处。”

开玩笑一样，如果他选择揭发，那这会儿自己不会安然坐在这里，眼下虽然不敢肯定他成了自己的帮手，可一定不是自己的敌人。

罗立忠笑了：“我想也是。”

随即罗立忠若有所思，还想说别的，沈放却直接将他打断：“我知道你还在担心什么，挑明了说吧，首先，我认同你的话，现在不管在哪儿，只要有钱了什么问题都不是问题，其次，我知道我哥这几年树敌太多，我也想给他找条退路。”

这是最好的结果，也是最好的答案。

他刻意接近沈放，为的就是拉他入伙，如今他主动提出来，倒也省了自己揪着一颗心担着风险。

罗立忠目光审视着沈放，沈放知道他还半信半疑，那么最好的解释便是立即加入，于是又补充道：“你们原来的做法疏漏太多，真的把宪兵司令部、警察厅、军纪调查处的人当吃干饭的吗？更别说中统那帮人了。”

“你有好办法？”

沈放见他似乎妥协，于是忙往他跟前凑了凑：“还记得老虎桥监狱吧？”

见罗立忠点头，他继续说：“审查期间我在那儿被关过。干吗不利用老虎桥监狱的仓库？所有货从浦口码头出来直接进老虎桥监狱，而跟其他洋行、商行的交易都可以在监狱里完成，这样没人能想得到。”

罗立忠想了想，点头："这招我还真没想到。"

"监狱系统大多都是日伪时期的老人，这里面的关节我能想办法。"

他倒是早有打算，没少做准备，诚意摆在那了。

"你的条件呢？"

沈放方才一本正经，说到钱，忽然气氛就下来了："老跟你借钱怎么行，我得是股东。"

"要多少？"罗立忠也喜欢干脆利落。

"你那边多少人我不管，以后这样的生意我要一成，不过分吧？"

何止不过分，这简直给他一个大大的面子，分毫都没有为难他。

罗立忠笑嘻嘻地看着沈放，那神色叫人猜不透，沈放面不改色，心里却有些打鼓。

事情都说成这样了，他难不成还不相信自己？

今日罗立忠一旦说出拒绝的话，恐怕自己就要横尸在这里了，这一点他进来时倒没想过。

就在他还担心的时候，罗立忠缓缓将手伸进了怀里。

里面是什么，是枪吗？

沈放一颗心提到了嗓子眼儿，却见罗立忠掏出来一沓纸片。

沈放自然认得，那都是他自己立下的借条。

"那我就把这个当作你入股的见面礼。"

说着罗立忠掏出火机当着沈放的面把借条烧掉了。

"那接下来，咱们就合作一笔生意。"

这也是最大的信任。

沈放来了点精神，眼神盼望地瞧着罗立忠，见他张望了一番这屋子，像是吴队长的事情让他后怕，接着故意小声："在南京有一家机械厂，日本人建的，找了本地的几个商人合股，现在被咱们一处扣下来，还没报给日伪资产分配委员会。那几个股东来吵闹过几次，我想了点办法招待了那几个家伙，他们怕了，同意这厂子完全充公。"

说完，罗立忠看了看沈放。

沈放大概揣摩着，不敢肯定："罗兄是想把厂子私下给处理了？"

罗立忠点了点头："在湖南那边找好了买家，这边拆了，然后通过浦口码头船运过去，到手的就是白花花的大洋。这些无头账目根本没有办法查。"

没本的好买卖，赚钱的路子果真好寻。

"那么大的设备我正愁没地方存放，老弟就来出高招儿了，老虎桥监狱还真能帮上忙。看你的了，搞定了监狱做中转站，你也别只要一成，我给你两成，二八分。”

沈放忙应下，一副有钱不要谁傻子的模样。这样的手段，实在高明。

接着便是碰杯痛饮。

合作愉快，沈放很快便加入了罗立忠的计划。

目前来说，他最要紧的事情便是调查郭连生的身份。

第二天，沈放开车到达浦口码头附近。他穿了一身便衣，左右张望，小心翼翼朝码头走去。然后立在码头的值班室外叩门。

彼时郭连生正坐在办公桌后面对着货运单，敲门声叫他抬起头来，透过半开的门，轻易地便打量了一番来人，见到沈放，他有些意外：“你是？”

沈放伸手过去：“你好，我是沈放，机械厂设备的船运，我来跟你对接。”

常日里只能在远处看着，今日离得这么近，而且是另一种意义上与他重新并肩，沈放对这个人印象并不是很好。

“哦……是，罗处长已经跟我说了。”面前的人显然没有一丁点老实模样，说话时候眼珠子在眼眶里提溜转着，似乎时刻都在揣着坏心思。

“那咱们就商量一下，具体的运货方式。这些设备体积都很大，你应该有办法在船运的时候不让别人起疑心。”

“是，是，这事我来办。”

回答果然是这样，看来这交易并非是一两天。他是老手，这些经验不在话下。

可郭连生是那个叛徒吗？他和汪洪涛的死到底有没有关系？

回去的路上他一直在思考着这个问题，半路上忽然一个急刹车，前面是一个孩子横穿马路，差点撞上。

孩子像被吓着了，呆呆地站在车前。有一个中年妇人忙奔了过来，脸色焦急地将孩子抱走了。

沈放拍了拍方向盘，抬手捏了捏眉心，头似乎又痛了。

无论如何他都不想再等了，叛徒一天不除就会多一天危险。而且他的身子，不知道还能撑多久。

回到军统大楼，沈放坐在办公桌后面，拿出纸笔在纸上写下潦草的三个大字，周、钱、郭。

这是他独特的思考方式，他看上去有些疲惫。

这时候屋外有人在说话，声音嘈杂，似乎一群人在不时哄闹着。

沈放有些烦躁，把写着三个字的纸烧掉了，接着拨通电话。

“江副官，来我办公室一下。”

不一会儿，有人敲门走进来。

屋外哄闹的声音仍在继续。

“外面是怎么回事，吵个没完？”

江副官见他脸色不好，也不敢笑，微微耸着肩膀：“哦，大伙儿在闹着玩，猜猜谁年底奖金更多点。谁多，让谁在夜总会请喝酒。我这就让他们小声点。”

说罢转头要走，沈放却忽然闷着笑了出来，忙将副官一拦：“不必了，大伙儿难得找点乐子，跟他们说，都别猜了，今天晚上我请客。”

等他出去，沈放似乎来了心思。他戴上了手套，从一边抽屉里拿出几张纸来，又从一边抽屉里拿出一本《红楼梦》。

这是汪洪涛留下的密码方式，在规定版本的《红楼梦》里找出需要的字，将页码和对应的行列数字写在纸上，这样对方可以通过这些数字翻译出情报内容，外人无从知晓。

屋里静悄悄的，沈放黯然在纸上记下了一组一组的数字，分成了三份。

写完后他径直出门，没走多久便瞧见有一个报童正在卖报。

车子在那报童身边停下，沈放从车窗探出头去，报童忙赔笑脸：“先生，买报纸吗？”

沈放戴着手套的手拿出一张钱递给了报童，报童正要回几张报纸，沈放继而又将那三封信递了来。

“记住，十分钟后，帮我把这三封信寄出去，就在前面路口有信箱。”

这样的活计常见，那报童也没有多问，将报纸又收了回来，信誓旦旦道：“好嘞。”

清脆一声，说完便离开。

沈放将手套褪下，抬起头时，透过车前玻璃，却瞧见那报童走到路口的信箱前，直接将信丢了进去。

凝眉作愁，他发动车，又瞟了一眼后视镜，在自己汽车后面不远的地方，那辆跟踪的汽车已然停在路边。

沈放脸上露出一丝冷笑，把车开走了，那跟踪的车也继续跟着。

说好的请客就在第二天晚上。

夜总会里，沈放坐在吧台边喝着酒，面无表情，可眼睛在屋子里头来回扫着，不知道寻找些什么。

俱乐部里的唱机播放着爵士乐，优雅而有腔调。

为了尽快找到叛变的人，他的那三封信，是三份假的情报，分别送给周达元、钱必良和郭连生。

内容是有特殊情况，需要他们帮忙预订个酒店房间，有组织上的人需要利用房间活动，只是时间和酒店的名字是三个不同的版本。

郭连生对应的是鸿达旅社，周达元对应的是盛元宾馆，钱必良对应的是吉祥旅馆。

他很想要看看，丢下去这个石子究竟能翻起多大的浪。

心上暗笑，沈放将酒杯里的酒一饮而尽，就在这时，江副官和几个军统的军官走进了俱乐部。

沈放挥手打招呼寒暄："今晚谁都不要客气，尽管吃喝，全部算在我的账上，江副官你去安排一下，给几位同仁找几个姑娘陪着跳舞。"

江副官应下，不一会儿便带着几个舞女走了出来，与军官们互动起来。

沈放瞧着这场面正要乐，江副官跟他身边一凑："按照您的吩咐都安排好了。"

沈放点了点头，给江副官倒了一杯酒递了过去，两人碰杯。

鱼饵撒了出去，现在该轮到收网了。

"你跟军统局南京站行动队的人熟不熟？"沈放问道。

江副官沉眉想了想，才忽然记了起来："有个老乡，和我同期入伍，也是同年进军统的。"

"那让你那兄弟明天注意下，白下区的酒店和旅社，特别是鸿达旅社、盛元宾馆、吉祥旅馆这几家，也许能有收获。"沈放依旧喝酒，说得轻松。

江副官脸上喜不自胜："这敢情好，我那同乡正想着怎么能多立点功从南京站回局里呢。您这是哪儿来的情报？"

有甜头吃还问东问西，沈放有些不想回答，但咽了口唾沫还是十分耐心："你知道我大哥是中统的吧？"

江副官点头。

"中统那边如果有行动，跟着他们应该没错吧。"

江副官笑了："好好，听您的。"

两人喝起了杯中酒，音乐依旧继续着，那些军官已经搂着舞女们跳起舞来。

事情很快便有了消息。

沈放办公室里，他悠然地将脚架在桌子上，看着当天的报纸。

就在这时，电话响了起来。

那头沈副处长声音传来："是我，小江。"

沈放即刻将脚放了下来，心里暗暗预感到了什么，表情即刻严肃了："什么事？"

"刚刚从南京站行动队那边来的消息，中统有人在白下区鸿达旅社进行了一次搜捕行动，但结果是消息错误，据说并没有抓到人。"

其他两人都没反应，而鸿达旅社对应的正是郭连生。

这是叛徒出现了。

"好，继续监视，有情况及时向我汇报。"

挂了电话，沈放陷入沉思。他脑海里闪现出郭连生那张脸。

如今虽说大功告成，不过更难的还在后头。

除掉叛徒不是开一枪打一颗子弹那么简单，任何事情都不能让自己暴露。

那种一命换一命的事儿没什么意义。

思来想去，这事情还是要从罗立忠这边入手才好。

冲进罗立忠办公室的时候，沈放神情愤怒而不满。屋里头罗立忠正在喝茶，见他这般姿态，有些摸不着头脑。

还没开口问话，沈放阖上门后直接将身子往他面前一撑，弯下腰去，两个人四目相对，相隔咫尺。

"罗兄，你答应让我入股不是阴我吧？"

他语速很急，带着质问，恶狠狠的模样一直在喘气。

罗立忠不解："沈老弟，你这话什么意思？"

"什么意思？你的生意一直躲着我，可我一来，中统的人闻着味就来了，你让我入股，不会是想着生意露馅了，让我当替罪羊吧？"

那张脸上表情狰狞，恨不得此刻就用手搭在罗立忠脖颈上，两句话不如意就使上劲叫他一命呜呼。

沈放戏演得多了，演技越发精湛，瞧上去都可以顶着柳如烟登台唱戏了。

"这话说过了吧，什么中统的人？你到底想说什么？"

没来由的兴师问罪，叫人越发莫名其妙。

"你不知道？"

沈放明知故问，眼神疑惑。罗立忠若是一早就明白郭连生的身份，怕是也不敢这样堂而皇之用人。

“你想让我知道什么？”

“浦口码头郭连生的底细，你知道多少？为什么他愿意跟你做生意？”

罗立忠人精一般的人物，做事情必然是有他的考量。本还以为真的出了什么事情，可听他所提及的事情后，便已经笃定他是捕风捉影，所以一脸的淡然。

“他这人好赌，在赌场里输了不少钱，还欠了高利贷，要不是我，他早被人扔江里喂鱼了，这有什么问题吗？”

眼中瞧不出半分的疑惑，而且沈放也没觉得罗立忠对自己所说有多大的好奇。反倒是被他这反应给逗笑了。

聪明人大都自负过了头。

“有什么问题？问题大了，这郭连生跟中统的人有联系。”

罗立忠这样的生意，最怕的就是沈放的那位亲哥哥，所以这话就跟踩了雷线一样。

这一言出，终于能在罗立忠脸上看见些不可思议。

“这不可能吧，你怎么知道的？”

沈放这会儿才将身子放松了下来，直起腰身，抄手在怀，语气悠悠：“我哥是干吗的？他们中统党政调查处一直在做党内调查，不盯着他我心里也不踏实，就是中统的人一直在暗中接触郭连生。”

有理有据，而且他说的也是实话，罗立忠这才严肃了起来，显得有些慌张：“这事儿多久了？”

“也许几天，也许几个星期，我说罗兄怎么好心让我入伙呢，原来全是猫腻啊。”

罗立忠脸色沉了下来，显然一副不知情，而且被冤枉的样子：“你错了，我这个人在生意上一向讲信用，让你进来就是大家同进同退。”

“你不是阴我？”沈放将头低着，却抬眼瞧他。

“我可以让你看到。”

沈放面色不改，心上暗笑，他要的就是这么一句话。

为了证实这一切，罗立忠很快便打探了郭连生的行踪。

茶楼二楼的包间里，他安排好了一切，接着招了沈放前来，加上吴队长三个人就坐在靠窗户的位置上，目光下移便能够清楚看着楼下的街道。

沈放如今该是表现出对罗立忠的质疑才是，所以面上并不客客气气，只坐在一旁睨着罗立忠。

罗立忠问吴队长道：“消息可靠吗？”

吴队长目光瞧着沈放举动有些奇怪，不过罗立忠没说什么，自己也不便多言语，于是只点了点头：“可靠，郭连生对自己的行踪口风很紧，他货场的下属都不知道，如果不是见重要人物，绝对不会如此慎重，还是我通过他常去的几家饭店，查找订座的消息，才知道他今晚的约会在这儿……”

话还未说完，罗立忠忽然举手示意他作罢，再往后的事情已经没必要知道。

这时候，歪着脖颈的沈放目光已经瞧见楼下的一辆黄包车停了下来，从黄包车上下来的人也正是郭连生。

“来了。”沈放冷言，两个人跟着望下去，见郭连生张望四下之后，昂首阔步走进了对面的一家饭馆。

沈放借空儿看了一眼罗立忠，罗立忠那张脸上没有丝毫表情，只是目光敏锐地盯着对面的饭馆。

等他再回神时可真是好戏开场了，有一个十分熟悉的身影出现在了饭馆门口，同样的姿态，同样的目的。

那人，是李向辉。

沈放说的话基本已经被证实，罗立忠没有说话，只是能瞧出来他额角出了些汗珠子，他有些后怕，忙将桌上的茶杯端了起来，喝了口茶水压惊。

这有可能只是一个巧合，他还抱着一丝希望，不过到底没有什么用处。

对面饭馆的二楼坐着一个便衣的军统特务，吴队长撩开边上的窗帘拓宽视野，见着那边对他做了一个手势。

紧接着他回头低声告诉罗立忠与沈放：“李向辉进了郭连生的包间。”

心里的石头“扑通”一声狠狠砸了下去。

沈放一笑：“这下热闹了，连我哥的秘书都出现了。”

这事情可非同一般，罗立忠没有打草惊蛇，他带着沈放回到了军统大楼，留下吴队长继续调查这究竟是个怎么回事。

只是打确定了这样一个消息之后，罗立忠一路上就一直阴着一张脸。直到进了办公室以后他也如坐针毡，慌张得很，只来回在屋子里缓慢地踱着步子，缓解他的紧张。

沈放坐在一边看着他，脑袋被他晃得有些晕，便伸手将他一扯。

罗立忠停步，望着他问道：“你觉得中统那边对我们的生意了解多少？”

眉头紧锁，一筹莫展。

沈林是直接负责内部人员调查的，连他的秘书都掺和进来了，这算是到了火烧眉毛的时候了。

沈放抬手示意罗立忠坐下，就算是事到临头了，急也是没啥用的，却没得到回应。见他固执地站立着便也不坚持，只回答他的问题：“现在看中统应该还知道的不多，否则以我哥的性子不可能完全没有动作。”

这话倒是没错，沈林那个性子谁不知道。

罗立忠叹了一口气，像是多少得到了些安慰，不再来回徘徊，却还是揉了揉眼角，忧心忡忡地说：“是，沈林现在还不知道，但如果他知道了，要真调查咱们，那你我都很难脱身。”

这厢正说着，行动队吴队长也回来了，跟着推门直接走进来。

罗立忠急切的地望向他：“怎么样，查到什么了？”

吴队长并没有急着开口，而是好像心怀疑虑，若有深意看了眼低坐的沈放。

“都是自己人，有什么尽管说。”

到了这种地步了，他若是再还想瞒着沈放什么，那可真是不想要脖子上那颗脑袋了。

吴队长得了意思点头，继而说道：“中统那边的消息是说郭连生是地下党的线人，中统控制他是要挖出潜伏在南京的地下情报网。”

沈放闻话暗暗一笑，事情发展十分顺利，这张渔网已经撒得越来越开了。

只是罗立忠这会儿根本没空注意他，那张脸上面皮铁青，被这消息吓了一跳：“这郭连生够鬼的，居然两头瞒！”

沈放忙应和着：“我也查了，前些日子，郭连生经手的一些货物去向不明，这个人估计在和我们做生意，同时还在和其他人做生意。如果这家伙通地下党，那我们可就更麻烦了。”

煽风点火这活计，他做来尚且顺手得很。

罗立忠低眉沉思，想了好一阵子后突然抬手一拍：“好啊，那就把这个地下党分子抓起来。”

“抓他？这不太合适吧。他已经是中统的线人了，我们这样行动说不过去。”

沈放这边还要为他如今的身份考虑，这样的话，是他该说的。

罗立忠却全然没有顾虑，如今已经无路可走了，他眯了眯眼睛，咬牙道：“没什么说不过去的，抓捕地下党分子是军统的职责。”

“可是如果中统那边要人怎么办？”吴队长合时宜地插了一句嘴。

罗立忠不愁反冷笑着：“先把人抓了再说，只要他在我们手里而不是中统那儿，他怎么说就是我们说了算。”

这一出戏演到这儿就该收尾了，只要罗立忠肯配合着他抓了郭连生，沈放就有办法把消息弄大，这样组织上的人就会警觉，起码郭连生就不会再继续披着伪装。

第十五章

CHAPTER 15

兴师来问罪，婚礼遭暗杀

行动刻不容缓，抓捕很快就进行了起来。

隔天清晨，几个人直奔浦口码头而去。

郭连生刚从一个仓库走出来，便被吴队长不由分说地带进了旁边的一个仓库。

那个仓库里，罗立忠、沈放和几个军统特工都站在里面，一副来者不善的模样。

郭连生刚进门，仓库的门就被关上了，他回头一望，有一个特工守在门口，气氛明显不大对劲，于是他忙战战兢兢地向罗立忠问好。

“罗处长，原来是您找我。”

罗立忠这么久了平白在手下养了个白眼狼，此刻瞧着这一张面目心里不知道有多堵得慌，但他还是故作淡定，轻轻用手拍了拍郭连生的脸。

“我有些事儿得问问你。你在赌场欠的那三万块钱是我替你还的吧，我拉着你做生意，这几个月你也没少分好处，我要没记错，怎么也有三五万了吧？”

突然提及这个，怕是要兴师问罪，郭连生自己做的事情自己心里清楚，眼下瞧着有些心虚，搭话都有些结巴：“是，是，多谢罗处长照顾。”

“那你怎么跟我没实话呢？”

“实话？什么实话？我不太明白。”

到这份上了，还不主动交代，这是想往枪口上撞，还是指望着中统给他撑腰？

罗立忠淡淡一笑，脸上和蔼可亲，语气徐缓，将腰身往下微微弯着：“你是共产党，你可没说。”

在南京地界儿，与这三个字挂上钩可没有啥好处，郭连生脸色彻底变了。

“你做了中统的线人你也没说。”

罗立忠证据在握，步步紧逼。

沈放十分轻易就瞧见了郭连生的额头冒汗了。

沈放心里嗤笑，这个样子也配在三方周旋?

两句话像两片刀刃割到了膝盖上，罗立忠还没继续说下去，郭连生忽然间扑通一声跪倒在地：“罗处长，这不怪我！是中统的人查赌把我抓到了，可咱们生意的事儿我一个字都没说！”

“是吗？那看来我应该谢谢你了。”

老谋深算、变化莫测，罗立忠那张脸上的诡谲神色，叫人猜不透。

金蝉遇险脱壳，如今无路可退也就只有谈条件了，郭连生喘息粗重，咽了好几口唾沫，没思量几下便做了决定：“罗处长您高抬贵手，我把我知道的地下党的事儿都说出来。”

这话一说出来，沈放有片刻的心慌，这可是万万没有想到的一点。不过他面不改色，眼神瞧着罗立忠，还是压罗立忠为了保命能够舍了这颗棋子。

罗立忠却没说话。

“我……我也可以做你们军统的线人，帮你们抓地下党。”

这样立功的好机会，叫他犹豫得很。

沉默许久，罗立忠开口却是问下文：“是吗？那中统那边怎么办？”

“我会想办法，以后有情报我先跟罗处长汇报。”

一个情报在两头保命，这倒是个人才，也不知道这样的人怎么进入组织的，沈放苦笑。

“你不会再骗我？”

“不会，真的不会，罗处长，我对天发誓！”

郭连生声音从头到尾都在抖着，他本以为今日是难以逃出生天了，罗立忠却像为他的条件打动了，忽然改口：“那好，你走吧。”

慌乱的神色在一瞬间戛然而止，屋子里的人像是都没有猜到这结果。

“走？”

郭连生有些不可思议，沈放也没有想到会有这么一出，瞪着一双眼睛瞧着罗立忠，不知道他葫芦里卖的什么药。

罗立忠却十分释怀：“走吧，你不是已经答应做我的线人了吗？而且我还得让你接着帮我挣钱呢。”

郭连生这才放心了，转过身，向仓库门口走去。

可还没等他走出去几步，距离一拉开，吴队长却突然掏出枪来，对着郭连生连开几枪。

郭连生哼都没哼就扑倒在地，背上的伤口汩汩地涌出了血，颤抖了两下，便气绝身亡了。

沈放心本来都提到了嗓子眼儿，被这一幕吓了一跳，却又有一种难言的放松。

“罗兄，这……”

他满眼疑惑地看向罗立忠，只见罗立忠淡淡一笑：“你以为我会放走他？这个世界上，只有死人才能真正做到守口如瓶，我需要万无一失。”

他这宝到底压得还是对的。眼前这个人比谁都惜命。

沈放依旧装出忧虑：“万一中统那边问起来？”

罗立忠瞧他一眼，却并非是向他一个人说，而是面对着在场的军统特务们说：“我们发现了郭连生是地下党，对他进行盘查拘捕，郭连生拘捕反抗，被当场击毙，明白吗？”

面前众人齐声喝道：“是。”

声音落下，罗立忠拍了拍沈放的肩膀，看着他有些呆愣的不自然神色说道：“骗我的人只有这一个下场。好了，咱们回去休息吧，今天太折腾了。”

说完话罗立忠便带人走了，只留下沈放在原地，他看着郭连生的尸体，又看了看罗立忠的背影，有些迷惘。

原来他不是那个撒网的人，这网的一头，到底还是在别人手里拿着。

郭连生这个叛徒被除掉了，他却放松不下来，他见识到了罗立忠的心狠手辣，不留情面。

他也知道罗立忠最后的话是说给他听的。

这事情自然还是没有结束，话音儿刚传到沈林耳朵里，那边便迫不及待上门来兴师问罪了。

军统大楼门口，沈林和李向辉下车直闯大门，门卫哨兵拦下他们，沈林亮出证件冷冷丢下四个字：“例行公事。”

而此刻罗立忠的办公室里，罗立忠正和沈放悠闲地喝着茶。

“沈老弟，这次你对我可以相信了吧。”

事情办成了这个样子，不管对哪一边的他来说，如今这结果都是最好的。

"我之前是说的气话，罗兄可别往心里去。"沈放忙赔笑，态度谦逊，说完又忽然记起了什么，搁下茶杯一脸郑重，"对了，下周二是我的婚礼，罗兄一定得赏光。"

罗立忠眼前一亮："恭喜恭喜，我一定到，一定到。"

里面才正谢着，外头的不速之客便来了。

先是副官的声音："你们怎么能乱闯？"

听见动静，两个人目光齐刷刷挪向门口。只见门被"砰"的一声推开，从外头跻身进来两个身形，脸上全是杀气。

看清楚来人是沈林，罗立忠像早就想好了如何应对一样，表情从容不迫，放下杯子毕恭毕敬，还带着奉承："这不是中统的沈处长吗？是哪阵风把您给吹过来了？"

沈林没有说话，李向辉先开了口："罗处长，郭连生的死究竟是怎么回事儿？"

真是皇帝不急急死太监，罗立忠呵呵一笑并没有说话，目光一直盯着沈林，像看不到李向辉一般。

李向辉还要说什么，沈林摆手示意他退下。

"郭连生是我们中统控制的线人，你们军统突然拘捕他，还把人打死了。我需要一个解释。"

一个解释？这么简单的话就不会兴师动众亲自跑一趟了。

罗立忠喝下杯中茶水，细细品了品苦涩后的回甘，满足地看向沈放。

在和沈放一个对视之后，他像都安排好了一样，继续说道："你要的解释，沈副处长可以回答，这次行动是他一手操作的。"

沈林目光转向沈放。那张跟他有几分相似的脸上依旧是桀骜的神色，不过这到底是军统大楼，沈放常日的那股不屑倒是稍微有所收敛。

"我们一处得到情报，郭连生是潜伏的地下党，我们抓捕的时候并不想打死他，谁想到他不但拒捕身上还带着枪，所以……"

这样的安排，是那日罗立忠跟一众人串了口供的，沈放不过是讲了出来罢了。可他心里其实多少有些没底儿，这种话说出来沈林自然不会信，深究起来却并没有什么明显的纰漏。

或许就是这种明面上和沈林作对的感觉，让他竟有些说不出的欢愉。

果然，沈林忍得久了，脖子的青筋都爆了起来，目光如利刃一般，声音几乎是咬牙切齿发出来的："可你们军统就是这么办案的吗？那么重要的人居然不留活口？而且别跟我说你们不知道他已经被中统控制了。"

这是公然质问，觉得军统的人刻意跟中统作对。

而且这事情似乎又跟沈放扯上了关系，这究竟是意外？还是沈放搞的借刀杀人的把戏？

沈林越发疑惑，罗立忠忙抬手示意他打住："唉，沈处长，您这话说得严重了，中统从没跟军统说过你们有这样一个线人，而军统拘捕地下党何错之有？"

就是这样的逻辑，挑不出毛病来。

沈林看准了罗立忠的心思，没有做什么反应，边上的李向辉总算是再也忍不住了，步子往前迈了一步，像要动手一般："你！"

这里可是军统大楼，罗立忠的地盘，还由不得一个小喽啰乱来。罗立忠将李向辉一把又推了回去，轻轻弹了弹他衣领上沾的灰屑，像在做一个警告，此刻是有理有据，正大光明。

"急什么？要怪就要怪中统老跟自家人藏着掖着。这样不好，我们得互通有无，才能把工作开展得更好，是不是啊沈大处长？"

这屎盆子还倒着扣过来了。

初闻消息时沈林气上了头，这才无所顾忌打上门来，可到了这这会儿他明白过来，就算他亲自前来质问也没有什么用处。罗立忠不管是为了什么要了郭连生的命，都定会考虑到他会前来兴师问罪，那么准备几句一丝不苟的回答不过是轻而易举的一件事，寻不出分毫端倪。

只是聪明人善于用脑子，此刻冲动不得，最好冷静处事。

"我需要你们详细的行动报告。"

沈林对上罗立忠的视线，两个人互相瞧了一会儿，是要一决高低的架势。

一边是上司，一边是兄长，这是个显忠心的好机会。

"没问题，报告就在我办公桌上。"沈放忽然开口，沈林目光重新挪了回去，却见他笑得有些不怀好意，"不过你想看最好让你们叶局长来拿，这样转给你恐怕不合适。"

这是在众人面前将他当猴耍。

边上罗立忠还假模假式配合着唱反调："沈老弟，怎么对你大哥这样说话？"

沈放转而即刻一脸无辜模样。

"怎么了？这不得公事公办吗？"

"别别，咱们是自家人，沈林处长当然可以过目了。"

两个人这样一唱一和，叫沈林的脸色越发难看。这一切究竟是怎么回事，跟沈放到底有没有干系，他都无从得知。

眼下的沈放就像是一团散不开的迷雾，任他怎么瞧都瞧不清楚。

双方僵持了一会儿，沈林知道今日讨不到甜头，便直接回身打算离开。

“李秘书，我们走。”

李向辉得了信，甩了个脸色，便跟出门去。目送两个身影在廊间越行越远，罗立忠和沈放对视一笑，脸上灿然。

沈放在后头还不忘喊上一句：“大哥，有空再过来坐坐！”

郭连生一死，事情到此算是告一段落。沈放心里揪着的一根弦总算松了下来。

可应下的婚事，这会儿也没有旁的办法可以推掉。

从罗立忠处得到了足够的钱，沈放到底还是从周达元手里将那些字画重新买了回来。

婚礼的前一天，他提了画又回了沈宅一趟。

前院里，众人正在筹备着一些零碎的事情，沈柏年在院子里来回瞧着，模样欣喜。

沈放提着一个包袱走进来时他没看见，倒是苏静婉先注意到了。

“二少爷回来了，大家都在为你大喜的事儿筹备着呢，看看，满意不满意？”

苏静婉说着过来拉沈放，沈放却没有搭理，任由她将自己往里头拽，直到站在沈柏年面前。

“回来了？”

打从他同意了和姚碧君的婚事之后，这个声音便开始温柔了下来，几度叫他产生错觉。

沈放暗暗出了一口气，这么多人为了这一桩婚事操心，可他还是觉得这事情似乎与他并无多大的关系。

“马上就要结婚了，有些事情，我要先说清楚。”

扫兴的事在前头，等事情完了，他说什么沈柏年都没那么容易答应了。

果然，跟前的三个人都有些意外，沈柏年甚至神色骤变，生怕他又有别的什么心眼。

在三个人的注目下，沈放开始说着：“婚后我不会搬回来住的，我怕拘束，还住现在的公寓里。”

沈柏年一愣，想了一会儿，但最终还是缓缓说道：“这个由你。”

就这一点要求也算不得要求，这会儿他若是还跟沈放争这个使得沈放继续反对这桩婚事，那才是最大的错误。

沈放见他应了下来，又将手里的包袱搁在地上摊开，一边说道："还有，结婚是为了给家里一个面子，现在面子给足了，我更不想欠家里什么，这个，我拿回来了。"

这话说完，他弓着的身子直立起来，包袱口敞着一览无余，里面全是沈柏年变卖的字画。

"这些字画是你的，我买回来还给你，虽然你逼我结婚，但结婚是我自己的事儿，不沾沈家一分一毫。"

沈放眼神坚定，看着沈柏年，苏静婉和胡半丁都随着他的视线望过去，此刻的沈柏年脸色难看。

气氛微妙，有些尴尬，也有些暗暗的火苗燃烧着，趁着沈柏年还未做出反应来，苏静婉语气略带责备地说着："二少爷，这也是老爷子的一份心啊……"

只是才说一半，沈柏年没领情，举手将她的话打断，他的脸色由红转白，看得出来是自己强压着化解了心中怒气。

这一回沈柏年没有暴躁与戾气，而是徐徐缓缓地说着："也许这婚事不如你意，但你长大了以后，你会知道家对一个男人意味着什么，你怎么想就怎么做吧。只可惜你妈死得早，如果她能看到今天或许她会高兴的。"

这样的局面叫沈放意外不已。沈柏年如今看起来似乎真的老了，不再是从前那个不能忍他半口气的老头子了，眉眼间的一股忧愁叫他看上去心上隐隐发酸。

他跟前的这个亲生父亲，和他像仇人一般度过了这么长的光景，想一想都觉得不可思议。

"你们继续。"

胡半丁过来搀扶沈柏年，沈柏年却摇头示意他并无大碍，并且挥了挥手示意院里的人。众人回神继续手里的动作。然后他朝屋内走去，苏静婉上前扶他也被他甩开了。

沈放呆呆地看着一院子的人忙碌着，又和胡半丁对视了一阵子，最后深深叹了一口气，总觉得有些怅然若失。

第二日婚礼如期而至。

沈宅张灯结彩，满院深红，院子里挤满了人，军统和中统的人占了多数。

众人目光一致，看着姚父表情欣慰，笑着将姚碧君的手放在了沈放的手中。

边上的沈柏年轻微叹了一口气，和苏静婉相视一笑。

“今天，我知足了，枫儿是我从小看着长大的，是个好孩子。我知足了，我也相信我的新姑爷会善待我家碧君的。”

当年沈放一走，姚家颜面尽失，加上后来姚碧君兄长的事情，这些年姚家也算是历尽波折。

姚父能说这样的话，一面是无奈，但更多是真心觉得，这或许是姚碧君最好的归宿。

只是如今立在沈宅里，姚碧君恍如隔世。当年她倾慕于眼前的这个人，可如今竟带着别样的目的重新靠近。

隔着轻柔的白纱，她看着沈放，却发现沈放面无表情。

“你后悔了？”

隐隐一句话后，沈放勉强找到了她目光的位置，瞧了一眼，接着凝眉抬手，打算掀开头纱。

他侧身站着，眼睛余光里，突然对面的洋楼顶层方向有亮光闪过，敏锐的直觉告诉他，那是枪上的瞄准镜反光而成。

只有顷刻的反应时间，他拉着姚碧君侧身闪开，随着一声轻微的枪声传来，子弹正好擦过他的手臂，鲜血溅到了姚碧君的白色纱裙上。

他一声闷哼，姚碧君迅速撂开面前的阻碍，眼前的红色和这院里的红色倒是相映。

“你受伤了。”

只是来不及顾及这些，他们在明，对手在暗，下一发子弹指不定即刻就会穿堂而过，沈放动作迅速，拉着姚碧君躲在桌子下面，果然，紧接着几乎是一阵横扫，将桌子上的杯子和酒瓶击碎了一地。

院子里被这突如其来的一声动静搞得一片混乱，沈林和罗立忠都带人冲了出去，直奔对面洋楼而去。

院子里宾客四散，心惊场面转瞬即逝，只留下一片狼藉。

只是行凶者到底没能抓住。

这种有安排的谋杀必然是做好了逃跑计划的，等到赶到现场的时候，人早已经逃之夭夭了。

虽说没有人命案子，不过出了这样的事情到底不算好。沈柏年也没有了留沈放的打算，且昨日方才应了沈放，所以处理完沈宅的事情之后，他忙嘱咐沈林将这小两口送了回去。

折腾了不少工夫，回到公寓的时候，天色已经暗了下来。

门口作别，沈林面色凝重，但还是笑着："新婚快乐。"

这样的一天，怎么快乐？

沈放似笑非笑瞧着他回答："谢谢。"

他将手抄在口袋里没有拿出来，也不多说别的，直接打算回身进屋。走了两步觉得身后没人跟上来，又回头一瞧，发现姚碧君立在原地没动，目光正和沈林对视。

"进来吧，你到家了。"

那语气说不上来是个什么味道。

白天的枪伤只简单做了包扎，一进门沈放便取出药箱来准备好好处理一番。他心情不好，也没有心思说一句话。

姚碧君对这地方陌生，沈放也丝毫没有理会她的意思，于是她先是四周打量了一番，最后瞧见沈放一个人动作有些艰难，忙凑上前去接过手来。常日里一个人待惯了，猛然黑天的时候屋里有个人到底觉得不大对劲。气氛僵僵的，两个人相顾无言。

姚碧君为沈放的手臂涂着药水，主动开口打破沉寂："还好不是很严重，只是擦伤了皮肉。"

女人一辈子最重要的事情，今天被人搅和成这样，她好像一点也不介意。

沈放一直沉默，脑袋放空，听她起头，忽然又想起方才在门口的事情，低头看着她问道："你为什么答应嫁给我？"

姚碧君的手停了片刻，搁下药瓶又开始帮他缠上纱布。

"你问这个干什么？"

她不抬头，沈放对不上她的目光，但还是一直看着她。

"我知道你不爱我，甚至可能更喜欢我哥，干吗就这样听了家里的安排，这样对你自己好吗？"

他娶姚碧君是带着目的的，如今计划成功，心里忽然觉得，这样是耽误了姚碧君一辈子。

姚碧君漠然："我不知道你在说什么。"

女人的眼睛泄露了一切，沈放笑了。

"你和我之间没什么感情，也许曾经有过，那也是在我没有离开南京之前，不过年少时的事儿，总不是爱情。"

包扎完毕，姚碧君放手，听了这样的话瞧了沈放一眼。原来这么多年他是这样觉得，从前的他们也不算爱情。

“以后你在这间房睡，我去客房睡。”

姚碧君还在失神，沈放在她注视下猛然起身，弯腰从床头上抱起被褥，接着便离开卧房。

那一晚南京城灯火尤其绚丽，沈放前半夜喝了点酒才算勉强入睡，第二天清早一睁开眼睛，墙壁上的时钟已经指向了十一点。

“碧君。”

从客房走出来，没听见屋里有动静，他喊了一句。没得到回应，只看见桌边有个新的镜子，镜子上放着一张字条：洗手间的镜子碎了，我新买了一块，麻烦你有时间把它换上。

上次他发病时候打碎了那面镜子，只剩下一小半还挂在墙上，之前懒得换，就那么一直凑合着。

瞧了一眼字条，沈放咧嘴一笑，姚碧君这角色倒是融入得颇快。他拿起镜子径直走进洗手间。

屋里安安静静的，他漫不经心地摘下墙面上的残骸，可在镜面完全挪开之后，他的动作停住了片刻。

就在那镜子背后的墙壁上，粘着一个窃听器……

沈放低眉若有所思之后，下一个动作却并不是去处理掉窃听器，而是翘着嘴角露出不可捉摸的笑容来，继而将新的镜子又放了上去。

因为这一切他并不意外，他早想到了自己处在时刻被监视的环境里。从沈林对他了如指掌的行踪里就能窥得一斑，但他如今他没有能力去改变这个局面。

他能如愿地离开这个环境去自己向往的后方吗？也许这只是个开始。

几天之后，沈放得到了一个很不好的消息。

婚礼现场伤了他的那枚子弹经过检验最终出了结果，弹头和在宾馆被杀的董腾身体里取出来的弹头，包括南京近期的几起杀人事件现场留下的弹头，都是出自同一把改装狙击步枪。

也就是说，他被那个凶手给盯上了，只是他侥幸，成了唯一失手的一回，但下次难保还有这样的好运。

而且技术科科长告诉他，这个凶手不一般。为了隐蔽，他把子弹的药量减少了五分之一，所以枪声微弱，但在那样的射击距离还能有这样准头，这几乎是不可能的。

也就是说，这个人还是个神枪手。可他自己又和那些个被杀掉的人有什么共同之处呢？

这一点沈放想了一路都没想出个什么名堂来，反叫他脑袋有些痛意阵阵涌动着，到了公寓门口，他推开房门，里面传来的炒菜声总算让他分了神。

那是一种不一样的感觉，虽然突兀，但好过往日的冰冷沉寂，似乎突然间有了过日子的味道，叫他有些不大习惯。

目光一定，屋子里那张餐桌上已经摆了饭菜，菜品不多，但是颇为精致。

沈放将衣帽搭在门厅的衣架上，慢悠悠地走到餐桌前。他拿起桌上放着的半瓶威士忌晃了晃，刚打算倒一杯，姚碧君从里面端着菜走了出来。

“你回来了？”一个微笑，接着在他身边停步，姚碧君放下手里的菜。

“嗯。”沈放闷声，一边倒着酒一边接着说，“这些天你只要不加班，就回来为我做饭，辛苦你了。”

“一家人不用说这些客气话。”姚碧君淡淡说道，一副贤妻良母的模样。

沈放搁下酒瓶，脸色忽然认真起来：“以后你别这么忙活了，我没想让你来当保姆。”

不当保姆不当妻子，那她来这儿究竟是个什么身份？

姚碧君解下身上的围裙，将长椅挪开，接着要回身去拿饭：“没事，这是我应该做的，饭好了，洗手吃饭吧。”

沈放却将她一拦，回头看看桌上的菜，脸上有些为难，声音变得很柔很轻：“今天我就不在家吃了，约了一处的几个兄弟去喝酒，我回来就是想跟你说一声。”

说着人已经走到了门口。

“我先走了。”

姚碧君也没有别的态度，只不忘叮嘱：“那你少喝点。”

可话还没说话，人影已经消失在了视线里。

出门上了车，沈放心里空落落的。他说了谎，其实他没有约任何人，只是他独来独往惯了，而现在他那间公寓里的那种氛围，姚碧君带给他的那种家的氛围，让他有些无所适从。

所以他选择暂时地逃避。

可他又觉得似乎这样对姚碧君不大公平，他将她娶了回来，且不说夫妻之事他们两个人一样没做，如今就连她做好的饭菜他也不愿意吃了，那这一段感情连个面上的样子都没有了。

思来想去，他发动了车子，可没走多远，他又转变了心思，返了回来。

公寓里头，沈放离开之后，姚碧君进入了沈放的房间，开始小心翼翼地四处翻找着什么，衣柜和抽屉全被拉了开来。

扫荡一圈之后没有发现什么可疑的地方，她立在原地打量四周，忽然间看到了书桌上放着一本《红楼梦》。她拿起来翻了翻，一斜眼又看到书桌角落放着一只箱子。

就在她刚想要去碰那只箱子的时候，房门忽然被打开。

姚碧君吓了一跳，掀箱子的手缩了回去，慌乱中，手里的《红楼梦》落在了地上。

一回头，沈放悠然靠在门框上，眼神复杂地盯着她。

姚碧君尽量掩饰着慌乱："你怎么走路没声？吓我一跳。"

沈放将脑袋稍微歪了歪，看来还是他自作多情了，屋里的这个人许是巴不得他不在。

"你在我房里干什么？"那语气算是质问，面无表情。

"我只是想收拾一下屋子。"

"趁我走的时候收拾？"

这样问话，意思明显，姚碧君愣了愣："怎么？你怀疑我？"

沈放模样笃定："如果你是我，你怎么想？"

这一句之后姚碧君没有说话，只愣愣地看着沈放，像在等他接下来的反应，屋子里重新恢复了沉寂。

"那个箱子你别动，我不喜欢别人动我的东西。"隔了一阵子，沈放那种冰冷的质问柔和了下来，听起来并不想追究下去。

姚碧君这才点了点头："我知道了，你回来是……"

回来是为了陪你，这话本该这样说，只是眼下这局面叫沈放的出现看起来像是一个笑话。

他面色冷峻，咽了一口唾沫："我忘了拿帽子了，你看见了吗？"

"好像就在客厅里。"姚碧君说着走出了房间，到客厅的衣帽架上给沈放取下帽子递了过去。

沈放接过帽子戴上了，模样怪异，话里有话："这次我真走了，这屋里，你可以好好收拾。"

姚碧君没有回话，看着沈放出门离去，随后她走到窗口掀起窗帘，等着沈放的汽车开走了之后又再次进入了沈放的房间。

目标十分明确，她径直从书桌下拿起那只箱子放到书桌上。

掀开箱子，发现里面除了一些衣服之外，还放着一个非常不起眼的小木盒。

姚碧君迟疑了一下，但还是把那木盒打开了，只见里面放着沈放少年时期用的旧弹弓，还有他和沈林、姚碧君兄妹在沈家老宅的合影。

照片已经发黄了，这让她很是意外。

离开公寓，沈放开着车行驶在街头，路灯投射的光芒一道道从他脸上划过。他心里明白，方才姚碧君明显在检查他的东西。原来他的这桩婚姻并没有那么单纯。

而且公寓里还装了窃听器，这一切难不成都是沈林安排的？

他不喜欢这样的生活，不喜欢整天伪装戴着面具去周旋，然而他别无选择，如今为了自己的安全，他似乎必须要弄清监听者的位置了，这些人一定就在附近。

沈放注意着后视镜里，有车跟了过来，接着他收回目光，依旧面无表情地向前开着。

那一晚他去了赌场，且一待便待到了天明，清晨，他才从门口走了出来。

几个军官跟在沈放旁边，你一句我一句说了一会儿，约莫是聊着输赢，最后沈放面露疲倦道：“好了，今儿就到这儿，我累了。”

一句话后，众人纷纷打招呼四散离去。沈放凑近车子，上车前眼角余光瞄了下四周，发现了一辆黑色的轿车离得并不远。

候了一晚上，还真是兢兢业业。

沈放苦笑，继而发动汽车。

郭连生的事情之后，沈放变得越发疲惫了。

以他如今的身体状况，实在不适合再做这样的情报工作，而且他这个亲哥哥一直在怀疑和监视着他，再这样下去，总有一日他会暴露。

可要想如愿地去往后方，他必须得先与组织取得联系才是。

而这个联系的渠道，在汪洪涛知道自己要出事的时候曾经与他说过。

长街中央，沈放半路将车停在路边，车头不远处有一间咖啡馆，招牌标着偌大的“夜色”两个字。

他下了车，关车门的时候，眼角的余光看到那辆跟踪的车也刚刚停下，就停在不远处的路边。可他依旧装作毫不在意，朝咖啡店走了过去。

“来杯黑咖啡。”

店里人迹稀少，沈放推门进去对服务生说道，视线扫了一圈环境，接着迈步朝着一边走过去。

穿过咖啡座椅的时候，他神不知鬼不觉地在9号桌上摆放了一包哈德门香烟，他自己却选择了角落里靠窗的地方坐了下来。

“如果我有意外，你可以去升州路的夜色咖啡店，在九号座上摆一个烟盒，组织上就会想办法跟你联系。”

这是汪洪涛的原话。

沈放知道被跟踪的情况下这样做很冒险，但是他必须尽快寻找到组织，他的压力太大了，汪洪涛死后他再次回到孤军奋战的状态。

不一会儿时间过去，服务生送上咖啡，沈放装作悠闲地喝着咖啡，可目光一直留意着9号桌上面自己放下的哈德门香烟。

咖啡厅人很少，似乎也没人注意这个像被遗落下来的烟盒。

沈放依旧在享用他的咖啡，而透过窗户，那辆跟踪的车依然停在不远的路边。

与想象中一样的，头一次的尝试不会有什么结果。等了一阵子后沈放只好暂时放弃，驾车重新回到公寓。

白日里姚碧君要工作所以并不在，这一点他清清楚楚，所以他才肯回来。只是没想到门一推开来却意外发现桌上依旧有饭菜，而且每道菜都用一只碗倒扣着，为了保温。

旁边放着一张字条：我去上班了，怕你回来饿，特意给你做了早点，如果凉了，就热一下再吃。

沈放放下字条，漫不经心翻开一只扣着的碗，碗里是一道精致的小菜。

他没有坐下来动筷子，似乎并不感兴趣，而是走到一边去从酒柜里倒了一杯酒，一边品着酒一边环顾四周。

目光扫过屋里的吊灯，继而又扫过窗外，突然间沈放似乎发现了什么，眼皮猛地一张，然后迅速到窗前将窗帘拉上了。

回身放下酒杯，他蹑手蹑脚地将一张椅子搬到吊灯的旁边，将身站了上去，抬手往上一伸摸着，果然在灯顶上发现了另一只窃听器。

不知道这样子已经有多久了，沈林对他还真是足够看重，窃听、跟踪还不够，还安排了个人时时刻刻盯着自己。

沈放下了椅子，抬着头想了想，目光扫向天花板，最后在一个吊顶的检修口停了下来。

他将椅子挪了过去，又加了一只板凳，然后拿起电筒轻手轻脚地打开那个盖子，将脑袋伸进了进去。

举起电筒，照了四周，漆黑的吊顶内，可以看到中间那根吊灯的电线。顺着那线看过去，它在不远处与窃听器的电线交汇在了一起。

观察完毕，沈放嘴角微微翘起，心思很快便涌现了出来。

他将吊顶开窗阖上，继而从椅子上下来，从抽屉里找到了一根铁丝，再次回攀到吊灯跟前，先将灯泡拿了下来，接着用那根铁丝缠住灯泡的螺丝触头上，再拧上了灯泡，但是没有拧紧。

做完这一切，就只等着陪他演戏的人上场了，一夜没睡的他回房小憩了一阵子。

第十六章

CHAPTER 16

设计甩尾巴，故人再合作

晌午过后没别的事情可忙，为了调查暗杀他的那个人，沈放又特地辗转到了靶场。

周围荒草丛生，耳边一直回响着“呯呯呯”的枪声。在靶场的一侧有一座简陋的房子，正前方开着一个大的窗口，可这个窗口并没有安装上窗户。

沈放站在窗口后面，用望远镜看着被射击的靶环，外面的射击声连绵不绝传了进来。靶场教官和江副官站在一边。

靶场教官向他介绍着：“沈副处长，射击场上都是我们这儿一等一的好手，200米胸靶卧射8环以上百分之百，400米胸靶卧射命中率百分之九十以上。”

沈放动作没变，只张嘴问着：“如果子弹的药量减少五分之一，但又要击中600米以上的距离呢？”

这问题像难为人一样。

“这个……”靶场教官摇了摇头。

沈放听着没了音儿，这才将望远镜挪了开来，看向那教官：“怎么？实现不了？”

若是这样的人根本不存在，那要找出这个凶手，更是一丁点的端倪都没有。

“能，只是很难，那要对风向和弹道控制得非常准确，除非是1936年德国教官训练的那批狙击特训生。”

沈放意外，面前的人竟连目标范围都帮他锁定了，他当即便来了兴趣：“是吗？接着说。”

那教官咽了咽口水。

“1936年作训处在各部队甄选出来了三百名射击出色的士兵，由德国教官训练使用毛瑟步枪成为狙击手，那批人个个都是神抢手，关于他们还有个传闻，说那批射手打得日本军官会在战场上不得不撕下肩章来以求活命，只可惜……”

说到一半，他欲言又止，叹息了一声。

“可惜什么？”

“几次会战后，他们中的很多人都阵亡了，而且日本人配备了97式狙击步枪专门对付咱们的狙击手，那些射击好手能活到今天的少之又少。”

语气十分感慨，说着他朝前望了一眼，继续道：“反正军训部在册的射击好手里还没人能做到您的要求。”

沈放听着，继续望着射击场，若有所思。

“看来我运气不错。”

沈放暗自喃喃，这样少之又少的情况都被他碰上了。

靶场教官意外：“您说什么？”

他清了清嗓子后打哈哈：“没什么，我是觉得你们作训部应该再下点功夫，德国人训练了三百人制造了神话，那就说明这个神话是可以复制的。”

这话有些站着说话不腰疼。

那教官却毕恭毕敬应了一个字：“是。”

晚上再回来时候，白天准备好的一场戏便要登台了。

因为在灯上做了手脚的缘故，沈放推开门的时候，屋里的桌上点着蜡烛，光线十分昏暗。

他照常将衣服、帽子脱下挂在了衣帽架上，里头正在做饭的姚碧君听到声音后从厨房探身出来。

“我待会儿得去加班，回来给你做点饭，省得你又去外面吃，你的胃打小就不怎么样。”

平常语气，却又带有关心。

沈放一笑：“我胃不好你倒记得挺清楚。”接话也十分自然，“对了，干吗不开灯？”

姚碧君脸色为难：“客厅的灯坏了，我又不太敢去修。”

“哦？是吗？”

他故作好奇，从边上端来椅子，站在上面将故意虚拧的灯泡阖上。

灯丝泛红，迅速点亮起来，可随后火花一闪又发出一声炸裂的响动来。

电线短路，整个屋子的灯火全灭了。

沈放好似被电了一下从椅子上跳下来，姚碧君吓了一跳，忙伸手将他揽住。

“你没事吧？”

沈放装着松了一口气，接着直起身来拍拍手上的灰：“没事，这公寓线路太旧了。”

正说着他意识到手上不对，低头一瞧，手指被灯泡的碎片划了一道长口子。

姚碧君一惊：“你流血了。”

她脸上满是焦急，回身去老地方将药箱拿了过来。

许是因为身份特殊经常受伤，沈放的药箱总是准备得满满当当的。

好在之前点了蜡烛，此刻烛光勉强能够将周身照亮，她借着烛光给沈放包扎了起来。

“口子还挺深的？疼吗？”

那眉眼里的东西骗不了人。

沈放瞧得仔细，心情复杂。他说不出来是个什么滋味，只能装作漫不经心，抬着头不看姚碧君。

“要我说，不用包扎，子弹都打不死我，灯泡的碎玻璃算什么。”

这温存的场景让沈放不舒服，他说着想要抽手，却又被姚碧君一把拽了回去。

“还是包起来好，万一感染了可不舒服。”

他没有再反抗，等姚碧君包好松了手，他表情又冷了下来：“这两眼一抹黑的，你也别做饭了，先去上夜班。我也回局里，白天一些事儿还没有做完，正好趁这个空当，把事儿给补了。”

说着他站了起来准备去换衣服，却又突然想到什么，指了指桌子上的三明治，说着：“我回来的时候买了份三明治回来，你待会儿带到单位去，饿了就吃。”

姚碧君定定立着，没有表情，嘴唇动了动。

“你好像什么都算好了，早知道我就不回来忙活了。”

他自然有他的打算，这一场戏才唱到一半。

沈放十分镇定：“不做饭还不好吗？省得累着你。”

“女人结婚了照顾家、洗衣、做饭不是应该的吗？”

这是什么观念？

沈放闻话忽然间停下了手里动作，一脸冷静地看着姚碧君。

“说得自己像个老妈子，如果你不喜欢真的可以不做这些，甚至如果你想走也随时可以，这又不是牢房。”

他表现得极其随意。

这一场婚事本就不是他强求的，如果现在姚碧君趁早离开，或许对他们每个人都是好的。

“你是在轰我走吗？”

沈放停顿几秒钟：“我没那意思。”

姚碧君也不再多说，将视线一低，沉默了一阵子。

“好吧，那……我去上班了。”

说着她转身朝门口走去，沈放又补了一句：“我开车送你。”

姚碧君披上衣服想也没想就拒绝了：“不用，我想一个人走走。”

沈放没有继续坚持，瞧着她离开，过了一阵子也开门走了出去。

车子缓缓开动，他最后在公寓不远处的另一条街停了下来，接着进入了旁边的一栋公寓楼。

上到三楼，沈放找到一个房间，开门走了进去，隔着一片半掩着的窗帘，正好可以看到他住的公寓门口。

他没能瞧见有人走进去，不过候了一阵子，窗内，手电光忽闪忽灭，影影绰绰。接着便瞧见三个黑影陆续从他的公寓走了出来，阖上门之后又进了对面的公寓。

不一会儿，对面公寓二楼一间拉着窗帘的房间屋内的灯光亮了起来。

沈放眉头微蹙，若有所思，死死盯着那扇窗户。

那就是他要找的地方，那个时时刻刻监听着自己行踪的地方。

第二日，南京闹市街头上，人群熙熙攘攘，叫卖声不绝于耳。

路上各色行人，沈放的车开得缓慢。后方远远地，有一辆汽车跟着他。

他在街角靠边停了下来。通过后视镜瞧见随行的尾巴与他行动一致，他嘴角露出一丝冷笑，推开车门下了车。

在路边的报童手里买了份报纸，借着低头翻看的机会，沈放的目光瞄到不远处的那辆车，车门被打了开来，两个黑衣人走下车缓缓分散。

接着他将报纸收了起来，看了看四周，注意到街边的小巷，速度非常快，径直往里冲进去。

余光隐隐往后瞧着，加上耳边的动静，沈放能够感受到有个人与他一般疾行着，就跟在他身后不远处。放眼前方是两个分叉的巷子，变得更加窄了一些。沈放突然拐进了其中一条巷子。

身后的杜金平跟了进去，却发现不见了沈放的踪影，他有些意外，前后张望着，显得有些紧张，进退两难。

“别找了，我等你呢。”

突然间，在杜金平身后出现了一个声音。

他吓了一跳，转身慌张一瞧，发现沈放就站在巷子口瞧着他，目光凛冽。

杜金平脸色尴尬，想逃又不敢逃，站在那里。

沈放上下打量着杜金平：“你叫杜金平，是从合肥调过来的？”

那日做过威胁，这样的话说出来吓得杜金平当即慌了。

杜金平有些胆怯，低着头不敢与沈放对视，说话都开始颤抖了起来：“沈……沈副处长，我也是没办法，不是我想找你麻烦。我总得听上面的发话。再说我也尽量给您方便了。”

沈放被他的反应逗笑了，言简意赅道：“我知道，我不怪你。”

“那……要不，还……还跟上次一样，咱们……就当啥事儿也没发生？”

杜金平一边抖着一边想要缓缓离开，沈放冷冷一笑，将他又拽了回来。

“甭急，既然现在没有外人，咱们聊会儿。”

“聊……聊什么？”杜金平诧异道。

“一回生二回熟，上次你没把我识破你的事儿说出来，也算你仗义，我就喜欢跟仗义的人交朋友。”

沈放上前一步凑近杜金平。杜金平有点怕，身体稍稍后倾。

“跟踪这差事太苦了吧？想不想调到南京来？”

沈放突然说道。

杜金平的诧异更重了，虽然不知他是个什么意思，也不知该如何回答，但眼神里明显带有些期盼。

还未成精的雏儿，这样的修为，沈放一眼就看出了他的心思，接着谈心似的问道：“怎么老是你跑腿儿，跟踪小组里有人跟你不对付是吧？”

本是猜度，可接着杜金平面露不平之色。

沈放看在眼里，再度冷笑了一声。

步步试探，功夫愈来愈足。

“我有个法子，也许能让跟你不对付的人滚蛋，没准还真能让你进南京的中统。”

沈放的声音忽然低了下来，语气神秘，不由地让人觉得可信。

“能……能成吗？”

“能不能成，就看你愿不愿意赌一把。”沈放蹙眉的同时又笑着。

杜金平咬了咬牙，沉思片刻，最终郑重地点点头：“我听您的。”

沈放便直接交代着：“你要做的就是这两天接着跟踪我，不过不只是我，最好让军统一处的其他人也能看到你。这并不难，对吧？”

正说着，这时有脚步声传来，是杜金平的同伴。

“我会给你暗示的，去吧。”

沈放示意他离开，他点了头，擦肩越过沈放，拐了一个弯儿走了出去

中统局。

楼前停着几辆汽车，中统的人员三三两两的在中统大楼门口穿行，今日有全体议会。

会议室椭圆的会议桌前坐满了人，所有人都正襟危坐。

叶局长坐在中央位置，讲话已经到了尾声。

“如今，党国需要人才，特别是中统，我们要不拘一格，只要能为我所用者，都要敞开心胸去接纳。一切对我们有利的力量我们都应该争取，对我们不利的势必要清除，继续在各方面发掘人才，发展内线，南京城内所有的情况，我们都要掌握！”

众人无声，叶局长扫视全场后出了一口长气，接着道：“好，那如果没什么事儿，今天的会就到这儿。”

坐席间的人准备起身离开，沈林却像已经等了许久，突然开口道：“叶局长，我有事需要汇报。”

叶局长看向他：“讲。”

沈林早有准备，张口便来：“汪洪涛一案当中，我们策反的线人，浦口码头经理郭连生前几日被军统一处罗立忠抓获并击毙了。郭连生被杀有很多的疑点，我申请对罗立忠进行调查。”

他虽然怀疑沈放，但在这个还不确定的时候将他牵扯进来，势必会叫他们兄弟两个的关系越发紧张起来。

叶局长眉头皱了皱，却好似不大高兴他在这时候提起这件事。

“这个事情以后再议。”

沈林张嘴还想再说什么，叶局长冷言打断他：“好了，散会。”

这算是碰了钉子，不过以沈林的性子，怎么可能会善罢甘休。

会议散了之后，他单独去找了一趟叶局长。

敲门声起，沈林走进屋里来，叶局长正擦拭兰花，回头瞥见他那张脸，隐隐出了一口气，擦了擦手回到办公桌前。

“我就知道你会来。”

沈林二话不说，先将一沓资料递给叶局长，那上面是郭连生被杀现场的照片以及郭连生尸体的照片等。

翻开资料，他才解释道：“郭连生的死疑问很大，罗立忠行动太突然而且反应也很失常，我觉得这是有人害怕郭连生活着，我们不该终止调查。”

叶局长坐着，视线比沈林低，抬起目光瞧着沈林。

“你怀疑罗立忠通地下党？”

沈林并不否认：“也许。但我更怀疑有地下党的人潜伏在南京情报系统内部。”

叶局长将文件放下，拿起茶杯喝茶，眼角表情却忽然间明显慎重起来，镇定道：“继续说。”

这下沈林像得到了肯定，更加滔滔不绝起来：“汪洪涛和郭连生的案子是我们情报部门在调查，可线索都意外中断了，如果有问题，那就是情报要害部门出了问题。为了杜绝隐患，我建议从情报系统内部查起，中统这边要查，军统那边更不能放过。”

叶局长轻轻吹着杯边的茶叶，依旧慢悠悠地喝着茶。

沈林停了一会儿继续说道：“我想知道您的指示。”

“你要调查没有错，但要注意方法。”

叶局长说着放下茶杯，从办公桌前站起来，走向两张椅子处坐下，指着另一张椅子让沈林坐。

视线相平，隔着不过方寸，沈林能看到叶局长眉间的担忧。

“系统内部自查没人说你，但我们去查军统太敏感！两边的摩擦已经不少了，弄不好会产生更大的变局，甚至牵动上面，你要明白我的意思。没有确凿证据，就不能公开针对军统。”

话虽这样说，可沈林那死脑筋根本拐不过弯儿来，反倒质问起了叶局长来：“您不是让我成立特别行动小组，调查内部可疑的人，而且会全力支持吗？”

叶局长浅笑，用手顺了一下一边架子上的兰花。

“一件事的起因、发展如同兰花的生长，一切都有缘由，兰花长得好，光照、养分、湿度都要恰当，否则便会适得其反，想知道究竟发生了什么，是需要证据的。”

“我调查就是为了找到证据。”

孺子不可教也。

叶局长面目忽然严肃：“那就先找到！否则你就是在给自己找麻烦。”

沈林这边不如意，沈放那边却继续着他的计划。

开车行驶在街巷，通过后视镜，沈放看着那辆一直跟在后面的车，故意说道：“后面那车怎么回事儿，好像一直跟着。”

今日比往日跟得都要近，他知道，那是杜金平故意暴露。

他的计划也可以开始了。

江副官坐在一边，也歪头跟着一瞧，眉头微皱：“是啊，刚才在国府路，这辆车就跟着，该不是有人跟踪咱们吧。”

两个人对视，心有疑虑。

沈放故作淡然：“在南京城谁敢跟咱们？”

江副官又看了一眼，却见那影踪缓缓又远了，撇了撇嘴也没太在意。

“也许吧，不过那车是有点怪。”

他说完话又继续专注开车，沈放瞧着那车子捂嘴暗暗一笑。

几天之后，喜乐门招牌尤为闪亮，门前人群络绎不绝，里面人头攒动，莺歌燕舞。

沈放在舞厅招呼几个军统军官喝酒，一边曼丽带着几个小姐妹走了过来，沈放上前拥住曼丽，其他的舞女小姐也分别陪着其他军官。

推杯换盏中，沈放的眼角余光看到几名黑衣人在舞厅的角落里注意着他，其中有杜金平。

觥筹交错，笑声四起，好一阵子过去之后，沈放突然间推开曼丽。

“我去方便一下。”

曼丽整个身子就像黏住他了一般，好不容易才挪开，打情骂俏地拍了他一下：“快点回来，下一支舞，我还等着和你跳呢。”

柔情娇媚，绝代佳人。

沈放一笑，摇摇晃晃地走开了。

一边几名黑衣人对杜金平点头示意，杜金平紧跟着尾随过去。

走廊里，还未走到洗手间，沈放突然站住了步子，从一边桌子上捞起一个酒瓶迅速回身，狠狠地砸向身后杜金平的头。

杜金平躲闪不及，正中脑门，酒瓶应声碎裂，这样的动静叫喧闹的场子顿时安静了下来。

血水顺着前额往下淌着，杜金平还愣着没有反应过来，沈放接着又一脚将他踹倒在地，上前一把将他按住，恶狠狠地说："你小子敢跟踪军统的人，活腻歪了吗？"

这样的一个点名，叫屋子里头军统的人都闻声冲了过来。这样的局势让其他几个中统特务慌了，可谁都没敢动。

围观的一圈又一圈看热闹，沈放眼神凌厉又愤然，向手下摆了摆手："把人带回去再说。"

热闹结束，喜乐门老板看准时机忙出来圆场："没事，没事，大家继续，大家继续，乐队开始啊。"

沈放与满脸是血的杜金平对视一眼，接着跟手下的人一同从人群里挤身出去，将杜金平押送回了审讯室。

在把杜金平按到椅子上的时候，沈放低声在杜金平耳边说："忍着点，我那老哥喜欢扛得住事儿的人。"

说完这个，他又转身对一边的审讯人员说道："我要尽快得到这个人的身份，监视我们的原因，我就在办公室里等着，听明白了吗？"

审讯人员应声，沈放对杜金平冷冷一笑，接着转身走出了审讯室。

上了走廊还没走两步，耳边已经传来了杜金平被打的惨叫声。

回到办公室，沈放靠在椅子上闭目养神。

杜金平坚持得比想象得久，等有人敲门的时候，沈放都已经有些迷迷糊糊了。

"进来。"

他动作没变，视线扫向门口，又跟着江副官的步子重新挪了回来。

瞧着江副官面色有些为难，他问话道："怎么了？慌什么，那人招了？"

江副官抿了抿嘴唇，似乎很紧张："招是没招，不过我们这回可真是惹了麻烦。"

"怎么说？"

沈放这才直起腰身来。

接着江副官从口袋里掏出一张证件递给了沈放。

"这人是中统的。"

沈放接过证件一瞧，是杜金平的，然后他故作吃惊道："中统的？这家伙疯了，没事跟着我们干吗？人怎么样？你们可别下手太重。"

江副官咽了一口唾沫，神色有些犹豫，说话开始断断续续起来："事先……不知道他是中统的，可能手重了点。”

是他之前吩咐的，要快，不下狠手的话，嘴没有那么容易开。

他说完有些紧张地看着沈放，沈放已经有了主意的样子，站起身来朝外走，并且说着：“那还真麻烦了，去叫罗处长来吧。”

沈放先到了审讯室观察室，罗立忠跟着江副官随后而来。

外面天已经黑得彻底，里面两个人隔着张单向玻璃看着里面，此刻的杜金平早已经鼻青脸肿，头破血流，而且似乎昏迷过去了。

沈放将杜金平的证件递给罗立忠，罗立忠看了一眼，眼神复杂地瞧他：“从外地调来的人跟踪咱们？有多久了？”

“手下的兄弟说应该有几天了。”

那是杜金平故意的结果。

“他跟踪的是谁？”罗立忠继续问着。

“也许是跟踪我，也有可能是……”

沈放说到一半，看着罗立忠却并没说下去，意思明显。

罗立忠自然不傻，清楚了他的意思，也没有追问下去，而是换了个问题：“这是你哥的人？”

沈放看了一眼江副官，接着摇头：“不知道，这家伙挺硬气，听说一句话没说，不管是不是我哥的人，反正我们已经知道他的身份，再用刑就不太合适了。”

罗立忠闻话若有所思，继而看了看旁边的手下，嘱咐道：“都出去。”

众人离开了，将门阖上。罗立忠这才问起沈放：“这事，你怎么看？”

罗立忠这样的生意最怕的就是沈林这个人，如今得到消息沈林居然在跟踪他，那岂不是说明沈林对他有了怀疑？加上之前郭连生的事情，沈放不信罗立忠心不慌。

“罗兄是不是担心中统盯上了咱们的生意？”

罗立忠果然点头：“生意是必须要安全的。”

“郭连生事件以后中统这么搞，咱们不能不提防。不过我觉得还没那么严重，如果他们有证据，直接兴师问罪就好了，也许只是想找到咱们的破绽。”

罗立忠想了想，继而冷笑着说：“想折腾我倒是不怕，真闹大了，看看是谁交代得过去，谁又交代不过去。”

没有证据空口无凭，擅自调查却有些说不过去。他深谙这一点，不过这是最后没有办法的办法，罗立忠是在说赌气话。

沈放一早就有安排，这会儿只顺着说："唉，闹大了就不是咱们几个人的事了，过不了两个月军统就变保密局了，我可还得指望罗兄你在处长的位子安安稳稳地坐着呢。"

这样一说，罗立忠马上转头看向他。

"看来你有主意？"

沈放一笑："中统不是正好给罗兄一个机会，去会会我那个古板的大哥吗？"

沈林这样的事情定然是暗中行事，中统那边定是不会公然默许他这样的行为，如今证据在手里，要说事情弄大了，这头儿也该是他们来挑才是。

罗立忠似乎这才明白过来，点头一笑，接着便招手着人去请沈林。

中央饭店中餐厅里，罗立忠点了一桌子菜就坐着，把手里的烟盒翻过来倒过去地玩着，在等人。

就在这时，服务员推开了门，沈林走了进来。

罗立忠站起来迎了迎："贵客真是难请，沈兄真给我面子。"

沈林没有搭手，眼神冰冷，进来看着一桌子的菜，有些不高兴。

"正是艰难时期，罗处长如此破费，不太合适吧。"

还真是个一丝不苟的主儿，恨不得到哪儿脑门上都挂着个锦旗表彰自己。

罗立忠赔笑："放心，这顿饭是我个人付账，决不花党国的一分钱。坐，坐。"

沈林暗暗出了一口气，没再追究下去，两个人双双坐下，罗立忠也不等时机，直接开口便说："这次请沈处长来，是你们中统有个兄弟落在我们手里。"

说着他把杜金平的证件扔到桌上。

沈林目光移过去，看到证件后却没说话。

罗立忠见他不动声色，继续说道："中统的人无缘无故跟踪军统的人，这事儿传出去，恐怕你们叶局长在我们毛老板那儿也不好交代，沈兄你是党政调查处的，这人我不管是你们中统谁派来的，希望老兄能在中统那边处理好。"

沈林仍不动声色："罗处长希望我怎么处理？"

罗立忠面露狡黠："这层窗户纸就不用我捅破了吧，军统一处的侦讯组也不是吃素的，我也不信你那些中统的同僚没点把柄，只要沈处长答应解除跟踪，我们一处就把那个弟兄送回去，这事儿就算了了。”

“如果我不答应呢？”

“那只能让我们毛老板和你们叶局长谈谈了，要不，让我们军统的人也去盯着你们中统的人？或许我可以直接把这家伙送到内政部去，闹大了我倒是不怕什么。就是担心你们中统不好收场！”

罗立忠说话一直带着笑，沈林却脸色铁青，没说一句话，直接起身离开餐厅。

没什么好继续说下的，这样的动作表示默许。

他脸色严峻，一路直到中统大楼的办公室里。

进了屋后李向辉也跟着进来。

他径直走到了办公桌前，停顿片刻，握着拳头狠狠地砸了一下桌面。

“通知沈放的跟踪小组撤离。”

李向辉明显有些意外：“为什么……”

一句话还没说完，沈林声色俱厉地打断他：“撤掉跟踪小组！没听明白？”

这下李向辉不敢说话了，身子随即一颤。

沈林瞧一眼他，许是觉得自己太过激动了，吐了口气，才缓了下来：“跟踪小组被军统那边识破了，这样跟踪就没有意义了。而且被军统抓了小辫子，真闹起来，保不准会上升到中统与军统的冲突。”

他明白后果，之前就是抱着侥幸罢了。

李向辉这才明白，闷声答了一句：“是。”

等他走了，沈林坐在了椅子上，眉头又皱了起来。

今天这个局会否是沈放设计的呢？他为什么会与罗立忠走得这么近？

沈林觉得自己陷入了一个又一个谜团。

这边的监视停止了，沈林对沈放的打探就只剩下了姚碧君一条道儿。

他将姚碧君约了出来，准备打听一番消息，并且重新交代她。

姚碧君到西餐厅的时候，拐角的一桌上，用屏风隔开，只能看到一个男士的身影穿着的西装，看不真切。

她绕过屏风，走了过去。

“坐。”里面的沈林说道。

刚一屈身，沈林没有间歇的意思，直接问着：“有什么发现？”

姚碧君先是一怔，接着只摇了摇头。

她心里明白，沈放如今许是对她已经有了防备的心思了，不过她还是很努力地去帮沈林打探消息。

很可惜，并没有得到什么，不过这也怨不得她。

“那他有跟什么不明身份的人来往吗？”

语气冰冷，只有质问。

“一切正常。或者是他表现得一切正常。”姚碧君依旧是摇头。

对面的沈林听到这样回答后显得有些失望，接着叹了口气：“希望他正如你所说一切正常，真是这样，就再好不过了。”

这样的话，有几分对她的不信任。

姚碧君自然听得清楚，虽然心上不大欢快，但也不打算解释，冷着脸准备起身：“如果没有什么要交代的，我想我该先走了。”

她一直对沈林怀着感恩的心思，也一直觉得自己对沈放的情已经断了，可如今这样子跟沈林说话，而且说的是这样的话，这叫她觉得十分不舒服。

赌气一样想起身离开，不过她刚站起身来就被沈林按住了。

“你做什么？”

双手碰触的时候，姚碧君脸色有些泛红，觉得有些尴尬，低着头不敢与沈林对视，十分艰难地将手抽了出来。

沈林在边上咽了口唾沫，许是也察觉到了气氛的不对，将身往后退了一小步，却还是不忘说着：“现在还不是停止监视他的时候，你要继续下去，注意到他的一言一行，甚至他的梦话你都要记录下来，我不想放过任何一个细节。”

姚碧君窘迫十分，又有些不耐烦，声音很小，不注意根本听不清楚：“我知道了。”

“如果他没有问题，那你们的婚事就圆满了。”这话说得像一个立在高处的人向下俯瞰，掌握全局的感觉。

姚碧君笑着，讽刺地说：“圆满吗？如果他有问题呢？”

沈林冷着脸说：“那你就是党国的英雄，我会上报为你请功。”

“是吗？可我不想当这样的英雄。”

说完，姚碧君起身离去，餐桌边只剩下沈林一人。

她不知道的是，在对面街巷的角落里，尾随她而来的沈放将这一切都瞧在了眼里。

罗立忠约见沈林虽然是悄然进行的，但叶局长很快就得到了消息。

办公室里，等着沈林走进来，叶局长指了指办公桌前的椅子让他坐下。

“是你派人跟踪军统的人？”

前些日子他已经说过了的话，手底下的人不遵纪律，像毫不将他放在眼里。

沈林有些迟疑，但还是点了点头，忙解释：“是，不过已经撤销了。”

叶局长一早知道，如今肯定，有些微怒：“我已经提醒过你很多次了，调查只能暗中进行，挑明了一定会惹麻烦，军统的招牌就要变成国防部保密局了，他们和军队的关系会更紧密，我们受到的限制会更多。”

这些东西他都知道，所以他才会受罗立忠的牵制。

“局长放心，我已经处理好了。”

叶局长表情舒缓下来，接着点了点头：“你的调查我支持，但闹大了我也怕兜不住你。所以内部调查该变个思路。”

感情这不是质问他，这是要给他提供新法子。

“您的意思是？”

沈林仰头看叶局长，把端起的茶杯放下，直视着沈林：“我给你找了一个帮手，现在回到办公室你就可以见到他。我想他也许会帮你想出更好的办法。”

接着他笑得很有深意，将头往沈林跟前一凑。

“记住，这人身份特殊，我不希望再出乱子。去吧。”

沈林点头，起身离开。快走出办公室时，叶局长又突然想起什么，叫住他。

“对了，听说你的跟踪小组里有个人表现不错。”

“您说的是？”

他不记得有那么个人出名到连自己的上司都听说了。

叶局长想了一会儿才记起来：“被抓的那个叫杜金平是吧？看来他能经得住事儿，没有乱说话。”

沈林点头：“他是不错，但不算是最突出的。”

叶局长摇头表示不赞成：“选人首先要选能管住嘴的。”

顿了顿他又说：“我会跟他说是你推荐他留在南京，这个人情你还是该要的。”

沈林没有说话再说话，见叶局长摆手，便继续回神走了出去。

上了走廊，他阖上门停步，脑袋里想着，叶局长说给他安排了个帮手，这个帮手会是谁呢？

接着神色凝重，脚步加快了。

回到办公室的时候一把推开门，沈林看到了一个背影，穿着一身旧西装坐在那里。

那人听到推门声转过身来，那张脸是田中。

沈林很是意外："是你？"

田中礼貌地起身行日本的点头礼，说了一句日语，不过沈林明白，简单一句问好罢了。

"你怎么在这儿？"

"我受叶局长的委托，来协助调查南京潜伏下来的地下党分子，现在我是你的下属，所以希望沈处长多多关照。"

那张脸上依旧是那个笑意，叫人毛骨悚然。这样难以把控的人，叶局长竟也敢用。

沈林不悦："怎么关照？"

那语气十分冰冷。

田中却毫不在意，只兀自说着："请你手下的人配合我，关键的时候，希望他们能听从我的命令。另外，我要求可以随时查阅你们特别调查组的所有档案。"

这算什么，给根鸡毛就要开了？

"这么说，你可以自由行动了？"沈林觉得不可思议。

"这是叶局长的意思。"

"你不觉得自己要得有点多吗？别忘了你的身份。"沈林毫无缝隙地接话，冷冷地看着田中，表情越发紧皱起来，田中那嚣张的模样叫人实在火大。

"我已经加入中统了。"田中似乎有一种总算解脱的快感，又有一种重新成为人上人的优越感。

沈林嗤之以鼻："但你是日本人，你能在南京自由活动吗？别忘了你们日本人在南京干了什么！"

从前的事情怕是民众怎么也都过不去心里那个坎。

"看来沈处长担心我。"田中戏谑道。说着他随即笑了："我想沈处长你误会了，我现在是南洋来的商人，在国民政府中任职，叫马子睿，我的中文说得不好，是因为我很小就离开中国，在南洋生活太久了，这一点，希望沈处长能够理解。"

田中说着张开双臂展示他的身段，这是他新的身份，用来伪装的身份。

沈林听他说完，却并没有接话。

田中讪笑着，反问他说道："现在，还有人会怀疑我是日本人吗？"

模样并无多少差异，而且像田中这样的高层，民众一般见着的时候少，有了这样合理的借口，其实并不会有什么大问题。

"你能给我们带来什么？"

沈林看了看他，就算他能行动自如，可他又能做什么呢？

"现在我还不知道，不过一部分的内部资料我已经看过了，就在十多天前敌党分子汪洪涛被杀，而揭露汪洪涛身份的线人郭连生也已经死了，你们掌握的线索全断了。"

田中微微一笑。

沈林脸色越发青了起来："说这些我都清楚的事有用吗？"

"有没有用在于怎么分析，郭连生的死很奇怪，从地下党那边策反过来的那么重要的线人，随便被人杀了，这不能不让人疑惑。更让人疑惑的是杀死郭连生的人是军统的罗立忠，而罗立忠的下属正是沈放。"

他又提到了沈放。

"你在暗示我？"沈林目光凛冽。

之前他就怀疑过沈放的身份，如今加上这些，似乎更有了依据。不过这事情到底关系到他的亲弟弟，他须得慎之又慎。

田中脸上接着又露出了那难以捉摸的笑容："我以前的上司加藤君跟我说过，沈放这个人看起来没有问题，但是只要跟他牵连上的事情都会朝不好的方向发展。"

他这样的人太过精明了，想要的证据怎么都会找过来。到时候只怕沈放会受不少的苦。

"我不需要毫无证据的推测。"沈林从头到尾都是冰凉。

"这就是我的用处，我会找到证据的。我希望有一天找到证据了，沈处长这一次能兑现自己上次没有兑现的承诺。"

蹬鼻子上脸越发惯出来了，沈林微怒，不想与他继续交谈下去。

"你没有资格跟我谈条件，你能做的只有自己尽力。"

田中总算是点了点头："沈处长说的是，我自当尽力，为了你也为了我自己。"

说着他脸上又出现了那让人讨厌的笑容。

第十七章

CHAPTER 17

INSIDE MAN 1

组织重获联，最后的任务

暮色之下的夜色咖啡馆，红霞倒影从店门口的长街上缓缓消失。

咖啡店里客人寥寥，似乎只有老板在柜台后面查货单。

沈放再一次走了进来，扫视了一圈，照例在路过9号桌的时候若无其事放下一个烟盒。

接着他自己则坐在斜对面的7号桌，点了一杯威士忌，不动声色地瞧着那边。

说不出来是第几次了，他已经不再迫切，脸上露出一丝随性的表情。

可这一回，在他要走的时候，一位戴着围巾的男子遮住了大半边脸，坐在了九号座上。

沈放警觉地拿起报纸，透过报纸偷瞄着对方。

那人将哈德门香烟盒拿起来，将里面的烟抽了出来，继而立在了烟盒之上。

只是这样一个动作之后，他又重新站了起来，缓缓向咖啡店外走去。

在7号桌看到了这一幕的沈放压抑着内心的激动，随后跟了出去。

出了门，那人走得很快，在巷子里转来转去，却又能够瞧得出来生怕他跟丢了。

最后两个人进了一条死胡同里，沈放猛地冲了进来，却发现空无一人。

在他还狐疑之际，一把枪顶住了他的后腰。

“别回头。”

那声音低沉而又神秘。

沈放有些意外，没有动作，而是细心观察着周围的环境，寻思着如何摆脱这突如其来的危险。

正当沈放偷偷地把手伸向后腰，想摸出藏在后腰的手枪时候，那背影开口又说起了话。

“先生，大鱼搁浅，性命堪忧，想要活命，就得拿东西来换。”

这是暗号。

沈放的手缓缓地放下了，他的声音有些转惊为喜：“万源归海，一条鱼，能值多少钱，你想要，拿去便好。”

对上之后，他明显感觉到腰间顶着的枪放下了。

紧接着他慢慢转过身来，热泪盈眶地观察着对面的人。

那人个头不高，一张长相普通的国字脸，穿着灰布长衫，眉宇间显得有些心事重重，是街头毫不起眼的一类人。

“跟我来。”那人说道。

沈放一路尾随，最后到达的地方是一个仓库。阳光从仓库的窗口透下来，光影里尘土飞扬。

拐了几道弯，两人到了一个角落。

僻静偏远，说话的好地方。

那人朝他伸手：“这是个临时的据点，沈放同志，我姓任，组织上派我来与你联系。”

沈放有些激动：“你终于来了，汪洪涛同志，他……”

“汪洪涛的事组织上都清楚了。他牺牲前通过秘密渠道向组织汇报了你的一切，多亏了你找出了叛徒郭连生，并保护了周达元、钱必良两位同志。”

任先生抢话道，停顿了一下后又接着说道：“你的行动也证明了你的身份，我代表组织感谢你这个归来的敌后英雄。”

既然如此，那么他转移后方的事情也不会有问题了。

沈放苦笑道：“既然汪洪涛已经向组织汇报过，那么我的身体状况你应该也知道了。”

这样说话，意思清楚。

任先生点点头：“你想离开，我很理解。”

“我离开不只是身体的原因，国民党的人已经开始怀疑我了，而这个人是我的亲哥哥沈林。我的公寓被窃听，我的行动也被跟踪了。”

免得他误会自己，沈放忙解释着。

任先生听着眉头忽然皱了起来，沉默了一阵子才说：“我会尽快想办法安排你去大后方，你现在的处境很危险，但是你的身份特殊，如果贸然消失，势必让中统、军统的人更加怀疑、重视。再耐心一点，组织上会出一个万全之策，让你安全地撤离。"

这倒是没错，突然的消失毕竟不是万全之策。

沈放眼里隐隐有些失望，却又十分无奈："那就尽快，我不想再这么待下去。"

"时间不会很久的。"任先生胸有成竹，接着却突然转话道，"不过在你撤离之前，还有一个任务需要你去完成。"

"什么任务？"沈放有些意外。

"现在组织和国民党双方在美国人的主持下进行军事调解。但针对各解放区的军事冲突依旧没有停下，国民党内部对和谈有各种各样的声音，组织要了解国民党对军事调解执行部的真正态度，也要了解到美国人的态度。"

政局之事瞬息万变，他们一个在明一个在暗，这边笑脸底下有没有藏刀子，直接关系到万一出事，他们手下会有多么惨重的损失。

沈放本是好奇，听他说的是这样的事情，只翘着嘴角一阵抽笑。

"国民党真的想谈就不会有二月份的较场口事件。"他脸上满是不屑。

那次政治协商会议闭幕后，国民党特务冲击集会，众多民主人士受到殴打。阳奉阴违，表面一套背地里可能是另一套，这才是他们的风格。

任先生也不否认，只点头："是，正因为这样，我们更需要摸清具体情况，拥有主动权才有谈判的筹码。"

这件事情说来事关重大，若是真能解决，指不定多少人少受些罪呢。

沈放自然没有拒绝的余地，他也并不想拒绝。现在的他，等着也是等着，做些事情反倒是好的。

"我会尽力，以后我怎么联系你？还在这儿？"

任先生却摇了摇头："不，我们的联络点不能固定。太不安全。有安排我会主动联系你，如果有紧急情况，可以到夜色咖啡店，用老办法找我。"

交代妥当，沈放出门离去。

上次一计效果显著，回去的路上沈放习惯性地瞧着后视镜，终于不再有人跟着他，这叫他神色稍微轻松了下。

如今他算是摆脱了监视，而且组织的人终于出现，这是喜上加喜的事情。

他终于可以离开这个地方了，之前的纷扰、险恶的环境，都不再是他一个人面对。

他甚至想着，或许是时候该准备与自己的父亲，自己的兄长，还有自己名义上的妻子告个别了。

回到家的沈放端坐着等姚碧君，直到傍晚时候，外头才有人轻轻转动了门把手。

“今天怎么这么早？”姚碧君走进屋里问话，有些意外。

寻常时候他都是能晚则晚，似乎很不想面对她那张脸。

“今天处里安排少。”

姚碧君点了点头，脱下外套挂好走进来，对视一眼之后，沈放继续道：“里屋有我给你新买的衣服，去换上，我带你去一个地方。”

这样的待遇从未有过。

姚碧君面色迟疑：“换衣服？你……这是干吗？你要带我去哪儿？”

沈放被她的反应逗乐了，浅浅一笑：“放心，我不是人贩子。难道你不想改变一下自己吗？”

于是他开始细数：“你的衣服从来都是黑白灰，交际圈永远都是电话局，要不就是去看你爸，然后再回到这旧公寓，我们的对话就是‘你吃了吗’‘我做饭了’。咱们干吗那么沉闷和晦涩，就不能活跃点？”

机器一般的生活，毫无乐趣可言。

他说得激情，可姚碧君脸色更难看了起来，越是这样说，她越是觉得无奈。

“活跃又怎么样，日子还不是这样过下去。”

这些年来发生了太多的事情了，把人生活的斗志消磨完了，只剩下得过且过。

“我要带你去舞厅。”

沈放突然说道。

今日的他确实与众不同。

姚碧君一愣，而后在原地呆住了，她一动不动地瞧着沈放的眼睛，很想将他看穿。

“你究竟要做什么？”

沈放不理会她，只抬起胳膊撩开衣袖，目光垂下去看着手表：“给你五分钟时间，尽快换衣服，否则从明天开始，我就不在这儿住，你甭想再见到我。”

他以为，这样的威胁会作数？

果然，姚碧君立在原地依然没动。

沈放停了停顿，走到姚碧君面前，说的话里暗藏深意："我知道你并不在乎我对你好不好，但我也知道，你希望跟我在一起，不管是什么目的，这样你才更有价值。"

两人对峙一会儿，姚碧君这才妥协。

夜色下的喜乐门霓虹闪烁，门外人来人往。

汽车停在了喜乐门舞厅门口，沈放下车绅士地为姚碧君开门。

姚碧君走下车，身上已经换好了沈放准备的红色洋装，气色被衬得极好，整个人也似乎焕然一新了。

接着沈放将手臂伸了过去，姚碧君犹豫了一下，最终还是挽着沈放的手臂走进喜乐门。

两人在卡座找了个位置坐下，沈放招呼侍者点了一些酒水，照旧转头打量四周，意外看到了另外一边的柳如烟和几个剧场的人。

他想了想，侧身对姚碧君说："遇到熟人了，来，我给你介绍几位朋友。"

说着他起身拉着姚碧君往那一边走过去。

"没想到在这里碰到诸位，介绍一下，这是我太太，姚碧君。"

被这么突如其来的一个人打了岔，桌间顿时安静了下来，柳如烟对沈放的出现十分意外，又瞧了瞧他身边里的女人，不知道他究竟想要做什么。

沈放不顾别的，只自己继续说着："碧君，这位就是风靡南京城的大明星柳如烟。"

柳如烟有些吃惊，但还是掩饰着站起来客气地握着姚碧君的手，微微一笑："沈夫人真是漂亮。"

"没想到跟你们还真有缘分。"沈放依旧笑着。

柳如烟身边的曾牧之脸色难看："谈不上吧，我们跟你也不是很熟。"

情敌一般的人物，只是太过于不是对手，沈放也不放在眼里。

"是吗？我跟柳小姐认识可比她跟你认识的时间长，对吧，柳小姐？"

沈放说着朝着柳如烟使了个眼色，只是这话却叫在场几人都有些尴尬，气氛一度叫人窒息，连大气也不敢喘一下。

破坏也做了，激将法也用了。此时一首新的音乐响起，沈放便打算告辞："不打扰各位了，我得跟我太太跳舞。"

他倒是笑着，姚碧君却面露难堪。

“怎么？”

姚碧君小声地凑到他耳边，十分窘迫：“我不会。”

瞧起来她很怕给沈放丢脸。

沈放也学着她的动作，往她跟前了凑了凑，一副恩爱模样。

“怕什么？我教你。”

那一瞬间，姚碧君有些错觉，就好像沈放当年并没有走，他们如今结婚生子，和和睦睦，快快乐乐。

只是如今，一切都跟想象中不同。

说完这句话，沈放不等她再搭话，直接霸道地下手将她带到了舞池。

灯光与音乐之下，沈放搂着姚碧君晃身。

姚碧君跳得不好，总是踩沈放的脚，且每踩一次，她的脸上就多了一分尴尬，可沈放从头到尾脸色轻松，脚上的舞步并没有停下来。

多次的堆积，在最后一下爆发，姚碧君自己松开了手，立在原地脸上有愧疚：“对不起，我不太会。”

沈放一把又将姚碧君拉回怀里：“没事，多来几趟就会了，没有人天生会跳舞。”

她忧心忡忡，十分在意。过了一阵子，她猛然抬头，却瞧见沈放虽然身在动着，目光却从未离开那边的卡座。

原来这所有的温柔都不是为了她，她顶多算是一个工具罢了。

“我有些不舒服，去一下洗手间。”姚碧君心情复杂，再一次甩开沈放的手转身离开了。

沈放微微一笑，目光从她的背影上移开，走到吧台边，看着柳如烟等人。

那边似乎在争吵着，音乐声掩盖了一切。

剧团经理在呵斥着柳如烟，边上曾牧之在为她辩解。

矛盾升级，曾牧之气鼓鼓地转身走了，那剧团经理忙追了过去，接着便只剩下柳如烟一个人一脸愁容坐着。

曾牧之就像个跟屁虫一样，逮着个柳如烟落单的机会不容易。看准时机，沈放从吧台边走了过去，一屁股坐在了柳如烟的身边。

“怎么，你的朋友都散了？”方才的戏全是给柳如烟看的，她脸上虽然不在意，但是沈放和姚碧君在自己眼前亲热，这叫她心上到底不是个滋味。

于是她言语冷冰，不想理会：“不用你管。”

说完话，她兀自端起桌子前的酒杯，一饮而尽。

沈放笑了，巴巴地往冷脸上贴："酒得两个人一起喝，一个人那叫喝闷酒。"

说着他便拿起桌子上的酒杯酒瓶，自斟了一杯，又给柳如烟倒了一杯，对着柳如烟的杯子碰了一下，跟着品了一口酒。

柳如烟却没有兴致，瞧了一眼杯子没有动，只是叹了一口气。

"你知道我是干吗的，有麻烦可以找我。"

在这南京城的地界上还有人敢欺负她？沈林且不说，他沈放这个位置可不是吃干饭的。

柳如烟本就反感他的身份，这会儿他拿着当荣耀说出来，柳如烟更是不屑："对，你是军统的，那又怎样？剧团的剧目要被禁演了，这你也能管？"

"你那个话剧？那戏还要禁演，不至于吧？"

"还能骗你不成？刚刚吵的就为了这个。"

照理说来不应该的事，沈放有些好奇："怎么回事啊？"

柳如烟脸色极差："剧本里有些内容被文化审查委员会抓出把柄，要求删改。可是牧之不愿意。"

牧之，这名字叫得可真亲切。

"是吗，你的那个大导演可真够犟的。"沈放戏谑着。

就在这个时候，姚碧君从洗手间走了出来，张望一番之后，她发现了这边的场面，想了想却没声张，绕开了道回到了之前坐着的位置上。

这一过程沈放都没有发现，只继续说着："政府严控社会舆论，这很正常，你们改改剧本不就得了。"

这么简单的事情，何故吵了起来，就他曾牧之的事情多。

沈放语气轻松，柳如烟听着有些怒了："你说两句话自然轻巧，阿谀逢迎粉饰太平的戏有人看吗？就是像你这样的人，无孔不入，杯弓蛇影，才搞得演戏都演不成。"

她硬是把这罪名朝自己头上扣。

沈放近乎无赖："别啊，这你怪不到军统头上，我们只看你舞台上的姑娘好不好看，腿是不是够长，八成是沈林手底下那帮中统的人看过，这是他们中统的业务。"见柳如烟脸色未变，他停了一下，又说着："要不我把沈林叫来？你骂他一顿。"

这样一来她神色才稍微有了些变化，紧接着鄙夷地看了沈放一眼："你真够无赖的，懒得跟你说。"

说着她起身要离开，沈放却一把将她拉住："你这么走了，就没意思了。”

柳如烟回头瞧他，他忙改了嬉皮笑脸的态度说：“刚才是开玩笑，不过你这事儿找我哥也许真的能行。”

意料之中，面前的人摇了摇头。

“你哥这个人我太清楚了，在他眼里只有国家秩序没有人情。”

“是吗，我倒是觉得他会卖你一个面子。”

这么多年了，沈林对她的意思别人不知道，可他沈放最清楚不过。

柳如烟黯然：“以前一个相熟的记者被抓了，我求过沈林，可结果换来的还是那记者被关了一个月。”

竟是这样？

沈放嘴都张开了，可话还没说出来，目光却瞧见罗立忠和美国军事代表汤姆森少校来到舞厅。

罗立忠抬眼看到沈放，立马热情地招呼沈放。

“沈老弟。”

舞厅里声音震耳，看着口型勉强可以猜到内容，沈放忙起身：“罗兄。”

走近了来，罗立忠对一边的汤姆森介绍着沈放：“汤姆森，这是我们的沈副处长，他可是我们党国的英雄呀。”

两个人握手的工夫，罗立忠看到柳如烟有些意外。

“沈老弟，你身边这位大美人看着可眼熟啊。”

柳如烟点头示意，罗立忠马上小声：“我是不是打扰你们了？”

沈放赔笑：“别误会，我是带着老婆出来透透气，正巧遇见柳小姐。”

说到这儿，这才想起了姚碧君，张望身边，喃喃自语：“我老婆呢？”

他这边正找着，身边的汤姆森却凑到了柳如烟跟前。

“柳小姐的戏，我看过，很不错，没想到今天会在这里见到柳小姐，真是我的荣幸，很羡慕沈先生有这样的红颜知己。”

“不知柳小姐可否赏脸，与我共舞一曲？”

这个美国佬，脸上写满了殷勤。

柳如烟不好拒绝，点头应了下来，两个人才走下舞池，这时一个服务生过来跟沈放说：“沈先生，您夫人说她有点不舒服先走了，让您好好玩。”

沈放抬头透过人群，刚好看到姚碧君走出了舞厅大门。

罗立忠自然也瞧见了，拍了一下沈放取笑道："老弟真是厉害，带着两个女人一起在舞厅里玩，不简单啊。"

接着他目光重新挪向门口，眼光带有欣赏："这样的老婆好，知道给男人面子，老弟你福气不错。你是留下来接着喝酒啊，还是回去哄老婆？"

沈放往舞池里柳如烟的方向望了一眼。这个美国佬在这儿，趁机认识一下，或是完成任务很好的一条途径，于是他很玩世不恭地说道："回家干吗？夜生活才刚刚开始。"

罗立忠跟他碰杯，拍了拍他的肩膀："这就对了，被女人控制的男人那叫英雄气短。"

杯中的酒下了肚，还笑着，那头有个商人模样的男人走过来将罗立忠唤了去。

沈放也不在意，只立在原地，眼神有意无意地看着舞池里。

一曲舞毕，柳如烟和那个美国佬重新走了回来。

美国佬为柳如烟拉了椅子让她先坐下，然后他自己才坐了下来，这举动沈放尽收眼底。

"汤姆森少校很绅士啊。"

那张脸上的神色明显瞧得出来爱慕的韵味，汤姆森瞧了一眼沈放，语气坚定："柳小姐这么漂亮又有才华的女孩子，不管在任何国家都会非常受欢迎，也该受人尊重的。"

这样一说，好像反倒是沈放的问题了。

难得有个相处起来舒服的人，柳如烟脸上的不快消了大半，微微有些不好意思："我可没那么好。"

东方的女性到底含蓄，这样的夸赞也很少有人会说。

汤姆森眼里全是真诚："不不，柳小姐是真的很出色，希望有机会柳小姐能到美国演出。"

"那也不错，如烟可以考虑一下。"

沈放开口，这是真心话。

柳如烟瞧他，眼神犀利，好像他将自己往火坑里推一样。

"我可不想出国，打赢了日本人，干吗还要离开自己的国家？"

本来是漫不经心的谈话，她将茬子领到了这一步，沈放突然来了想法，干脆顺着说："也是，中国好不容易太平了，一切都在恢复。国际局势看着也算平稳，中国能稳定下来，没人想走。"

一边说着，沈放眼神一直没有离开过汤姆森。

“不过还是应该防患于未然。”

套子下好了，汤姆森果然往里钻着。

沈放接着一笑：“怎么，汤姆森少校对中国的局面有自己的看法？”

汤姆森看起来还未起任何的戒备：“哪里哪里，只是国内的局势可能不如你们想象得那么乐观，共产党和国民党之间的谈判一直都并不顺利。”

他晃着脑袋，有些无奈，接着又说：“我们也希望局势渐渐缓和下来，没有什么比和平更好的。”

话对外总是这样说的，真假未知，而且多一句话也都不愿意说，是个聪明人。

沈放这时候只能提杯附和：“来，为和平干杯。”

酒气喷薄着鼻子，沈放咂了咂舌，就在这个时候，音乐再度响起。

沈放笑着对柳如烟说着：“刚刚汤姆森请你跳舞，这次该柳小姐回请了吧。”

这可把这美国佬乐坏了，忙跟着点点头：“对啊，中国人有句俗语，叫一回生，二回熟，这第二支舞是一定要跳的。”

柳如烟似乎不好拒绝，应了一声，接着与汤姆森再度走进舞池。

那边的罗立忠瞧见沈放再度落了单，再度走了回来，坐到沈放身边开口第一句就问：“你跟那美国人谈得还挺欢？”

他虽说没在这儿，视线却一直都没有离开。

沈放随意地将身往后一仰，解释他的疑惑：“跟美国人接触也没坏处，他们在这儿比咱们中国人做事更方便。”

“看来你有什么想法了？”罗立忠笑着。

沈放转头与他目光相对：“还谈不上，先铺好路子，你约汤姆森来不也是这用意吗？”

“有你的，咱们是想到一块儿去了。”

两个人相视一笑。

送柳如烟回去的时候已经是深夜，路上沈放开着车，大街上行人已经不多，车子的远光灯下，前方道路空旷非常。

柳如烟靠在后座车窗，面无表情，一言不发。

“怎么，哪里不舒服？”

沈放透过后视镜瞧她一眼，关怀地问道。

柳如烟抿了抿嘴唇没瞧他，目光依旧在外：“没什么，就是不适应这样的场合，有点累。”

沈放一笑，又问道：“那个汤姆森没请你去参加交际会吗？”

柳如烟有些疲倦，面露不耐烦：“请了，可我没有兴趣。”

“不喜欢？也是，这美国佬有点热情得过头了。”

沈放话里隐隐有些吃醋，她显然与汤姆森相处得很融洽。

不过这话才叫柳如烟转过了头：“美国人比你们这些人更懂礼貌，再说他也不敢对我怎么样。”

汤姆森夸她的话她倒是全进了心了。

“行行行。他们懂礼貌。”沈放无奈一笑。

“不是吗？起码他不像有些男人，连自己老婆都不管，在外面喝酒跳舞还送别的女人回家。”

含沙射影，倒不如直接说。

沈放倒是理直气壮：“拐弯抹角地说我？这怎么了？姚碧君不喜欢那种场合，而我需要应酬，很合理不是吗？”

“合理？你怎么那么不尊重身边的人？”

柳如烟本是疲态，忽然来了精神。

男女的相处，千古的难题。

沈放只好摇摇头：“你们女人真是奇怪，这么晚我送你，你却说我不尊重女人？要是男人天天黏在女人裤腰带上，那女人又该看不起男的了吧？站在任何立场上都能指责男人一番，你真是太离谱了。”

柳如烟也不再与他争执，重新将头摆回去：“你说什么都不会改变我对你的看法。”

她还是和从前一样，倔劲十足。

方才没问出来什么，沈放这会儿还揣着心思，他的计划还需要柳如烟配合。

沈放面表现无所谓：“随便。”

说完话又有些迟疑，表情突变：“不过我送你，你总得给我点感谢吧。”

柳如烟知道，他这是趁机跟自己要赖皮，不过心里实实在在不想欠他的，既然他说了出来，她想了一会儿便直接回答着：“我可以付你车费。”

他看起来是差那点钱的样子吗？

透过后视镜，他瞧见柳如烟皱着眉头，瞧上去似乎觉得自己有什么非分之想一样，这把沈放逗乐了。

“车费不用了，帮个忙。陪我去汤姆森那个什么交际宴会。”

柳如烟先是松了松眉头，有些没想到，而后又是诧异：“你不是有老婆吗，干吗带我去？”

“怎么，我结婚这么久了，你醋还没吃够？”

沈放想也没想就同她说笑，见她脸色一变，接着才将目光挪了回去看路，认真解释着：“她不喜欢跳舞，也不喜欢热闹，我自己一个人去又没什么意思，再说美国人的宴会都要跳舞，我怎么也得找个舞伴。”

那个汤姆森明显对她有兴趣，带着她去自然有方便之处。

“想找舞伴，随便去夜总会大把的女人，你是把我当什么了？”

柳如烟也不知道有没有理解他的意图，只冷笑着说。

“当什么？把你当朋友。”

“朋友？是我需要你这样的朋友，还是你需要我这样的朋友？那宴会我不想参加，当然你大可以用你军统的身份逼迫我。你不就喜欢这么干吗？”

用这样的方式，算是要挟，不帮她的忙还显得是自己的不是，跟土匪一般行径。

方才在舞厅时候就被汤姆森教训了一顿，这会儿听了这样的话，沈放眉头皱起：“敬爱的柳小姐，我之前是逼过你，可我从没冒犯过你。我只是以朋友的身份邀请你，宴会你爱去就去，不想去就不去，这点风度，我沈放还是有的。而且我可以明确告诉你，女人我有得是，不缺你一个。”

他不解风情得很，柳如烟想着，明明两句话就能哄好的事情，他非要粗着脖子要他所谓的面子。

“你！”柳如烟气坏了。

沈放瞧着她的模样，随后猛地一脚刹车，继续煽风点火：“生气了，不高兴可以下车，我不拦着。不过我要提醒你，宴会美国使馆的文化参赞夫妻俩也会去，如果能邀请到文化参赞去看你的戏，没准你剧团的危机就解决了。反正我话说完了，想怎么做你自己决定。”

怎么，他本意是为自己好？

听了这话柳如烟愣住了。

沈放面色铁青，看着柳如烟：“怎么，还不下车？”

“你轰我？”

沈放回头瞧他，眼色认真：“不，是你到家了。”

瞧瞧这德行。

回到公寓时候已经是第二日凌晨，沈放轻手轻脚地进门，屋里黑着灯，他刚要回自己房间，猝不及防，突然灯被打开了，姚碧君穿着睡衣出现在她的房门口。

“你居然还回来了？”

“还不睡？你在等我？”

沈放调侃一般的语气，姚碧君脸有点红，随即冷冷地说：“你需要我等吗？不是有人陪你玩，陪你喝酒吗？”

周旋在两个女人之间可真累。

“生气了？没必要吧，我只是遇到几个朋友。对了，明晚汤姆森请你同我一起去中央饭店，参加他们代表团的交际宴会。”

柳如烟拒绝了他，他似乎还缺一个舞伴。

意料之外的，姚碧君却摇了摇头：“我想我是不会再去了。”

她眼神伶俐，尽是责怪：“今晚就是你说的带我体会不同的生活？我倒是觉得这不同的生活里，你根本不需要我。”

“你不该这样理解，那些应酬是必要的，而且如果你主动点可能就不是现在这样。”

“是吗？跟那女演员跳舞喝酒也是必要的。”

什么时候，他们之间需要讨论这些了。

沈放突然笑了，这叫姚碧君对他怒目而视：“你笑什么？”

“我们现在真像两口子打架。”他笑声依旧没停。

这是什么意思？姚碧君终于有点受不了了。

“好了，沈放，我真的不喜欢你这样玩世不恭、调侃一切的样子，我只想让你尊重我一点。”这一句话，几乎是嘶吼，忍耐到了极限，触底反弹的结果。

这让沈放意外，一个是因为她说的话和柳如烟竟一般，一个便是她突如其来的怒火。

他们本就是带着目的相互靠近而已，他们之间都十分清楚。

姚碧君接着控制着自己的感情：“如果今晚你真的是为我安排的，那么我希望你能专心一点。”

说完她回身进了自己的卧室，“砰”的一声关上房门。

沈放愣愣地站在客厅里。

他想不通，姚碧君这是假戏真做了？

虽然被两面拒绝，不过交际宴会如期举行，沈放也需要去如期参加。

地点在中央饭店西餐厅内，他西装革履，打扮得十分上心。意料之外的，才刚一下车，有一个身影朝着他走了过来。

定睛一瞧，沈放面色即刻欢愉起来。

“看来今晚我不会因为没有舞伴而担心了。”

面前的人显然精心打扮过一番，比之前更加大放异彩，是柳如烟。

柳如烟也笑着，不过还是强装倔强：“我来不是为了你，我是为了我的剧团。”

是那日沈放最后的一番话打动了她。

“只要对我有利，我不介意你为什么来。”

这样对他们两个都好。柳如烟将手抄在胸前，随即用另一种眼光打量他：“你真是一个只求结果不问原因的人。”

此刻的太阳光正对面打过来，沈放咧嘴一笑，有些瞧不清柳如烟的神色，只说着：“那怎么了？你是个演员，既然来了，演戏就要演得逼真一点。”

接着他绅士地伸出胳膊，柳如烟挽了过去，两人一起走进餐厅。

西餐厅里，人们穿着西服，拿着酒杯，满场交际。

沈放端着一盘法式鹅肝吃着，柳如烟似乎没有胃口，端着一杯酒悄然抵到嘴边小口抿着，眼神一直在人群里打量着，像在等着谁。

没有一会儿之后两个人的目光都停在了汤姆森身上。

他正在和几名政界要人寒暄。

“我不喜欢这个汤姆森，这个人看着热情，但骨子里看不起中国人。”

沈放嘴里嚼着东西，声音不太清楚，柳如烟摆过头瞧他，轻蔑一笑：“你们男人真是虚伪，既然不喜欢，那你为什么还要来？”

交际场合不都是装来装去吗？既然躲不了，那为什么不去接受。

沈放刚要开口，那边汤姆森看到了柳如烟，面带着热情走了过来打招呼：“嗨，沈先生，柳小姐，来来来，我给你们介绍一下。”

沈放听见也招呼他过去，忙将手里的瓷碟子放下了，刚凑上去，汤姆森便向那一伙美国佬说着：“这位是著名话剧演员柳如烟小姐，这位是军统沈放先生。”

说完又介绍另一边：“这位是美国使馆文化参赞克里姆先生，这位是他的夫人玛格丽特。”

文化参赞，正是她要找的人。

柳如烟抢先沈放一步说道：“非常荣幸。”

沈放瞧了一眼她，有些被惊到了，不过随即也知道跟着附和：“幸会幸会。”

女人相视，美貌相对。

玛格丽特目光没挪开，夸了她一句："如烟姑娘真是漂亮。"

那目光是一种欣赏，瞒不住的真诚，加上汤姆森还要蜜里调油："柳如烟小姐不但人长得漂亮，演戏那也是一等一的好。"

玛格丽特更加好奇："是吗？希望哪天可以去看你的戏，好一饱眼福。"

柳如烟随即露出一脸的为难来，却还是带着尴尬地笑："剧团随时欢迎你们来看戏，只是，最近可能不太方便。"

沈放在边上打着配合，像是要卖她一个人情："对了，听说你们新排的话剧最近不能演了，事儿解决了吗？"

"剧本要被禁演，很遗憾，我们这出新戏大家可能看不上了。"

柳如烟像是一早就猜到了，脸色没有疑似惊奇，十分自然地搭着话。

不愧是演员，一等一的演技。

那头两个人还未说话，汤姆森倒是先急了："这样的事不应该发生，艺术是没有政治与国界的，这样很不好。"

"汤姆森，这，你得理解。"沈放对他笑着，随后又看向柳如烟，"如烟，请参赞夫妇看一下彩排没关系吧？"

话都递到这份上了，柳如烟忙接着，脸上有些不大好意思。

"这……参赞先生如果能赏脸当然好了。"

克里姆跟身边的夫人对视一眼，像得到了认同一样，随即一笑："好啊，我很想看到柳小姐的新作。"

服务生端着酒杯正好经过，沈放跟柳如烟对视，将那托盘接了过来，几只酒杯随即交错在一起。

宴会中灯红酒绿，一派歌舞升平。

这边的事情算是勉强解决了，随后便是沈放的事情。

坐间，沈放与汤姆森聊得正热火朝天。罗立忠打大门口走进来，一眼瞧见，随即便迈步冲沈放径直走过来。

"那这次就全仰仗汤姆森少校了。"

"相信我的眼光，我也期待沈先生的好消息。"

两句话落，有个别的声音接了一句："聊什么呢？谈得那么开心。"

汤姆森狡黠地对沈放一笑，回头搭话："我们在谈艺术。"

"对，对，艺术。"沈放也笑着迎合，十分开心。话毕又凝眉瞧着罗立忠："罗兄怎么来得这么晚？"

罗立忠面色无奈，随意地在他身边坐下，一杯酒入喉才算是气儿舒畅了。

“没办法，毛老板突然要开会，说军统改组的事儿呢，以后这样的会让你去，无聊得很。”

这样的玩笑可开不得，上下颠倒了，是大忌。

沈放忙将身往后一闪：“唉，千万别，我是副手，那么重要的会议可轮不上我。”

罗立忠这样说是跟他近乎，他可不能乱了规矩，想着踩人帽檐子。

随即音乐响起，沈放目光一转的功夫，再瞧向柳如烟，发现汤姆森已经跑过去拉着柳如烟跳起了舞。

罗立忠一笑，随着他目光瞧过去，对方才的事情仍十分好奇，便问着：“刚才你跟那个洋鬼子谈什么合作呢？”

沈放一笑，回神看着罗立忠，继续抬酒与他碰杯：“罗兄真是明眼人，一下就看穿了啊。”

他暗暗打探消息倒是容易，不过在罗立忠面前，他得有一个堂而皇之的理由。

“怎么？你们还真的在谈生意？”

这话说的，搞得前面的话像在试探一般。

沈放搁下酒杯模样突然间严肃了起来：“听说党国内部对军调的意见不一，目前主战之声已经越过了谈判之声，所以美国暂停了对党国的援助。”

罗立忠冷笑：“美国佬在给我们压力，他们真以为自己是上帝吗？”

“不过，有些美国人也不好受。”

这就是他这主意的来头。

“谁？”

沈放微微一笑，不急不缓：“美国军方的物资供应商。过去的几年美国可没少生产军用物资，罐头、被子、粮食、武器。如今德国、小日本都投降了，这些东西援助给我们是最好的出路，可惜援助暂停了。那些物资堆在仓库里太长时间，再不出手，没准都得成了废品扔到大海里。美国很多军方供货商对此头疼不已，在他们那儿是用不了，在咱们这儿可都是急需品。”

一大段话一气呵成。

沈放脸上稍微有些得意的神色：“我跟汤姆森谈的就是这事儿。”

交流之间偶然所得。

罗立忠突然间就来了兴趣，他自然知道这其中有多大的利益，两眼甚至都放起光了：“汤姆森有办法？”

沈放点了点头：“他一个同学就是干这个的，罗兄和那些商号那么熟，我们可以通过汤姆森，把那些美国物资用很低的价格买下来。”

军方物资，倒手一趟，卖出去只能是民用。

“包装一换，谁还能看得出来？海关、船运咱们都有人，再联系商号出手，这就等于是空手套白狼，是美国人把钱硬塞到咱们手里。”

安排得毫无破绽可言，实在是难得的好帮手。

“看来，老弟这几天没白聊啊。”

罗立忠和沈放相视一笑。

不止这方面的得意。

宴会散了之后，汤姆森请求送柳如烟回家，柳如烟却断然拒绝。

沈放一愣，接着听她说着：“我今日是沈先生的舞伴，还是得由他送我回去才好。”

沈放意外，不过也高兴，没问什么，如她所愿。

今日不同，她自己选择了副驾驶。一路上依旧没话，最后一脚刹车，她甚至没有下车的意思，蹙着眉头微微发愣。

“怎么，酒喝得有点多？”

“没有。”

“剧团的事儿快要解决了，你不高兴？”

今日一行算是没有白走，她难过得有些莫名其妙。

“没什么可高兴的。”

“这话我就当没听见。你以后也少说。最起码你保住了剧团几十个人的饭碗。”

这倒是实话。

柳如烟下车，认真瞧着沈放，头一次看上去面色没有厌烦。

“无论怎样，今天谢谢你。”

沈放一笑，发动车子绝尘而去。

回到公寓时桌上放着一杯牛奶，而姚碧君的房门紧闭，似乎已经睡了。

沈放端起牛奶回到房间，他不知道的是，就在早上，姚碧君也到了那餐厅门口，同样是精致的妆容，还穿着他送的那件衣服。

不过她看见了沈放和柳如烟相携的画面，而后她便放弃了。

这缸醋打翻了之后的几日，姚碧君本是想着将沈放搁在边上晾上一阵子的。

可计划赶不上变化。

某日，她正在接线间接线，家里的保姆突然间打来了电话，说姚父突然间发了病。

打了医院的电话，可她都已经到了家了依旧是没什么动静。

姚碧君瞧着浑身痉挛的父亲，焦虑地思考片刻，最后还是选择联系沈放。

“喂，是沈放吗？爸爸发病了，你能不能来一下。”

沈放自然连声应下，带着江副官一起上了一趟姚家，后又辗转到了医院。

病房里，约翰医生为姚父进行了检查，毕了朝着沈放使了个眼色，沈放转身随着走了出去，两个人立在走廊间说话。

“人怎么样了？”

“姚老先生暂时没什么大碍，我们给他注射了镇定剂，很快就会醒来。不过他的身体比较虚弱，不及时控制会很麻烦。”

方才疾奔而来，离在病房里头时候看着姚碧君伤心，胸口也不怎么舒服，到这会儿心里的石头总算是落了地。

沈放咽了一口唾沫，平缓了几口呼吸，接着问：“那你的方案呢？”

“保守治疗，病人需要调养，必须住院观察。”

没有生命危险，在这里静养总好过在家里。

沈放点头致谢，约翰与他擦肩而过，他推门才又走了进去。

病房里，姚父平静地躺在病床上。姚碧君坐在一边，紧紧地握着他的手。

“去把住院手续办了。”沈放走到江副官面前低声说着，毕了凑身到姚碧君身边，将手按在她肩膀上，安慰着：“别担心，我会安排好的。”

这样的事情突如其来，就算他们的婚事只是一个形式，但现在来说，他也都是姚碧君唯一能够倚靠的亲人。

姚碧君闻话，怅然落泪。

当日姚父便醒了过来，医院这边需要人照顾，不过姚父不敢烦着沈放，所以劝他离开。

走的时候，姚碧君下楼送他。

“今天谢谢你。”

跟那日柳如烟的语气一般，能听得出真心真意，且往日对他的粗暴都消失不见了。

沈放早有准备，从手中的包里掏出一沓钱递给姚碧君："这些钱，你拿着应付父亲的病。"

住院要花不少的钱，姚碧君那样的工资，只能勉强支付。

"不用，我自己可以。"

果然，她意料之中地拒绝了。

沈放却并不在意，干脆硬塞进她的手里："你别多想，我从不用钱衡量事情，所以不是看轻你。我是为爸着想，他年纪大了，应该得到很好的照顾。"

姚碧君看着沈放，那一刻的沈放无比温柔，叫她动容。

她忽然有感而发："你对我爸都能这样，干吗不回家看看自己的父亲？"

好好地又提到不该提到的事情，沈放不说话了。

"老人年纪大了，说不定哪天……到时候你后悔都来不及。"

沈放还是没说话。

姚碧君叹息了一声，依旧不罢休："你跟你哥哥一样，也许人的立场真的可以大过亲情吧。"

"我家的事儿我知道该怎么做。"

他面色忽然严肃起来，眉头紧紧蹙在一起，说着直接转身离开。

办公室里，沈林正看着资料，李向辉敲门走进来，递了一些文件给沈林，并交代着："这是今天监听沈放的记录。"

说完话顿了顿："还有，姚碧君的父亲病情加重，姚碧君和沈放送姚父去了医院。"

沈林动作一怔，明显有些意外："哦，姚老先生现在病情稳定了吗？"

这些年来，姚家和沈家似乎已经紧紧缠到了一起，他全然不在意那是假的。

"目前已经稳定了。"

李向辉说着，沈林点了点头，稍微收了收表情，鼻息出了一口长气。

蹙眉还正深思，觉得有些唏嘘，李向辉又继续说着："还有个事儿要跟您汇报一下。"

"说。"他重新扬起眉眼。

"田中来了半个多月了，他一直查看中统所有针对地下党地下活动的调查档案，另外，他还要了郭连生的资料，还有所有郭连生经手的单据，以及浦口码头这半年来货物进出的货运单，他要的东西太多了，资料室的人忙不过来，怨声很大。”

郭连生的死是军统的人做的，这其中究竟有什么猫腻谁都说不准。

这个田中心倒是够细的。

“他要查就让他查，有情况，第一时间告诉我。”

有这样的活工具不用可惜。

汇报完毕，李向辉正要走，到门口时候突然想到什么，又重新回头说道：“对了，前几天沈放住所因为线路老化发生短路，所有的监听器都烧坏了。”

他思来想去还是觉得该提上一嘴，这几日他总觉得有些不大对劲。

沈林眉头皱了起来：“这事儿发生几天了？”

不想，到底还是出了问题。

“有几天了。”

“为什么到现在才告诉我？”

沈林面色明显不悦，语气有些暴躁

李向辉有些委屈，声音很小：“当天就汇报了，文件放您桌上了，您去开会了，我以为您看到了。”

“什么叫你以为？只把一个监听记录放在我这儿有什么用？”

咆哮更夸张，恨不得张口把他吞下去，李向辉这回没敢再说话，愣愣地站在那儿。

沈林意识到自己过于激动了平缓了一会情绪，才又问着：“沈放有什么特别的举动吗？”

“那倒没有，没多久监听小组的人就把监听器给修好了。”

既然是这样子，也该是没什么大事才对。

李向辉走后，沈林大概听了听沈放公寓里的录音，没发现什么异常。

过了半晌，他心情烦躁，忽然间想起了李向辉说的话，便干脆到陆军医院去瞧了一趟姚父。

沈放刚走不久，沈林忽然的到访叫姚碧君惊诧不已。

这些天来的相处，加上今日这一件事情，叫姚碧君的心思动摇了不少。

免不了的寒暄之后，姚碧君干脆直接提了沈放的事情。

“沈林，我有个事情想问你。”

她顿了一下，沈林目光有神，隐隐嗯了一声，等着下文。

姚碧君抿了抿嘴唇："我对沈放的监视还要继续下去吗？"

这叫沈林突然间严肃起来。

"你什么意思？"

姚碧君有些慌乱，忙解释着："我知道，这是我的任务。可沈放真的没什么特别的，如果有，我早就跟你汇报了。"

当年她哥哥一死，是沈林一直在照顾着他们父女两个，她心怀感恩，答应帮沈林做事，当初她觉得自己对沈放已经毫无感情可言，如今的她却满心无奈。

"好，那就继续。"沈林语气冷冷，目光更冷。

"可我……在这样的关系，这样的环境下，我真的很不好受。而且……我并不觉得沈放有什么可怀疑的。"

沈林方才隐忍，这会儿忽然间爆发："不管你好不好受，任务必须完成，直到我说终止的时候。别送我了，记住你该干的。"

声音粗犷有力，说完话后留下一个背影。

姚碧君的话到底说到沈放心坎上了，上一回他将买来的字画还了回去，看着沈柏年并不与自己抗争的时候，其实就已经隐隐有些心软了。

沈柏年身子一直不好，而且年岁也大了，他们父子两个错过了那么多年，要是真有一天……沈放怕是只剩下满心的后悔了。

于是他决定回家去一趟，看看沈柏年，能跟他多说一会儿话也是好的。

他备了不少的礼，胡半丁就等在了门口，见状赶忙上前帮着提东西。

"二少爷，你回自己家还拿这么多东西。"

就连自己家的这个门房都这么高兴，不知道沈柏年有多盼着他能回来一趟。

沈放笑着："也有你胡伯一份，还好有你在，这个家我不觉得生分。"

胡半丁没他身子高，却还是尽量跟他凑近些并肩走着，跨进门的时候还说："瞧你说的，进这个门，里面都是你们沈家人。"

沈放微微一笑，没回答。

听见动静的沈柏年打算出门去瞧一瞧，沈放走进院子，三个人正好打了个对面。

自成婚之后他再也没有回过这儿来，怪不得沈柏年有气。

"你还知道回来？"他凝眉肃目，严厉十分。

沈放尽量笑着，软软地叫了一声："爸。"

只这一声，所有的气都烟消云散了，沈柏年长出一口气，又说着："你回来也好，陪我出去走走。老胡，备车。"

胡半丁和沈放都有些意外。

汽车行驶在南京老城区的街道上。

沈柏年看着窗外，街上显出凋败的气氛，乞讨者和流民众多。

他叹息一声，有感而发："南京还是不能恢复当年的繁华，这个政府已经不同往日了。"

沈放也瞧着，照着他如今的身份说："跟日本人打了那么长时间，国家恢复是需要时间的。"

父子独处，少有的和谐画面。

"都这么说，别以为我不知道官场的风气。如果不是做官的个个徇私，中饱私囊，世道怎么会如此不堪。"

他倒是看得破，只是旁观者清，当局者迷罢了。其实好多事情他也不必往心里去。

沈柏年说完那一番话，忽然间转过头瞧着沈放："别人我不管，但你身为党国军人，一定要洁身自好。"

放到常日里，这样的教训他只会嗤之以鼻，可今日鬼使神差，他忽然应口答话："您放心，我知道什么是该做什么是不该做的。我比不上我哥，但也不会丢沈家的脸。"

这么些年来，他一直觉得在沈柏年的心里，他那个事事听话的哥哥才算是孝子，而他只是个让沈家丢脸的存在罢了。

可沈柏年的回答让他十分意外："不，你并不是不如你哥，有时候，我甚至觉得你比他更强，而且你更像我。"

这叫沈放惊诧，车里的气氛瞬间不大对劲，沈放忙转移话题道："父亲，你这是要去哪儿？"

沈柏年瞧着他："去了你就知道了。"

沈放在脑袋里预计了很多个地方，没有想到的是，最后到了地方是金陵兵工厂外。

车停靠在一座军工厂旁边，沈放扶沈柏年下车，看到兵工厂，沈柏年脸上出现笑容。

他往里走了两步，立在门口向沈放介绍着："这曾是最著名的军工厂，由1865年洋务运动时期的金陵制造局改建而成。我参与过这里的改建工程，当时我觉得如果有了更好的武器就可以让国家更强大。"

宏图伟业，这是沈柏年有的，他知道。

两个人步行往里走这，沿路瞧见厂里堆放的一些枪械、大炮。

沈柏年一路瞧着，面色越发凝重。

“蒋介石想实现国家统一，我支持，可日本人来了，所谓的国军在战争中却显得如此孱弱。”

“这是国力的问题，您不要想太多。”沈放安慰他。

沈柏年瞧着沈放一笑：“我老了，但是我不傻。过去我无条件服从国家的号召，但是现在看来，不知是对是错。”

从前那样固执的一个人，没想着会说出这样的话来，沈放有点诧异，试探着说：“拯救一个国家，一个民族，光靠完全地服从、付出是不可能的。”

沈柏年同意他的观点，立即附和：“你说得对，特别是服从一个人的意志。现在的我们也处于在这样一个困局之中，我相信这个国家还是有希望的，一定有种力量会让这个国家崛起，就像当年一次次革命、一次次失败，但依然引导民众觉醒一样。”

沈柏年越说越慷慨激昂，工厂的一个老车间主任闻声赶了过来。

他话说半截被打断了。

“沈老先生，您来了，有失远迎，有失远迎啊。”

沈柏年这样的场面见多了，有些不屑，摆摆手：“甭客气，我就是来看看。”

那主任立定之后仰头将四周打量了一番，有些感慨：“如今工厂大不如前，沈老先生在的时候那可火热得很呢。”

世易时移，曾经有关系，如今想要借此攀附，这样的巴结到底没有多大用处。

“以前的事就别提了。”沈柏年依旧没有好脸。

这里本就没有几个人影，沈放看着两个故人说话没有插嘴，眼神游离间瞧着一个人影从身边闪了过去。

那人穿着一件破旧的军大衣，脸上的扭曲是受过重伤的痕迹，近乎毁容。

沈放赫然一惊，正是当时在澡堂时候跟他还说过几句话的那个男人。

他怎么会出现在这个地方？

沈放两步追了过去将他拦住，那张脸恍然转了过来，瞧着有些触目惊心。

“你怎么在这里？还记得我吗？”

那人缓缓抬起头来，却是一脸茫然瞧着沈放："你是谁？对不起，我不认识你。"

完全陌生的语气，没有一丝温度，说完话后没有再停留的意思，咳嗽了两声直接又走开了，似乎是身体不好。

沈放没有再强求，瞧着他背影愣了片刻，继而走向老主任。

"主任，刚才那个人是谁。"

主任稍加思索："你说的是那个脸上受伤的？"

沈放点了点头。

"他也是个可怜人。退役下来的军人，现在是厂里的仓库管理员，叫陆文章。人木讷得很，不爱说话，大家都说是打仗的时候把脑袋给打坏了。"

说话时候带着动作指了指脑门，说到这儿下意识朝着陆文章离开的方向瞧了一眼，老主任的声音故意压得很低。

"不过当年这陆文章也是个英雄人物，是个神枪手，听说还是德国人训练出来的呢。在跟日本人作战时受了重伤，人也废了，部队待不下去，就退役到了兵工厂。"

他语气里满是唏嘘，乱世里，风光一时的大有人在，到头来却是虎落平阳被犬欺的主儿。

听了这些，沈放若有所思。

车间主任打了招呼，有事儿得忙活去了。

沈柏年应了声，扭头看到沈放还在发呆。翘着嘴角一笑，拍拍他肩膀："你在想那个退役的老兵？"

沈放记得清清楚楚，那张脸他远着见过一次，在医院时候近着也见过一次，绝对不可能认错，可他方才见着自己一副完全陌生的神态，难道是他记性不好忘记了？

思绪还未抽出来，他只搭着话："是啊，我总觉得在哪儿见过他。"

问了话，沈柏年却又全然不顾他说了些什么，像是由陆文章想到了他自己，兀自感慨着："曾经的英雄沦落为现在的样子，真是人生无常，过去我是多么在乎英雄这两个字。"

他面露愁容，本是仰着头，提到沈放时候侧目瞧他："当年听到你背叛国家成为汉奸卖国贼，我真是痛心不已。想我一生为国效犬马之力，绝不能容忍自己的儿子对国家背叛。那时候我发表声明与你断绝父子关系，你一定很恨我吧。"

恨他？那个时候是什么滋味他已经说不出来了。

当初打这个家逃出去，他心里对沈柏年的厌恶已经到了极限，后来他做出那样一件事情，其实沈放也没有多大的情绪波澜，反倒像是意料之中的事情一般。

“我能理解，换了我也会一样。”

今时不同往日，这样的心情也是真实。

沈柏年转而一笑：“没想到几年后，我的儿子英雄归来。对于我，对于沈家，都是久旱逢甘霖。”

他脸上洋溢着一种欣慰，搭在沈放肩膀上的手缓缓挪动着，轻轻到他的脖颈，转身与他对面。

“你妈在地下也会欣慰，而我，也可以安心去找她了。”

他这样说，一副死而无憾的神色，只是，这些话到底是不是真的。

话题到此，沈放垂眉，质问一般看向沈柏年：“妈的感受对你来说，真的重要吗？”

当年那个疯子一般的男人，何曾有考虑过他母亲任何的感受。

沈柏年脸上的笑随即消失，眉头轻轻蹙在一起，语重心长，像是这么久来都是一场误会。

“你一直埋怨我对你妈做的一切，可她才是一直在我心里的女人。”

“那苏静婉呢？”沈放语速极快。

沈柏年叹了口气，缓缓地说：“她也是个可怜的女人。”

此番场景，周身枪炮，沈放瞧着沈柏年的背影，忽然觉得这些年来，他似乎并非是自己认为的那样，他的心里，不知道藏了多少心事。

没过几天，物资的事情很快就有了进展，

喜乐门里，沈放将罗立忠招了来，神神秘秘的：“有一个好消息要告诉罗兄。”

罗立忠猴精的，瞧着沈放的神色便已经差不多猜到了。

“跟汤姆森的生意有关？”他面色红润有光，这样的消息，到底叫他打心底里高兴。

沈放点了点头：“美国人已经开始发货了，这边接收的商会也非常配合。”

还正说着，门忽然被推了开来，走进来一个下属，趴在罗立忠身边耳语了几句。

“带他进来。”罗立忠说。

那人走出去，不一会儿另一个人提着箱子进来，径直将箱子放在桌面上。

“请罗处长多多关照，我们感激不尽。”

听口音是个外地人，这一句话之后那人却并没有再多说什么，低头行了个礼后便毕恭毕敬地重新退身出门去。

包厢里重新回归安静，罗立忠抬手将箱子打开，沈放目光一垂，竟瞧见里面是满满一箱子袁大头。

罗立忠看着沈放隐隐带着诧异的表情，还未等他开口，先开口提出他的疑惑：“你是不是很奇怪，我怎么有这么大的魄力让这些人自己找上门来送钱。”

他做事一向谨小慎微，这样的事情，他不可能不考虑到。

“愿闻其详。”沈放抬起杯子递到嘴边。

“这些都是他们托关系找门路过来，让他们的孩子逃避募兵的。”

征兵？可是在1945年底就对外公布停止征兵了的。

沈放不解：“现在又开始征兵了？没有看到公告呀。”

“这事儿归兵役局管，本来是要出公文公告的，因为军调被美国人压着，征兵公文就没出来，可各地军队的大佬们都在暗中有所动作。发现没有，得到消息的都是大富之家。”

罗立忠冷笑两声，似乎在跟他说，蹚浑水的人，不止他们两个。

沈放一笑，却与他重点不同：“明白，跟小日本干了八年，中央军减员严重，地方军也一样，毕竟有人有枪才有天下，不过小日本投降刚半年多就这样，是不是还是对付共产党？”

这样急于补充兵力，好像已经说明了些什么。

罗立忠点头：“很有可能，据说战略顾问委员会定了一个新的战略计划被列为最高机密，只有新成立的国防部少数几个高层看到过这份计划。”

战略计划，果然。

这话引起了沈放的警觉，不过他面上并未表现出什么，而只是微微看起来有些不服气。

“连咱们军统也瞒着？咱们一处可是主管情报的。”

“那帮官僚就想着怎么削弱军统的权两，郑局长是个和事佬，陈副局长地位还不稳，没人真正替军统的人说话。”

罗立忠有些不屑地冷笑道。

沈放点头：“怪不得大哥总是怀念戴老板在的日子。”

人在高位也是身不由己，没得一个好的靠山怎么都不是一桩把稳的事情，怪不得从一开始罗立忠就想方设法接近自己。

“怀念谁都没用，日子总会变的。他们想征兵就征他们的，只要有机会咱们就赚咱们的钱。”

罗立忠说着将手伸进箱子里抓了一把银元，清脆的声音十分悦耳，叫他脸上不由自主露出了笑容来。

他瞧着沈放，一副可以大捞一把的样子：“安排下边的人去查一查，哪些商贾之家有适龄子弟，只要孩子被纳入参军行列，想划掉名字，那就得给钱来。”

沈放若有所思，与他对视笑着。

得了这样的消息自然得尽快传递出去。

从喜乐门离开，沈放为了避免怀疑，先是回家了一趟，待了一阵子之后便匆忙赶往夜色咖啡店。

照着老规矩，他把香烟放在桌上，不一会儿之后有个男子走了过来将香烟拿走了，可他并没有和沈放说话，而是很快地，头也不抬地离开了。

沈放忙跟了上去，最后被那身影领到了玄武湖。

湖边上撑开一张竹椅，那坐着的人正是任先生。他迈步走了过去，朝四周警觉地看了看，确认安全了，才坐到了任先生旁边。

“有什么新的消息？”任先生问话。

沈放目光别向一边，两个人远瞧上去像是不认识一般。

“最近认识了一个美国代表团的军官叫汤姆森。美国人是非常期望军调能继续进行谈判。”

“消息可靠吗?”

沈放笃定：“非常可靠，只是美国人真是太天真了。”

美方态度倒是有利，国民党却并非是那么容易顺遂的。

任先生暗暗凝眉，有种不好的预感。

“怎么说？”

“国民党暗中开始充盈军需，四处招兵，但没有大肆宣传。从这一点看国民党的举动与军调是完全相悖的。国民党应该是在拖延时间，为开战做准备。”

这个结论是他推测，不过也都是八九不离十的事情。

沈放停了一会儿，接着说起那个未知的计划。

“罗立忠跟我提过国防部制定了一个新的战略，被列为最高机密，如果把那份文件找到，也许就能分析出国民党在军事方面的真正部署，军调的筹码到底是什么。”

“有机会找到吗？”

他早就知道，这任务依旧是他自己的。

“国防部战略顾问委员会与军统的联系不多，不过我可以找机会试试。”

像罗立忠说的一样，那帮官僚就想着怎么削弱军统的权利，所以现在以他的身份去调查这些东西，似乎不是那么容易。

任先生思考一会儿，迅速做了决定。

“如果你确定行动的时间，及时通知我，关键时刻，我会安排自己人帮你。”

这个消息叫沈放有些诧异：“你有人能帮我？”

他们已经在一起太久了，不适合再继续下去，于是任先生迅速结束了谈话：“组织有组织的安排。”

沈放点了点头：“明白了，有消息我会通知你。”

说完话便起身离开了。

自从叶局长将田中安排给沈林之后，田中动作不断。

沈林手下的兄弟整天被调遣来调遣去，一会儿这个文件，一会儿那个文件，那浦口码头这半年来的货运单足有好几千张，都给他送了过去，不知道葫芦里卖的究竟是什么药。

沈林在跟叶局长汇报工作的时候，悄悄表达着不满。

“叶局长，田中似乎并没有想象得那么有效。”

雷声大雨点小，没啥意思。

叶局长似乎有些诧异：“怎么，你对他不满意？”

“我们中国人的事情，让一个日本人参与，可能……”

他话还没说完，叶局长随即一笑。

田中是抓到共产党人数最多的人，他破获的共产党间谍网案件也是最多的，远远超过在上海、天津、广州的日伪情报机关，是再合适不过的帮手。

“我也不喜欢与日本人合作，但现在我们需要这样的人。你的担忧我明白，我既然可以让他从监狱里出来，也可以让他再进去。不要把他当人看，他只是一把刀，你想让他刺哪儿，就让他刺哪儿。”

老谋深算的一张脸，鸟飞到空中还用一根线拴着。

沈林也无话可说，只好作罢。

经过很多个日夜交替，田中反复地核对郭连生经手的浦口码头的货运单，最后他似乎终于找到了什么东西，眼睛都发起了亮光。

那天沈林来得正巧，办公室里成千上万的货运单散落着，显得杂乱不堪，叫他为之有些意外。

之前他总觉得田中有些拿鸡毛当令箭的意思，不过就是想借机折腾一番罢了，真的没想到，他竟疯魔到了这种程度。

听见推门声，伏案就坐的田中突然站起了身来，瞧见来人是沈林，他情绪激动非常。

“我找到线索了。”那一双眼瞳里布满了血丝，不知道究竟有多久没有休息了，整个人都已经有些憔悴。

他说着把几张货运单递给沈林，沈林看看单据又看看他，眼神里有些不解。

“我来这样跟你解释。”

说着田中把屋里角落的一个大黑板拉了过来，一边说，一边在黑板上画着图解，还把汪洪涛、郭连生的照片钉在了黑板上。

“郭连生曾经供述浦口仓库存放的货物是在他的经手之下，某些地下党所需要的货物被做上了记号，从浦口仓库转运的过程中被他们偷运到解放区。这样类似仓鼠的行动并不多，几个月内只有二十三次，有粮食、米面、棉花、被服等等，是郭连生接到了汪洪涛的命令在部分货物外包装上画上标记，凡是有这样标记的货物，都出现了非常大的损耗，有的损失甚至达到了百分之二十，显然是有人在里面做手脚偷运。因为偷运行为并不频繁，所以很不起眼，如果不是郭连生自己招供，外人很难察觉出来。”

到这儿他一停，走近沈林，将他手里的货运单抢过来，也钉在黑板上。

“这三份货单上的物品，一批是药品，一批是食盐，还有一批是机械零件，它们有一个共同的特点，是日本投降时，从日本人手里得来的。药品是从一个日军医院里查出来的，而其他两样都是从日本人的军用仓库所得。这些货物都是地下党苏北根据地非常需要和紧缺的。”

田中说着，沈林一边聚精会神地瞧着黑板上被田中画出来的图标。

说完了已知，接着田中抛出疑问：“物品在运输过程当中，在码头仓库只不过停留一夜，浦口仓库每天货物进出量巨大，没有准确的提醒，外人是不可能准确地找到这些货，就是郭连生也不可能如此迅速准确地找到这些货物，其中还牵扯货物的发出部门还有运输部门。”

到这儿他停了一下，在黑板上又画出来货物发出部门以及运输部门的图标，而后才又接着说道：

“那么，汪洪涛如何能知道哪一批里有药品，有食盐，有机械配件？他又是怎么能让郭连生准确地找出它们？只有一个可能，内部有人透露情报。”

这一番话说完，沈林重新扫视黑板，在货物发出和运输的图标上画出两个圈，又从圈上画出来两条连线，连接着汪洪涛和郭连生，让这些图标形成了一个线索网络。

随后田中又拿出一张照片来递给他，他接过来一瞧，那正是汪洪涛在中央党校毕业的纪念照，田中在人群里找到两个人，在头上画了圈。

“这两个人是汪洪涛在中央党校的同学，一个是日伪资产分配委员会的周达元，另一个是交通部公路局调配处处长钱必良。那三张货单的经办人也是这两个人，所以内部的鼹鼠就是他们俩。”

说着，田中在周达元和钱必良的档案中翻出他们的照片，钉在了黑板上。

“从汪洪涛开始到货物发出部门、运输部门，再到码头的郭连生，这个情报系统就完成了。”

完美的串联，一气呵成的推理。

沈林看着田中，眉目凝重，过了许久之后，语气冰冷忽然开口：“跟我去见叶局长。”

之前刚刚戳了田中的软肋，这会儿和叶局长、吕步青坐在一起将这事情摊开来，沈林的神色总有些不大对劲。

叶局长却像是早就忘了那一茬，只顾着喜笑颜开。

屋子里，吕步青情绪激动：“局长，我觉得可以安排人把周达元和钱必良抓起来。”

他双眼几乎都冒起了火光，这样的功劳，怎么能少了他。

沈林与他作对惯了，这回却悄悄地没说话，倒是田中头一回面对吕步青，十分有热情地反驳道：“现在抓捕只会让共产党的人察觉，他们一定在政府内部还埋藏着更深的人，为什么要如此着急地失去诱饵呢？”

“你这日本人话说得太多了，中统的行动还轮不到你，如果这几天出现什么意外，人跑了怎么办？”

吕步青自然不会甘心沉默着被人数落。

此刻叶局长却看向沈林，问道：“你怎么看？”

沈林脸色有些不情愿，他不想帮田中说话，但田中说得没错。

“我认为田中说得有道理，目标有了，就需要挖出更多的人。”

两个聪明人想法一致，吕步青的脑子基本可以省略，叶局长拍拍沈林的肩膀："好，那接下来的工作你来处理。"

沈林脸上并未有任何的高兴，还隐隐出了一口气，对面吕步青不忿地看了他一眼，知道说什么也无济于事，识相地闭上了嘴。

第十九章

CHAPTER 19

很快地，沈林便安排了跟踪监视，行动科的人由田中指挥，听从田中的安排。

田中在中统大楼顷刻间风生水起。

不过那两个人就好像是一早就知道了自己会被跟踪一样，一连几天都全无端倪可寻，实在正常不过。

沈林心上还正有疑问，某天在中统局走廊里，却意外被田中叫住了。

“沈处长，您留步。”

沈林回身一瞧，田中似乎又得到了什么东西，手上拿着一沓资料冲他扬手：“是否有时间到我办公室坐坐，我刚得了些上好的龙井。”

他先是漠然：“我们之间没熟到可以一起喝茶的地步。”

说完话他重新回身要走，却见田中笑道：“哦，这样，不喝茶也行，不过相信我找到的资料，沈处长还是会有些兴趣。”

身子动作忽然停下，眼神有一丝迟疑，却见田中已经笑着推开了自己办公室的门。

沈林思量片刻，到底还是皱着眉头走了进去。

这个田中想来揪着沈放不放手，若是叫他平白把帽子扣到了沈放脑袋上，倒还真是自己给自己找事了。

那是他第二回进那个屋子，田中的办公室不同那日的凌乱，完全大改了样子，之前散落满屋子的资料被收集到纸箱里整齐地放好，而那块墙边大黑板则放到了屋子中央。

黑板上，原来田中画的潦草的图标也被修改整洁了，上面贴着以汪洪涛为中心放射到郭连生、钱必良、周达元等人的资料，并把日伪资产分配委员会、 交通公路局运输调配处、浦口码头这三个机构接力偷运物资的线路标识了出来。

沈林心里暗暗想着，他的准备竟做得这么足，看来是笃定了这一回会有人将他遣送回国，所以很需要好好地表现一回。

办公桌前还放着一个茶海。

沈林面色意外，田中皮笑肉不笑地将资料放到了一边，对着茶海向沈林示意：请。

沈林坐到了一边，田中也坐在一旁开始摆弄着茶水。

“你这儿变样了。”

前一回的杂乱叫他觉得这个人明显是疯狂了，今日突如其来的整洁，非但没叫人觉得正常，反倒叫人更加觉得不适应。

“感谢叶局长的厚爱，知道我爱喝茶，所以送来这些。”

沈林并不知道田中葫芦里卖的是什么药，他盯着田中看着。

田中脸上一直有着令人讨厌的微笑：“一千多年前，中国的陆羽先生就写过一本《茶经》，他是一位懂茶的人。如果他生在现在，能跟他品一次茶道这才不枉此生。”

沈林没好气地说道：“陆羽先生要是知道你们日本人在他的国土上做了什么，他是不会跟你坐下一起喝茶的。”

中国人的骨气，他想都不用想，可以直言不讳。

田中端过斟好的茶，双手递给沈林，可沈林没有接。田中也依然并不觉得尴尬，微笑地把茶杯放在了沈林面前。

“坦白说，我很欣赏沈处长的坦诚和能力，如果可以，希望能与沈处长成为朋友。”

这算是什么，跟他套近乎吗？

沈林冷冷一笑：“你最好还是汇报工作，也希望你能明白自己的身份。因为你，中统行动科对这次的行动有很大意见，如果有什么差池，你知道你将面对的是什么。”

田中却不知道哪里来的自信：“沈处长一定看过我的档案，应该知道被我盯住的共产党，没一个可以逃得过去。就拿汪洪涛来说，很明显他那么精心安排自己的死亡是为了掩护一个重要的人物。”

说着田中的目光猛地转向那个黑板，黑板上汪洪涛的照片有个箭头指向一个人影，但人影处是空白，还有个大大的问号。

什么都没有，全然不知。

田中收回目光看着沈林：“所以找到这个人才是关键。”

“说下去。”

田中似乎在思考，忽然抬起手缓缓将一杯茶递到嘴边上慢慢喝着，而后又缓缓说道：“你是不是在监听你弟弟？”

他话题忽然间一转，沈林显得意外：“这些不该你问。”

田中一脸的沉稳与笃定：“我只是想说，我对沈放也有怀疑，如果你已经有所行动了，我看你可以停止监视了。”

他居然指挥起了自己的做法，还真是不可思议。

沈林有些不耐烦，面前这个人一再触碰他的底线：“直接说你发现了什么。”

田中淡淡一笑，继续缓缓说道：“如果我没猜错，那位沈副处长已经知道你在监视他，他不会在家里说任何不该说的话，继续监听下去也得不到任何消息反而徒增烦恼。请你放心，我有办法让你得到想要的答案。”

沈林不悦：“我提醒你，你说的内容已经偏离了你的任务。”

田中自斟自饮，并不着急：“那我继续说这个案子，郭连生是被罗立忠击毙的，罗立忠就是怀疑的对象，但他是军统一处的处长，没有绝对的证据我可不想给你们中统惹出麻烦来，叶局长一定也是这个意思。”

说的都是废话。

沈林冷笑一声：“你在绕圈子。”

从刚才开始，他每讲一句话都要铺垫上好几句，十分啰唆。

田中笑道：“这是分寸的问题，中国的官场其实与茶道一样，都讲求分寸。茶，多一道就淡了，水热一分，茶就废了。做官也一样，不该说的，多说一句，大好的仕途就断送了；不该动的时候，早行一步，命可能就没了。”

步步试探，才知道有些话当不当讲。尤其他现在的身份更加要小心翼翼。

沈林的忍耐到了极限：“我的时间很宝贵，你绕了太多圈子了。”

说着他起身来做威胁状，打算要离开。

这动作颇为有效果，田中忙将他一拦，威胁他的模样顷刻烟消云散，这回直奔重点：“请见谅，但你必须听我说完，罗立忠是明面上的怀疑对象，我反而认为他的嫌疑很小，郭连生的死可能跟他参与了罗立忠的某些地下生意有关。”

真是个吃硬不吃软的家伙，沈林先是暗暗一阵嘲讽，接着反应过来他的话的时候，有些惊诧。

“哦？你有证据吗？”

如果事情的始末是这样子，那么自己对沈放的怀疑便又少了一份笃定，对他来说，这是好事。

田中跟他解释着："你们军队系统在走私物资这不是什么秘密，证据就是那些进出的货物单据，但郭连生死了，那些证据也就没人证实了。"

又是一句废话，不过他马上转话道："不过罗立忠是不是在走私我不关心，我关心的是找到地下党。更重要的是郭连生的案子你弟弟沈放也介入了。"

"军统一处介入这个案子的人有很多。"

田中再一次提到了沈放，还真是执着，沈林忙补充道。

田中被他这一句话逗笑了："这倒是，不过沈放是最奇怪的一个，汪洪涛、郭连生先后死亡，他们都和令弟有千丝万缕的联系，这些您不好奇吗？"

从一开始沈林就在调查了，这其中的联系他怎么能不好奇，只是并未有所发现。

沈林僵硬地立着，对于田中的紧逼，他给了一个白眼，漫不经心问着："你到底想干吗？"

这事情如果他自己着手调查，就算发现了什么，沈放都有退路走，如果被田中查到了什么，后果不堪设想。

田中瞧着沈林神色突变，突然像是找到了他的把柄一样，轻轻翘起嘴角："实话说吧，我们都怀疑沈放，但怎么处理你弟弟与我无关，我的目的很简单，就是回到日本去，我相信你能帮我。"

这就是他如今这么尽力的原因。

"你凭什么断定我会帮你？"沈林表情已然阴鸷。

"前车之鉴，我现在更没有把握了，我只是认为，如果我查出来什么事情直接告诉吕步青或者叶局长，也许有人会对我很不利，比如你。"

这是明里暗里地提防着沈林做出出尔反尔的事情。

他的亲弟弟被自己亲手毁了，这个做哥哥的就算是再正统的人，也可以找借口堂而皇之将自己除去。

沈林不怒自威："你怀疑我的职业操守？"

田中明白，从某种意义上说，沈林在关键时刻，总是情感大于一切。

他不是怀疑沈林的职业操守，但是也不敢拿他自己的生命做赌注。

"如果这些消息告诉了叶局长，他可能会让我回到日本，但你也可以让我回不去；如果我先告诉你，那就是给了你回旋的空间，作为回报你帮我回国，两全其美，而且叶局长一定不会阻拦，不是吗？"

分析得条条是道，果然上一次的事情让他变得小心翼翼起来。

沈林听完他一番话，若有深意地看着他，突然对眼前这个人多了些兴趣。

如今他是个没有地位的人，之所以能活下来，是因为还有利用价值，他要保护自己，已经不能不多想一些了。

“可惜，你不值得任何一个中国人同情。”沈林语气有些唏嘘。

这样的态度从头到尾都是一样，田中有些无奈，叹了一口气，双眼认真瞧着沈林道：“进入军队来到中国是我国家的安排，不是我自己可以决定的，如果让我再选择一次，我也不想用这样的方式到你们的国家来。”

沈林像是没有听到一般，低头翻了翻资料，遂起身表现出一副毫不感兴趣的样子。

“可我不打算跟你做什么交易，你说的这些不过是你的推测，这对情报工作来说远远不够。”

一句话说完，他已经走到了门口，开门，却又忽然停了下来。

田中以为他改了主意，却听沈林语气严肃：“以后汇报工作，到我办公室去才符合工作流程。我是一个公私分明的人，喝茶是私事，只在朋友之间，我不会再越界。”

言外之意，他与自己并非是友。

只此一言，而后大门重重地甩上。

屋里面田中嘴角的笑意并没有消退，他自斟自饮了一杯茶，依然微笑着把茶水喝了下去，不过目光透露出一股阴险。

而出了门的沈林回到办公室里将李向辉叫了去，吩咐他将对沈放的监听撤了。

另一边，罗立忠安排沈放的事情，也渐渐让他尝到了甜头。

这天阳光正好，沈放到军统局走了一趟。

推开罗立忠办公室的大门，他发现吴队长与罗立忠在屋内，吴队长似乎在汇报什么，忙作要退身出去的样子。

“罗兄有事儿，我待会儿再过来。”

说是一说，只是动作很慢，里头罗立忠马上挽留：“别，都是自己人，我和老吴也是闲聊。”

沈放动作停下，对面吴队长跟着应和着：“是啊，我该汇报的都说完了，处长我先走了。”

说完话见罗立忠点了点头，他忙起身走过沈放，奔着屋外去了。

沈放目光随他移动，再一次回过来的时候，罗立忠已经从坐间走了出来，走到了沙发前，一边坐下一边招呼他："坐，找我什么事儿？"

这些日子混得相当熟络，罗立忠瞧上去对他已经有九成的放心，颇为随意。

沈放表情神秘，递过一个精致的盒子，打开来后顺着桌子推到罗立忠面前。

定睛一瞧，罗立忠发现里面是一个精致的鼻烟壶，接着拿了出来仔细瞧了一番，没一会儿就得出结论来："纯象牙的，雕工不错啊。"

一丝不差。

沈放瞪着眼笑着："罗兄果然是行家。"

"说不上行家，略懂一二吧。"罗立忠自谦道，笑过之后忽然正经起来："你怎么想起来给我送东西？"

这样的事情从未有过。

沈放悠然倒身在罗立忠旁边的沙发上，扭过头去瞧他："这可不是我送礼。是一个商会会长，一定要我转交给罗处长。"

他上次交代，商贾子弟想要划掉名字，得给钱来，小头沈放便收了，这样的好东西，还是须得罗立忠来拿。

罗立忠瞧着那物件甚是喜欢，眼神一直没挪开，却笑着摇摇头："做咱们这行的，个人喜好、习惯不能随便露出去。说不好，就被人利用了。"

被人利用？投其所好，不是巴不得吗？

这话倒过来说，反倒像是他清廉得跟沈林一般。

"哪有那么严重！"

沈放一副毫不在意的模样，罗立忠却忽然认真起来："唉，别小看这个，刚刚吴队长靠着投其所好，打听出来中统的一些消息，他们正在进行内部调查。"

这算是什么？现学现卖吗？

他顿了片刻，微微一思考，笑脸收了一些，但还是故作轻松："这算啥？中统也就能查自己人，真打仗，个个都是缩头乌龟。"

"那你知道他们自查还动用了一个日本人吗？"

罗立忠的语气来说，这是一件新奇事。

"日本人？不太可能吧。"沈放显得有些诧异。

他那个哥哥他太了解了，如今日军投降，就算是这个日本人有三头六臂，沈林也是不会用的。

罗立忠哼笑一声，有些不屑："地下党喜欢下闲子，潜伏下来几年甚至十几年都不活动的大有人在，自己找不到就让日本人来找，能用这办法，中统那边看来也是急了。"

"可是让日本人进入中统，这有点过了吧。"

"不！我倒觉得这做法很好，地下党太熟悉我们了，而且到处埋钉子，这些潜伏的人不停地在蚕食我们，没准我们身边也有这样的钉子，甚至就在咱们一处，防不胜防啊。"

沈放听到这儿特意瞧了一眼罗立忠，发现他并未用奇怪的眼神看向自己，而只是单纯地跟自己说这么一件事情罢了。

这叫沈放不由地松了一口气，半开玩笑："罗兄说得是，那罗兄您继续防着，我得走了，国防部下来个文件要处理一下。"

罗立忠也跟着笑："去吧。"完了还不忘叮嘱，"对了，这几天那汤姆森的一批新货快到了，盯紧点。"

沈放点头离开。

当晚回到公寓，停车下地，沈放发现对面的屋子意外地敞开着门。

他目光扫过去，还未等重新挪开，却瞧见里头走出来两个人。

"这么好的地段，这么好的房子，怎么着你得再加个五块钱。"一个人说道。

"先生，前面的租户是刚搬走，我这就续上了，一天没损失，您要是等下去，说不定就十天半月过去了，还不如就这个价格租给我。"另一个人反驳。

"可不是我吹，今天，来看房的就已经好几个了。"

……

对话还在进行着，沈放眼神却已经移向了一边张贴着的转租消息。

这两个人一个是租户，另一个好似户主。

沈放微微一笑，快步走进了公寓。

进了门他试探叫了一声："碧君。"

发觉没人应声，他脱掉外衫又将包给放下，忙瞧了瞧电灯上的电线，却发现监听器已经没有了。

神色一愣，他又进了一趟卫生间。

轻手轻脚地将卫生间的镜子移开，果然不出他所料，镜子后面的监听器也已经消失了。

这是什么意思？是对自己不再怀疑了，还是换了其他的方式？

沈放不但没有松一口气，反而更加迷惑起来。

只是还正沉思着，客厅里忽然间有动静传来。他忙重新将镜子放好，又走了出去。

客厅里，姚碧君进了屋，正在衣帽架上搭衣服。

“你回来了？”

姚碧君抬头，似乎并没有发现什么。

“嗯。”

“那我这就做饭。”

姚碧君正要往厨房走，沈放却一把将她拽住。

姚碧君有些愣，沈放吸了一口气，沉重中故作轻松：“别做了，今晚咱们出去吃，而且我要带你出去玩玩。”

这已经是第三回了，上一次她已经拒绝过了。

这回她还想要说什么，沈放却止住她：“这次没别人，只有我们两个。”

足够说服她的理由。

吃完饭依旧是喜乐门。

音乐声满场流淌，舞池内有人在跳舞，沈放与姚碧君也在其中。

这一回，姚碧君的舞步看起来比以前熟练了很多。

沈放惊喜地看着她，不吝夸赞：“看来你有跳舞的天赋。”

姚碧君微微一笑，算是回应。沈放不知道那是姚碧君为了他特意练习的。

音乐突然加快，沈放随即改变了舞步，比之前难度加大了，但姚碧君还是极有兴致地跟了上去。然后随着音乐的停止，沈放用手一带，姚碧君用一个漂亮的旋转靠在沈放身边。

这是完美的一曲。姚碧君脸上也露出难得的兴奋。

可就在这时，沈放柔和的笑容突然僵住了，他放开了姚碧君。

姚碧君不明所以，顺着沈放的目光看过去，一个中年男子正带着让人很不舒服的微笑看着他们，走近他们。

“沈先生，我们又见面了。”是田中。

沈放冷笑道：“我还以为永远都不会见到你了。”

“过去的相处是我的荣幸。我也以为永远不会再见了，现在看是我们的缘分还在。”

田中说着一顿，看了看姚碧君又问着：“这位是沈夫人？”

姚碧君微笑着点点头，田中也跟着点了点头。

沈放蹙眉蔑视："你怎么会在这儿？"

罗立忠说中统找了个日本人，现在看来，应该就是眼前的这一个。

"和你一样，为你们的政府办事儿的。"那话语听着似乎对他嘲讽着，更是带着一种莫名的自豪。

说着他拿出一个证件来抵到沈放眼前："不用怀疑我的身份，我现在是中统特别调查员。"

意料之中的事情，没什么值得让他情绪有一丝波澜的。沈放没有看他的证件，笑容礼貌道："抱歉，我对你在做什么不感兴趣，也不想再见到你。"

说着沈放拉着姚碧君走开，坐在了一边的卡座上。

沈放脸上明显写满了烦心，姚碧君关切地问他："这个人是你的朋友吗？你似乎不太喜欢他？"

男人之间的矛盾不似女人之间的，非要深仇大恨才肯针锋相对。

沈放冷笑，眉眼诡谲："朋友？这个人早该去死，该下十八层地狱。"

他这样的反应姚碧君从来没有见过，这会儿姚碧君倒是有些不知道该说什么好。亏的他随后便解释着："日本投降之前，我是潜伏在汪伪系统的人，以前我认识的家伙是干什么的你想不到吗？"

姚碧君一时怔住："就是说，他是日本人？"

沈放点了点头。

姚碧君看了看桌子上的一杯水，端了起来，扫视四周，最后目光停留，看到坐在不远处的田中。

田中一直注视这边，发现姚碧君的动作，正好与她对视，见她举着酒杯，于是也举起杯子回应着，微笑地向姚碧君点了点头。

姚碧君径直走了过去，低眉的沈放没注意到，等发现的时候，人已经立在了田中附近，于是他忙跟了上去。

那头田中见姚碧君走了过来，站起了身面带笑意："沈夫人，你……"

话音未落，姚碧君手臂微微移动，那一杯水悉数泼在了田中脸上，这动静惊扰四座，一边的客人都扭过头来看着他们。

"王八蛋。"姚碧君咬牙骂道。

田中有些没想到，但这样的事情，或许他知道是什么原因。

沈放跟了过来将姚碧君环抱着扯了开来，他看着情绪激动的姚碧君，只脸色铁青地站在那里，水珠子顺着下巴不停地落在衣服的胸口处，他却没说一句话。

这样一闹，今晚这地方算是已经待不下去了。

沈放拽着姚碧君从喜乐门走出来，两个人径直上了车子。

姚碧君依旧很激动，目视前方，气息有些紊乱。沈放一边发动汽车一边转着脑袋看她一眼，问着："恨日本人？"

据他了解，姚家似乎也没有受到日本人的什么迫害才是。

可他目光停留许久，姚碧君依然没有说话，于是他识趣地闭上了嘴。

车子发动，疾驰在路上，风从车窗里灌了进来，姚碧君沉默了许久，终于还是忍不住自己缓缓说着："在重庆，有一次，日本人的轰炸，我正好在街上……"

那是两年多以前的事情了。

因为敌机的逼近，重庆城内警报声四起，街头慌乱的人群四散逃开。

姚碧君一时慌乱，跟着人群往一边防空洞入口走去。

因为事发突然，防空洞内挤满了人。爆炸声此起彼伏，防空洞跟着爆炸声震动着。

她害怕极了，恐慌地对防空洞顶上看着，就在那个时候，一个老太太站在她身旁，握着她的手拍了拍，安慰她："莫怕，你个女娃儿莫怕。"

两个人握紧了双手，可就在这个时候，一个炸弹在更近的地方炸了，防空洞顶上的土簌簌落下。

紧接着一个更大的爆炸袭来，便已经彻底抵挡不住。

千钧一发之时，老太太一把推开姚碧君。姚碧君一个踉跄，向防空洞口外面冲了好几步，随即她转过身的时候，防空洞已经塌了，老太太的身影被压了下去。

隔天人被挖出来的时候，灰尘扑面，已经去世了。

姚碧君讲着这件往事，迎着风泪眼婆娑。

"那一次，上千的人被活埋了，这都是日本人的罪孽。这些日本人，他们每个人都该死！"她说这话时隐隐啜泣，但是也带着一分笃定和狠戾。

边上的沈放一直细心听着，并没有说话。

"我永远不会宽恕日本人这样的罪行，为什么那个家伙留在中国？他们不是已经被赶走了吗？"

如今日本投降，可当年的事情留给国人的阴影太大了。

"田中应该是有特别任务，他拿着中统的证件，也许是在为我哥哥工作。”

沈放心情也变得有些沉重，声音低沉无比，目光冷冷，这话叫姚碧君有些意外和震惊。

沈放知道，有了田中的加入，如今他的处境变得更加危急，调查清楚那个所谓的计划也变得更加刻不容缓了起来。

而这边罗立忠的生意一直没停，他带着沈林接触了几个房地产商，几日后，更是安排了一场狩猎，醉翁之意不在酒。

两个人背着猎枪到清凉山下的时候，另一边，两名建委的官员也正好从另一辆车下来，同样一副上山打猎的样子。

罗立忠跟两个人笑着握手寒暄，毕了瞧一眼沈放，忙介绍着："沈老弟，这两位是建委的胡先生、邱先生。"

瞧得出来，这都是一丘之貉，一根绳上的蚂蚱。

不过结交这种东西，向来都不嫌多，沈放与两人分别握手，忙自己介绍自己："沈放。"

胡先生目光与他相平，视线相对之后瞧着沈放连连点头，一脸的赞赏，松了手后还不忘夸奖两句："沈副处长的大名我们早有耳闻，罗处长有这么一个得力助手，真是如虎添翼啊。"

一边邱先生也附和着："就是，年轻有为，年轻有为啊。"

沈放暗笑，他这名声还真的是不小。只是不好接话，只得恭谦低头："哪里，哪里，二位过奖了。"

这话说完，罗立忠将几个人轮流瞧上一遍，先一步开了口："那大伙儿这就开始吧。"

随即四人迈步走进了山林蜿蜒小道。

路上有说有笑的，乐不可支，走到一半时候罗立忠像是心血来潮一般忽然扭过头对沈放说着："一个多月前，国防部军训处老方的亲戚找过我，他是南京名远商行的老板。"

"这人怎么了？"

没来由的半截儿，叫人摸不着头脑。

"玄武湖步子附近有一块地，是准备作为公共设施开发，其中只有很小一部分可以作为商业用地，但是这个老板听了老方的把那块地给买下了。"

罗立忠步子悠然，语气亦是悠然，跟前两个人都将目光斜视过来。

沈放有些不解，翘眉一笑："那这老板倒是不怕亏本啊，开发公共设施可没什么赚头。”

这是一个普通人的思维，再正常不过了。

可说完话罗立忠和几名建委的人都笑了，这叫沈放诧异。

“怎么？”

他眼神里尽是疑惑地瞧着罗立忠。

罗立忠摆摆手，表情十分神秘，虽然在山上，不过还是警惕地将声音压得很低。

“哪里是赔本，这里面可是大有文章，先把地买下来，再托建委的关系，改一下原来的规划，三比七的商业开发改成七比三的商业开发，可不是大赚一笔。”

如意算盘精打细算。

不但这样，他话音儿刚落。邱先生还忙补充着：“这规划科是我给改的。”

罗立忠随即一笑，意料之外，却是情理之中。

“那你也赚了不少吧。”

“弄点零花钱。”

两个人对话，沈放佯装目瞪口呆，微微叹服：“几位老兄手段真是高明，原来还可以这么玩。”

他虽有小聪明，不过这种事情，还是得经验深才是。

几个人相视一笑，罗立忠打哈哈：“沈兄弟往后青出于蓝胜于蓝，我们这些老人，都基本要淘汰了。”

那边两个人都没再说什么，交谈就此作罢。

终于，历经半晌工夫之后，众人气喘吁吁地爬上清凉山山顶。

只是才刚在山顶将身立住，邱先生眼尖，察觉到了附近草丛的异样。

“有动静。”

他小声提醒每个人，屈身缓缓靠近着，紧接着忙追了过去。

几个人跟上，见邱先生从地上掀开一块草木，自言自语小声道：“可能是鹿。”

“如果真的是鹿，今天要看看鹿死谁手了。”

胡先生一下子就来了精神，继续往前挪着身子，并且回头对罗立忠道：“老罗，跟上。”

罗立忠却在后头摇了摇头，笑着说道：“我得休息一下。”

他是借故和沈放独处，不过胡先生也并不在意，一个人往前走着连头也不回。

山风的吹拂之下甚是惬意，罗立忠站在一边开阔处招呼沈放："沈老弟，你过来瞧瞧。"

沈放走了过去。罗立忠指着山脚下一处山地继续说着："前面将开发一条路通往镇江，我早就看好那块地，但是对方不卖。"

这话故意说给他听是何意？

"大哥还担心这个？要不我去谈谈。"沈放试探地补了一句。

罗立忠叹了一口气："我倒不是怕对方不卖，这个好办，随便弄个罪名做实了，不卖也得卖，我怕的是日后中统那边查起来麻烦。"

说着，他便目光转向沈放："你现在随便入点，到时候股份分你两成，有你在，我心里才踏实，咱们兄弟不说外话，让你入股就是希望你帮着应付沈林。"

原来在这儿等他呢。

沈放却一脸的淡然，似乎这是十分该做的事情："你带着我赚钱，我干吗不愿意？"

罗立忠摇头："麻烦可不止这一点。"

若是这么简单，恐怕这钱早就进了口袋了，还用得着如此大费周折。

"怎么？"沈放问。

"这个路政工程之所以到现在一直没有开工，就是离南京宪兵司令部的训练基地太近，所以规划上迟迟未定，而掌握规划权审批的是国防部战略顾问委员会，我找委员会的何主任谈过，不过那个老何贪得很，什么都没做，上来就要一成半利润，我没答应。"

狮子大开口，从罗立忠嘴里撬食这么猛，怎么会有可能。

不过沈放听见对方的身份，顷刻便来了精神。

"眼下军方的政策就是生意，何主任在战略顾问委员会，位置很关键啊，不过他要一成半也太多了。"

罗立忠有些为难："而且以前咱们一处跟这老何有点过节，我再出面不太合适。"

碰上的问题还真不是一星半点。

话都已经递到这份上了，若是还不将这事给接过来，那可算是真不用在罗兄手下干了。

沈放若有所思，随即眼神笃定："你放心，这事儿交给我，我去会会那个何主任。"

"好啊，事成之后，你的两成，一个子儿都不会少。"

正说着，那边枪响，吓得两个人一哆嗦。

沈放目光捋直往前瞧着，不由感叹：“看来，他们还真猎到了。”

“他们想出手，哪一次落空过。”

两人会意，相视而笑。

亲自的拜访就在两日之后。

国防部大楼二层，沈放找到战略顾问委员会的牌子，径直推门而入。

屋里面有套间，门口写着，国防部战略顾问委员会主任室。他还来不及再张望别处，便有一个秘书迎了过来。

沈放自曝来意：“我是军统一处的沈放，来找何主任。”

“请等一下。”

那秘书朝他一笑，接着一通电话进行了交涉，挂上之后他冲着沈放说着：“何主任让你进去。”

不过两三步，这个过程明显是形式大于内容。沈放也不管别的，直接推门走了进去，瞧着里面坐着一个人，便问候着：“何主任好，我是军统一处的沈放。”

那头的人听了他的身份，似乎十足的诧异。

“一处的？我们这儿好像和军统没什么往来。”

“今天找您谈的不是公事儿，是有点私事请教。”

他毕恭毕敬，宛然一个受人疼爱关怀的晚辈模样。

“私事儿？”何主任有些摸不着头脑。

沈放接着从包里拿出清凉山下的那块地的地图，铺陈在桌面之上。

何主任看着了一眼地图，淡淡一笑，这才明白了他的来意。

“我知道了，是老罗让你来的吧？那个事情他跟我说过了，可不好办，党国军事设施的安全必须是第一位的，我身在其位，只能秉公办事。请转告你们罗处长，这件事我无能为力。”

说得跟真的一样，也不知道那个向罗立忠提出天价的究竟是谁。

沈放心里鄙夷，不过面上还是得故作恭敬：“我知道何主任有难处，不过您也别一口回绝，任何事儿都有商量的余地，不知今晚何主任是否有时间，可否赏脸让我请您吃个饭？”

沈放倒是想软磨硬泡，何主任却像是吃了秤砣铁了心，十分笃定这事情只有他一人能办，所以有些有恃无恐，生怕他自己吃了亏。

“吃饭？我可没那闲工夫，你也瞧见了，一堆文件等着我呢，再说了，你这顿饭可是好吃难消化。万一饭桌上你们再拉一个什么有头有脸的人出来，你说我是给面子还是不给呢？”

官场上混得多了，这样的道理倒是懂了不少。

还正说着，忽然间外面有人敲门。

何主任扭头道："进来。"

一名机要秘书走了进来，递给了何主任一份文件。

"主任，这是委员会最新规划机要，请您存档。"

何主任接过来文件，沈放就在边上正襟危坐，不过目光稍微扫过，看到文件上写的是"国防部近期战略计划，绝密"。

何主任把那文件放到身后书柜中的一个保险柜里，沈放目光一直从未离开，他发现何主任打开保险柜的时候似乎对保险柜的密码记不清楚，特意拉开抽屉看了一眼什么，才旋转出了保险柜的开关。

最后又将保险柜的钥匙就那么随手扔在了书桌的抽屉里。

既然已经没了聊下去的必要，沈放起身便打算离开。

"何主任，既然您忙，那我今天就不打扰了。改日我再来拜访。"

何主任皱了皱眉："刚才说的事儿，最好别再为难我了。"

沈放故作不懂："看您说的，我跟罗处长全仰仗何主任的关照，怎么会为难主任。您真是说笑了。"

一次无心插柳的拜访，能有这样的意外收获到底是惊喜。

就在第二日，任先生主动联系了沈放。

依旧是玄武湖旁，他假装散步，在任先生的身边坐下了来。任先生倒是先开了口，给他一个惊喜。

"我已经向组织汇报，一周后，可以安排你撤离。撤离的具体方案等我的通知。"

这对他来说是个好消息，不过也不是一个好消息。

沈放皱眉："撤离的时间可以提前吗？"

似乎有些得寸进尺的意思。

"为什么？"

"中统启用了一个叫田中的日本特务，他以前是日本远东司令部情报处的，对我很熟悉，他可能盯上我了。"

任先生意外："中统在利用日本特务？"

这一点似乎所有人都没想到，不过这恰恰说明了国民党的决心。

沈放长长地出了一口气，继而说着："全面的战争很快就要来了。而且真要撤离，我也先得获取组织上想要的情报。我知道国防部最新的战略规划文件的下落了。"

这样的决定是必然，不过将它说出来到底还是有些难以开口。

“你有办法搞到那文件？”任先生问着。

“算是有吧，不过没把握，但既然要走了，怎么我也要试试。”

沈放很快就可以脱离危险了，可如果这件事情上出了问题，那么一切都将功亏一篑。

可他也知道，如果这份计划没有被地下党知晓。若是内战爆发，指不定多少人会因此而丧生。

任先生似乎想说什么，但犹豫了一下，继而问：“你希望撤离的时间在哪天？”

沈放冥思了一会儿，重新抬起头与任先生相视：“三天以后吧，国防部的机密文件在战略顾问委员会主任手里，如果我想不出别的办法，我准备三天以后行动。不管我能不能得手，当天上午十一点我必须离开。”

这差不多是他能想到的万全之策。

任先生思量了一会儿：“傍晚去夜色咖啡馆等我消息，我尽量安排。”

那半日沈放过得尤为漫长，瞧着天色不早了，他便直奔那咖啡馆而去。

沈放将烟盒放到指定地点，继而在窗口的位置坐下，侍应生走过来问道：“先生，请问，要点什么？”

“一杯咖啡。”

沈放漫不经心，视线一直盯着烟盒，等待的答案让他十分迫切，有些焦虑。

侍应生离开，没一会儿便走了回来。

“先生，您的咖啡。”

沈放致谢，一低下头发现咖啡杯下面放着一张字条。

他看了看四周，摊开那张字条。

上面十分细小的字迹：三天后上午十一点，城外五里坡，不管拿没拿到东西，你必须准时。

沈放看完将纸团揉了，泡在了咖啡里。

中统办公室里，沈林正在看文件，田中敲门走了进来。

沈林阖上文件问话：“对钱必良和周达元的监视怎么样？”

“很感谢沈处长对我的支持，行动科虽然有牢骚但一直还算配合。”

田中的态度这些天来似乎有所改观，终于找到了一个相对适合自己的位置。

“不过那两个人似乎一直都没什么动作。”沈林有些不大满意地说。

田中却不紧不慢：“钱必良、周达元表现得像颗闲子，汪洪涛死了他们一定进入了休眠状态，不过随着两党军事冲突的升级，他们必然会有行动。所以跟踪监视不能停下来，行动科必须听我的，只是我不知道行动科的人有没有这样的耐心。”

照着田中的推理来说，应该不会有什么问题，如今沈林对他能够信上八分，这足以让他选择也站在田中的观点上。

“我会命令他们继续配合你。”

话语冷冷，对上田中的笑脸：“谢谢。”

这下沈林脸色变得很难看：“不过你得记住，我的支持是对事不对人，别以为我和你是朋友。”

田中似乎看破他内心所想：“沈处长，你其实并不适合做这行，你的内心道德感太强。利用我这个日本人与你的道德观相悖，但你又认可我的想法，所以你一直很矛盾，但是做情报工作，心里道德感是完全没有存在的空间的。”

这样毫不留情地暴露，像将他浑身扒光了一样，叫他十分没有安全感。

“你还有事情要汇报吗？”沈林迅速结束这个话题，显然不想跟眼前这个人继续说下去。

田中迟疑片刻，缓缓道：“暂时没有了。”

“那你可以出去了。”

沈林脸色冷峻。

田中淡然一笑：“我相信我们会有达成共识的那一天，告辞。”

那种坚定的表情，真叫人厌恶。

（第一册完，敬请期待第二册）